료마가 간다
5
시바 료타로/박재희 옮김

동서문화사

료마가 간다 5
차례

이케다야의 변

그러는 동안 고베의 료마는 에도의 가쓰 가이슈로부터 급한 편지 연락을 받았다.

급히 에도로 오라는 것이다.

"……"

다 읽고 나서 고개를 쳐든 료마는 한참 동안 짠 소금을 씹은 듯한 표정으로 침묵을 지켰다.

"어떻게 된 일입니까?"

옆에 있던 무쓰 요노스케가 물었다.

"아니, 세상이란 묘한 것이로군."

"그야 묘하지요."

패기가 왕성하고 사리를 잘 따지는 무쓰는 까닭도 듣지 않은 채

고개를 끄덕였다.

"반갑지 않은 소식입니까?"

"행차 뒤에 나팔이지."

가쓰의 편지에 따르면, 료마가 오쿠보 이치오를 통해 추진하던 홋카이도 둔전병단(屯田兵團)의 편성이 그럭저럭 잘돼 가, 그 수송을 위해 막부에서 군함 고쿠료마루가 대여된다는 것이다.

료마가 지난번 에도에 갔을 때 계획한 교토, 오사카의 낭사단 이주 문제였다. 그것이 이제 와서 싹트기 시작한 것이다.

"늦었어."

그 낭사들은 지금 교토에서 폭발 일보 전까지 가 있지 않은가. 사태는 과열해 버렸다. 이제 와서는 료마의 우원(迂遠)한 북방 낭사군 설치안 따위는 모두 일소에 붙여지고 말 것이다.

"시기가 나쁘다."

료마는 중얼거렸다. 이마가 땀방울로 번들거리고 있다.

땀이 때때로 턱으로 흘렀다. 그럴 때마다 료마는 소매로 쓱쓱 문지르지만 그래도 여전했다.

"대단한 땀이군요."

무쓰는 어이없이 보고 있다. 더위 때문만은 아니라는 것을 무쓰는 민감하게 깨닫고 있었다.

'만약 이 고쿠료마루가 조금만 더 일찍 왔더라면……'

료마는 그렇게 생각했다. 1백 명이든 2백 명이든 설득하여 홋카이도로 데리고 가 그곳에서 힘을 길러 뒷날을 기약할 수가 있을 것이다.

'폭발로 모두 죽는다.'

료마는 이렇게 보고 있었다. 료마가 볼 때 이번 폭발의 밀계는 시기적으로 보아 백해(百害)는 있을망정 일리(一利)도 없다.

'조슈 번도 멸망한다. 지사의 씨도 마른다. 새 국가 건설은 10년 이상은 늦어진다. 썩은 도쿠가와 정부로 인해 일본이 그 10년 동안에 청국(淸國)과 마찬가지로 엉망진창이 되지 말란 법도 없다.'

그러나 늦다.

"하여간"

료마는 말했다.

"나는 에도로 급행한다. 걱정되는 것은 고베 학교의 2백 명의 일이다."

"사카모토님이 안 계실 동안에?"

"그렇지. 교토로 달려가서 궐기에 참가하는 무리가 생길지도 모른다."

그것이 료마의 땀의 원인인 것은 무쓰도 알고 있다.

오사카에 조회했더니 다행히 막부 배 한 척이 에도로 돌아간다는 것이다.

료마는 무쓰에게 뒷일을 부탁하고 급히 오사카 덴포 산(天保山)으로 달려가 막 출항하려는 배에 뛰어올랐다.

한편, 교토에서는 신센조가 움직이고 있다.

신센조가 움직이고 있다.

―조슈 번저가 수상하다.

이 첩보는 기지마 마다베(來嶋又兵衛)가 번저로 뛰어들었을 무렵부터 교토 수호직을 통해 신센조에 들어가 있었다.

기지마 마다베의 시마쓰 히사미쓰 암살 계획이라는 것은, 암살이라고 하기에는 너무나 공공연하게 그 자신이 큰 소리로 설득하고 다녔으므로 교토에서는 모르는 사람이 없을 정도로 소문이 자자했다. 더구나 히사미쓰 자신은 후시미를 피해 갔기 때문에 무사했지만 소문은 사라지지 않았다.

"조슈 번은 필사적이다."

이런 인상이 실지보다 훨씬 강하게 막부측에 느껴졌다.

"무슨 짓을 할지 모른다."

고등정무청 등 막부 기관이 계속 밀정을 펴놓고 있었다.

아니나 다를까, 낭인이 번저로 출입하기 시작했고 무엇인가 불온한 형세가 보였다.

"만만치 않은 음모를 꾸미고 있는 모양이다."

막부 기관이 이렇게 본 것은 당연하리라. 기와라 거리 번저의 부근은 그 뒤쪽이 다카세 강(高瀨川)이다. 길 건너쪽 기야 거리(木屋町)의 길가 어느 민가에서든 번저의 동태는 알 수 있었고, 또 앞길은 민가가 빽빽이 들어 찬 가와라 거리다. 밀정들은 그 민가 사람들을 매수하여 출입자를 감시시키고 있었다.

비밀이 유지될 수 있는 장소는 아니다.

조슈 번과 그들 지사측은 기지마 마다베의 양성적인 언동으로도 알 수 있듯 비밀 유지란 점에서 거의 무지(無知)에 가까웠다.

그런데 철물상 마스야 기에몬.

한 껍질 벗기면 잠복 중인 근왕 지사 후루다카 슌타로. 그는 자주 가와라 거리 번저에 출입했다.

문득 가와라 거리의 길에서 만난 안면이 있는 서민이 지나가는 말처럼 인사를 했다.

"마스야님, 요즈음 번창하시는군요. 반갑습니다."

"아니, 뭐 그렇지도 않습니다. 아직 기온회(祇園會 : 京都 八坂神社의 祭禮) 전이라 여름 불경기는 멀었을 텐데 장사가 전연 안 됩니다."

"헤헤. 잘 피해 넘기시는군요. 요즘은 조슈 번의 볼일로 바쁘신 것 아닙니까."

후루다카는 찔끔했다.

생각해 보면, 지금은 번사 수 명밖에는 남아 있지 않은 불 꺼진 듯한 조슈 번저에 상인이 바쁜 볼일이 있을 까닭이 없다.

얼버무려 넘기고 헤어졌지만 이러한 길거리의 대화조차 낮말은 새가 듣고 밤말은 쥐가 듣는다는 격으로 누군가에게 끊임없이 감시당하고 있다.

마스야가 수상하다고 신센조가 눈을 번쩍이기 시작한 것은 그러한 고등정무청 밀정의 보고 때문이었다.

좁은 골목이다.

'철물상 마스야 기에몬(枡屋喜右衞門)'이라는 간판이 이 골목 중간쯤에 걸려 있다.

간판은 비바람에 낡았지만 집은 컸고 고용인도 남녀를 합해 네댓 사람은 있는 가게다.

주인인 마스야 기에몬으로 통하는 후루다카 슌타로는 이날 가와라 거리에서 동쪽으로 꺾어 이 골목으로 돌아왔다.

"덥습니다."

상인 차림의 후루다카는 이웃 사람에게도 인사가 공손했다. 이웃 사람들은 선대(先代) 마스야 기에몬의 조카라고 일컫는 이 중년 남자에게 관심을 가지고 있다.

첫째, 독신이다. 인물도 사내다워 이웃 부인네들의 화제의 대상이었다.

다음엔 이 가게가 지금 화제의 중심인 조슈 번저의 단골이었으므로, 조슈 번의 몰락으로

—장사가 어려워지겠군.

하고 관심을 보냈다.

이날, 후루다카가 돌아온 것이 저녁때였기 때문에 일찍 문을 닫은 가게 사람들은 이미 추녀 아래 평상을 내다놓고 바람을 쐬고 있었다.

'이거 난처한걸.'

후루다카는 배우가 관객 속을 걷는 기분이었다.

"이거 수고하시는군요."

평상에서 말을 걸어온다. 그러고는 교토식으로 후루다카의 모습을 힐끔 보는 것이다.

"어디에 다녀오시는 길이요?"

하고 캐묻는 자도 있다. 역시 간단한 인사 대신의 질문인데, 세상 눈을 속이는 후루다카에게는 바늘처럼 따갑다.

"예, 좀 저기까지."

"저기라면 조슈 번저에?"

"예예……."

적당히 얼버무리면서 지나간다. 그 뒷모습을 평상 위의 눈들이 뒤쫓고 있다.

'못 당하겠군.'

이 동네에서는 비밀을 지키려고 해도 우루루 몰려들어 들춰내고 만다.

그런 만큼 밀정의 염탐도 이곳만큼 쉬운 동네는 없다.

신센조에서는 고등정무청과 행정청의 밀정을 통해 요즈음 며칠 동안 '마스야 기에몬'의 동정에 대해서 조사해 보았다.

'수상하다'고 여겨지는 것은 철물을 살 필요도 없는 낭사풍의 무사들이 자주 출입하는 일이었다.

"한두 사람 장기 유숙하고 있습니다."

그런 귀가 솔깃한 탐문(探聞)도 있었다.

후루다카는 막부 관리의 눈이 그렇게까지 자기를 뒤쫓고 있다는 것을 깨닫지 못했다.

그런데 이날 저녁때 가게로 돌아오자, 이웃부인네 두 명이 찾아와 가르쳐 주었다.

"나리. 무슨 일인지 모릅니다만, 앞잡이들이 가게의 일을 염탐하고 다니는 모양이에요."

후루다카는 자기도 모르게 가게 안에 멍하니 얼어버렸다. 안색이 창백해진 것을 스스로도 깨달았다.

그날 밤, 한밤중에 후루다카 집의 바깥문을 조심스럽게 두드리는 소리가 들렸다.

'아니, 막부 관리인가?'

후루다카가 2층으로 올라가 창살 틈으로 한길을 내려다보니 사람 그림자가 둘 서 있다. 그림자 하나는 무사였다.

마음이 놓였다.

히고의 미야베 데이조와 그 하인이다.

곧 안으로 그들을 끌어들여 안방에 앉히자마자 나직이 속삭였다.

"미야베군, 아무래도 이 집이 막부 관리에게 들킨 모양일세."

"큰 일이야 있을라구."

미야베는 상관하지 않았다. 낭사들의 장로이기도 하고 병학자이기도 하지만 여하튼 만사를 희망적으로 보고 싶어하는 버릇이 있었다.

"교토의 사람들은 소문을 좋아해. 상가의 소문 같은 것은 근거도 없을 때가 많지."

"그럴까?"

후루다카는 미야베의 두터운 얼굴을 보고 있으려니 어쩐지 마음이 침착해졌다.

"그러고보니 그럴지도 모르겠군."

"후루다카군."

미야베 데이조는 품에서 서류를 꺼내 펼쳤다.

"거의 계획이 짜여졌어. 이거야."

"허어"

후루다카는 긴장했다. 병학자 미야베는 동지들에게 위임받아 교토 궐기의 작전안을 짜고 있었던 것이다.

"그런데 후루다카군."

미야베는 서류를 품속에 넣으면서 말을 낮추었다.

"무기는 모여졌나?"

"충분하다고는 할 수 없으나 총, 연초(煙硝), 쇠사슬, 옷, 창 등의 종류는 꽤 갖추었네."

후루다카는 미야베를 창고로 안내했다. 과연 놀랄 만한 전투 용구가 잔뜩 쌓여 있었다.

"점화탄(點火彈)이 아직 부족하군."

미야베는 말했다. 점화탄이란 종이로 된 통속에 연초를 채워 넣은 것으로서 옛날부터 공성용(攻城用)의 발화 병기로서 사용되어 왔다.

"점화탄은 50개쯤은 있어야 해."

"50개?"

"그렇지."

미야베의 계획에 따르면, 제1대는 대궐의 바람이 부는 곳으로 돌아서 점화탄을 자꾸 던져 넣어 순식간에 불태워 버린다. 이것이 작전의 요점이다.

불길에 놀라서 뛰어나오는 천황을 일시 에이 산(叡山)이나 다른 적당한 장소로 옮겨 모시고, 그 행재소에서 근왕 양이의 조칙(詔勅)을 내리도록 한다.

대궐의 불길을 보고 달려오는 교토 수호직 마쓰다이라 가다모리를 도중에서 잠복 대기했다가 습격하여 참살한다.

또한 대궐의 불을 보고 놀라서 저택을 나오는 반 조슈파 정신(廷臣)의 수괴 나카가와노미야(中川宮)를 잡아 유폐시켜 버리고 그 이외의 조정의 인사(人事)도 바꾸어 다시 조슈 번으로 하여금 교토 수호직을 삼는다.

"문제는 불이야. 병학에서 말하는 화공(火攻)이야. 불길이 빨리 번지게 하지 않으면 일을 그르친다."

미야베 데이조는 그 부서 등을 정하기 위해서 6월 5일, 산조의 작은 다릿목에 있는 "이케다야(池田屋)에서 집회를 연다"는 뜻을 후루다카에게 전했다.

미부(壬生)의 신센조 수뇌부가 입수한 정보로는, 의혹은 후루다카의 '마스야'보다도 오히려 산조 작은 다릿목에 있는 여인숙 '이케다야' 쪽이 짙었다.

정확한 탐색이라고 해도 좋다. 이 이케다야는 수년 전부터 조슈 번의 지정 여관으로 최근 정체불명의 낭사들이 자주 출입하고 있다고 한다.

신센조의 감찰부는 부장(副長)인 히지가다 도시조(土方歳三)가 쥐고 있다.

그는 대원 중 오사카 낭인 야마사키 스스무(山崎烝)를 약장수로 변장시켜 이케다야에 장기 체류시켰다.

야마사키는 애를 썼다. 그는 오사카까지 내려가서 덴마(天満) 선창의 교야(京屋) 여관으로 가, 그 교야에서 이케다야의 주인 소베

(惣兵衞)에게 보내는 소개장을 써 받았다.

"이 사람은 오사카의 약장수 모씨(某氏)입니다. 우리 가게의 소중한 단골손님입니다만 이번 교토에 장사를 위해 장기 체류하고 싶다니, 기온회가 머지않아 여러 가지로 복잡하겠지만 숙박에 대해 편의를 보아 주신다면 고맙겠습니다"라는 의미의 글이었을 것이다.

사실 이케다야 소베측은 기온회 구경을 위한 예약으로 방을 내기가 어려운 형편이었다.

그런데 오사카의 여인숙과 교토의 여인숙은 서로 연락을 취해 무리한 부탁도 들어주는 사이이므로, 할 수 없이 바깥채의 방 하나를 비웠다.

약장수 스스무는 같은 여인숙에 든 손님의 동태를 빈틈없이 관찰하고 있었다.

그런데 그 무렵, 후루다카 슌타로의 마스야에 대해 결정적인 정보가 뜻밖의 밀고자로부터 신센조 대장인 곤도 이사미(近藤勇)의 귀에 직접 들어갔다.

곤도가 시중 순찰 중, 에도에서 도장을 개장하고 있을 무렵 알게 된 미도 번사(水戸藩士) 기시베 효스케(岸邊兵輔)라는 무사와 불쑥 마주친 것이다.

"곤도님, 오랜만이군요."

기시베는 곤도 앞을 막아섰다.

그날 저녁때 미부의 둔소(屯所)에서 두 사람은 술잔을 기울이며 옛 회포를 풀고 있었는데 돌연 기시베가 말했다.

"가와라 거리 시조에서 길 하나건너 동쪽으로 꼬부라진 골목길에 묘한 철물점이 있던데요."

당시 미도 번은 당파가 복잡한 번으로서, 덴구당(天狗黨)처럼 극단적인 근왕 양이파가 있는가 하면, 극단적인 막부파도 있었고 그

중간파도 있어 서로 원수처럼 미워했다. 그런 만큼 각 파의 정보도 쉽게 들어왔다.

"그 철물상……."

곤도는 말했다.

"마스야 기에몬이라고 하지 않던가?"

"아, 알고 있습니까. 과연 신센조라 다르군요. 그렇다면 난 아무 것도 할 말이 없군요."

역사란 때로는 이런 짓궂은 악마에게 조롱당하는 수가 있는 모양이다. 기시베 효스케라는 사내에겐 주의도 주장도 없었으리라. 이 사내는 단지 잡담을 했을 뿐이었다. 그것만으로 역사적 역할을 마치고 그 뒤 어느 기록에서도 모습을 나타내지 않는다.

하여간 기시베가 말했을 때까지, 신센조에서는 그처럼 마스야를 중시하고 있지 않았다.

"하여간 습격해 보는 것이 어떨까?"

히지가다가 곤도에게 말했다.

곤도는 고개를 끄덕였다.

4일(四日).

교토는 전에 없이 무더웠다.

초저녁에 바람이 끊어지고, 거리는 마치 한증막 같았다.

특히 철물상 마스야 부근은 골목이 꼬부라진 곳이라 바람이 잘 들어오지 않아, 밤중이 되어도 사람들은 자지 않았다.

모두들 평상을 내다놓고 발치께에 모깃불을 피운 뒤 한담을 나누고 있었다.

요즈음 시중의 소문이란 거의 신센조에 대한 것뿐으로, 이날 밤도 어느 거리에서 어떠한 싸움이 벌어졌다든가, 누가 죽었다든가 하는 말뿐이었다.

우연이라고 해도 좋으리라.

소문의 주인공이 가와라 거리 입구, 기야 거리 입구, 그리고 뒷길 쪽에 나타난 것이다.

놀랄 사이도 없었다.

질풍처럼 달려들어 철물상 마스야 집의 덧문을 두드린 것이다.

사람들은 모두 집안으로 도망쳐, 덜컹 덧문을 내려 버렸다.

"마스야 기에몬, 조사하러 나왔다. 문을 열어라!"

등불을 쳐들고 외친 사람은 부장의 보좌인, 마쓰야마 번을 탈번한 하라다 사노스케(原田左之助)라는 사내였다. 그의 장기(長技)인 창을 들고 있다.

총인원 20여 명.

모두 연황색 바탕에 소매를 얼룩덜룩 물들인 하오리를 걸치고 있는데, 쇠사슬 옷을 입고 있는 자, 격검(擊劍) 때 쓰는 동구(胴具)를 입고 있는 자도 있다.

간부 중엔 하라다 외에 오타다 소지(沖田總司), 나가쿠라 신파치(永倉新八)가 나와 있고, 국장인 곤도 이사미는 뒤를 보살필 작정인지 검은 하오리에 흰 끈이 달린 조리를 신고 문 앞에 서 있었다.

'드디어 왔구나.'

집 안에서 후루다카는 생각했다.

잠옷차림이었다.

다행히도 위험한 문서는 며칠 전에 불태워 버렸고, 또 노모를 비롯하여 지배인, 점원들은 고향으로 돌려보내 놓았다.

뿐만 아니라 어제까지도 묵고 있던 히고의 미야베 데이조와 그의 하인도 오늘 다른 곳에 가 있다.

'불행 중 다행이군.'

후루다카는 칼을 끌어당겼으나 곧 생각을 고쳐 천장 위로 던져 넣었다. 한두 사람 베어 봤자 감당해 낼 수 있는 적이 아니다.

"열어 주어라."

후루다카는 소녀에게 명령했다.

와르르 사람들이 몰려들어 왔다.

"후루다카 슌타로!"

외친 것은 봉당에 있는 곤도였는지, 방으로 뛰어든 히라다였는지
……

"그대가 은밀히 불량배를 충동하여 교토에서 모반을 꾀하고 있다는 말을 들었다. 어명이다. 결박을 받아라."

"사람을 잘못 아셨습니다. 그런 일은 한 기억이 없습니다."

일단 말해 보았으나 들어 줄 상대가 아니다. 후루다카는 이미 죽음을 각오했다.

"옷을 갈아입을 테니 잠시 여유를 주십시오."

침착하게 잠옷을 벗고 옷걸이에 걸린 옷을 내려 입었다.

미부에 신센조 둔소가 있다.

후루다카는 그곳으로 끌려가, 가혹하기 짝이 없는 취조를 받았다.

"증거를 잡고 있다."

부장 히지가다 도시조가 후루다카의 눈앞에 동지들의 결사 연판장 한 권을 들이댔을 때 어지간한 후루다카도 핏기를 잃고 말았다.

그것만은 불태우지 않고 찾기 힘든 곳을 골라서 숨겨 놓은 것이었다.

신센조 쪽에서도 이 후루다카에게 그다지 기대를 걸고 있지 않았기 때문에 기뻐하기보다는 오히려 전율해 버렸다.

"교토를 불바다로 만들 음모는 역시 사실이었던가?"

점화탄, 화승총(火繩銃) 그 밖의 무기도 나왔다.

'이젠 의심할 여지가 없다!'

신센조는 후루다카를 증오했다. 당연했으리라.

신센조에게도 정의가 있다. 그들도 또한 근왕 양이의 시류(時流)에 끌려 고향을 버리고 모여든 낭사였다. 단지, 당시의 정부인 도쿠가와 막부에 의지하여 양이의 선봉이 되려는 점이 후루다카 등 조슈계의 지사 무리들과 다르다.

게다가 아이즈 번의 감독 아래 막부의 급료를 받고 있다. 그들의 임무는 '황성의 치안'이었다.

구체적으로 말하면 덴추(天誅)나 약탈을 일삼는 과격 지사, 편승하는 낭인들의 단속에 있다. 그런데 미묘한 점으론 양자가 모두 사상적으로는 다름이 없다. 이를테면 근왕 양이라는 당시의 지식 계급과 공통점이 있는 것이다.

그러나 태도에 있어서는 다르다. 현정부를 인정하느냐, 하지 않느냐는 점에서 신센조와 후루다카는 양극처럼 돼 있다. 신센조에서 볼 때 후루다카는 '난신적자(亂臣賊子)'였다. 입으로는 근왕을 외치면서 '황공스럽게도 대궐을 불태워 버리려는 악마'인 것이다.

그러나 후루다카 쪽에서 보면 신센조는

'그 임무는 과연 황성 수호에 있는 것처럼 보인다. 그러나 어디까지나 막부의 지령을 받는 황성 수호다. 근왕을 가장한 친막파인만큼, 미부 낭사들은 가장 다루기 힘들다'고 할 수 있으리라.

요컨대 신센조는 현 질서를 긍정하는 지사단(志士團), 후루다카 등 조슈계 지사단은 현 질서를 부정하는 지사단이었다.

세상은 들끓고 있다. 그런 만큼 입장이 다르다는 것만으로 증오를 낳고 잔학을 낳고 살육을 낳는다.

신센조는 후루다카에게 말로 다하지 못할 만한 고문을 가했으나 후루다카는 잘도 견뎌 냈다.

그러나 마지막으로 후루다카를 대들보에 거꾸로 매달고, 발등에서 발바닥까지 다섯 치짜리 못을 박은 뒤 거기에 큰 초를 꽂고 불을 붙였다.

후루다카는 그래도 견디려고 애썼다. 그러나 원래 몸은 강한 편이 아니다. 의식이 몽롱해져 자기도 모르게 지껄이고 말았다.

"6월 5일 밤 8시, 산조 작은 다리 서쪽의 여인숙 이케다야의 소베 집에서 동지 집회"라는 일건(一件)을.

고베 해군학교를 뛰쳐나온 모치스키 가메야타는 그 뒤 교토 시중을 전전하면서 거처를 옮겼으나, 지금은 이 산조 작은 다리에 있는 여인숙 비젠야(備前屋)에 잠복해 있다.

이케다야의 바로 옆 여인숙이다.

이 부근은 교토의 시중이기는 하지만 도카이도의 역참이므로 산조 거리 양쪽엔 여인숙이 많다.

모치스키 가메야타는 같은 고향인 기다소에 기쓰마 등과 함께 이 비젠야에 잠복해 있었다.

물론 가명을 썼다.

가메야타뿐이 아니다.

이 거리의 여인숙에는 동지의 무리들이 여러 가지 가명을 쓰고 며칠 전부터 묵고 있다.

'궐기는 20일 심야(深夜)'로 결정되어 있었다. 20일 밤에 바람이 불지 않으면 그 다음날 밤으로 계획되어 있다.

그런데 '후루다카 슌타로가 신센조에게 잡혔다'는 것이 미야베 데이조를 통해서 알려지게 된 것은, 궐기의 사전 타합을 하기로 한 6월 5일 아침이었다.

"가메야타."

같이 방을 쓰는 기다소에 기쓰마가 말했다.

"후루다카군이 엊저녁에 잡힌 모양이다."

"뭣?"

가메야타는 놀랐다.

"상대는 신센조다. 필경 오장육부가 찢어질 만큼 고문을 할 것이다. 후루다카군이 자백은 하지 않겠지만 선후책은 강구해 두지 않으면 안 된다."

"미부로 쳐들어가서 탈환해야 하겠군."

"아마 그렇게 되겠지. 가메야타 우선."

"응?"

"이웃 여인숙의 동지들에게 은밀히 알려 주고 오게."

"알았네."

가메야타는 태연스럽게 여인숙을 빠져나와 이웃 여인숙들을 찾아 다녔다.

이케다야에도 머물고 있는 동지들이 많다. 거의가 조슈 번사다.

"……"

가메야타는 추녀 밑 물받이통 뒤에 있는 거지를 보았다. 요즈음 며칠째 거적을 둘러쓰고 누워 있는 것이다.

이것이 교토 고등정무청 마쓰다이라 사다아키(松平定敬)의 졸개인 와타나베 사치에몬(渡邊幸右衛門)인데, 낭사의 출입을 탐색하여 고등정무청에 보고하고, 고등정무청에서 신센조에 통보되고 있다.

모치스키 가메야타는 그 거지가 어떤 자인지에 대해서는 물론 의심조차 하지 않았다.

불쑥 현관으로 들어가니 빨간 앞치마를 두른 소녀가 상냥하게 인사를 했다.

"어서 오세요."

"덥구나."

"정말 더워요."

말을 주고받는다. 서로 친분이 있음을 알 수 있다.

그것을 민감하게 눈치 챈 것은 바깥으로 향한 방에 약장수로 변장하고 있는 신센조 감찰 야마사키 스스무였다. 오사카의 침쟁이 출신이라 오사카의 서민 말투를 잘 써, 여인숙 사람들은 누구 하나 의심하지 않았다.

'도사 놈이로구나.'

사투리로도 그것을 알 수 있었다. 야마사키는 모치스키의 얼굴을 응시하고 기억하려고 했다.

오후가 됐다.

그날은 기온회의 전날이라, 그 지방에서는 전야제라고 하여 일몰(日沒) 전부터 법석이다.

여관의 고용인들도 공연히 분주해 보였다. 야마사키 스스무는 미리 친해 둔 소녀 한 사람을 붙잡고 정답게 웃어 보이며 말을 걸었다.

"무척 바쁜 모양이구나."

"그야 오늘은 바쁘죠."

소녀도 이 젊고 늠름한 호남인 약장수가 싫지는 않았다.

야마사키는 검술도 능했지만 그보다도 가도리류(香取流)의 봉술(棒術)을 잘 쓴다. 그 탓인지 손마디가 무척 굵다.

신센조가 미부에서 처음 생긴 뒤 제1기 모집 때 응모한 사내로, 간토 사람이 많은 대내에서는 교토, 오사카통(通)이라 하여 소중한 존재가 되어 있다.

뒷날 도바 후시미(島羽伏見) 싸움 때, 후시미 행정청의 공방전에서 사쓰마군의 총탄에 맞아 중상을 입고 가이요함(開陽艦)으로 에도로 가는 도중 군함 내에서 죽었다.

"무척 한가한 모양이신데요."

"그게 아니라"

야마사키 스스무는 웃었다.

"오늘은 전야제인데, 부지런히 일할 바보가 어디 있겠나. 그런데 남이 노는 날에 바쁘다니, 여인숙 영업도 애먹는 장사로군."

"정말이에요."

"오늘 밤은 복작거리겠구나."

야마사키는 천연스럽게 말했다.

"예, 8시께부터 모임이 있어서요."

"손이 모자라면 상 나르는 것쯤은 도와줄 수 있어. 나는 그런 복작거리는 데서 일하는 게 좋아……."

"정말예요? 그러면 도와 주셔요."

"그렇지만"

야마사키는 잠시 입을 다물었다.

"무사는 싫어. 설마 무사들의 모임은 아니겠지?"

"안됐습니다만 무사님들의 모임이에요."

"뭐, 그래도 괜찮아."

야마사키는 가슴이 두근거렸다.

곧 방으로 되돌아와 '오늘 밤 8시 회합'이라고 휴지에 써서 품속에 넣고 밖으로 나왔다.

거지로 변장한 와타나베 사치에몬이 누워 있다.

야마사키는 휴지를 꺼내 동전을 싸서 획 던졌다.

사치에몬은 미부에 급보로 전하리라.

해가 완전히 졌다. 그와 동시에 여러 거리에 장식 수레가 나타나고 산 위 누각에서는 축제의 노래가 시작되었다.

이케다야에서 서쪽으로 빠지면 가와라 거리, 그곳에서 조금 북쪽으로 올라간 곳에 조슈 번저가 있다.

그 깊숙한 어느 방에서 조슈번 교토 수비관 가쓰라 고고로가 노미 오리에(乃美織江)와 씁쓸한 얼굴로 마주 앉아 있다.

"할 모양이야."

가쓰라는 씁쓸한 얼굴로 말했다.

예의 폭발탄 같은 기지마 마다베 노인은 때마침 본국에서 분주한 중이지만 그 대신 에도에서 공작 활동을 하고 있던 요시다 도시마로(吉田稔麿)가 잠입해 와 있다.

요시다 도시마로는, 죽은 요시다 쇼인이 가장 그의 인품, 재질을 사랑한 제자로서, 다카스기 신사쿠, 구사카 겐스이와 함께 쇼인 문화의 세 재사(才士)로 불리운 인물이다. 나이 스물네 살.

"도시마로는……."

고고로가 말했다.

"교토에는 막 들어왔지만 히고의 미야베 데이조로부터 이번 계획을 듣고 그 폭발에 목숨을 버리려고 생각하는 모양이더군."

"당신의 설득으로는 안 되나?"

노미 오리에는 말했다.

"안 돼. 죽음을 결심한 사내를 설득하는 것만큼 어려운 일은 없어. 하여튼 나는 오늘 밤 정시에 이케다야로 간다. 그곳에서 거사가 이롭지 못하다는 것을 설득해 보겠어."

"가겠나?"

"가겠네. 그런데 자네는"

가쓰라는 관리형의 오리에를 보았다.

"만일의 경우, 번저의 경비를 엄중하게 해 주게. 번저 안의 자들은 오늘 밤 외출시키지 말도록."

"알고 있네."

가쓰라가 번저의 통용문으로 빠져 길거리로 나갔을 때 전야제의 노래 소리가 들끓듯이 울리고 있었다.

가쓰라는 민첩하게 걸었다. 비단 하오리, 좀 짧은 칼, 부채.

이케다야로 들어갔다. 오늘 모임은 곗날이라는 핑계였다.

주방에서는 네댓 사람의 요리사들이 부산하게 일하고 있다.

"아" 하는 듯한 표정으로 주인인 이케다야 소베가 얼굴을 내밀고 나지막한 소리로 말했다.

"모두들 아직 안 오셨습니다."

"그래?"

가쓰라는 회장인 2층으로 올라갔다.

2층의 뒤쪽 네 칸의 미닫이를 떼어 내고 모두 쭉 통하는 넓은 자리를 만들었다.

그곳에 3, 40명분의 방석이 놓여 있고 담배합이 두 사람에 한 개씩, 부채가 한 사람 앞에 한 개씩 놓여 있다.

"저기 쓰시마(對馬) 번저에 가서 볼일을 보고, 적당한 시각에 돌아오겠네."

가쓰라는 주인에게 말을 남기고 나왔다.

'8시, 그 집에 가다. 동지들이 아직 오지 않았음. 그래서 일단 물러갔다가 다시 가려고 쓰시마 번저에 이르다.'

가쓰라는 그의 수기에 그렇게 써놓았다.

가쓰라가 번저를 나간 직후, 요시다 도시마로가 불쑥 돌아와 마루에서 머리를 빗기 시작했다.

"자네, 이케다야로 가려는 거지?"

노미 오리에 노인이 이렇게 물었다.

"예."

살갗이 흰 젊은이는 흐트러진 머리를 손으로 다발을 만들었다. 요시다 도시마로에 대해서는 앞에서 말했다.

이 중에서 사세 야소로를 제외하고는 모두들 막부 말기에 쓰러졌다.

이날 요시다 도시마로의 복장은 엷은 황색 하오리에 흰 바탕에 무늬가 놓인 무명 하카마, 모두 막 지은 듯한 새 옷 차림이다.

"웬 일인가? 그런 옷을 다 입고."

노미 노인이 의아했을 정도였다.

요시다 도시마로는 이날 어쩐지 죽음을 결의하고 있는 것 같았다.

좀 전에 번저를 나가 고조 다리 곁에 있는 하숙으로 돌아가 이 옷으로 갈아입고 번저로 되돌아온 것이다.

미리 결사의 경우에 입으리라 예상하고 하숙집 안주인에게 부탁하여 지어 둔 것이었다.

도시마로는 상투를 묶기 시작했다.

그런데 이상하게도 세 번쯤 묶었는데 세 번 다 끊어지고 네 번째야 겨우 묶을 수 있었다.

'이상한데'

노미 노인은 말없이 보고 있다.

그 시선이 도시마로의 시선과 마주쳤다. 도시마로는 수줍어하며 말했다.

"시를 지었습니다."

그러고 낮은 목소리로 읊기 시작했다.

"묶어도 또 묶어도 검은 머리처럼, 헝클어진 이 세상을 어이 할꺼

나."

"도시마로"

노미 노인은 조심스럽게 불렀다.

"오늘 밤 이케다야로 가는 것을 중지하면 어떤가? 상투 끈이 세
번이나 끊어지다니 불길하지 않은가."

"가겠습니다."

그렇게 말하고 그는 평소 언제나 몸에 지니고 다니던 세 가지 물
건을 내놓으며 부탁했다.

"맡아 주십시오."

그것은 요도(腰刀), 동곳, 칼첨자였는데 모두 영주가 내린 물건
이다.

노미 노인은 더욱 수상히 여겨 이케다야로 가는 걸 몇 번이고 만
류했으나 도시마로는 끝내 듣지 않았다.

이날 저녁때, 노미는 일부러 하급 무사인 도시마로를 현관까지 배
웅했다.

"오늘 밤, 이케다야에서의 집회가 끝나면 고조의 하숙으로 곧장
돌아가지 말고 번저에 먼저 들러라."

왜 그런지 걱정이 되었다.

"알겠지?"

"예."

힘있게 끄덕이고 도시마로는 나갔다.

정각이 지나, 도사를 탈번한 모치스키 가메야타는 동향의 형님뻘
인 기다소에 기쓰마와 함께 산조 거리의 여인숙 처마 밑을 따라서
이케다야로 들어갔다.

"모두 모여 있나?"

기다소에는 주인에게 물었다.

"예, 모두 모인 모양입니다."

"가까이 있는 우리들이 늦은 것 같군."

그는 쿵쿵 계단을 올라갔다.

그 모습을 아래층에서 상 심부름을 하고 있던 신센조의 야마사키 스스무가 힐끗 보았다.

물론 두 사람은 깨닫지 못했다.

2층을 다 올라간 곳에 난간이 있고 왼쪽이 복도.

왼쪽으로 간다.

오른쪽이 장지문.

장지문이 활짝 열려 있고 자리에 여러 사람이 모여 있었다.

모두들 아직 자리에 앉지 않고 이곳저곳에 모여 부채질을 하면서 담소하고 있다.

"여어, 도사의 두 분이군."

좌상격인 히고의 미야베 데이조가 말을 걸었다.

"이제 다 왔군. 아직 조슈의 가쓰라군이 오지 않았지만 슬슬 마시기 시작할까."

미야베는 일어나 계단 입구까지 가서 아래층을 향해 손뼉을 쳤다. 상을 나르라는 뜻이다.

"예이."

아래층에서 활기 있는 대답이 들려왔다. 그것이 임시로 상 나르기를 돕고 있는 약장수, 실은 신센조 감찰 야마사키 스스무라는 것을 신이 아닌 지사(志士)들은 전연 모른다.

이 대목, 이 사건은 연극보다도 잘 돼 있다.

이윽고 가짜 약장수인 야마사키가 무늬 있는 무명옷에 띠를 질끈 매고, 하녀 세 사람에게 상을 들려 들어와 문지방 앞에서 무릎을 꿇고 바쁜 듯이 일어났다.

"예, 그럼 자리에 앉아 주십시오."

그 말에 끌려 낭사들은 우루루 일어나 각각 자리에 앉았는데 워낙 좁다.

"좁군요."

야마사키는 껑충껑충 뛰어다니다가 앗! 하고 두려운 듯한 표정을 지었다.

"이거 안 되겠습니다요. 소중한 칼을 그만 타넘을 뻔했습니다. 오기, 오기!"

전부터 친하게 지내던 하녀를 불러 말했다.

"너희들이 칼을 타넘으면 벌이 내린다. 옆방에 소중히 모시도록 해라."

그러자 하녀들은 묘안이라는 듯 연방 칼을 옆방으로 옮기기 시작했다. 그렇게 하고는 상을 놓는다.

낭사들은 깨닫지 못하고 이야기만 하고 있었다.

'잘됐다.'

야마사키는 생각했으리라. 옆방으로 운반한 칼을 서너 자루씩 다발로 묶어 벽장 안에 집어넣어 버렸다.

이것이 두 시간 뒤의 공방전에서 낭사들에게 결정적인 불리(不利)를 안겨 주게 된다.

"아직 안 왔나? 술 빨리 가져 와."

도사를 탈번한 도코로야마(野老山)가 말을 하자 가메야타도 맞장구를 쳤다. 도사 사람들은 술을 좋아한다.

이윽고 술이 돌았다.

'슬슬 시작해 볼까.'

좌상격인 히고의 미야베 데이조는 자리에서 벗어나 아래층으로 내려갔다. 주인 소베를 불러서 대문의 빗장을 걸게 하고, 손뼉을 칠 때까지 종업원들을 2층으로 올려보내지 말라고 단단히 일렀다.

이케다야는 오랫동안 조슈 번의 지정 여관이라 주인도 오늘 밤의 회합이 어떠한 성질의 것인지 대강은 짐작하고 있었다. 그리고 평민이기는 하지만 뼈대가 있어

'조슈 영주님을 위해서라면.'

하고 생각하고 있었다.

"잘 알고 있습니다."

고개를 끄덕이고 자신이 아래층 계단에 앉아 자연스럽게 경계에 임했다.

미야베 데이조는 2층 좌석으로 돌아와 입을 열자마자 후루다카 슌타로가 체포된 건에 대해서 의논했다.

"후루다카는 무슨 일이 있더라도 자백은 안하리라고 생각합니다만, 그건 그렇더라도 선후책을 강구하고 싶소. 예정대로 20일 밤, 그것을 결행하느냐 마느냐……."

"결행."

도사의 기다소에 기쓰마가 그 독특하게 낮은 목소리로 말했다.

"그러나……."

부좌상격인 조슈의 요시다 도시마로가 말했다.

"후루다카군을 그냥 버려둬도 괜찮을까? 제군, 어떻게 하겠소? 실은 나는 오늘밤 결사적인 각오로 온 것이오."

아니나다를까, 의복이 새롭다.

"미부의 신센조 둔소를 습격하여 저택을 불태우고 대원들을 죽인 뒤 후루다카군을 구출하고 싶소."

"옳은 말씀."

도사패인 기다소에, 모치스키, 후지사키, 도코로야마 등 여섯 사

람이 고개를 끄덕였다.

"제군들, 돌격하자."

가메야타가 소리치자 옆의 기다소에가 가메야타를 제지하고 말했다.

"소리가 크다. 너의 뒤쪽 문은 열린 채야. 발 저쪽에 옆집의 노대(露臺)가 튀어나와 있다는 것을 잊지 말라."

일동은 소리를 낮추었다.

신센조 습격 날짜에 대해서는 의논이 분분했으나, 결국 미야베 데이조가 내린 단안이 결론이 돼 버렸다.

"궐기하는 날 밤, 조를 나누어 미부의 신센조를 습격한다"는 것이다.

결국, 이상과 같은 작전 계획이 이루어졌다.

과연 병학자 미야베 데이조가 만든 것답게 무리 없는 계획이었다.

'전책(前策)'이라는 말을 쓰면서, 우선 맨 먼저 총력을 기울여 미부 둔소를 에워싸고 화습(火襲)을 감행하여 신센조 대원들을 모두 죽이고, 대궐로 달려가서 전주관(傳奏官)인 공경을 만나 칙명을 받아내어 조슈군을 교토로 끌어들인다.

그 일이 성공되면, '후책(後策)'이라는 작전을 쓴다.

반 조슈 공경들을 죽이고 조정의 주도권을 조슈파 공경이 장악하게 한 다음, 일동은 배를 가른다.

만일 할복(割腹)을 약간 유예할 수 있으면 여책(餘策)이라는 작전을 쓴다. 반 조슈파의 수괴 나카가와노미야를 유폐시키고, 히도쓰바시 요시노부(一橋慶喜)를 오사카로 쫓아 보내고, 아이즈 번을 물리치고, 교토 수호직을 조슈 영주로 임명하여 조정의 의견을 양이로 통일시킨다는 것이다.

이날 밤, 이케다야 2층에 모인 인원수는 22, 3명이다.

당시의 가장 날카로운 지사들이라고 해도 좋다.

이들은 이미 목숨을 각오하고 덤벼들고 있다.

그것을 노리는 다른 하나의 막부파 지사단도 목숨을 각오하고 덤벼들고 있다.

신센조다.

이 관설(官設) 낭사단이 결성될 때 막부 각료 중에서는 "독으로써 독을 제한다"는 의미에서 찬의를 표한 자가 있었다.

막부는 교토에서 '덴추(天誅) 덴추' 하고 날뛰는 근왕 양이 낭사단에게 애를 먹고 있었다. 그들을 정벌하는 데 낭사를 이용한다.

더구나 그들의 세계관은 비슷하다. 신센조도 또한 양이주의자 집단이었다.

'양이의 선봉'이 되려는 것이 결성 당초로부터 그들 대원의 공통의 목표였고, 우연히 그 당면 임무로 교토에 체재 중인 장군의 경호와 황성 수호를 맡은 데 불과하다.

그들은 '진충보국(盡忠報國)'이라는 말을 좋아하고, 그 대기(隊旗)에 '성(誠)'이란 한 자를 새겨 그 기개를 자랑했다.

단지 이케다야 2층의 지사들과 다른 점은 혁명가가 아니라는 것이다.

현행의 질서를 존중해 가며 외국의 위협을 막자는 것이었다.

여기서 한 가지 말할 수 있는 것은 신센조 대원은 곤도 이하 사상가가 아니다. '현행 질서가 좋은가 나쁜가' 하는 비판의 힘은 가지고 있지 않다.

신센조라고 해도 그 사실상의 집행 기관은 국장인 곤도 이사미와 부장인 히지가다 도시조다.

무사시(武藏) 미나미다마 군(南多摩郡)의 같은 지방 태생으로 어릴 적 친구들과 함께 무사시의 '덴넨리신류(天然理心流)' 검법을 배웠고, 똑같이 농부의 아들이다.

다마 군 일대는 장군의 직할 영토였다.

그들은 옛날부터 '장군님의 직할 농부'라는 긍지를 가지고, 에도의 직속 무사보다도 더 열렬하게 장군을 경모하고 있었다.

이러한 무사시 백성의 이념이 바로 신센조의 사상이라고 해도 좋다.

성격이 단순한 검객이 많고 단순하면서도 무사도(武士道)에 죽으려는 기개가 강렬했다. 이런 의미에서도, 또 강한 단결력으로도, 일본 사상 최강의 검객 결사대라고 해도 좋으리라.

그 신센조는 일몰 후부터 활약했다. 대는 두 패로 나뉘어 제1대는 곤도가 지휘하고, 제2대는 히지가다가 지휘하여 각각 은밀히 미부 둔소를 출발했다.

목표는 곤도대는 이케다야.

히지가다대는 기야 거리(水屋町), 삼가의 시고쿠야 주베(四國屋 重兵衛) 등을 각각 분담했다. 지사들이 이케다야로 모이는지, 시고쿠야로 모이는지, 최후까지 애매했기 때문이다.

신센조를 돌격대라고 한다면, 경비진이라고 할 수 있는 것도 교토 수호직, 교토 고등정무청의 명에 의해서 동원됐다. 아이즈 번을 비롯하여 막부와 각 번의 번명으로 그 수는 3천.

그들이 이케다야를 포위하여 길목마다 경비하게 되어 있었다.

밤이 깊었다. 이미 거리거리의 축제 노래는 멈춰 있었다.

곤도는 출동한 대원 일동과 함께 기온 거리의 회합 장소에서 숨을 죽인 채 시각이 되기를 기다리고 있었다.

회합 장소는 이케다야에서 멀지 않다. 근대 전술로 말한다면 전투 준비 지점이라고 할 수 있으리라.

곤도 등은 밤 10시까지 기다렸다.

교토 수호직이 지휘하는 막부 군사(각 번의 병)들의 포위진이 완성되기를 기다리고 있었다. 그들 이삼천 명이 거리를 경비할 것이었다.

그것이 지체되었다.

곤도는 짜증이 났다.

"기회를 놓치지 않겠는가."

당연한 일이다. 너무 늦으면 이케다야의 회합이 끝나 버릴지도 모른다.

한편 이케다야에서는 주연이 계속되고 있었다. 모두 흠뻑 취했고, 특히 교토의 니시카와 고조는 평소에도 창백하던 얼굴이 백지장처럼 변했다.

아무튼 마시기 시작한 지 2시간이 지난 것이다.

국사를 논하고, 조슈 번의 비극을 애통해하고 반동 공경을 매도하고, 변절자 나카가와노미야를 간신 괴수로 성토했다.

각 번의 인물론도 나왔다.

"도사에서는 누군가?"

"사카모토 료마겠죠."

고베에서 료마에게 귀염 받던 모치스키 가메야타가 말했다.

"그자는 이상한 사람이야."

좌상격인 구마모토 사람 미야베 데이조가 히고인 특유의 우중충한 흙빛 얼굴을 들고 말했다. 이 미야베가 침통한 어조로 인물평을 하자, 어조 그대로 료마가 정말 이상한 인물처럼 들렸다.

"동지일 텐데 이번 거사에는 끼지 않았다."

도사의 기다소에 기쓰마가 그렇게 말했다.

"아니, 기다소에군. 시경(詩經) 대아편(大雅編) 문왕(文王)의 항

(項)에 보면 '모든 것을 새롭게 개혁한다'는 뜻의 '유신(維新)'이
란 말이 있지. 유신회천(維新回天)의 길은 아직 멀어. 우리들이
죽는다. 또 누군가가 죽는다. 또 죽는다. 사카모토 같은 사람은
그것을 일괄하여 완성시켜 줄 사람이야. 아직 남겨 두어야 할 인
물이지."

안색이 좋지 않은 구마모토 사람 미야베가 이렇게 말했다.

그와 대조적인 존재로서 조슈의 기지마 마다베 이름이 튀어나왔다.

마다베라는 사람은 가장 앞장서서 돌격하여 피와 살을 뿌리기 위
해 존재하는 것 같다.

"그 노인은……."

조슈 사람 요시다 도시마로가 말했다.

"지금 본국에서 우리들의 거사와 동시에 대군을 진발시켜 줄 거
야."

"하여간 일이 성공했을 때는"

미야베 데이조가 말했다.

"죽는다. 황성을 소란스럽게 한 죄는 면할 수 없다. 동지들, 장하
게 배를 가르자. 성사돼도 죽음, 실패해도 죽음……시가 한 수
됐네. 읊고 싶은 데 들어 주겠나?"

이때, 아래층에서 소란스러운 소리가 들렸다.

신센조 국장 곤도 이사미가 이마에 철편 붙인 띠를 두르고, 엷은
황색 제복인 하오리를 입고, 배에 검술 연습 때의 동구(胴具)를 가
리고 하카마 자락을 끌어올려 허리에 꽂은 모습으로 통용문을 통해
서 봉당으로 쑥 들어선 것이다.

빗장은 가짜 약장수인 야마사키 스스무가 미리 벗겨 두었다.

"주인 있느냐? 관에서 검색 나왔다."

곤도는 봉당의 흙바닥을 짚신으로 천천히 짓밟았다.

그러고는 귀를 곤두세우고 집 안의 동태를 살피고 있다. 애기 소리는 2층에서 들려왔다.

'2층이로구나.'

곤도는 이렇게 생각하고는 현관 툇마루에 흙발을 올려놓았다.

'앗' 하는 듯 달려 나온 것은 주인 이케다야 소베였다. 곤도에게 인사를 하자마자 기지를 활용하여 이층을 향해 소리쳤다.

"여러분, 나리님들이십니다. 공용 검색입니다."

"닥쳣!"

곤도는 소베의 따귀를 후려갈기고 툇마루 위로 뛰어올랐다.

이 목소리와 소란이 2층까지 들린 것이다. 불행하게도 말소리로서가 아니라 '윙' 하는 울림으로 들린 것이다.

아직 오지 않은 동지들이 있다. 조슈의 가쓰라 고고로, 인슈(因州)의 가와다 사쿠마(河田左久馬) 등이다.

'그들이겠지.'

일동이 그렇게 생각한 것도 무리는 아니다.

도사의 기다소에 기쓰마.

동작이 날쌔다.

게다가 층계에서 가장 가까운 곳에 자리잡고 있다.

일어섰다. 칼은 물론 들지 않고, 또한 들려고 해도 약장수 스스무가 옆방으로 옮겨 버려 손 가까이에 없다.

낭하를 대여섯 발자국 뛰어 입구의 난간까지 가서 소리쳤다.

"뭐야, 소베?"

그러나 얼굴을 난간 위로 내밀려고 할 때, 쿵 쿵 쿵, 한달음에 뛰어올라온 곤도 이사미가 어깨를 비스듬히 칼로 내리쳤다.

"으악!"

비명을 지르며 칼을 가지러 되돌아가려고 팔다리를 움직였으나 그대로 절명.

그는 그 얼마 전에 도사의 고향 노모에게 편지를 써 보냈었다.

"한 말씀 올리겠습니다"로부터 시작되는 글로서 료마의 권유에 따라 홋카이도 답사를 끝마쳤다는 뜻을 쓰고, "10월 경까지는 조선(朝鮮)으로 도항할 참입니다. 그때는 일단 귀국하여 여러 가지로 말씀을 드리려고 생각하고 있습니다"라고 씌어 있다. 조선으로 가려고 한 것은 가쓰, 사카모토의 구상인 '일·한·청 삼국공수동맹론(日韓淸三國攻守同盟論)'의 영향을 받아 그 예비 조사를 할 작정이었던 것이리라.

"만 리의 파도, 집은 아득히 멀고, 몇 줄의 눈물 편지 한 장에 담도다"라는 시구도 그 무렵에 지은 것이었다. 격정가답게 그는 곧잘 깊은 슬픔에 빠지곤 하는 시인이었다.

습격하는 쪽이 강하다.

옥내 전투의 법칙이라고 해도 좋다. 기습한 쪽이 이기는 법이다.

곧 옥내에선 발칵 뒤집혀질 것 같은 소동이 벌어져 여기저기서 혈전이 전개됐다.

우선 칼을 찾지 않으면 안 되었다.

운이 좋았다고나 할까, 조슈인은 거의가 칼을 곁에 두고 있었으므로 우선 뛰어 일어나면서 칼을 뽑았다.

천장은 낮다.

낭하는 좁다. 그 속에서 몸뚱이와 몸뚱이가 서로 부딪치고 칼날과 칼날이 부딪쳤으며, 곤도가 그 직후 고향으로 보내는 편지 속에 "모두들 만부(萬夫)의 용사"라고 쓴 지사단의 필사적인 방어전이 시작됐다.

히고의 미야베 데이조는 태연했다.

"왔는가."

그러더니 일어나 요도를 뽑았다.

방어전의 지휘를 했다. 과연 음모의 주인공답고 병학자다웠다.

그의 지휘의 목표는 적을 베는 것이 아니라 한 사람이라도 더 탈주시키는 데 있었다.

미야베가 직감한 것은 이 경우, 신센조 따위는 몇 명 베어 보았자 허사라는 사실이었다. 그보다는 오늘 밤 모인 동지들의 목숨 쪽이 중요하다고 생각했다.

가려 뽑은 무리들이 많다. 그들이 한 사람이라도 살아남은 한 양이 도막(攘夷倒幕)의 대망은 언젠가는 이루어지리라고 생각했다.

"도망쳐랏!"

이것이 그의 지휘였다.

"어서 옆집 지붕을 타고 도망쳐!"

미야베는 동지들을 창가 쪽으로 떼밀며 소리쳤다.

그 자신도 창가로 달려가서 도망치기 위해 발 디딜 곳을 찾았다.

캄캄하다.

더구나 멀리 바라보니 거리마다 수많은 등불이 움직이고 있었다.

'포위당했다—'

미야베는 창가에서 물러났다. 이젠 이 자리에서 탈출하더라도 만에 하나인 행운만이 탈출자를 구할 수 있으리라.

"미야베 선생, 피하십시오. 제가 여기서 막아 싸우겠습니다."

이 말을 하면서 달려온 것은 같은 번 출신이며 제자인 마쓰다 주스케(松田重助)였다.

"나는 모주(謀主)다. 물러가지 않겠다. 너나 도망쳐라. 목숨을 버릴 장소는 이케다야가 아니야. 궐기 때에 버려라."

동시에 주스케를 창밖으로 떼밀었다. 주스케는 곧장 아래층 마당으로 떨어졌다.

떨어진 주스케를 때마침 마당에 있던 신센조 대원이 번개같이 베어 버렸다. 아마 오키다 소지였으리라.

주스케는 풀썩 쓰러졌다. 어깨에서 피가 솟고 술 냄새가 풍겼다.

'죽지 않겠다!'

용을 썼으나, 의식이 희미해졌다. 다행히 오키다 소지인 것 같은 신센조의 간부는 생명을 완전히 끊는 최후의 일격을 가하지 않고 사라졌다.

주스케는 그 뒤 의식이 깨어났을 때 손이 결박되어 있는 자신을 발견했다.

그대로 그는 옥내에서 탈출했다. 비틀거리며 길거리로 나왔을 때 포위 중인 아이즈 번사 수 명이 칼을 들고 에워싸 주스케의 허리, 등, 목을 꿰뚫었다. 주스케는 찔러오는 창 하나를 이빨로 물려고 했으나 그 자세 그대로 힘이 다하여 안세이(安政) 이래 가장 오랜 활동 이력을 가진 지사는 죽었다.

"분골십년(粉骨十年), 그러나 공(功)은 아직도 이루지 못하다."

이것이 주스케의 유시(遺詩)다.

한편 미야베 데이조는 옆방으로 달려가서 자기 칼을 집어들었다.

칼을 잡은 것과 신센조 대원 오쿠자와 에이스케(奧澤榮助)가 달려든 것은 동시였다.

미야베는 한쪽 무릎을 세운 채 등을 돌리고 있었는데 뒤로 몸을 틀면서 날카롭게 옆으로 후려쳤다.

삭—하고 칼끝이 오쿠자와의 윗허리를 베고 다시 방향을 바꾼 칼이 오쿠자와의 오른쪽 어깨를 베었다. 오쿠자와 에이스케는 사건 뒤 얼마 되지 않아서 죽었다.

다카키 모도에몬(高木元右衞門)은 미야베와 같은 고향인 히고 사람이다.

"모도(元), 도망쳐라."

미야베 데이조가 안방 윗목에서 다카키와 엇갈렸을 때 외쳤다.

"알았습니다."

다카키는 여윈 얼굴을 흔들었다. 머리칼이 흩날렸다. 미야베는 모도에몬의 이런 늠름한 기세가 좋았다.

다카키 모도에몬은 히고 기쿠지 군 후카가와 마을(菊地郡深川町)의 향사로서, 인품은 무사라기보다 일종의 협객 비슷한 점이 있어 마을 젊은이들로부터 아낌을 받았다. 어릴 때부터 칼을 좋아하여 솜씨가 월등했다.

그러나 지금은 칼이 없다.

다카키는 작은 요도를 왼손에 들고 오른손에 단도(短刀)를 쥐었다.

"그럼 탈출하겠습니다. 선생, 무사히……."

"오오, 너야말로."

두 사람의 히고인은 윗목에서 작별의 인사를 나눴다.

그러나 도망칠 수 있을까.

신센조는 지금 집 안에 다섯 사람이 있다.

불과 다섯 사람이다. 이것이 국장 곤도 이사미가 이끄는 제1차 습격대이고, 부장 히지가다 도시조가 이끄는 소위 주력은 기야 거리의 시고쿠야 주베의 집으로 간 채, 아직 이 이케다야의 현장에 도착하지 않았다. 단 다섯 사람으로 돌격을 감행한 곤도의 배짱도 보통은 아니다.

그런 만큼 교묘한 전법을 썼다.

이케다야의 2층에는 앞뒤 두 개의 계단이 있다.

앞쪽 계단을 곤도가 막고, 뒤 계단은 신도무넨류(神道無念流)의 고수인 부장 대리 나가쿠라 신파치가 막고 있다.

두 개의 계단은 복도를 지나 막다른 곳에 있었다. 복도가 좁아 한 사람이 겨우 지날 정도여서 자연히 지사들은 떼지어 이 강적에게 덤빌 수가 없다.

항상 한 사람씩만 상대하게 된다.

곤도와 나가쿠라는 각각 계단의 입구를 발판으로 삼아 교묘히 진퇴하면서 싸웠다. 이미 온 몸은 적의 피로 새빨갛게 물들었다.

다카키는 곤도가 기다리고 있는 복도로 유유히 걸었다. 상대방의 기를 꺾기 위해서다.

곤도는 다카키를 노려보았다. 그러나 다카키는 곤도의 눈을 보지 않는다.

"……?"

곤도의 눈에 주저하는 빛이 떠올랐다.

그 순간, 다카키는 곤도에게 단검을 던지면서 몸째로 부딪쳐 갔다. 곤도는 칼을 쳐들었다.

정면에서 다카키를 내리쳤다.

'챙' 하고 공중에서 불꽃이 튀었을 때, 다카키의 왼손에 든 칼이 보기 좋게 곤도의 칼을 막아 내고 있었다.

뿐만이 아니다. 몸을 빙그르 돌리자마자 그냥 계단 아래로 떨어진 것이다.

봉당으로 굴렀다.

앞문을 지키던 하라다 사노스케가 창을 휘두르며 쑥 뺐다 찔러 왔으나, 살짝 피하고 거리로 뛰어 나갔다.

거리를 대여섯 발자국 가자, 거리를 꽉 메우고 있는 아이즈 번사들의 벽에 부딪쳤다.

번개같이 몇 사람을 베어 버리고 와르르 무너진 틈으로 빠져 달아나, 조슈 번저로 들어갔다. 이 다카키만이 유일한 생존자가 됐다.

이케다야의 변에서는 히고 사람 다카키 모도에몬만이 난전(亂戰) 틈에서 벗어나 유일한 생존자가 됐지만, 수명은 길지 못했다.

몇 달 뒤의 하마구리 궁문(蛤宮門) 사건 때, 조슈군의 선봉이 되어 싸우다가 아이즈군이 쏜 총탄에 가슴, 허벅지를 맞고 즉사했다.

뒤에 아이즈 번사가 시체를 점검했을 때, 말린 밥을 넣어 허리에 매단 무명 주머니에 히고 번사 다카키 모도에몬 미나모도 나오히사, 나이 서른 둘(肥後藩士 高木元右衛門源直久 三十二)이라고 씌어 있었고 수첩에 유시가 적혀 있었다.

"시체만은 황성의 이끼 속에 묻어 놓고서, 거룩하신 우리님 지키오리라."

정5품을 추종 받았다.

이케다야의 현장에서는 미야베 데이조가 곤도와 몇 합인가 칼을 맞대었으나 당하지 못하고, 갑자기 배를 갈라 최후를 마쳤다.

"내 일은 끝났다."

이것이 마지막 말이었다.

복도는 피로 미끄러웠다.

도사의 가메야타가 뒹굴었다. 뒹굴었을 때 신센조 닛다 가쿠에몬 (新田革右衛門)이 칼로 내려쳤다.

가메야타는 몸을 굴리면서 닛다의 두 정강이를 베었다.

"이엽!"

가메야타는 도사인 특유의 기합을 질렀다. 닛다가 풀썩 가메야타의 몸뚱이 위로 덮쳐왔다.

"이엽!"

가메야타는 외치면서 칼을 휘둘러 닛다 가쿠에몬의 허리를 푹 찌르고 뛰어 일어났다.

여담이지만, 료마는 바로 이 시각에 에도에서 가메야타의 꿈을 꾸고 있었다 한다. 꿈속의 가메야타는 아주 힘이 넘쳐 혼자 들판에서 뛰고 날고 했는데 이윽고 없어져 버렸다.

그날 밤 가메야타의 활약은 신센조에게는 가장 위협적인 것이었다.

아직 적은 곤도 등 다섯 명뿐이었을 때이므로, 2층에서 이리 뛰고 저리 뛰며 활약했다.

"이엽!"

괴상한 기합을 걸면서, 계속 쳐들어가며 싸우다가 이윽고 길거리로 뒹굴다시피 나왔을 때는 손의 상처와 적이 뿌린 피로 후줄근히 젖어 있었다.

'가와라 거리의 조슈 번저로.'

가메야타는 이렇게 생각했으리라.

기야 거리의 어두컴컴한 곳으로 빠져 다카세 강의 버드나무 사이를 누비듯이 하며 북쪽으로 달리기 시작했다.

그러나 아이즈군이 있다.

어둠을 이용하여 가메야타는 버드나무 뒤에서 달려 나가 베고, 달려 나가 베고 했다. 재미있을 만큼 잘 베어졌다.

"이엽!"

벨 때마다 외쳤다. 아이즈군은 그 기합 소리를 목표로 등롱을 들고 모여들었으나 가메야타의 모습은 쉽사리 포착할 수 없었다.

그런데 가가 번저의 뒤쪽까지 왔을 때 가메야타는 지쳤다.

'이제 거사가 실패한 이상, 며칠 더 목숨이 붙어 있어 봤자 사로잡히든가 죽어야 한다.'

그렇게 생각하며 '쿵' 하고 버드나무에 등을 기댔다. 등 뒤쪽으로 다카세 강이 흐르고, 내리덮칠 듯이 가가 번저가 솟아 있었다.

가메야타는 기대선 채 배에 칼을 찔렀다.

'사카모토님, 당신의 충고를 듣지 않아 이렇게 되었지만 후회는 없습니다. 먼저 갑니다.'

몸이 넘어졌을 때 가메야타는 숨이 끊어졌다.

조슈의 요시다 도시마로.

"습격이다!"

제일 먼저 외친 것은 그였던 모양이다. 상을 걷어차고 장검을 뽑았다.

위에서 아래까지 새로 만든 옷을 입고 있었다. 더구나 머리를 막 새로 빗어 올린 도시마로가 하오리를 버리고 칼 끈으로 어깨띠를 만들어 걸고 하카마 자락을 끌어올려 허리에 꽂은 모양은 늠름한 젊은 무사다웠다.

얼굴이 좀 길쭉하고 살갗이 희다. 어느 편이냐 하면 미남 쪽이었다.

도시마로는 싸우기 시작했다. 그는 사잇문을 차서 쓰러뜨려 전투 장소를 넓게 한 뒤, 뒤쪽 계단 근처로 달려 나가 신센조의 나가쿠라 신파치와 격돌, 몇 합 칼을 맞부딪쳤다.

그러나 나가쿠라는 신센조 제일의 검객이다. 실내 전투의 경험도 있다.

쓸데없이 칼을 휘두르지 않고 도시마로를 밀어붙였다.

그런데 그때, 도사의 도코로야마 고키치로가 칼을 휘두르면서 파고들어왔다.

"요시다 형, 물러나시오!"

고키치로는 열아홉 살. 가장 나이가 어리다. 무서운 걸 모르고 나가쿠라를 공격했다. 나가쿠라는 칼끝을 휙 끌어 올리면서 고키치로의 오른쪽 어깨를 베었는데, 고키치로는 그래도 굴하지 않고 이격, 삼격, 공격해 들어가는 동안, 발을 헛디뎌서 층계에서 굴러 떨어지고 말았다.

그동안 도시마로는 배후에서 습격한 신센조의 안도 하야타로에게 왼쪽 어깨를 맞고 동시에 뒤돌아서면서 안도의 목덜미를 쳐서, 그 피가 '칙' 하고 천장까지 튀었다. 안도는 곧 현장에서 죽었다.

도시마로는 어떻게 혈로를 뚫었는지 이케다야를 뛰쳐나와, 길거리의 아이즈군을 무서운 기세로 물리치면서 조슈 번저로 돌아가 한 마디 외쳤다.

"스기야마, 원군을 부탁한다."

다시 달려 나가 이케다야의 현장으로 돌아갔을 때는 신센조의 인원수가 몇 배로 늘어나 있었다.

기야 거리의 시고쿠야 주베로 향한 도시조 부대가 그곳에서 지사의 회합이 없다는 것을 알자, 땅을 울리면서 이케다야로 달려가 곤도 부대와 합세한 것이다.

도시마로는 칼을 맞으면서 싸우고 또 달리다가 다시 칼을 맞으면서 결사적으로 날뛰었으나, 끝내 신센조 오키다 소지의 칼을 맞고 절명했다. 그의 스승 쇼인이 "도시마로는 나의 좋은 약이다"라고 한 것은 이러한 이해를 초월한 직정경행(直情徑行) 때문이었으리라.

그가 번저에서 "스기야마!" 하고 부른 사람은 같은 번의 스기야마 마쓰스케(杉山松助)였다. 스기야마는 연회 도중에 번저로 돌아와 있었다.

마쓰스케는 도시마로와 쇼인 문하의 동창으로 가장 사이가 좋았다.

번저의 현관에서 뛰어나가자 이미 도시마로의 모습은 없었다. 더구나 문지기의 얘기로는 마침내 이케다야에서 일이 일어났다는 것이다.

"아차!"

이 말을 남긴 마쓰스케는 안색을 바꾸고 방으로 돌아와, 애용하는 창을 쥐자마자 다시 낭하로 달려 나갔다.

"마쓰스케, 너까지 죽을 작정이냐?"

울면서 만류한 것은 번저 경비 담당인 오리에 노인이었다.

"몇 마장 앞에서 도시마로가 사투를 벌이고 있습니다. 못 본 체할 수 있겠습니까?"

마쓰스케는 캄캄한 길거리로 뛰어나가 달려서 이케다야 앞까지 갔다.

마쓰스케는 창을 휘둘러 아이즈 번군 두 명을 찔러 넘어뜨리고 분노에 떨며 소리를 질렀다.

"도적의 무리들, 길을 열어라!"

그러나 창으로 담을 치고 나란히 밀려드는 아이즈 번군의 사람의 벽에 가로막혀, 이케다야의 등불을 바로 눈앞에 보면서도 들어갈 수가 없었다. 이케다야 2층에서는 굉장한 소리를 일으키면서 지사단과 신센조가 싸우고 있다.

마쓰스케를 에워싼 아이즈 번군은 20여 명.

그들은 등불을 내밀어 마쓰스케의 모습을 확인해 가면서 창, 칼을 휘둘렀다.

그때 아이즈 번과 친한 구와나 번(桑名藩)의 번사단이 달려와서

"뭐야, 적은 한 놈인가?"

아이즈 번사들의 귀에 거슬리는 소리를 했기 때문에 그들은 화가 나서 마쓰스케를 향해 우르르 덤벼들었다.

'물러나, 물러나' 하면서 무리들을 헤치고 나타난 새로운 아이즈 번사가 있었다. 상당히 칼을 잘 쓰는 듯, 장검을 쑥 뽑자 호통과 함께 칼로 내려쳤다.

"조슈 역적놈!"

마쓰스케는 상처와 피로로 휘청거리고 있던 참이다. 불운하게도 창을 헛 찔렀다. 그의 왼팔이 창을 쥔 채 잘리고 말았다.

그때 사람 울타리 뒤에서 칼을 휘두르며 뛰어든 사내가 있었다.

도사 사람 고키치로다. 닥치는 대로 무찌르며 아이즈인을 흐트러 뜨리고 마쓰스케를 안아 일으켰다.

마쓰스케는 그래도 힘이 남아 있었다. 두 사람은 조슈 번저를 향해서 달리기 시작했다.

"스기야마군. 창은 어떻게 했나?"

고키치로가 묻자

"창은커녕, 팔도 없다."

이렇게 말하고 달렸다. 그런데 어깨에서 등까지 치명상에 가까운 상처를 입고 있는 고키치로는 출혈로 인해 점점 눈이 흐려져 왔다.

겨우 번저 앞까지 이르렀을 때는 땅에 엎드려 문을 두드릴 기운조차 없었다.

문은 닫혀 있다.

조슈 번저에서는 아이즈군이 밀려 올 것을 예측하고 노미 오리에

지휘 아래 농성 태세를 취하고 있었다.

번저에는 인원수가 적었다. 모두 갑주를 입고 무장하고 있었다. 때마침 이 번저에 낭사로서 신세를 지고 있던 도사의 센야 기쿠지로(千屋菊次郎 : 후에 天王山에서 眞木 和泉 등과 자결)는 이날 밤의 저택 안의 모양을 도사의 부형에게 편지로 써 보냈다. 쉽게 풀어 보면 다음과 같다.

"그날 밤은 조그만 전쟁 같았습니다. 20명 가량 즉사, 기타 부상자가 적지 않았습니다. 저택 안은 정말 농성(籠城)과 같았는데 분하게도 저 한 사람만이 제 몫의 갑주가 없어 빌려 입은 쇠사슬 옷차림이라 부끄러웠습니다."

문이 열리지 않는다.

고키치로는 밀려오는 아이즈 번사들의 등불을 보자 이미 끝장이라고 생각하고 문기둥에 기대서서 자결했다.

그 직후, 작은 문이 열렸다. 저택 안에서는 놀라, 고키치로의 시체와 실낱같이 숨결이 남은 마쓰스케를 업어 들였으나, 마쓰스케도 곧 노미 노인이 지켜보는 앞에서 숨을 거두었다.

이케다야의 변(變)은 끝났다.

지사들은 죽고, 막부는 새삼 신센조의 강렬한 힘에 혀를 내둘렀다.

신센조 국장 곤도 이사미가 에도의 양아버지에게 붙인 편지를 보면 이렇게 씌어 있다.

"도당 다수를 상대로 불꽃 튕기는 두 시간 남짓 전투 결과, 나가쿠라 신파치의 칼은 통째로 부러지고 오키다 소지의 칼끝이 부러졌으며, 도조 헤이스케의 칼은 칼날이 톱니처럼 무뎌지고 슈헤이(周平)는 창을 부러뜨렸습니다. 다만 저의 칼만은 명검이라 무사했습니다."

막부는 이 '전공'을 크게 기뻐하여 교토 수호직에 훈공장을 수여

했다. 무장에게 훈공장을 내린 것은 전국시대의 일인데, 도쿠가와 시대에 들어와서는 시마바라(島原)의 난 이래 끊어지고 없었던 일이다.

즉 일국의 정부인 막부는 경솔하게도 이 사건의 성격을 치안 문제로 삼지 않고 이미 '전쟁'이라고 보았다. '훈공장'이 그 증거이리라.

자연, 교토를 싸움터로 본 것이 된다. 동시에 조슈 번 및 조슈 낭사들을 적이라고 보았다. 그런 의미에서도 이번 사건은 막부 말기의 정치사상 중요한 사건이었다. 조슈 번으로서는 자기 번의 사람들이 참살당하고 적에게는 훈공장까지 수여되었으니 단단히 결심하지 않을 수가 없었다.

아니 훈공장뿐이 아니다.

신센조의 군공에 대한 임시 포상으로 국장인 곤도에게는 미요시 나가미치(三善長道)의 명도(銘刀) 한 자루를 하사하고, 부상자에게도 한 사람 앞에 50냥씩, 대원 모두에게는 5백 냥이 하사되었다.

조정에서도 대원 위로라는 명목으로 지출되고 있다.

금 1백 냥—

많은 돈은 아니었지만, 조정에서 돈을 지출한 일은 도쿠가와 시대를 통틀어 전에는 거의 없던 일이었다. 비속한 예를 들면 신사 불각(神社佛閣)이라는 것은 단가(檀家 : 시주집)로부터 돈이나 곡식을 받는 것이지, 신사 불각으로부터 단가로는 돈이 나가지 않는다. 나간다면 "해가 서쪽에서 뜬다"는 속담대로 진기한 일이 된다. 에도 시대의 조정은 이러한 신사 불각의 위치와 비슷하다.

그러므로 필경, 그 하사금(下賜金) 1백 냥은 막부의 교토 고등정무청의 공작에 의해 내용적으로는 막부의 돈, 표면적으로는 조정에서— 라는 극히 정치적인 것이었으리라.

조정의 상을 받았다—고 한다면 이케다야에서의 지사 참살은 천하에 떳떳한 근왕 행위가 되는 것이다.

근왕파의 세론을 억누르기 위해서 막부에서 꾸며 낸 일이리라.

그러나 과연 이케다야의 변이 도쿠가와 막부라는, 이미 시대를 담당할 능력을 잃은 정권의 수명을 연장하는 데 도움이 되었을까?

오히려 독이라고 해도 좋다.

폭력은 끝내 폭력밖에는 부르지 못한다.

이케다야의 변에 대한 보고가 세도 내해의 배편으로 조슈에 이른 것은 며칠 뒤였다.

조슈 번은 격노했다.

이미 자중하자는 의견은 자취를 감추고, 기지마 마다베식의 무력 진정론(武力陣情論)이 세력을 얻어 급히 교토를 향해 군사를 진발시키게 했다.

막부 말기, 쟁란의 방아쇠가 당겨졌다.

당긴 것은 신센조라고 해도 좋으리라.

인간 해일(海溢)이었다.

조슈 번의 영지인 미다지리 항구로부터 조슈 번의 군선이 번병과 낭사들을 가득 싣고 속속 출항하여, 교토를 향해 세도 내해의 파도를 헤치며 동진하기 시작한 것이다.

선발대는 겐지 원년 6월 10일에 출항했다. 대원은 유격군이고, 대장은 전국 시대의 무구로 몸을 장비한 마다베였다.

마다베의 아내는 오다치라고 한다.

조슈 번 제일의 용사인 이 사내도 아내에게만은 고개를 들지 못했던 모양이다.

제대로 가정을 돌보지 않고 동분서주하는 이 남편을 아내는 아주 어처구니없게 생각한 모양이었다.

"그만큼 나이를 먹었으면 이젠 좀 차분해지세요."

아내는 핀잔만 늘어놓았다.

"부탁이야. 병이라고 생각해 줘."

번주에게조차 격론을 벌이는 이 사내도 아내하고는 충돌을 피하고 꽁무니를 뺐다.

이번 결사적인 출진을 할 때에도 합장하듯 하면서 사정했다.

"오다케, 이번이 마지막이야."

이번을 마지막으로 동분서주는 그만두겠다는 것이다.

"정말이지요?"

오다케는 웃지도 않고 다짐했다.

"정말이야. 차분히 들어앉겠어."

"꼭?"

아내가 다짐받을 것까지도 없이 그것은 사실 그대로 되고 말았다.

기지마 마다베는 대군을 이끌고 교토로 쳐들어가 하마구리 궁문으로 난입하다가 말 위에서 적탄을 맞고 전사해 버린 것이다.

출진 날, 전국 시대풍을 좋아하는 마다베는 일족의 사내만을 모아 가까이에 있는 진구 황후 신사(神功皇后神社)에 참배하여 잔을 나누고 출발을 축하, 그곳에서 곧바로 떠났다.

제1진의 대장은 마다베이고 제2진의 장은 중신 후쿠하라 에치고(福原越後), 제3진은 역시 중신인 구니시 시나노(國司信濃), 제4진은 역시 중신 마스다 우에몬노스케(益田右衞門介), 또한 그와 일문인 모리 사누키노가미(毛利讚岐守)의 차례였다.

뒷날 료마의 협조자가 되는 도사 사람 나카오카 신타로는 구루메(久留米) 사람 마키 이즈미와 함께 낭사대인 충용대를 이끌고, 이 진발군의 진영 속에 있었다.

이윽고 모두들 교토 부근으로 들어갔다.

교토를 포위했다고 해도 좋으리라.

이 각 진지는 야마사키(山崎)의 덴노 산(天王山) 기슭, 다카라 사(寶寺), 다이넨 사(大念寺), 이궁(離宮)인 하치만 궁(八幡宮), 사가(嵯峨)의 텐류 사(天龍寺), 아라시 산(嵐山)의 산켄야(三軒家), 호륜 사(法輪寺), 그리고 후시미(伏見).

포진이 끝나자 조슈인이 가장 장기로 삼는 언론전(言論戰)을 시작했다.

'조정에의 진정이다. 그러나 보통 진정이 아니다. 받아들여지지 않으면 군대가 움직인다.'

흐르는 등불

료마는 에도에 있었다.

그날 저녁때, 지바 도장의 부엌에서 혼자 밥을 먹고 있었는데 방문자가 있었다.

현관으로 나가 보니, 이웃 도사 번저로부터 달려 온 히가키 세이지(檜垣淸治)였다.

"웬일인가?"

"아직 모르시오? 교토 동지들이 모두 산화했습니다."

"좀 차근차근히."

료마는 자세히 얘기를 듣고 나서도 말이 없었다. 기쓰마도 가메야타도 죽었다. 그밖에도 여럿이 죽었다.

"어떻게 하시겠습니까?"

"히가키, 번저로 안 돌아가겠나?"

"예, 돌아가겠습니다만 가서 어떻게 할까요?"

"거기까지 내가 알 게 뭐야. 밥을 먹든 자든 네 마음대로 해."

료마는 얼른 안으로 들어가 버렸다. 혼자 있고 싶어졌던 것이다.

방 안은 캄캄하다. 등불을 밝히지도 않은 채 벌렁 드러누워 죽은 그들을 생각했다.

'바보들 같으니!'

눈물이 끊임없이 볼을 타고 흘렀다.

료마는 얼핏 보기에 감정이 둔한 것 같지만 사고(思考)의 지방(脂肪)이 두텁기 때문에 일단 이런 사태에 부딪치면, 그 두터운 지방도 살도 가죽도 다 찢어져 감정이 온 몸을 휘몰아쳐 전후 분별을 할 수 없는 꼴이 돼 버리고 만다.

"가메……."

이렇게 중얼거리기만 해도 가슴이 콱 막혀 와, 이윽고 목메인 오열을 터뜨려 버린다. 얼굴이 못생긴 기쓰마가 어둠 속의 료마 곁에 앉아 있다.

"기쓰마, 너도 바보다."

료마는 벌렁 몸을 뒤치더니 이번에는 소리를 죽여 울기 시작했다.

이 사건은 그 시기의 료마에게 모든 것을 잃게 했다.

이번 에도로 온 것도 기쓰마와 함께 하려고 생각하던 홋카이도 낭사군의 설립 비용 조달을 위해서였다.

매일 가쓰 가이슈나 오쿠보 이치오의 저택을 방문하거나 그들의 소개장을 받아 돈이 나올 듯한 곳을 찾아다니고 있었다.

가쓰의 일기에는 이렇게 씌어 있다.

"사카모토 료마, 에도로 온다고 듣다. 그의 말로는 교토, 오사카의 과격한 낭사 2백 명 정도를 모아 홋카이도 개발과 통상을 하려

고 한다는 것이다. 비용 3, 4천 냥, 동지들을 모아 속히 그 일을
시행해야겠다고 한다. 료마는 의기 왕성했다."

그 계획도 이번 일로 허사가 되리라. 뿐만 아니라 까딱하면 가메
야타 등을 내보냈다 하여 고베 해군학교도 탄압, 해산당하게 될 것
이다. (사실 머지않아 그대로 된다.)

그러나 그것은 좋다.

왜 막부 관리들은 우국 결사의 무리들을 미친개처럼 때려죽이지
않으면 안 되는가?

이런 것에 대한 비분, 거기다 자기가 뛰어다닌 일의 좌절, 나아가
죽은 자에 대한 애통함이 뒤섞여 료마는 한 시간 가까이 뒹굴면서
울었다.

한 시간 가량 지나자 사나코도 교토 이케다야의 변을 알았다.

오빠 지바 주타로가 문하생들로부터 듣고 사나코에게 얘기를 한
것이었다.

"사카모토님은 아시는지 몰라."

"글쎄."

주타로는 고개를 갸웃거렸다.

"모를 거야."

"나, 알려 드리고 오겠어요."

불을 밝혀 들고 복도를 종종걸음으로 달려갔다. 막다른 곳에서 직
각으로 꼬부라졌다. 그 맨 앞 방에 료마가 있을 것이다.

캄캄했다.

이상하다고 생각하며 무릎을 꿇고 장지문을 열었다. 손을 뻗쳐 넣
어 촛불만을 들이밀고 방 안을 밝히려고 했다.

문창호지에 이백(李白)의 시가 씌어 있는 것이 흐릿하게 어둠 속
에 떠올랐다.

그 문창호지 저편에서 한 사람의 거한이 벌렁 누워 오른편 무릎을 세우고 왼쪽 다리를 그 위에 포개고 있었다.

'어머, 버릇도 없으셔라……'

졸음에 빠져 있는 것이라고 생각했다.

깨우려고 생각하고 방으로 들어간 순간 촛불이 움직인 탓인지 료마의 잠든 얼굴 위에서 번갯불 같은 빛이 번쩍했다.

놀랐다.

칼로 허공을 겨누고 있는 것이다. 하얀 칼날을 료마는 주먹 베개 위에서 가만히 쏘아보고 있었다.

"사카모토님."

료마는 일어나서 칼을 칼집에 꽂았다.

사나코는 그 이상한 모습에 소리를 삼키고 한참동안 잠자코 있다가 겨우 물었다.

"어쩐 일이세요?"

료마는 잠자코 있다. 사나코는 기다릴 수가 없어서 등롱을 끌어당겨 부싯돌을 쳐서 불을 밝혔다.

"이케다야의 변사를 들었소?"

료마 쪽이 육감이 날카롭다. 그것을 알리기 위해 사나코가 복도를 달려 왔다는 걸 알았던 모양이다…… 사나코가 고개를 끄덕이자 료마는 사나코가 모르는 사실을 전했다.

"언젠가 여기서 신세를 지고 간 기다소에 기쓰마도 죽었소."

"기, 기다소에님이?"

사나코는 촛불을 떨어뜨렸다. 불이 꺼지고 다다미 위로 촛농이 흘렀다. 사나코는 당황하여 휴지로 다다미를 닦고 고개를 들었다.

"정말인가요?"

"응."

료마는 고개를 끄덕였다.

"막부에 살해당했소. 범행을 한 미부 낭사는 그 때문에 은상을 받았소. 언젠가 막부도 미부 낭사들도 복수당할 때가 올 거요."

"누구에게?"

"내가 쓰러뜨리지. 요시무라 등의 덴추조(天誅組)가 망하고, 본국의 다케치 당(武市黨)도 망하고 교토의 기다소에들도 죽었지만, 세상에 사카모토 료마가 있는 한, 도쿠가와 막부는 무사할 수 없어."

료마 뺨에 눈물 자국이 남아 있다.

이 종이를 쓰겠다, 고 하며 방금 사나코가 다다미의 촛농을 씻은 종이로 얼굴을 문질러 댔다.

눈물 흔적이 사라지고 촛농이 묻었다.

다음날 아침 료마는 컴컴할 때 오케 거리를 나와, 그가 '일본 제일의 지식인'이라고 부르는 가쓰 가이슈를 찾아갔다.

아카사카 히카와(米川)까지 왔을 때 겨우 거리가 밝아졌다.

저택마다 담장 너머로 두레박 소리가 연방 들려 왔다. 길 위를 하인들이 왔다 갔다 하며 문 앞을 쓸거나, 물을 뿌리거나 한다. 에도의 아침이 시작되고 있다.

료마는 가쓰의 저택으로 들어가, 그의 서재로 안내되었다.

가쓰가 담배합을 쥐고 나타났다. 방금 막 일어난 모양이다.

"무슨 볼일인가?"

이렇게 묻지도 않고 담배만 뻐끔뻐끔 피워 댔다. 가쓰도 료마도 말없이 마주 앉아 있다. 이윽고 방 안이 연기로 자욱해졌을 때 어지간한 료마도 감탄을 했다.

"정말 담배를 즐기시는군요."

료마는 놀랐다.

"담배나 피우는 수밖에 별 도리가 없을 때가 있는 법이야."

가쓰도 쓸쓸히 웃었다.

예의 사건을 가쓰는 알고 있는 것이다.

이 이른 아침에 료마가 그 일로 왔다는 것을 꿰뚫어 보고 있었고, 료마도 가쓰의 태도로 미루어 그것을 알 수 있어, 아무 말을 하지 않았다.

그 전날 밤, 가쓰가 쓴 일기에는 이렇게 씌어져 있다.

"교토에서는 이달 5일, 부랑자에 대한 살육 사건이 있었다. 미부 낭사들, 흥분한 나머지 무고한 자를 죽여, 도사 번사, 그리고 또 나의 학교 학생 모치스키 등이 그 재난을 만나다. 조슈 번도 역시 그랬다. 그래서 분격하여 상경, 칠경(七卿)을 복직시키고, 요시노부 공은 나카가와 친왕(中川親王)을 폐하고 양이를 관철시키려고 하여……."

막신들은 모두들 이케다야의 변에 쾌재를 불렀으나 가쓰만은 불쾌해하였다.

일기 속의 "무고한 자를 죽여"라는 한 구절에 가쓰의 분노가 나타나 있었다. 서로 죽여 무엇이 되겠느냐는 것이다.

가쓰는 이웃의 대청제국(大淸帝國)이 왜 외국에 침략당하고 있는 가를 알고 있었다. 모두 국내의 체제가 무르고, 관인당(官人堂)을 결성하여 당리만을 생각하고 국가를 생각하지 않기 때문이라고 역설해 왔다.

도쿠가와 막부 등은 단순한 정부에 지나지 않으며, 그것을 국가라고 생각하는 것은 어리석은 자라는 증거다, 라고 만일 공언할 수 있다면 그렇게 공언할 사내이다.

막부파는 당이다. 그 당리를 취하여 상대편을 죽이고 좋아하고 있다.

'바보가 국가를 망친다'라고, 가쓰는 자기가 막신이나 군함 감독관이 아니라면 외쳤으리라.

가쓰는 조슈에도 호감을 품고 있지 않았다. 조슈는 전후 분별없는 양이론을 내세워 온갖 횡포를 다하고 있다. 이것 역시 당이다.

그러나 가쓰의 견해는 유약하고 아무런 국가의식도 없는 직속 무사 8만 기보다도 고군 결사의 양이 지사 쪽에 그래도 호의를 품고 있었다. 그들은 막신(幕臣)들보다도 순수하고 열정적으로 국가를 생각하고 있다.

"어리석은 얘기야."

가쓰는 대통으로 재떨이를 두드려 담뱃재를 털었다.

"그런데 뭣 하러 왔나?"

"군함은 없습니까?"

"군함 말인가?"

가쓰는 웃었다. 눈앞에 있는 이 사랑스러운 막부 타도론자는, 이케다야의 변에 대해 분개한 나머지, 막부에서 군함을 빌려 막부를 쓰러뜨리려고 하지 않는가. 가쓰는 웃으면서 말했다.

"군함은 뭣하려고?"

"타려는 거지요."

료마는 무뚝뚝하게 대답했다. 이렇게 된 이상 하루라도 빨리 교토의 흙을 밟고 싶다. 수천, 수만의 조슈군이 도사인 낭사대와 함께 교토로 밀어닥치려 하고 있다.

아니, 어제나 오늘 이미 싸움이 시작되고 있는지도 모른다. 에도에서의 홋카이도 개척 계획이 실패한 이상, 이제 이곳에 머물러 있을 이유가 없다.

"말하자면 오사카로 갈 배편이 아쉽습니다"라는 것인데, 료마의 표정은 그런 것이 아니었다. 군함을 몰고 가서 조슈군과 합류, 교토의 막부군과 아이즈군에게 공격을 가할 듯한 기색이다.

"나도 간다."

가쓰는 말했다. 그의 교토행은 공무 때문이다. 막부는 그에게 분고(豊後) 히메지마(姬島)에 가도록 명령을 내리고 있다.

예의 4개국 함대가 그대로 조슈 번의 시모노세키 연안을 포격할 것 같은 모양이므로, 막부는 외국과의 교섭에 능한 가쓰를 파견하여 그들을 달래려고 했다.

"지금 가가 번의 번선이 시나가와 바다에 닻을 내리고 있어. 그 배에 편승할 수 있도록 교섭 중이므로 동승하는 것이 좋을 거야."

"언제 출범합니까?"

"모르겠어. 아무튼 가가 번은 이제 막 서양식 배를 소유하게 되어서 움직이는 법도 잘 모르거든. 그래서 그쪽에서는 내가 가르친 쓰키지의 해군 연습소의 무리들이 타 주기를 희망하는 모양인데, 쓰키지는 쓰키지대로 각 번을 가르치러 다니기에도 손이 모자라, 이런저런 사정으로 가가 번선(藩船)은 시나가와에서 주저앉아 버렸지."

각 번에서는 군함, 기선, 범선(帆船)을 외국으로부터 사들이기에 열심이었다.

그런데 사들이긴 해도 자기 번의 힘으로는 움직일 수가 없다. 어느 번에도 옛날부터 어선 감독(御船監督), 어선 관리관이라는 세습적인 관리가 있지만 일본 배를 다룰 능력밖에는 없어 그 방면의 기술자 부족으로 애를 먹고 있었다.

"가가 1백만 석이라고 하더라도 기선 한 척 움직일 수 없는 것이 일본의 현실이다. 조슈 번만 하더라도 마찬가지지. 군함 한 척 다루지 못하는 인간이 양이, 양이, 부르짖으며 뛰어다녀 보았자 아무 일도 할 수가 없어.”

가쓰의 의론은 끝내 그곳으로 쏠린다.

“안 그런가. 천하에 지사라는 자가 횡행하고 있다. 교토에는 그 두목급들이 모여 있다. 그들은 양이를 외치면서 혀가 닳도록 떠들어 대지만, 그 속에서 양이를 위해서 군함을 움직이고 대포를 쏠 수 있는 것은 료마, 자네 말고는 한 사람도 없어.”

“이거, 몸 둘 바를 모르겠습니다.”

“아니, 자네를 칭찬하고 있는 것이 아냐. 자네를 가르친 나 자신을 자화자찬하고 있는 것이지. 부탁하네, 료마.”

“무엇을 말입니까?”

“무엇이라니, 나라의 일이지. 나는 막부의 관리다. 자네같이 자유스런 처지가 아니야. 서재에서나 으르렁대고 있을 뿐이야. 내가 고맙게 여겨지거든 내가 달아 준 그 등의 날개로 힘껏 하늘을 날라구.”

그날 저녁 가쓰가 보낸 사자가 와서 내일 오후 가가 번의 번선에 타라고 전했다.

“정말 눈코 뜰 새 없군.”

지바 댁의 젊은 선생 주타로는 못마땅해하였다.

“료마, 이제 떠나나?”

“응”

료마는 방으로 돌아와서 여장을 챙기기 시작했다. 사나코가 와서 갈아입을 속옷 등을 개면서 혼잣말을 했다.

“나, 배웅할까 봐요.”

“아니, 시나가와 선창까지 말이냐?”

주타로는 벌써 몸을 일으켰다. 이 젊은 선생은 생각하고 있기보다는 수족을 움직이는 편이 빠르다.

"나도 가겠어."

"오라버니도?"

사나코는 어이없는 표정을 지었다.

"왜? 너에게 방해가 되나?"

"아뇨, 나는 배웅하겠다고는 말하지 않았어요."

"지금 다 들었어."

"그것은 혼잣말이에요."

"그래? 내 귀가 너무 밝은 모양이로구나. 그러나 모처럼 생각이 난 김이니 자아, 문하생들을 모두 불러 여럿이서 배웅하자."

다음날 아침, 캄캄할 때 료마는 지바 댁을 떠났다. 배웅하는 것은 주타로, 사나코, 그리고 인슈 번사인 사나다 다이고로(眞田大五郎) 사범, 그 외에 문하생이 대여섯 사람.

모두 초롱을 들고 있다.

시나가와에 닿은 것은 한낮 전이었다.

바다를 보니 과연 가가 번의 선기(船旗)를 단 배가 연신 검은 연기를 내뿜고 있었다.

'뭐야, 돛배인 줄 알았더니 증기 기관이 붙어 있구나.'

배는 시운전을 하고 있는 듯, 은은히 항내에 파도를 일으키며 천천히 움직이고 있었다. 그 거동을 보고 있으려니 먼발치에서도 위태위태해 보였다.

'이상한 배로구나.'

그렇게 생각하며 가쓰가 오기를 기다리기 위해 선창 어구에 있는 찻집으로 들어갔다.

료마는 구석에 있는 의자에 앉았다. 주타로와 다이고로가 그 앞뒤로 앉았고, 사나코는 옆에 앉았다.

에도를 떠난 뒤 사나코는 걱정이 될 정도로 말이 없어지고 말았다.

이 찻집에서도 한쪽 옆에 앉아 있으면서 가끔 뜨거운 눈길로 료마를 보긴 했지만 말은 하지 않았다.

가쓰의 일행이 찻집 앞을 지나갔다.

료마도 그것을 뻔히 보았으면서도 일어서지 않고, 찻잔을 든 채 의젓이 앉아 있다.

"왜 그러나?"

주타로가 근심스러운 듯 물었다.

"생각하고 있네."

싱긋 웃고 사나코를 보았다.

"사나코님에게 마지막으로 하고 싶은 말이 왜 그런지 잘 떠오르지 않는데."

료마는 끝내 그의 생애를 통해 다시는 에도의 흙을 밟지 못했다.

그날로 승선했다.

그러나 가가 번선은 그대로 출항하지 않고 다음날 새벽이 되어서야 겨우 시나가와 바다를 떠났다.

"움직이기 시작한 모양이군요."

료마는 가쓰의 방으로 찾아와 이렇게 말했다. 가쓰는 선창을 보았다.

"정말 움직이고 있구나."

밖은 캄캄했다.

로쿠고 강(六鄕川) 어구의 불빛이 보일 때 날이 샜다.

배는 돛으로 바꾼 뒤, 충실한 연안 항법에 의해서 천천히 남하하고 있다. 타고 있는 가가 번사들은 열심히 배를 다루고 있는 모양이었지만 사관도, 수부나 화부들도 익숙지 못해 누가 보아도 위태롭게 보였다. 여담이지만 복장은 그 당시 일반적인 제복이 있는 것이 아니고, 사관들은 자기 비용으로 만든 통소매옷과 하카마 차림, 수부들은 주물 직공(鑄物職工) 같은 모습을 하고 있었다. 양장을 하게 된 것은 게이오(慶應) 3년에 에노모토 다케아키(榎本武揚)가 네덜란드 유학을 마치고 귀국한 뒤의 일이다.

"좀 무리였을까?"

가쓰는 미간을 찌푸리고 말했다. 왜냐하면 막부의 해군측이 손이 모자라서 조선(操船)을 돕게 할 수가 없었기 때문이다. 배는 미숙한 가가 번사의 손으로 움직이고 있다.

요코하마 앞바다를 지나 혼모쿠 곶(本牧岬)을 돌았을 때 풍향이 바뀌었다. 곧 돛을 조작하지 않으면 안 되었는데, 잘되지 않아 어물어물하고 있는 동안에 배가 일 마장 가량 바람에 밀려가기도 하고 옆으로 기울기도 했다.

그때마다 사관이 가쓰의 방으로 뛰어들어와 조치에 대해서 물었다.

가쓰도 웃음을 터뜨리고 말았다. 한 나라의 해군 국장이라는 군함 감독관이 돛을 내리고 올리는 것까지 일일이 지시하지 않으면 안 된다는 것은 우스꽝스러운 일이었다.

"할 수 없지. 이것도 뱃삯 중의 하나란 말인가."

가쓰는 일일이 지시를 내렸다. 나중에는 귀찮아져서 고문 역할을 료마에게 맡겨 버렸다.

"사카모토 료마라는 자가 승선하고 있다. 나의 문하생이니까, 그 자에게 물어 보게."

가가 번사들은 배 안을 구석구석까지 뒤지며 료마를 찾았으나 눈에 띄지 않았다.

겨우, 굴뚝 옆의 보트 속에서 자고 있는 거한을 발견했다.

"귀하가 사카모토씨입니까?"

신분이 상당해 보이는 선원 무사가 예의바르게 물었다.

"그렇습니다."

료마는 일어섰다.

지시를 좀 해달라는 것이었다.

선뜻 응낙하고 선교(船橋)로 가서 이것저것 지시를 했는데, 항해법은 알아도 기관 쪽은 영 골칫거리였다.

그러면서도 배 밑으로 내려가서 증기를 맡고 있는 사람이나 화부들을 지도했다.

그날은 잘 넘어갔다.

그 다음날 료마가 기관 조작을 하고 있는 동안에 어찌된 까닭인지 기관 소리가 이상해지고, 달그락달그락 이상 진동을 일으켰는가 싶더니 증기가 무서운 기세로 새기 시작했다.

"묘하게 되었군. 터져 버렸어."

료마는 안색 하나 바꾸지 않고 가가 번사에게 말하고 곧 다음과 같이 명령했다―돛을 이용하여 시모다 항까지 간다. 그런 각오를 하라고.

료마는 가가 번이 막 사들인 배를 망가뜨리고 말았다.

료마가 배를 망가뜨렸다고 하여 가쓰는 놀라서 배 밑으로 내려가 보았다.

기관실로 들어가자 가가 번사 열 명쯤이 망연히 기관 주위에 서 있었다.

료마가 없다.

그런데 살펴보니 훈도시 하나만 차고 기관 밑으로 기어들어가 있었다.

기어들어간다고 해서 고칠 수 있을 리가 없다.

파손된 부분은 실린더(汽筒)였다. 외각이 터져 버려 용접이라도 하지 않는 한 어쩔 수가 없다. 그런데도 료마는 기관 아래를 쇠망치로 쾅쾅 때려, 그야말로 수선 진행 중이라는 듯한 소리를 내고 있다.

"좋은 소리로군."

가쓰는 속으로 웃음이 터지려는 것을 참았다. 료마가 핑계삼아 연기를 하고 있다는 것을 알아차린 것이다.

"가쓰 선생님, 고쳐질까요?"

가가 번의 선장이 파랗게 질려서 물었다.

"글쎄."

가쓰는 난처한 듯 고개를 갸웃거렸다.

"귀번의 운이 좋으면 고쳐지겠지요."

스스로도 엉터리 의사의 말과 비슷하다고 생각했다.

사관들로서는 큰 야단이었다. 이 배는 가가 번이 고심참담 끝에 겨우 손에 넣은 단 한 척의 서양 배인 것이다.

번의 보물이라고 해도 좋았다.

가쓰는 자기 방으로 돌아왔다.

료마는 세 시간 가량 기관 밑을 두드린 끝에 기어 올라와서 네 발로 긴 자세 그대로 고개를 갸웃거렸다.

"묘하군."

"어떻게 됐습니까? 사카모토 선생."

"터졌군요."

"옛?"

"어쩔 수가 없어. 예를 들자면 테두리가 헐거워진 물통과 같소."

"그러나 귀하께서……."

터뜨린 것이 아니냐고 가가 번사가 추궁하려고 했을 때, 땀과 그을음으로 범벅이 된 료마가 여럿 앞에서 천천히 훈도시를 벗기 시작했다.

'앗' 하고 기세가 꺾여 버렸다.

그 훈도시를 뭉쳐 쥐고 온몸의 그을음을 닦기 시작했다.

모두 침묵했다.

"각자 자기 부서에 임하시오!"

료마는 외쳤다. 이렇게 되면 풍력범주(風力帆走)로, 가장 가까운 항구인 시모다로 들어갈 도리밖에는 없다.

이윽고 시모다 항으로 들어갔다.

가쓰는 시모다 행정청에서 에도의 해군소로 파발을 보내, 가가 번의 배를 위해 수리의 편의를 꾀해 주도록 명령하고, 료마와 둘이서 시내에서 일박했다.

"자네도 사람이 짓궂군. 그러나 가가 번도 가가 번이야. 망치 한 개로 증기선이 움직인다고 생각하는 모양이지."

'과연 1백만 석의 큰 번이다' 하고 가쓰는 비웃고 있는 것이다. 사풍(士風)도 어딘가 유장하고 품위가 있다.

"성질이 거친 가난뱅이 번 같으면, 자네, 그 자리에서 결투가 벌어졌을 거야."

가쓰와 료마는 그 다음날 마침 입항해 온 막부의 배 쇼가쿠마루를 타고 서쪽으로 사라졌다.

료마는 고베 해군학교로 되돌아왔다.

학교 안이 소란스럽다.

"조슈 번의 군진에 참가하겠다"는 자가 많은 것이다. 이미 료마가 없는 동안에 학교에서 빠져나가 교토를 포위 중인 조슈군에 몸을 던진 자도 있었다.

물론 예에 따라 도사 사람이 많았다. 그리고 조슈 낭사군 속에 대표자가 두 사람 있었다.

한 사람은 구루메 사람 마키 이즈미이고 다른 한 사람은 도사 사람 나카오카 신타로다. 같은 고향 사람인 나카오카를 믿고 그들은 달려간 것이리라.

학교 내의 동요는 료마가 돌아오자마자 가라앉아 버렸다.

별로 이렇다 저렇다 말은 없었지만 수령이 없어서 공연히 불안했던 것이리라. 부장격인 무쓰 요노스케도, 비록 그가 뒷날 무쓰 무네미쓰(宗光)라는 이름으로 일본 외교 사상 불세출의 외무대신이 되기는 하지만 이때는 나이가 너무 젊었다.

더구나 무쓰는 따지기를 너무 좋아해서 그 때문에 사람들이 따르지 않았다.

그 반면 무쓰는 료마의 비서관으로서, 그처럼 도움이 된 사내도 없었다.

료마가 없는 동안에 학교 내의 움직임이나 교토, 오사카의 정세를 능란하게 설명하고 이해시켰다. 그 점에선 료마가 쭉 고베에 있었다고 하더라도 그처럼 정세를 정리하고 이해할 수 있었을는지 의문이다.

"자네는 면도날 같은 머리를 가지고 있구나."

료마는 항상 감탄했다.

더구나 무쓰는 정보 수집을 위해서 도베의 기술과 재능을 가혹할 만큼 부려먹고 있다. 도베도 몸의 위험을 돌보지 않고 교토에 잠입하거나 하여 무척 활약한 모양이다.

"도베, 수고 많았다."

료마가 진심으로 위로해 주자 도베는 멋쩍은 듯 온 얼굴을 일그러뜨렸다.

"나도 말입죠, 나리, 근왕 지사의 말단은 되니까요."

도베는 가슴을 쭉 펴며 말했다. 이 사내는 료마와 붙어 다니는 동안, 목숨을 아끼지 않는 지사들을 헤아릴 수 없을 만큼 만났다. 그 목숨을 아끼지 않는 데에 감동하여 점점 그 경향에 물들어 가고 있었다. 그 위에 료마는 항상 도베에게 말했다.

"지금 나라를 걱정하여 생명을 버리고 분투하고 있는 자들의 약 9할은, 대대로 옷을 따뜻이 입고 배불리 먹어 온 권문귀족의 아들이 아니다. 무사라고 하더라도 잡병이나 다름없는 신분의 자든가, 아니면 서민, 농부 출신들이다. 도베, 뜻만 있으면 전신이 뭐든 상관이 없다."

또, 이런 말도 했다.

"지사라는 것은 이미 그 칭호를 들을 때 생명은 없는 것이라고 생각하는 자들이다."

도베는 이런 자들에게 도움이 되는 것이 기뻐서 뛰어다니고 있다.

요컨대 교토에는 전운(戰雲)이 감돌고 있다.

후시미, 사가 등에 포진하고 있는 조슈군은 매일 밤 어마어마한 화톳불을 교토 서쪽과 남쪽 들에 피우고, 이미 총에 탄환을 재거나 창날 씌우개를 벗기고 칼집을 늦추어, 명령 한 마디만 떨어지면 교토로 난입할 기색을 보이고 있었다.

료마는 고베에서 형세를 관망하고 있다.

필자는 여기서 잠시 교토의 조슈군 쪽으로 눈길을 돌리고 싶다.

과연 교토로 난입할 것인가.

이것에 천하의 이목은 집중되고 있었다.

참, 필자가 잊고 있었다. 료마는 가쓰의 양해를 받아 고베 학교에 조슈 무사를 한 사람 숨겨 주고 있었다. 첩자였던 모양이다.

다케다 요지로(竹田庸二郎)라고 했다. 가쓰는 그 조슈 번사와 학교 안에서 은밀히 만나 말했다.

"조슈 영주를 뵙거든 말하시오. 교토에 머물러 기세를 올리고 있는 귀번의 무리들이 만약 교토에 난입하더라도, 그것은 절대로 깊은 생각이 있기 때문이 아니라 일시적인 울분을 풀기 위한 것일 뿐, 생각이 깊은 조슈 영주의 의사는 아닐 것이다—고 가쓰가 말하더라고."

막신의 자리에 있는 가쓰가, 조슈 번에 베푼 최대한의 호의였으리라.

교토에 몰려간 조슈군의 사실상의 참모장은 구루메스이텐 궁(水天宮)의 신관직을 지낸 적이 있는 낭인 지사단 중의 총수 마키 이즈미였다.

인물, 두뇌, 모두가 과격 양이파 중에서 최고봉이라고 할 수 있는 사내이다. 쉰두 살.

그 마키가 이렇게 되기 전에 은밀히 고베 학교로 가쓰 가이슈를 찾아 온 일이 있었다. 료마가 교토로 가고 없을 때였다.

마키는 자타가 공인하는 막부 타도파의 명사로서 그의 사상은 천하에 널리 알려졌다. 그 마키가 자신의 적이나 다름없는 막신 가쓰의 토론을 듣기 위해 일부러 찾아왔다는 것만으로도, 가쓰라는 사내의 이상한 매력을 알 수 있을 것이다.

그 가쓰가 마키를 위해 세계정세를 설명하고 세계 속의 일본의 위치를 부각시켜, 맨손으로 이기려는 양이론이 얼마나 어리석은가를 설파했다.

마키도 그 무렵에는 자기의 양이 사상에 의문을 품고 있었던 모양이다.

그것이, 가쓰의 말로써 명백해졌다.

"내 연래(年來)의 뜻이 잘못이었다……."

마키는 이렇게 생각했을 것이다.

그러나 마키의 등 뒤에는 그를 총수로 받들어 온 결사의 양이 낭사가 있고, 또한 그를 스승처럼 우러러보고 있는 조슈 번주와 조슈 번사가 있다.

이제 새삼 "길은 다른 곳에 있다"고 할 수는 없다.

기세다. 사람의 운명도 기세에 좌우되고 한 나라의 운명도 기세에 좌우된다.

"옛날부터 지사란 도량과 식견이 좁다"고 가쓰는 거침없이 말했다. 지사의 자격은 그 격렬한 기개, 절개와 행동력이다. 이 두 가지는 광신적인 좁은 사상에서 우러난다는 의미다. 가쓰는 다시 설파하여 "만약 오늘날, 양이파를 기선에 태워 멀리 외국 구경을 시킨다면 저절로 의견이 달라지리라"고 말했다.

"나라는 도량이 좁은 지사의 손으로는 구할 수 없다. 오히려 나라를 조각낸다."

이렇게도 말했다.

"참으로 옳은 말씀이오."

마키는 넋을 잃고 말했다.

—그러나 이미 일은 이 지경까지 이르렀다. 기호(騎虎)의 기세, 어찌해 볼 도리가 없다. 나는 끝내 갈 수 있는 곳까지 가지 않으면 안 된다. 그 '갈 수 있는 곳까지 간' 상태가 지금 교토에서 팽팽하게 전기(戰機)를 품고 있다.

덴노 산은 교토와 오사카를 잇는 요도 강을 따라 웅크리고 있다.

표고 2백7십 미터에 불과한 조그만 산이지만, 역사적으로 이처럼 이름 높은 산도 없다. 멀리 덴쇼 10년의 그 옛날, 아케치 미쓰히데(明智光秀)와 도요토미 히데요시(豊臣秀吉)가 이 전술적인 고지의 쟁탈전을 벌이다가 끝내 히데요시가 제압, 야마시로 야마사키 대전을 승리로 이끈 것으로 유명하다.

그 덴노 산에 조슈군의 본영 하나가 있다.

낮에는 싱싱한 잎이 반짝거리지만 요도 강둑에 어둠이 깔리면 덴노 산은 한 무더기의 불꽃이 되어 하늘을 태울 것만 같다.

산마루에서 큰 화톳불을 피우고 있다.

조슈 사람들의 수단이다. 교토의 조정 각 번들을 화세(火勢)로 누르려는 것이다.

한편 막부의 교토 부근 근거지인 오사카 성에서도 북쪽으로 저녁놀이 발갛게 물들어 있는 것이 보였다.

산이 타고 있다. 막부 말기의 긴장이 끝내 불이 되어 천지를 시뻘겋게 물들이기 시작한 것만 같았다.

교토는 어수선하다.

그것이 홀렁 뒤집혀질 것 같은 큰 소동으로 변한 것은 기지마 마다베의 이동이었다.

이동하게 된 까닭은,

후시미의 조슈군 본영에는 총수격인 중신 후쿠하라 에치고가 있다.

사가 덴류 사에도 본영이 있다. 덴류 사의 본영에는 지휘관이 없다.

후쿠하라는 덴류 사 진지의 사령관으로서 기지마 마다베를 파견한 것이다.

이동하려면 교토 시중을 통과해야만 한다.

"시중이 소동을 일으키지 않도록 밤중에 덴류 사로 이동하면 어떨까?"

"조슈 사람이 좀도둑처럼 밤길을 걸을 수야 있는가. 대낮에 무장하여 당당하게 통과하겠다."

그들은 머리에 높은 모자를 쓰고, 금빛 찬연한 갑옷을 몸에 두르고 전복을 입었다. 그리고 흰 바탕에 얼룩점 있는 말을 타고 각 군사들을 부서에 배치했다.

이끌고 가는 부대는 화승(火繩) 장비의 유격군, 그리고 장창, 장검 장비의 역사대(力士隊)다.

마다베는 금빛 지휘 채찍을 휘두르면서 후시미의 거리를 출발, 다케다 가도를 진군하여 가쓰라 강의 동쪽 기슭을 따라 행군했다.

도중, 시내의 거리거리에서 가끔 군을 정지시키고 행진 구령을 외치게 하며 진군했다.

"에이, 에이, 오우!"

교토 시중에서는 전쟁이 시작된 줄 알고 짐수레에 가재를 싣고 피난 가는 사람도 있었다.

마다베는 덴류 사로 들어가자, 대방장(大方丈)을 본진으로 정하고 법당 여섯 군데를 숙진(宿陣)으로 삼고, 다시 아라시 계곡 쪽으로 면한 아라시 산의 여관 세 채와 호류 사를 징발하여 하진(下陣)으로 삼았다.

이 마다베의 이동 소식이 교토 시내에 과장되게 퍼졌다. 아이즈의 수호직 가다모리는 병중임에도 뛰어 일어나 갑주를 입고 궁궐로 급행하기 위해 저택을 나섰는데, 이때 그는 전쟁에 이긴다는 밤과 다시마를 먹는 등 출진 때와 같은 의식을 올렸다.

교토 시중은 무장한 아이즈군, 구와나군 등 막부파의 각 번 군사들로 야단법석이었다.

"큰길이란 길마다 군사가 없는 곳이 없었다."

당시의 공경 일기에 씌어 있다.

교토에 한 사람의 인물이 있다.

뒷날 료마와 서로 사귀게 된 사쓰마 번사 사이고 다카모리였다.

사이고는 시마쓰 히사미쓰에게 미움을 받아 가끔 그의 분노를 사서, 두 번씩이나 섬으로 귀양을 갔다.

이 조슈 소동 때에는 두 번째의 유배지인 사쓰마령 오키노에라부섬(沖永良部島)으로부터 소환되어 막 교토로 올라와, 교토 주재의 중신 고마쓰 다데와키(小松帶刀)를 도와 복잡한 교토 정세 속에서 사쓰마 번의 키잡이 역할을 하고 있었다.

여담이지만 필자는 여기까지 썼을 때 문득 막부 말기 일본에 영국 공사 관원으로 주재하여 눈부신 활약을 한 어네스트 사토라는 영국 청년의 일이 생각났다.

사토는 영국 외무성의 통역관으로서 현지 공부를 하기 위해, 조슈 소동이 있기 2년 전인 분큐 2년에 요코하마로 와 있었다.

얼마 안 되어 회화를 하고, 읽고 쓰기까지 할 수 있게 됐다. 호기심에 찬 명랑한 청년으로, 통역관으로 막부의 고관이나 각 번사들과 교제하는 동안 격동하는 일본에 무척 흥미를 느껴, 영국 공사 관원이라는 신분을 떠나 일본의 친근한 벗이 되려고 한 젊은이다.

갓 스물두 살인 그는 지난해 그믐께 공용으로 영국 공사와 함께 효고 항(兵庫港)까지 온 배 안에서 며칠 묵고 있었다. 따라서 효고 항이라면 배 위에 있는 사토의 눈에도 멀리 물 위에 료마 등 해군학교가 있는 이쿠다의 숲이 보였을 것이다.

항내에는 일본 기선 일곱 척이 있었다.

그 가운데 사쓰마 번의 번기를 올린 기선이 한 척 닻을 내리고 있었는데, 마침 그 사쓰마 번의 선장이 사토를 알고 있었기 때문에 배로 찾아 왔다. 물러갈 때 그 사쓰마 사람은 말했다.

"꼭 우리들의 배로 오십시오. 대접하겠소."

며칠 뒤 사토는 사쓰마 선을 방문하여 술, 달걀 등의 대접을 받았다.

사토는 변소로 갔다. 문득, 어떤 방 앞을 지나자니 문이 열려 있다.

한 거한이 침대에 누워 있었다. 한쪽 팔에 칼자국이 있었다. 변소로 안내하는 사쓰마인이 "시마쓰 사추"라고 속삭이고 사토를 연회석으로 재촉했다.

사토가 본 사이고는 복잡한 국내 정세에 대처하기 위해, 번의 여망을 짊어지고 오키노에라부 섬으로부터 소환당해 교토로 올라가는 도중이었다. 사쓰마 번에서는 왜 그런지 사이고에게 별명을 쓰게 하고 있었다.

사토는 그로부터 몇 달 뒤, 효고의 사쓰마 번 집회소를 찾아갔을 때 교토로부터 와 있던 사이고를 만났다. 이때 사토는 이미 사이고를 가리켜 '사쓰마 번에서 으뜸가는 지도적 인물'이라는 말을 쓰고 있다. 이 대면 때의 정경을 사토가 쓴 '막말 유신 회상기(幕末維新回想記)'에서 보자.

사토는 입을 열자마자, 예의 별명에 대한 일건을 사이고에게 물었다.

"내 질문을 받자 그는 뱃속으로부터 우러나는 큰 웃음소리를 냈다. 그런데 형식적인 인사가 끝나자 그 뒤가 난처해졌다. 멍청하게 얼빠진 듯한 표정으로 도통 얘기를 하지 않는 것이다. 그래도 그의 눈은 커다란 검은 다이아몬드처럼 빛났고, 말을 할 때의 미소 속엔 무엇이라고 말할 수 없는 정다움이 서려 있었다."

그 사이고가 교토 니시키고지(錦小路)의 사쓰마 번저에서 조슈군의 움직임, 궁정의 정세, 막부와 각 번의 움직임을 가만히 보고 있다.

되도록 번사를 움직여 정보를 모으고 직접 찾아가 만나야 할 요인은 모두 만나 그것을 판단의 자료로 삼았다.

드디어 사이고는 단호히 결정했다.

"조슈군을 쳐야 한다."

이렇게 결정한 뜻을 사이고는 증기선 편을 이용하여 본국으로 급보를 전했다. 본국의 히사미쓰의 측근에는 그의 동지이며 어릴 때의 벗인 오쿠보 도시미치가 있다. 사이고의 편지를 받고 기민하게 번의 외교 방침으로 만들어 군사가 필요하면 군사를 교토로 보내는 것이다. 말하자면 교토의 사이고는 투수(投手)고 본국의 오쿠보는 포수(捕手)였다.

그 편지가 남아 있다.

"조슈의 일은 될 수 있는 대로 참을 방침으로 있었지만, 그들은 폭위(暴威)로써 조정을 붕괴시키려 하고 있네. 이 지경에 이르러서는 더 이상 참고 있을 수 없는 형편일세. 당상관(堂上官)들께서도 태반이 조슈에 동정적인 듯이 여겨지네. 이 이상 참아 보았자, 반드시 우리 사쓰마 번은 조슈 때문에 허물어지고 말 것은 의심할 여지가 없네. 어차피 조명(朝命)을 받들어서 싸울 도리밖에는 없겠네."

여담이지만, 사이고는 이 시기에 있어 천하 국가의 일보다도 사쓰마 번의 이해에 입각하여 말을 하고 있는 점이 재미있다. 가쓰나 료마와의 차이다. 가쓰나 료마에게는 '일본'을 자각한 선각자의 면이 있지만, 사이고는 그 이상의 현실적인 정치가였다. 하기는 사쓰마 번의 이해관계에 관한 역할이 사이고의 직무이긴 했지만.

사이고는 이 편지에 그러한 결단을 내릴 때까지의 판단 자료를 한껏 열거하고 그 항목 하나하나마다 자세한 설명을 붙이고, 그 뒤에 쾌도(快刀)로 삼(麻)을 자르듯하는 비평, 판단을 내리고 있다. 이 사이고는 비평가로서도 당대 일류의 인물이었다는 것을 알 수가 있다.

다음에 그 편지에 중요한 말을 하고 있다. 조슈를 쓰러뜨린 뒤의 전망에 대해서다.

"어차피 대전이 벌어지네. 우리들은 그 싸움에서 막부를 도와 조슈를 꺾어 버리는 셈이지만 조슈를 꺾어 버린 뒤의 정세는 어찌 될 것인가? 막부는 다시금 옛날의 세력을 되찾아 가겠지. 그렇게 되면 난처하네. 그렇게 되지 않도록 사쓰마 번의 방침으로서는 '조슈 격퇴는 어디까지나 조위(朝威)를 확립시키기 위한 전쟁'이라는 주장을 관철시켜 가야만 하네. 먼 훗날에 가서도 그 점에 있어 유감스러운 일이 없도록 잘해 가지 않으면 안 되네."

요컨대 사쓰마 번을 중심으로 한 근왕주의의 수립이라는 것이었다. 일시적으로 막부와 손을 잡을망정, 언제까지나 잡고 있어서는 안 된다는 것이다.

조슈 사람은 관념주의.

사쓰마 사람은 현실주의.

이렇게 말하지만, 이러한 사쓰마 번의, 소위 영국을 연상하게 하는 현실적 외교 감각이 이 편지에 넘쳐흐르듯이 나타난다.

사쓰마인도 역시 일본인임에는 틀림이 없다. 그들은 사이고뿐만 아니라 모두가 일본인이 아닌 듯이 외교 감각에 뛰어났다. 말하자면 전국시대 이래 전해 내려온 시마쓰 집안 특유의 재주로서, 특히 막부 말기에 유감없이 발휘되었다.

관념적인 이론가가 많은 조슈인이 볼 때에는 사쓰마의 이러한 점이 간녕사지(奸佞邪智)로 보였으리라. 체질적인 차이라고 해도 좋을 것이다.

말하자면—

이 난은 조슈가 역적이 되느냐, 사쓰마가 역적이 되느냐 하는 갈림길이었다.

왜냐하면 고메이 천황은, 그 진의야 어떻든 간에 중대한 변절을 했다. 지난해 8월 18일 조슈 번 몰락까지에 남발된 말들은 광신적인 양이주의 사상에 의한 것으로서 '외국을 치라'는 용감한 것이었다. 그것이 칙어(勅語)의 대외적 태도였다. 대내적 태도로서는 "막부가 짐으로부터 무권을 위임받고 있으면서도, 외국을 치라고 하는데 도무지 치지 않는다. 짐은 그것이 못마땅하다"라는 것으로서 이미 막부를 부정하는 살기를 품고 있었다.

물론 이런 칙어 작성의 이면에는 모두 조슈 번과 조슈계 공경의 책동이 있었으며, 요컨대 그들이 천황으로 하여금 그런 말을 하게끔 만들었다고 보아도 좋다.

그런데 지난해 8월 18일의 정변 이래, 궁정의 배후 세력으로서 사쓰마 번이 일어나, 계속 내려지는 조칙(詔勅)은 거의 사쓰마 색으로 뒤바뀌어졌다.

사쓰마 번은 점진주의(漸進主義)를 갖고 있었으며 현실적이고 온건하다.

대막부 문제에 있어서도 속으로는 막부를 비웃으면서도 '공무 합체주의(公武合體主義)'를 취했다. 공은 조정, 무는 막부. 양자가 사이좋게 하자는 것이다.

이것은 막부에게는 도움이 되었으나 반막주의 조정 중심주의인 조슈 번에는 분명히 적대 행위가 되었다.

사쓰마는 막부를 도왔다.

고메이 천황은 그러한 사쓰마를 좋아했다. 얄궂은 일이다. 조정과 천황에 대한 충성으로 필사적이 된 조슈를 천황은 싫어하였다.

옛날부터 무가와 조정과의 관계는 미나모토 요리토모(源賴朝) 이래로 남성과 여성의 관계다. 양쪽의 심리도 그대로였다. 천황은 사랑으로 미쳐 죽을 것 같이 된 조슈라는 남자의 깊은 정을 못마땅하게 생각할 뿐만 아니라, 미워하기 시작한 것이리라.

그보다도 사정을 잘 아는 사쓰마 신사(紳士)에게 호의를 가졌다고 보아도 좋다.

교토 교외에 포진하고 천황을 연모한 나머지 광란 상태에 빠져 버린 옛 연인은 열심히 조정에 작용을 가해 '복연(復緣)'을 강요했다.

"지난해, 8월 18일까지의 칙어는 거짓인가. 거짓은 아니리라. 아무쪼록 그때의 상태로 돌려주기 바란다."

이러한 복연 운동에 놀란 것은 사쓰마 번이다. 만일 조슈가 성공하면 8월 18일 이후의 칙어의 배경이 된 자기 번이 몰락하고 역적이 돼 버린다. 사이고의 활약은 이러한 사정에 의한 것이었다.

사이고 등 사쓰마 번의 외교관은 조정에 손을 뻗쳐 중대한 결정을 천황의 친필로 받아 냈다.

"지난해 8월 18일의 것은 간파쿠(關白) 이하의 교칙(矯勅)이 아니라 짐의 의사에서 나온 것이다."

덧붙여

"조슈인이 입경한 것은 좋지 못하다. 이 점에 대해서도 모두들 의혹을 품지 말도록 하라"는 것이었다.

사이고는 이것에 의해서 정치적 명분을 얻어 친조슈파 여러 번에 대한 공작을 폈다.

사이고는 친 사쓰마파의 정신(廷臣)인 나카가와노미야와 고노에 (近衛) 전 간파쿠에게 매일 인사를 다녔다. 사이고 입장에서는 칙명 으로서 '조슈 토벌령'을 내려 주었으면 싶었다. 물론 이때 사쓰마와 한 통속인 막부파 아이즈 번도 열심히 궁정 공작을 했다.

그런데 교토를 포위 중인 조슈군도 이러한 공작을 멍청히 보고만 있었던 것은 아니다.

언론보다도 공갈로 나왔다. 친 조슈파 공경의 입을 빌어 연방 소 문을 퍼뜨렸다.

"자객을 보내 나카가와노미야와 고노에 전 간파쿠를 죽인다"는 것이다.

이 소문에 나카가와노미야나 고노에 전 간파쿠는 겁을 내어, 사이 고의 이야기를 이해하면서도 좀처럼 '조슈 토벌령'을 내리려 하지 않았다.

사이고는 오쿠보에게 보내는 편지에 불만을 털어놓고 있다.

"조슈 편을 드는 당상관이 나카가와노미야 및 고노에 공을 암살 한다는 설을 퍼뜨려, 예의 공포증이 일어나, 여러 가지로 건의를 했으나 조슈 토벌의 결정이 이루어지지 않아 분하기 짝이 없네. 어찌 해 볼 도리가 없어 피눈물을 삼키고 있네."

사이고는 끝내 참을 도리가 없어, 조슈에 반감을 품고 있는 열한 개 번의 중신, 번저 수비관 등을 산본기(三本木)의 '세이키루(淸輝 樓)'에 모아 여론을 조성하려고 했다.

사이고는 눈을 부릅뜨고 말했다.

"만약 귀번 등이 조슈 토벌에 반대하신다면 사쓰마 단독으로 하 겠소. 토벌령이 이렇게 지연되니 정말 피눈물을 삼킬 지경이오."

이 격렬한 연설은 당시 '사이고의 혈루회의(血淚會議)'라고 하여 여러 번에 알려졌다.

이 회의의 결과, 도사 번과 이요(伊豫) 우와지마 번(宇和島藩)만이 사이고에게 동조하여, 세 번이 합동으로 "지금 조슈를 치지 않으면 후환은 백년의 한이 됩니다"라는 격렬한 문구를 써서 상주했다. 이때가 겐지 원년 7월 17일이었다. 이 세 번 합동의 상주가 조정과 막부를 조슈 정벌로 내딛게 만든 기폭제(起爆劑)가 되었다.

—한편, 교토를 포위중인 조슈군은 "진정이 끝내 이루어지지 않는다"고 보았다. 어쩌면 19일에는 조슈 토벌령이 내릴 것이 틀림없는 사실로 보았다.

그래서 사이고가 혈루회의를 열고 있는 17일 같은 시각에 총사령관인 중신 후쿠하라 에치고는 각 진지에 퍼져 있는 지휘관들을 오도코 산(男山) 하치만 궁의 사무소(社務所)로 모았다.

모여든 주요 지휘관들은

후시미 진지—후쿠하라 에치고, 다케노우치 쇼베, 사쿠마 사헤에(佐久間佐兵衛).

사가 덴류 사 진지—기지마 마다베, 고다마 쇼민부(兒玉小民部), 나카무라 구로(中村九郎), 오타 이치노신(太田市之進).

야마사키 덴노 산 진지—구사카 겐스이, 마키 이즈미, 데라지마 주사부로, 시시도 사마노스케, 사사키 오도야(佐佐木男也).

총세 20여 명.

"어떻게 하겠는가?"

의장격인 후쿠하라 에치고가 물었다.

"일단 오사카까지 철병하자"라는 자중론이 많았다. 조정의 명령이 내렸는데 전투를 하면 역적이 된다. 오명을 영원히 남기게 되리라는 것이 자중론의 근거였다.

방 안이 물들 정도로 녹음이 짙었다. 좌중이 조용해지자, 매미 소리가 온 집안에 가득 찼다.

자중론은 젊은 자들에게 많다. 불덩이라고 불리는 구사카 겐스이조차 그렇다.

그러나 그러한 분위기 속에서 기지마 마다베가 혼자 노호했다.

"토벌령이 무엇인가! 사태가 여기까지 온 이상 그런 것이 나타나리라고는 본래 각오하고 있었다. 제군은 역적이 되는 것을 두려워하는가? 학문을 너무 파고든 증거다. 고래로 승리한 측이 패한 측을 역적으로 만든다. 일본의 습관이다. 그처럼 역적이 되는 것이 두려우면 명령이 내리기 전에 선수를 써서 쳐들어가면 어떤가?"

"안 된다."

겐스이가 반대했다.

"조정에 대해 선수를 치는 것은 명분상 바람직한 일이 못된다. 첫째, 이제와서는 막부나 사쓰마, 아이즈의 전비(戰備)가 다 갖추어져 버렸다. 우리들은 후비(後備 : 豫備隊)를 필요로 한다. 다행히 젊은 영주님께서 군사 2천을 이끌고, 머지않아 바닷길을 통해서 오사카에 도착한다. 화전(和戰) 어느 쪽을 택하든 간에 도착하기를 기다려서 하는 것이 좋으니까 지금은 일단 군사들을 거두어서 오사카로 철수하자."

"닥쳐!"

기지마 노인이 말했다.

"기선(機先)을 잡으면 남을 제압할 수 있다. 선수를 치지 않고 어떻게 이 싸움을 이길 수 있는가. 교토에 있는 막부, 여러 번의 병력은 7만, 적게 잡아도 5만."

마다베는 다시 말을 이었다.

"우리 쪽은 2천. 적은 오늘, 내일이라도 부서를 정하여 세 길로 나뉘어 공격해 온다. 그것을 한가하게 기다리고 있다가는 전멸을 당할 뿐. 구사카가 말한 후비대란 무엇인가! 기껏 군사 2, 3천이 아닌가. 새 발의 피와 다름없어. 그런 것을 믿느니 차라리 번개같이 기습하는 편이 좋다. 제군, 어떤가? 제군은 싸우지 않겠는가? 싸우기 싫으면 싸우지 않아도 좋아! 이 마다베 혼자 싸우겠다. 진격하고, 기습하고, 아이즈 진영을 때려 부수고, 마쓰다이라 가다모리의 목을 베어 가모 강변에 효수하겠다."

눈물이 주르르 볼을 타고 흘렀다.

"그대들은 히가시 산에라도 올라가 이 마다베의 활약을 구경하라고. 알겠는가, 구사카?"

"노인장, 그러나……."

"그러나고 개똥이고가 어딨어! 구사카, 그대는 의원 집에서 태어났어. 의원 따위가 싸움에 대해 알 게 뭐야! 싸움이 무서운 놈은 이 자리에서 부지런히 도망치라!"

그런 말을 해놓고, 마다베는 회의 도중에 일어나 덴류 사의 본영으로 철수해 버렸다.

그 뒤, 더욱 갑론을박했으나 좌장격인 에치고가 사실상의 지도자인 구루메 사람 마키 이즈미에게 의견을 구했다.

"별수 없소. 기지마님 주장에 동의할 수밖에 달리 취할 길은 없을 거요."

침통하게 대답했다.

근왕가인 마키는 "교토로 쳐들어가는 형식은 아시카가 다카우지(足利尊氏)와 비슷하다. 그러나 마음이 구스노키 마사시게(楠正成)라면 괜찮을 것이다"고 그 주전론(主戰論)에 대의명분을 붙였기 때문에, 조슈인은 비로소 싸움으로 발을 디뎠다. 매사에 관념론을 좋아하는 번의 풍조인 것이다.

결국은—

천황 쟁탈전이다.

이 점, 장기와 다름이 없다. 장을 뺏은 쪽이 이기는 것이다.

천황은 조칙 기관에 불과하다. 이것을 뺏어 받들고 자기의 적을 역적으로 몰아 천하의 군사를 불러 이를 토벌하고 자기가 원하는 체제를 만든다.

사이고는 그런 본질을 잘 알고 있었다. 그는 격조 높은 이상가였지만 동시에 현실의 본질도 알고 있었다.

—자질구레한 이론보다도 우선 장을 잡아야 한다.

이런 전략을 실제로 배운 것은 그 뒤의 도막(倒幕) 활동 시기가 아니라 이 조슈 소동 때였다. 이런 점에서, 이 소동은 혁명가 사이고에게는 좋은 예행연습이 되었다.

"자질구레한 여론보다 우선 장을 잡아야 한다"라는 것을 조슈군 중에서도 가장 깊이 알고 있는 것은 얄궂게도 혁명가도 아무것도 아닌 한낱 무장인 기지마 마다베였다.

그렇기 때문에 그는 오히려 망설이는 젊은 혁명가 구사카, 데라지마, 이리에 등을 호령하여 꾸짖은 것이다.

"이 지경에 이르러서 무엇을 우물쭈물하는가?"

결국 조슈군의 군사 회의는 기지마 마다베에게 이끌려서 '교토 공격'으로 결정됐다. 물론 전쟁의 명분은 '천황 측근의 간신을 물리친다'는 것이었다.

천황 측근의 간신이란 첫째 아이즈 번, 둘째 사쓰마 번. 노골적으로 말하면 이 두 번의 수중에서 무력으로 천황을 빼앗는다는 것이다.

이 점에 있어, 쌍방에서 이 소동의 본질을 제대로 파악하고 있는 것은 조슈에서는 마다베, 사쓰마에서는 사이고였다고 할 수 있다.

필경은 이 두 사람의 대결이 아니었겠는가.

아무튼 조슈군은 후시미, 야마사키, 사가의 세 부대가 18일 밤을 기해 행동을 일으키는 동시에 금문으로 쳐들어가기로 의논했다.

기습이었다. 막부는 오산을 했다. 조슈 번의 행동 개시를 19일이라고 보고 그날을 기해서 전비를 갖추었다.

그 수가 5만이다. 황성 안팎에 그만한 전투원이 모인 것은 무로마치(室町) 말기의 오닌의 난(應仁亂) 이후 처음이었다.

막부는 다시 오산을 했다.

이 작전은 머지않아 15대 장군이 되는 궁정 수위 총독인 히도쓰바시 요시노부가 세웠다. '이에야스 이래의 재걸(才傑)'이라는 평을 들은 인물이다.

그는 여러 가지 정보를 근거로 하여 조슈군의 주력은 후시미의 후쿠하라 에치고 부대라고 보았다. 무리도 아니었다.

후시미의 주장 에치고는 조슈 번의 수석 중신이다. 더구나 그가 이끄는 부대는 번내(藩內)의 상급 무사로써 조직되어 있다. '선봉대(先鋒隊)'라고 했다. 5백 명.

상급 무사니까 강하다. 이 부대가 필경 주력이리라. 이것만 격파하면 된다고 요시노부는 판단했다.

그런데 반대였다. 도쿠가와 3백 년의 태평은 에도의 직속 무사들뿐만 아니라 각 번의 상급 무사들을 둔하게 만들어 버렸다.

료마는 전에 도사 번의 상급 무사에 대해 "대대로 높은 봉록에 신물이 난 계급 중에는 변변한 자가 없다"고 말한 일이 있다. 조슈 번도 다를 것이 없었다.

어쨌든 이에야스의 재래라고 일컬어지는 요시노부는 조슈군의 가장 약한 부대가 주둔하는 후시미 방면을 중시하고, 그곳을 주결전장이라고 보아 막부측의 최대, 최강의 군사를 배치했다. 즉 아이즈, 구와나 번을 주력으로 삼아 이 두 번의 군사를 구조(九條) 강변에다 포진시켰다.

감군(監軍)은 마키다 사가미노가미(蒔田相模守)로 하고 그 아래에 신센조와 순찰대를 두어 가모 강(鴨川), 간진 다리(勸進橋) 서쪽 구석에 포진.

이에야스 이래, 도쿠가와군의 선봉이라는 관례가 되어 있는 히코네 번(彦根藩)은 모모야마(桃山)로.

최전선에는 오가키 번(大垣藩)을 두었다.

오가키 번을 최전선에 둔 이유는 도다(戶田) 10만 석의 작은 번이면서도 이 번이 당시 서양 총을 가장 빨리 사들여 양식 훈련을 하였고, 더구나 그 병제 개혁자인 중신 오하라 뎃신(小原鐵心)은 천하의 명장으로 소문이 나 있었기 때문이다.

한편—

후시미의 조슈군이 행동을 개시하여 후시미 조슈 저택을 출발한 것은 18일 밤 12시였다.

선두에는 소총수 20명.

거기에 뒤따르는 창부대 30명. 이들 50명이 선봉이다. 이들은 예의 약졸인 '선봉대'와는 다르다. 후쿠하라가 일부러 사가 방면의 기지마에게 부탁하여 돌려받은 정예였다. 다년간 지사 활동을 해 온 오타 이치노신이 지휘하고 있었다.

이 뒤로 중군이 뒤따른다. 중군은 소총대 20명에 발도대(拔刀隊)가 그 뒤를 따르고, 중앙에 총대장 후쿠하라 에치고가 전복 차림으로 말 위에 높이 앉아 있다.

참모가 그 뒤를 따른다.

그 참모의 등 뒤에 대포가 두 문 덜그럭덜그럭 차바퀴 소리도 요란스럽게 끌려가고 대포 뒤에 발도대, 맨 뒤가 창부대 20명.

군은 후시미 가도를 북상했다.

명필가(名筆家)인 후쿠하라의 필적으로 근왕 양이, 고라 대명신(高良大明神), 가도리 명신(香取明神)이라고 크게 쓴 깃발이 밤바람에 펄럭이고 있다.

조슈군 후쿠하라 에치고 부대가 후시미 가도의 숲에 이르렀을 때, 막부군 선봉인 오가키 번 병과 마주쳤다.

오가키 번은 검문소를 설치하고 있었다.

"무슨 일이냐!"

수하(誰何)를 하자 조슈군 선봉인 오타 이치노신은 말 위에서 채찍을 어깨에 맨 채 이 말만 남기고 유유히 통과하고 말았다.

"조슈군, 통과하겠다."

그 뒤를 긴 대열이 뒤따른다.

'막부는 다루기 쉽구나.'

이렇게 생각했으리라.

그러나 조슈 쪽에만 인물이 있는 것은 아니다. 후지(藤) 숲의 오가키 번 진지에도 번장(藩將) 오하라 뎃신이 있다.

작달막한 사내로 기괴한 용모를 지니고 있었다. 갑옷도 입지 않고 평복의 가슴팍을 헤친 채 바람을 쏘이고 있다. 전령이 급보를 해도

"아, 왔는가."

할 뿐 의자에서 움직이려고도 하지 않았다.

그에게는 비책이 있다. 우선 통과시켜 놓고 방심시켜야만 한다.

진지 바로 저쪽에 스지가이 다리(筋違橋)가 있다.

조슈군이 그곳을 건널 때 오하라 뎃신은 의자에서 일어나, 활활 타오르고 있는 화톳불에서 불꽃이 펄럭이는 장작을 하나 집어

"야앗!"

하늘 높이 던졌다.

그것이 미리부터 정해 둔 신호였다. 후지 숲 속에 매복시켜 둔, 오가키 번의 자랑인 소총부대가 길 위를 전속력으로 달려가 다리 옆에서 흩어지자마자 조슈군의 등 뒤를 향해 일제 사격을 가했다.

다리 저쪽의 둑 뒤에도 뎃신이 매복시켜 둔 소총부대와 창부대가 있다.

그들이 조슈군의 옆구리를 공격했다.

순식간에 조슈군은 혼란에 빠졌다.

포에 포탄환을 재는 자, 무턱대고 발포하는 자, 창을 가지고 적진으로 달려들어가는 자, 자기군 쪽으로 도망쳐 오는 자, 이미 지휘조차 할 수 없었다.

최강이라는 선봉대는 두서너 마장 저쪽으로 전진하고 있었지만, 급변을 알고 달려 돌아왔을 때는 중군이 무너지기 시작하고 있었다.

중군은 약하기로 정평이 있는 선봉대였다.

오타는 자기 군진 속으로 말을 몰아대며 칼을 뽑아들고 외쳤다.

"도망치지 마라! 도망치는 자는 베이리라!"

그러나 일단 무너지기 시작한 병사들을 어쩔 수가 없었다.

더구나 말을 타고 있던 후쿠하라 에치고가 총탄에 턱을 뚫렸다.

드디어 총퇴각령이 내려졌다. 오타는 그래도 퇴각에 반대하여 난군 틈에서도 소수의 군사들을 수습해 진격하려고 했으나, 진출해 온 신센조, 히고네, 아이즈 등의 군사들에게 가로막혀 끝내 분산되고 말았다.

이 싸움의 총성, 포성은 대궐에까지 들려 와 히도쓰바시 요시노부는 황급히 입궐했다.

공경들은 모두 넋을 잃고 있었다. 천황은 칙명을 내렸다.

"속히 토벌하라."

조슈와의 싸움은 이때부터 시작된다.

도박에 비유한다면, 막부군은 '눈가림을 당했다'고나 할 수 있으리라. 적정 판단을 잘못한 것이었다.

후시미의 조슈군에 주력을 기울이고 있는 동안 사가 덴류 사의 조슈군이 달빛 어린 교토 시내로 유유히 들어온 것이었다. 더구나 바로 코앞에 다가올 때까지 막부군은 눈치를 채지 못했다.

이 방면의 조슈군의 총수는 중신 구니시 시나노이며 사실상의 총지휘자는 기지마 마다베였다. 더구나 군사는 조슈 번 중에서도 기병대(奇兵隊)와 함께 최강이라고 불리는 유격군이 주력이었다. 그 위에 결사의 낭인 지사들도 다수 포함되어 있었다.

그들은 오전 두 시에 덴류 사 본영을 출발했다.

총수 구니시 시나노는 스물다섯 살의 젊은 중신이다. 조상 대대로 전해져 내려오는 연둣빛 갑옷, 등에 구름을 휘감고 등천하는 용을 그린 하얀 비단 전복을 입고 마상에서 흔들거리며 나아간다.

군의 앞머리에는

"근왕 양이(勤王攘夷)"

"토 아이즈 사쓰마 간적(討會奸薩賊)"

등의 기치가 18일 밤의 달빛을 받아 중천에 펄럭이면서 나아간다.

도중 가다비라(帷子)의 네거리에서 부대를 둘로 나누었다.

한 부대는 구니시가 지휘하여 가라스마루(烏丸) 거리를 지나 대궐의 나카다치우리 문(中立賣門)으로.

한 부대는 처음부터 이 소동의 주역이었던 마다베 노인이 이끄는 4백 명의 군사. 이들은 조자마루(長者丸) 거리를 지나 대궐로 향했다.

대궐 부근의 고오 신사(護王神士) 앞에 이르면 다시 두 부대로 나누어 한 부대는 고다마 쇼민부(兒玉小民部)가 이끌고 시모다치우리 문(下立賣門)으로—다른 부대는 기지마의 지휘로 하마구리 궁문(蛤宮門)으로 진군할 예정이었다.

한편 구니시 부대가 나카다치우리의 앞거리까지 오자, 등 뒤쪽에서 수많은 무사들이 달리는 듯한 발자국 소리가 요란하게 들렸다.

"적인가, 아군인가, 달려가 보고 오너라."

구니시가 명령했다.

척후 몇 명이 달려갔다. 곧 되돌아와서

"히도쓰바시(一橋)군입니다. 대궐을 지키러 달려간다고 합니다."

"음, 대궐 수호라고 하더냐?"

젊은 구니시는 흥분하여 어느 정도 신파기(新派氣)를 띠고 있었다.

"대궐로 가는 길목을 치는 것은 대의가 아니다. 길을 터서 통과시켜라."

전투인 이상, 적과 마주치면 즉시 전투를 시작해야 할 텐데, 이런 한가로운 소리를 하면서 못 본 체해 준다. 이 정도까지는 의식화된 무사도가 살았다고 보아도 좋을 것이다.

이 히도쓰바시군은 급히 참내하는 요시노부를 경호해 온 것으로서 요시노부의 후일담에도 이 조슈 척후를 목격했다고 한다.

심야의 거리를, 흰 머리띠에 갑주를 입은 무사 두 사람이 창을 들고 달려온다. 일 마장 가량 가니 똑같은 모습의 무사가 또 두 명 달려갔다.

'이것은 아이즈 번의 정찰이겠지. 이 얼마나 기민한 활동인가.'

뒤를 지켜보며 요시노부는 내심 믿음직스러워했는데, 뒤에 그것이 조슈 번의 정찰병이라는 것을 알았다. 정말 피장파장이라고 할 수 있으리라.

대궐에는 구니시 부대가 먼저 도착했다.

그러나 이미 정면의 나카다치우리 문은 지쿠젠(筑前) 구로다 번 (黑田藩)과 히도쓰바시군이 지키고 있다. 조슈군이 쇄도해 오는 것을 보자 어지럽게 총탄을 쏘아 댔다.

맞지 않는다.

구니시 시나노는 마상에서 금으로 된 지휘 채를 크게 휘두르며

"분명히 적이 먼저 발포했다. 대궐문이라고는 할망정, 이미 사양할 필요는 없다. 쏘아라!"

사격 명령을 내렸다.

치열한 총격적이 벌어졌는데, 이윽고 구니시는 옆에 있는 발도대 (拔刀隊)를 질타했다.

"달려라! 남김없이 베어 버려라!"

명령 일하, 모두 함성을 지르면서 달려갔다. 전에 교토에서 활약하면서 살아남은 근왕 낭사가 많다.

격돌하여 접전이 벌어졌다.

먼저 히도쓰바시군이 지탱하지 못하고 이치조 거리로 퇴각했다. 지쿠젠군은 거의 맞서 보지도 못하고 어둠 속에서 사방으로 흩어져 버렸다. 지쿠젠 구로다 번은 조슈에 대해 동정적인 번이었기 때문이리라.

"자아, 궐문을 열어라!"

전군은 담장을 뛰어넘어 빗장을 열고 난입(亂入)했다.

여기에서 두 패로 나뉘어, 한 패는 곧장 앞으로 나아가 나카다치우리 문의 남쪽 가라스마루 저택의 뒷문을 통해서 저택 안으로 침입하고, 다시 히노(日野) 저택의 정문을 열어 대궐 가라 문(唐門) 앞

으로 나왔다.

이 가라 문은 막부군 최강의 아이즈 번병이 지키고 있다. 총신 창대 등이 달빛 속에 번뜩이며 화톳불이 타오르고 있었고, 등롱이 떼지어 웅성거리고 있었다.

그 등롱의 정문(定紋 : 영주의 표지)을 보았을 때 조슈병 전원은 머리칼이 곤두서는 것 같은 느낌이 들었다. 아이즈 번이야말로 조슈에게는 철천지 원수였다. "그 살점을 씹어도 시원치 않다"고 할 만큼 미워하고 있다. 특히 이번의 대거 상경의 직접 동기가 된 것은 아이즈 번에 속하는 신센조의 이케다야 습격 사건이었다. 그 보복이 동기가 아니었던가.

여담이지만 조슈와 아이즈의 충돌은 이케다야가 최초, 두 번째가 이번 사건이고, 세 번째가 조슈군이 관군이 된 뒤의 아이즈 와카마쓰 성(若松城) 공격이다. 이 와카마쓰 성 공격 때도 영주 가다모리가 근신하고 있는데도 불구하고 조슈가 '섬멸시키고 싶다'고 주장하여 끝내 공격, 함락시켜 백호대(白虎隊)의 비극 등을 일으켰다. 이케다야 사건에서부터 시작된 조슈인의 아이즈인에 대한 증오는 굉장한 것이었다. 아이즈인도 또 조슈인을 미워하여 와카마쓰 성 공방전 때는 포로가 된 조슈 척후의 머리에 다섯 치 못을 박아 살해했다. 증오가 쌓이면 상대편을 인간이라고 생각지 않게 되는 모양이다.

다시 여담이지만, 아이즈는 유신 때 조슈 때문에 억지로 '적군(賊軍)'이란 입장에 몰려 메이지, 다이쇼(大正) 때 기를 펴지 못했고, 쇼와 3년, 천황의 동생 치치부노미야 야스히도 친왕(秩父宮雍仁親王)이 가다모리의 손녀가 되는 마쓰다이라 세쓰코(松平勢津子)를 맞이하여 비(妃)로 삼았을 때, 아이즈 와카마쓰 시에서는 성대한 초롱 행렬을 벌였으며 노인들은 "이제 유신 이래의 은수(恩讐)를 베풀어 주셨다" 하고 미친 듯이 기뻐했다. 겨우 그런 일로 그만큼 기뻐하지 않으면 안 될 정도로 아이즈인의 감정은 이지러져 있었다. 원인은 막부 말기에 있다고 해도 좋았다.

"저것은 아이즈다!"

시나노는 말 위에서 껑충 뛰며 공격 명령을 내렸다.

조슈와 아이즈는 가라 문 앞에서 격돌했다.

당시 천하에서 최강이라고 일컬어진 번병은 우선 사쓰마와 아이즈였다. 그 두 번에 도사, 조슈가 끼어 사대 강번(強藩)이라고 불렸다.

조슈군에게 이점은 있었다. 이미 바칸 해안의 경험으로 전투에 익숙해져 있었던 것이다.

기민하게 싸움터 부근의 지형과 물건을 이용했고, 특히 히노 저택의 담장을 임시방패로 삼아 그곳에서 총구를 내밀고 사격을 하는 한편, 아이즈군이 주춤하는 사이에 발도대, 창대가 공격을 되풀이했다.

'병세(兵勢) 맹렬'이라는 것이 아이즈측 기록에 나타난다. 아이즈군은 픽픽 쓰러져 모래 위에 피가 낭자했다. 더구나 날아오는 탄환을 피하려고 하면 발도대의 칼을 맞으니 수비를 포기하고 퇴각할 도리밖에는 다른 방도가 없었다.

그때 전선 순찰 중인 막부군 총대장 요시노부가 군사 4백을 이끌고 달려왔다.

후에 15대 장군이 된 이 인물은

—훈련 벌레

라는 별명을 들었을 정도로 군대 지휘를 좋아하는 사내였다. 제2의 이에야스라고 불리었던 만큼 보통 사내가 아니었다.

아이즈군의 패색을 보자 심하게 질타를 했다.

"이게 무슨 꼴이냐! 이 문은 대전에 가깝다!"

그리고 다시 자기 직속 군사들을 향해 힘차게 지휘채를 휘두르며 명령했다.

"총공격!"

그러나 대장의 기개는 왕성했지만 히도쓰바시 요시노부의 부하들은 문약(文弱)하기로 정평이 나 있어 덤벼들기도 전에 미리 기가 죽었다.

이 모양을 조슈군 속에서 보고 있던 것은 말 위의 사나이였다. 말을 채찍질하여 자기 군의 소총부대까지 달려가 불같이 명령했다.

"저것이 히도쓰바시다. 말 위, 말 위, 저 말 위의 대장을 쏘아라!"

전투 중이라 조슈군도 착란을 일으키고 있다. 들리지 않는다. 들은 자는 겨우 2, 3명, 황급히 탄환을 재고 요시노부를 겨냥하려고 했다.

그때 요시노부의 직접 지휘에 용기를 되찾은 아이즈의 창부대가 결사적으로 돌격해 왔다. 그 위에 요시노부군이 참가하여 조슈군의 총구 앞에서 치열한 백병전이 벌어졌다.

조준을 할 수가 없다.

겨우 쏘았다. 그 중의 한 발은 요시노부의 허벅다리를 아슬아슬하게 스쳐 그가 탄 말에 상처를 입혔다.

그러나 요시노부는 교묘히 말고삐를 조종하여 말을 놀라게 하지 않고 더욱 맹렬하게 지휘를 했으므로 조슈군은 차차 밀리기 시작했다.

그때였다.

하마구리 궁문 쪽에서 함성 소리, 포성, 창칼 소리가 동시에 일어났다.

구니시군과 고오 신사 앞에서 헤어진 기지마 마다베 2백 명의 부대가 하마구리 궁문으로 쳐들어온 것이다.

그 직후, 시모다치우리 궁문에서도 대포, 소총이 동시에 벼락 치듯 울렸다. 그것은 고다마 쇼민부 지휘하의 군사 2백 명이 궁문으로 돌격하는 소리였다.

마다베는 충차(衝車)로써 궁문을 부수고 앞장서서 장창을 번뜩이며 돌입했다. 문 안에는 아이즈군이 전열을 펴고 있었다. 대장은 뒷날 도바 후시미 싸움에서 죽은 하야시 곤스케(林權助)였다.

총성이 일시에 울리며 그 초연 속에서 마다베는 악귀처럼 날뛰었다.

여기서 사쓰마군에 대해서 살펴보자.

이 하마구리 궁문의 변으로 최대의 전공을 올린 이 번은, 실은 부서가 여기가 아니었다.

일부는 궁문 수비로 남기고 주력은 서쪽으로 행군하여 사가 덴류사의 조슈군을 제압하라는 명령을 받고 있었다.

출발은 새벽이다.

한밤중에 이곳에서 번명이 집결하여 각 부대 부서가 결정되었다.

사가로 향하는 간부 장교는 대장이 시마쓰 빈고(島津備後), 그 참모단으로서 중신인 고마쓰 다데와키(小松帶刀), 보좌관인 사이고 다카모리, 군사 감독 이지치 마사하루(伊地知正治)가 끼어 있었고, 선봉의 인원수를 1번 대, 2번 대, 3번 대로 구분했다.

사이고는 대단한 무장은 하지 않고 여행이라도 떠나는 것 같은 모습을 하고 있었다.

"이지치 공, 슬슬 출발할까."

허리를 들었을 때는 동녘 하늘이 아직 컴컴했다.

아무리 준민(俊敏)한 사이고로서도 자기들이 목표로 하는 덴류사가 이미 텅텅 비었고, 조슈군이 지금 대궐을 향해서 시내를 진군하고 있다는 것을 알지 못했다.

번저의 현관 앞, 문앞, 길 위에는 사쓰마군들이 와글와글 들끓으며 초롱과 횃불들이 머리 위를 밝히고 있었다.

"축제와도 같군."

사이고의 말에 모두들 웃음을 터뜨렸다.

사이고는 이지치를 뒤돌아보고 말했다.

"자아, 이지치 공. 거침없이 앞으로 밀고 나가자구. 풋내기들은 혈기만 왕성하지 별수없어."

그러면서 대의 앞쪽으로 걸어가기 시작했다. 보따리를 하나 차고 있다. 도시락이라도 넣은 것이리라. 말은 타고 있지 않았다. 사쓰마는 전국시대 이래 말은 별로 사용치 않고 보병 전투를 주로 삼아 왔다.

그러므로 대장 외에는 간부도 모두 도보였다.

겨우 대열이 움직였으나, 길 폭이 좁다. 와글거리기만 할 뿐 좀처럼 나아가지 않는다.

이 때문에 사이고와 함께 가는 선두는 시조 거리를 지나 가라스마루 거리까지 나가 있는데도 아직 뒤쪽은 번저를 벗어나지 못했다.

그때 대궐 쪽에서 갑자기 포성이 들려 온 것이다.

"저게 무슨 소리야?"

전군이 멈춰서는 동안에 북쪽의 포성, 총성은 점점 더 치열해졌다.

─조슈 놈들이 쳐들어왔군.

이렇게 되면 누구나 마음속으로 알 수 있었다.

그때에 이누이 궁문(乾宮門)을 지키고 있던 사쓰마 번의 병사가 전령으로 달려와서 "조슈가 역습을 해 왔다"고 전했다.

곧 사이고 등은 전력을 대궐에 집중하기로 결정하고 1번 대, 2번 대, 3번 대의 순으로 각각 북쪽으로 향하여 달려가게 했다.

사이고도 3번 대와 함께 달려간다. 3번 대장은 시바야마 류고로(柴山龍五郎)였다.

대궐로 다가가자 이미 각 문에서 난전(亂戰)이 시작되고 있었다.

그러자 그때, 갑자기 대를 이탈하여 앞장서서 달려가는 몇 사람이 있었다.

"앞질러 달려 나가는 것은 군령 위반이다!"

그러자 그 몇 사람이 돌아다보고 웃으면서 말했다.

"이 지경이 됐는데 군령이 다 뭐야!" 그 속에 기리노 신사쿠(桐野新作 : 利秋), 시노하라 도이치로(篠原冬一郎 : 國幹) 등이 끼어 있었다.

조슈군은 여러 문에서 사력을 다했다.

그러나 하마구리 궁문을 공격하는 마다베와 그의 대원 2백 명이 가장 맹렬하여, 방어하는 측도 주전장을 그 궁문으로 삼지 않을 수가 없었다.

이 소란을 후에 '금문(禁門)의 변(變)'이라고도 하고 '하마구리 궁문의 변'이라고 일컫게 된 것도 그 때문이었다.

하여간 마다베.

전복뿐만 아니라 모자까지 피를 뒤집어쓰면서 계속 적군 속에서 말을 이리저리 몰며 분전했다.

"덤벼랏!"

"덤벼랏!"

계속 외치면서 장창을 휘두르며 적진 속으로 돌진했다.

그때 시모다치우리 궁문을 격파하고 난입한 고다마 쇼민부의 군사 2백 명이 합세했으므로, 요시노부군은 어이없이 궤멸당해 도주했다.

아이즈군만은 싸움터에서 버텼으나 총탄에 맞아 쓰러지는 자가 헤아릴 수 없이 많았고, 대장 가즈세 덴고로(一瀨傳五郎), 하야시 곤스케가 피 묻은 창을 휘두르며 필사적으로 독전을 했지만 군사들의 마음이 흐트러져 어쩔 수가 없었다.

그때 구니시 시나노의 부대도 달려와서 기지마와 합류했다. 아이즈측은 이제 방어할 수가 없어 와르르 무너졌다.

그들 수비측의 각 번 군사들이 문 안에서 이리저리 쫓겨 허둥대다가 저희끼리 싸우는 소동조차 일어났다.

기지마 등은 더욱 진격했다.

"대전으로!"

그것이 목표였다. 천자를 모시고 조슈로 몽진해 가야 한다. 그 외에는 역적의 누명을 피할 길이 없었다.

이미 기지마도 구니시도 고다마도 반광란 상태가 되어 있었다.

"진격, 폐하가 계신 곳이 어디냐!"

기지마는 전진했다.

바로, 궐 내에서 천자는 정전(正殿)에 있었다. 싸움이 하마구리 궁문까지 닥쳤을 때에는 총탄이 정전의 추녀 끝에 맞아 쨍 쨍 울렸다.

공경들은 어쩔 셈인지 의관 위에 띠를 매고 이리저리 뛰어다녔으나 모두들 핏기를 잃고 있었으며, 개중에는 마루 밑에 기어들어가 있는 공경도 있었다.

총대장 요시노부의 움직임은 그야말로 기민했다. 정전으로 달려들어가 천황을 배알하는 한편 동요하는 공경들을 호통 쳐서 진정시켰다.

공경들 거의 모두가 총성, 돌격전에 넋을 잃고 앉아 '조슈를 용서하라, 조슈를 용서하라'고 외쳐대며 날뛰고 있었다.

"싸움은 이기고 있다. 대궐에 난입하는 적도들을 용서한단 말이냐!"

요시노부는 벌컥 화를 내며 꾸짖었다.

그는 조정이 공포에 휩싸인 나머지 이런 전황 아래서 갑자기 조슈가 옳다는 칙어를 낼지도 몰라 두려워하고 있었다. 그렇게 되면 막부군은 만사 끝이다.

그래서 히도쓰바시 요시노부는 아이즈 영주 마쓰다이라 가다모리, 구와나 영주 마쓰다이라 사다아키 두 사람을 감시역으로 정전의 마루 아래에 앉혔다.

"나는 나가서 지휘를 하겠다. 그대들은 여기를 떠나지 마라."

단단히 명령한 뒤, 다시 싸움터로 달려나갔다.

마다베의 분전으로, 조슈군은 하마구리 궁문의 일각을 점령했다고 해도 좋으리라.

적어도 그 직후에 사쓰마군의 주력이 싸움터에 도착하지만 않았다면 말이다.

"내가 첫 공을 세우겠다!"

사쓰마군의 기리노, 시노하라 등, 뒷날 세이난 전쟁의 장수가 된 젊은이들은 숨결도 거칠게 나는 듯이 달려갔다.

이렇듯 사기가 왕성한 번은 없다.

지리적으로 일본 열도의 서남쪽 구석에 위치하고 있고 더구나 자기네 번만 쇄국(鎖國)을 지켜 왔으므로, 전국시대의 사풍(士風)을 그대로 보존하고 있다고 볼 수 있을 것이다.

거슬러 올라가면, 히데요시, 이에야스 두 대에 걸쳐 사쓰마의 시마쓰는 그들 지배자들이 정권을 잡을 시기에 반항했으나, 그러면서도 영토를 압수당하지 않고 고스란히 유지하고 있다. 병마의 강력함이 두려움을 주었기 때문이다.

히젠 히라도(平戶)의 영주로서 수필을 쓰기 좋아했던 마쓰우라 시즈야마(松浦靜山)의 저서 '갑자야화(甲子夜話)'에 다음과 같이 쓰고 있다.

"사쓰마에는 야로(野郎 : 놈)라는 모임이 있다."

젊은이들이 주연을 베푼다.

좌석 중앙에 천정으로부터 끈을 늘어뜨리고 총을 수평으로 매달아 놓는다.

총구는 둘러앉은 사람들의 바로 가슴 높이에 있다.

이윽고 술이 얼근해지면 총의 화승에다 불을 붙이고 빙글빙글 돌린다.

화승이 다 타 이윽고 뇌관에 옮겨가면 '쾅' 하고 총은 폭발을 일으켜 자동적으로 탄환이 튀어나가게 되어 있다.

누구에게 맞을지 모른다.

그런데도 태연히 술을 마시고, 당황하는 자를 멸시하는 담력 겨루기 모임이었다.

또 그 나라에는 독특한 검법이 있다.

번 전체가 모두 그 수련을 쌓는다. 세상에서는 '지겐류(元現流)'라고 부른다. 사쓰마에서는 '오큐니류(本國流)'라고 부른다.

태세는 흔히 검술에서 말하는 팔 쌍(八双)의 자세 하나밖에 없다.

그러나 팔 쌍의 자세처럼 부드러운 모습이 아니라 팔을 쭉 뻗쳐들어 칼끝을 하늘 높이 치켜들고 두 다리를 벌린다.

벌리자마자 상대를 향해 "캭!" 하고 절규한다. 괴상한 소리를 내는데, 이 소리를 다른 지방 사람들은 '원규(猿叫)'라고 불렀다. 원숭이가 절규하는 소리로밖에는 들리지 않았기 때문이리라.

치는 곳도 얼굴, 손목, 허리 등이 아니다. 왼쪽에서 비스듬히 내려치는 것, 오른쪽에서 비스듬히 내려치는 것, 단 한 수였다. 적을 향하여 전속력으로 달려가면서 좌우 교대로 내리친다.

방어법은 없다.

방어가 없고 오로지 공격뿐이었다. 칼의 공격은 무서워 사쓰마의 지겐류로 베인 시체는 무참하게 한 줌의 살덩어리로 화해 버릴 만큼 참혹했다.

지금 싸움터로 달려가는 기리노는 바로 얼마 전까지 나카무라 한지로(中村半次郎)라는 이름으로 교토의 거리를 횡행하며 소위 암살을 자행하여 '사람 백정 한지로'라는 별명을 들은 사내다.

그가 칼을 뽑으면 이를 막을 자는 없으리라고까지 일컬어졌다.

사쓰마군은 이러한 집단이었다.

하늘이 푸르다.

이미 날이 샜다.

겐지 원년 7월 19일의 아침 해가 하마구리 궁문 주변의 모래를 내리쬐기 시작했다.

아이즈 히도쓰바시 군사들을 쫓아 버린 마다베가 이누이 궁문 쪽을 보았을 때, 어지간한 그도 역시 안색이 변했다.

"사쓰마 적군이다!"

말고삐를 고쳐 쥐고 말머리를 돌리면서 사방에 흩어져 있는 소총부대를 끌어 모으려고 했다.

한편 이누이 궁문으로 밀려든 사쓰마군은 쫓기는 히도쓰바시군에게 욕설을 퍼부었고, 도이치로 등은 자기 군사들을 밀어제치고 도망치려는 자들을 두서너 대 때려 주고 나서 말했다.

"사쓰마가 가세하겠다! 정신을 똑바로 차려라!"

사쓰마군의 도착은 히도쓰바시의 패주를 막았다. 아이즈군도 희색을 띠고 곧 공격으로 옮기기 시작했다.

이 때문에 조슈군은 전후좌우에 적을 맞이하게 됐다.

그러나 마상의 마다베는 굴하지 않고 장난꾸러기같이 원기 왕성하게 지휘채를 휘두르면서 소총대를 질타했다.

"사쓰마 적도를 쳐라! 모두 몰살시켜라!"

사쓰마군에는 대포가 4문 있다.

그것을 이누이 궁문으로부터 끌고 온 것은 구로키 시치사에몬(黑木七左衛門) 등이었다. 이 젊은이는 뒷날 노일전쟁 때 제1군 사령관으로서 압록강서부터 봉천까지의 전 전투에 참가한 구로키 다메토모(黑木爲楨)다.

그들은 포구에 모래 주머니를 재고 때를 보아 점화하며 소리쳤다.

"내가 쏘겠다. 모두 돌격하라."

폭음과 함께 폭발한 모래가 조슈군 쪽으로 날아갔고 잇따라 일 문씩 모래를 쏘아대, 천지는 자욱한 모래 먼지로 뒤덮였다.

눈을 못 뜨게 하는 것이다. 그 때문에 조슈군의 전투력이 일순간 주춤해졌을 때

"캭!"

예의 지겐류의 '원규'가 사쓰마병의 입에서 튀어나오며 모두들 칼끝을 하늘로 쳐들고 모래먼지 속으로 달려 들어갔다.

기리노도 간다. 시노하라, 시바야마도 간다. 나마무기(生麥) 사건의 주역이었던 나라하라 기사에몬(奈良原喜左衛門)도 간다.

료마의 고베 학교에 사쓰마 번의 위탁생으로 들어가 있던 이토 스케유키(伊東祐亨)도 이미 자기 번으로 귀환해 있었던지라 이 무리

속에 끼어 달리고 있었다. 노일전쟁 때의 제4군 사령관이다.

사이고는 대포 뒤에서 전군을 지휘하고 있다. 그의 옆에는 보좌역으로서 사이쇼 조조(稅所長藏)가 있었다. 사이고, 오쿠보와 함께 당시 사쓰마의 삼걸(三傑)로 불리는 사내로 유신 뒤 아쓰시(篤)란 이름으로 남작이 되었다.

"사이고 공, 말을 타시오."

지휘하기 편하도록 말에 태웠다.

그 모양을 난전 틈에서 멀리 바라다보고 있던 마다베가 소리쳤다.

"저자가 사쓰마의 대장이다!"

그런 뒤 소총수 대여섯 명을 불러 모아 그를 쏘게 했다.

몇 발이 사이고의 말에 맞았고, 그 한 발은 사이고의 다리에 맞아 낙마했다.

말에서 떨어진 사이고는 크게 엉덩방아를 찧었으나 웃으면서 일어났다.

"골짜기에 떨어져 본 적도 있어."

자기의 부상에 대해서는 아무 말도 하지 않았다. 경상이기 때문이기도 하지만 이런 경우 상처를 입었다는 것이 전군에 알려지면 반드시 사기에 영향을 미친다는 것을 사이고는 알고 있다.

엉덩이의 먼지를 털면서 바로 눈앞에서 총을 조작하고 있는 젊은이를 불렀다.

"마사노신(正之進)!"

눈이 약삭빠르게 움직이며 영리해 보이는 조그만 사내로서 가와지 마사노신(川路正之進)이라고 했다.

뒷날 경시청의 초대 대경시(大驚視)가 된 가와지 도시요시(川路利良)다. 그 무렵 기리노와 함께 사이고의 사랑을 받고 있었다.

"저 사내가 대장으로 보이는데, 누구냐?"

"기지마 마다베 말씀입니까?"

가와지는 탄환을 채우면서 말했다. 사이고는 상체를 쭉 뻗치고 발돋움을 하면서 중얼거렸다.

"아아, 저 사람이 기지마 마다베냐? 저 사람은 싸움에 강하군. 저 사람이 있으니 조슈가 여간해서 패하지 않는 거야."

가와지는 속으로 끄떡였다. 적장 기지마 마다베를 쓰러뜨리기만 하면 조슈는 패한다. 저자를 쏘아라—하고 사이고는 명령하고 있다고 깨달았다. 이 시대에는 의사의 교환이 대개 이러한 형식으로 이루어졌다.

탄환을 잰 다음, 가와지는 재빠르게 달려가 문뒤로 들어가자마자 무릎을 꿇고 사격 자세로 숨을 죽였다.

기지마 주변에서 자기편인 사쓰마, 아이즈, 히도쓰바시의 군사들이 공격하고 있으므로 쉽사리 조준할 수가 없다.

가와지는 끈기 있게 쏠 기회를 기다렸다.

마다베는 이 가와지의 조준 속에서 분전을 거듭하고 있다. 그의 등 뒤에

근왕 양이(勤王攘夷)

토 사쓰마 아이즈 간적(討薩賊會奸)

고오라 대명신(高良大明神)

등의 기치가 펄럭이고 있었지만 여기저기서 싸우는 조슈군도 극도로 지쳤다. 더구나 몇 배의 인원수로 늘어난 적의 총탄, 칼, 창에 연달아 쓰러져 간다.

마다베가 사쓰마군을 찔러 넘어뜨리고 말머리를 돌리려고 했을 때, 가와지 마사노신의 가늠쇠 저쪽에 순간 하늘이 크게 틔었다.

그 7월의 하늘을 배경으로 마다베의 모습이 크게 떠올라 천천히

움직였다.

'지금이다.'

가와지의 손가락이 방아쇠를 당겼다.

'쾅' 하며 탄환이 튀어나갔다.

탄환은 말을 타고 있는 기지마 마다베의 가슴을 꿰뚫었고, 용맹무쌍한 마다베도 그것에만은 견딜 도리가 없어 안장에서 푹 솟았다가 거꾸로 떨어졌다.

마다베는 창을 지팡이 삼아일어나려고 했으나 힘이 없다.

"마지막인가."

큰 소리로 중얼거리고서는 달려온 조카 기다무라 다케시치(喜多村武七)에게 명령했다.

"다케시치, 내 목을……."

그러자마자 마다베는 창을 거꾸로 들고 자기의 목을 찔러 숨을 끊었다.

다케시치가 마다베의 목을 들고, 역사대(力士隊)는 몸뚱이를 메고 총을 쏘아 가며 퇴각했다.

이 순간부터 조슈군의 패주가 시작됐다. 동시에 조슈인들이 사이고를 저주하기 시작한 것도 이때부터 비롯되었다.

조슈군은 궤멸했다.

그들이 패주한 직후에 싸움터에 도착한 것은 중신인 마스다 우에몬노스케가 이끄는 야마자키 진영의 부대였다.

작전이란 뜻대로 되지 않는다. 사가, 후시미, 야마사키 삼군이 동시에 도착하여 돌격했다면 대단한 힘을 발휘했으리라.

그런데 따로따로 싸움터에 닿았다.

이 마스다 부대에는 도사 탈번 낭사들이 가장 많이 있었다.

우선 나카오카 신타로가 있다. 그는 참모장격인 마키 이즈미와 함께 본진에 속해 조슈의 구사카 겐스이 등과 함께 작전에 관여하고 있었다.

낭사대를 충용대(忠勇隊)라고 했다. 이 충용대에 끼인 료마가 아는 도사 사람들을 꼽아 보면

니스 슌페이(那須俊平) 58세

우에오카 단지(上岡胆治) 42세

오자키 유키노신(尾崎幸之進) 25세

야나이 겐지(柳井建次) 23세

나카히라 류우노스케(中平龍之助) 23세

이토 고노스케(伊藤甲之助) 21세

등이다.

우에오카 단지는 전에 덴추로 수령으로 야마토에서 전사한 요시무라 도라타로(吉村寅太郎)의 누이 오미쓰(光)의 남편이며, 나스 슌페이 노인 역시 덴추조 간부였던 나스 신고(那須信吾)의 장인이자 양아버지였다.

애처로운 얘기가 있다.

나스 신고가 앞서 도사 번 참정(參政)인 요시다 도요(吉田東洋)를 고치 성 밖 오비야 거리(帶屋町)에서 베고 도사에서 탈주했을 때, 산골인 유즈하라 마을(檮原村)에 살고 있는 나스 슌페이는 아무것도 몰랐다.

"사위에게 그런 뜻이 있었던가?"

슌페이는 매우 놀랐다. 대단한 사위를 얻었다고 생각했으리라.

본래 슌페이는 가난뱅이 향사다. 그 위에 유즈하라 마을이라는, 쌀이 나지 않는 고장에서 피와 좁쌀만 먹고 살았다.

외동딸의 남편감으로서 데릴사위를 구하는 데도 모두들 꽁무니를

뻘 정도의 가난한 집이었고, 마을이었다.

그때 인연이 있어서 사가와(佐川) 분지에 사는 하마다 다쿠사에 몬(濱田宅左衛門)의 차남 신고가 와 주었다. 신고도 가난에는 익숙해져 있었다. 그의 생가는 단 두 사람 반의 봉록을 받았으며, 신고의 조카 겐스케(顯助 : 후의 백작 田中光顯)가 구술로 속기시킨 '유신야화(維新夜話)'에 의하면 "쌀밥은 1년에 두세 번 먹을 정도였고 1년 내내 보리나 수수, 감자 등을 밥에 섞어 먹었다. 등불만 하더라도 기름을 살 돈이 없어 산에 가서 나무를 베어, 그것을 피워 등불을 대신했다. 거름지게를 짊어지고, 감자를 심는 등 농사일을 했다"고 할 정도였다.

신고가 데릴사위로 와서 외동딸인 다메요(爲代)와의 사이에 두 아이를 낳고 잘 사는가 했더니, 번의 참정을 암살하고 탈번을 한 것이다.

슌페이는 한탄하며 서투른 노래를 읊었다.

"처자까지도 버리는 것이 무사의 본분이라 들었건만 그래도 옷소매는 젖는구나."

한탄하는 동안 이윽고 단념하고, 손자의 교육에 여생을 보내려고 생각하며 다음과 같은 노래도 읊었다.

"남겨 놓은 두 손자를 의지하여, 늙어 가는 세월을 잊어 볼 거나."

그런데 이 노인은 혈기가 왕성했던 모양이다. 곧 딸, 손자들을 버리고 사위의 뒤를 따라 탈번하여 조슈로 달려가 버린 것이다. 시대의 거센 물결은 이런 노인조차 채찍질하여 소용돌이 속으로 던져 넣으려 하고 있다.

그 슌페이가 적을 향해 달렸다.

이 야마사키로부터 온 조슈군은 사카이 거리 궁문 곁의 다카쓰카사(鷹司) 저택으로 들어가 그곳을 '성(城)' 삼아, 사방의 막부군을 향해 발포했다.

적은 많고 자기편은 소수이기 때문에 이젠 농성전을 할 도리밖에 없었던 것이다.

"쥐가 구멍 속에 틀어박혀 버린 것 같군."

조슈인의 무기력함에 분개한 것은 낭사부대인 충용대였다.

"밀고 나가 떳떳하게 죽자."

그렇게 떠들어 댔다. 사실 이대로 농성을 계속하면 적의 포탄, 총탄 때문에 모조리 죽고 만다. 적탄은 들이치는 소나기처럼 저택 안으로 쏟아져 들어오고 있다.

충용대의 도사인 오자키 유키노신이 큰 소리로 외쳤다.

"나와 함께 갈 결사의 용사는 없는가!"

그러자 부근에 있던 낭사들이 모두 참가했다. 20여 명이다. 나스 슈페이 노인도 섞여 있었다.

일동은 바깥문을 열고 왈칵 밀려나갔다.

"나간다!"

오자키는 외치면서 장창을 휘두르며 제일 먼저 앞장서서 달려 나갔고 슈페이는 그 뒤를 따라 달려 나갔다.

오른쪽은 다카쓰카사의 흙담, 왼쪽은 구조 저택의 흙담으로 그 너머에 센도(仙洞) 대궐이 있다.

그 센도 대궐 쪽에서 몰려온 에치젠, 아이즈군과 그들은 창검을 번쩍이며 격돌했다.

죽기를 무릅쓰고 싸웠지만 적측은 히코네병들이 달려와 수 배로 늘어났기 때문에, 불과 20여 명의 낭사들은 마치 노리개처럼 차례차례 죽어갔다.

오사키와 나스 노인은 서로 감싸 주며 싸우고 있었으나 오사키의 창이 너무 길어서 뜻대로 휘두를 수가 없었다. 오사키는 흙담에 창대를 기대놓고 칼을 뽑아 창대를 짧게 자른 뒤 웃으며 말했다.

"노인장, 이제 단창이 됐어요."

이것이 유키노신이 이 세상에 남긴 마지막 말이 되었다.

그 길로 적중으로 돌격해 들어가 온몸이 생선회처럼 난도질을 당해 전사했다.

슌페이 노인은 오사키가 돌입할 때 함께 달려들어가, 난군 틈에서 뛰어난 창술을 발휘했다.

시골 도장의 사범이라고는 하지만 과연 창으로 밥을 먹어 온 사내였다. 적을 찔러 쓰러뜨렸는가 하면 번개같이 거둬들였고, 거둬들이는 기세로 등 뒤의 사내를 뒷쇠로 찔러 쓰러뜨리며 분전했으나 뜻밖에도 담 옆 도랑에 발을 헛디뎌 두 팔을 짚고 엎어졌다.

그때 에치젠 번사, 쓰쓰미 고이치로(堤五一郎)가 창을 겨냥하여 찔렀다.

고이치로는 창의 명수다. 슌페이는 지쳐 있기도 했다. 잘못 피하여 허리를 꿰뚫린 채, 땅을 긁으며 숨이 끊어졌다.

그를 찌른 고이치로는 에치젠 번에서도 소문난 준재로, 유신 후 마사요시(正誼)라고 개명하고 새 정부에 발탁되어 후쿠이 현(福井縣) 권대 참사(權大參事), 시종장(侍從長), 궁내 차관(宮內次官), 궁중 고문관 등을 거쳐 남작이 되었다.

역사를 만든 것은 사카이 거리 궁문 안의 모래 위에서 죽은 무명의 슌페이 노인인가, 다이쇼 10년, 여든여덟 살의 장수를 다하고 병으로 세상을 떠난 남작 쓰쓰미 마사요시인가. 그 어느 쪽인가는 역사의 영구적인 과제가 되기에 족하리라. 슌페이의 창은 쓰쓰미 집안에 보존되어 있다.

이 다카쓰카사 저택에서 농성한 조슈군의 최후는 비참하기 짝이 없었다.

구사카 겐스이는 저택 주인인 다카쓰카사 마사미치(鷹司正通)에게 탄원하려고 탄환이 어지럽게 나는 저택 안을 뛰어다녔다.

마사미치, 전 태정 대신(太政大臣)이다. 칠십 고개의 반을 넘은 노인으로 전에는 조슈 동정자였다.

그 마사미치는 황급히 참내하려는 참이었다. 겐스이는 낭하에 꿇어 엎드려 탄원했다.

"우리들은 궁궐에 난폭한 짓을 하기 위해서 온 것이 아닙니다. 탄원할 일이 있어 온 것입니다. 나리, 나리, 참내하신다면 꼭 데리고 들어가도록 해주십시오."

"부탁입니다, 부탁입니다."

젊은 겐스이는 엎드려 울면서 마사미치의 옷자락에 매달렸으나 마사미치는 큰 눈을 퀭하니 뜨고 아무 말이 없었다.

이윽고 옷자락을 뿌리치며 도망치듯이 사라졌다. 마사미치로서는 솔직히 말해서 조슈인의 천자에 대한 '악녀의 깊은 정'이 두려워진 것이리라.

그 뒤 겐스이는 참담한 전황 속에서 자살했다.

"주군을 역적으로 만들어 버린 이상, 이제 본국으로 돌아갈 수는 없다."

그러고는 쇼카(松下) 서원의 동문이었던 데라지마 주사부로와 함께 저택 안의 행랑방을 빌려 장검을 뽑아 서로 찔러 죽었다.

역시 같은 동문인 이리에 구이치는 겐스이와 데라지마로부터 설득당해, 이 전말을 본국에 보고하기 위해 저택에서 탈출하려고 했다.

막부군은 겹겹이 저택을 에워싸고 있다.

이리에가 전립 끈을 고쳐 매고 창을 들고 달려가 사잇문으로 뛰어 나간 순간, 그곳에 매복하고 있던 에치젠병의 창이 쭉 뻗쳐와 눈과 눈 사이를 팍 찔렀다.

눈알이 두 개 다 튀어나와 뒤로 넘어진 채 곧 저택 안에서 숨이 끊어졌다.

막부군의 총지휘관 요시노부는 다카쓰카사 저택의 조슈인이 필사 적으로 저항하는 것을 두려워하여, 전술의 상식에 따라 명령했다.

"다카쓰카사 저택을 불살라라."

그래서 아이즈, 구와나, 히도쓰바시 군사가 손에 손을 횃불을 들 고 저택 안으로 던져 넣었기 때문에 순식간에 저택 안은 한 덩어리 의 불꽃으로 변했다. 또한 가와라 거리 산조 동쪽에 있는 조슈 번저 도 막부의 손으로 불태워졌다.

이 두 곳에서 오른 불길은 순식간에 교토 전 시가지에 번져 사흘 동안 계속 불타 821개의 동네가 잿더미가 되었다.

집 수는 2만 7513채.

타 버린 다리가 41개, 절간 신사가 253개, 궁문 사찰이 3곳, 당 상관 저택 18채라는 놀라운 숫자에 이르렀다.

이 불길은 오사카, 고베에서도 보였다.

때마침 고베 해군학교에 있던 가쓰도 이 불길을 보고 마당으로 달 려 나가

"료마, 불이다."

이 한 마디를 외치고는 달려 돌아와 곧 출발 준비의 명령을 내렸 다. 료마는 가쓰와 함께 고베를 출발했다.

교토의 이변을 안 가쓰는 기민하게 행동했다.

료마에게 명령하여, 효고 바다에 정박 중이던 연습함 간코마루의

닻을 올리게 하여 오사카로 급행했다.

"모든 일은 내 눈으로 직접 봐야 한다."

이것이 가쓰와 료마의 방침이다. 현장을 본 뒤에 생각한다. 보지도 않은 일을 이것저것 말하는 것은 제아무리 사리가 정연해도 공론에 불과하다는 것이 두 사람의 지론이었다. 그들은 뛰어난 저널리스트의 일면을 지니고 있었다고 해도 좋으리라.

오사카에 닿자, 료마는 여관에서 기다리고 가쓰는 성으로 들어가 막부 요인의 회의에 참가했다.

성내에서는 여러 가지 논의가 들끓고 있었다.

그런데 교토 방면의 정세를 전연 알 수가 없어, 의논 모두가 상상과 억측을 기초로 삼고 있어 아무런 도움이 되지 못했다. 어느 쪽이 이겼는지조차도 모르는 판이다. 조슈가 이겼다면 지금쯤 교토에는 조슈 정부가 세워져 있을 것이었다.

"어처구니없는!"

가쓰는 분개했다.

"이처럼 의논하고 있어 보았자 아무것도 될 일이 없습니다. 교토 방면으로 척후를 보내야 합니다."

"그것도 그렇구나."

그제야 교토의 싸움터로 몇 사람의 기마를 척후로 파견했다.

그런데 그 척후들은 모두 겁쟁이라, 오사카 시내에서 벗어나자마자 곧 돌아와서 도중에서 들은 소문만을 전할 뿐이었다. 가쓰가 깊이 추궁하자

"글쎄요, 모르겠습니다"라고 해 버린다. 도청도설(道聽塗說)이란 문자가 있지만, 바로 그런 것이었다.

"……나는 몹시 분개했다."

가쓰의 '계륵(鷄肋)'이란 회상록에 씌어 있다.

분개한 나머지 "내가 척후가 되겠다"고 뛰어나갔다. 도중의 여관에 들러서 료마를 불러내

"자네를 데리고 가면 천하 무적이다."

이렇게 농담을 하면서 사쿠라노미야(櫻宮)로 나가 요도 강의 둑을 북상하기 시작했다.

덥다. 두 사람의 턱을 조이고 있는 방갓 끈이 땀으로 흠뻑 젖었고, 밟고 가는 흙 둑길이 뜨거운 햇빛에 타고 있었다.

"료마, 어느 쪽이 졌다고 생각하나?"

"글쎄요, 모르겠는데요."

료마는 시름에 잠긴 듯 여름풀을 보았다. 억새풀이 무덥도록 무성했다. 좁은 둑길은 그 억새풀로 양쪽 경계를 이루면서 끝없이 북쪽 하늘로 뻗쳐 있었다. 그 북쪽 하늘에 이변이 일어나고 있다.

'조슈가 보기 좋게 천황을 받들었을까?'

료마는 북쪽 하늘을 쳐다보았다. 희미하게 검은 연기가 하늘을 물들이고 있다.

"교토가 불타고 있군요."

"자네는"

가쓰는 이 막부 타도론자인 문하생을 보았다.

"조슈가 이기기를 바라고 있지?"

"아닙니다."

료마는 방갓 속에서 미소지었다.

"지금 손쉽게 이기면 조슈인은 거만해져서 제멋대로의 정부를 만들겠지요. 그런 기질이 그 번 사람들에게는 있습니다. 그렇다고 지는 것도 반갑지 않습니다. 어느 쪽이냐 하면 지금은 그저 견딜 수 없이 덥다고밖에는 대답할 말이 없습니다."

막부와 조슈, 어느 쪽이 이기고 어느 쪽이 졌는가, 하는 정찰의 목적은 이 둑길을 몇 마장 가량 걸어감으로써 우연히 달성되었다. 가쓰와 료마는 색다른 광경을 본 것이다.

가쓰 자신의 문장을 빌려 보자.

"사쿠라노미야를 몇 마장 지나자 요도 강 상류로부터 배 한 척이 떠내려 왔다."

배를 본 것이다.

—료마, 저걸 보게.

가쓰는 손가락질을 했다.

료마는 잠자코 있다.

"배 안에 장사(壯士) 셋이 타고 있었다"라고 가쓰는 썼다. 세 사람 다 피와 땀에 젖은 모습으로 검도복을 입고 어깨에 게벨 총을 메고 있었다. 게벨 총이란 발화 장치에 부싯돌을 쓰는 총으로서, 반동이 크고 명중률이 좋지 않다. 막부 말기에 나타난 최초의 서양 총이다.

"조슈인이군요."

료마는 조용히 말했다.

그런데 놀란 것은, 그 조슈인들이 가쓰 등을 보자마자 배를 이쪽 기슭으로 대 온 것이다.

'쏘려나?'

료마는 이렇게 생각했으리라. 순간적으로 가쓰의 팔을 잡아당겨 자기의 등 뒤로 숨기려고 했다.

"장사들은 기슭으로 상륙했다."

가쓰는 그때의 광경을 쓰고 있다.

"나는 무척 두려웠다. 그러나 나갈 수도 물러설 수도 없었다."

가쓰는 정직하게 내심의 공포를 쓰고 있으나, 이때에는 그것을 억누르고

"괜찮아, 료마."

료마의 뒤에 숨기를 거절했다.

―우뚝 선 채, 무슨 일이 일어날지 기다렸다.

가쓰는 이렇게 쓰고 있다. 둑 위에 우뚝 선 채 상대편이 어떻게 나오는가를 기다렸다. 다리가 떨렸으리라.

료마는 방갓을 기울이고, 팔짱을 낀 채 묵묵히 그들을 내려다보고 있다.

조슈 사람들이 배에서 뛰어내렸다.

"그들(상대방)은 기슭으로 오르자 즉시 칼을 뽑아"

가쓰는 계속한다. 조슈인은 갈대밭 속에서 번쩍이는 칼을 뽑았다.

"즉시 서로 찔렀다."

'앗' 가쓰도 료마도 숨이 막혔다. 조슈인들은 서로 상대편의 가슴을 쥐고 찌른 채 쓰러졌다. 자결한 것이다.

남은 한 사람도 선 채로 자기 목을 찔러 죽었다.

이 처절한 광경을 보고 가쓰는 교토 방면에서 조슈군이 패배했다는 것을 알았다.

"나는 크게 놀라, 온 몸에 소름이 끼쳤으며 한동안 걸음을 떼어 놓을 수가 없었다."

정경이 너무 뜻밖이었다고 가쓰는 자기의 심정을 설명하고 있다.

이 당시의 료마의 행동도 심상치 않았다. 둑에서 달려 내려가 갈대밭으로 뛰어 들더니 한 사람 한 사람씩 안아 일으켰다.

"할 말은 없는가? 고향에 전해 주겠다."

료마가 외쳤으나 두 사람은 이미 숨이 끊어져 있었고, 한 사람은 알 듯 모를 듯 미소를 띠면서 말하려고 했다. 그러나 피가 입안에 넘쳐흘러 말이 되지 않았다.

료마가 안고 있는 그 조슈인은 소매에 씌어 있는 표지로 '요시다 스케사부로 요시히로(吉田佐三郞義弘)'라는 이름인 것을 알 수 있었다. 그 이름이 있는 오른쪽 어깨에 근왕 양이라고 꺼멓게 먹으로 씌어 있었다.

그는 남은 힘을 짜내어 입을 움직이려고 했다. 그러나 말은 나오지 않고 피만 넘쳐흘렀다. 그러다 겨우 "분하다"라고 한 마디 내뱉었으나, 그 바람에 피가 기관(氣管)으로 들어갔는지 일순간 괴로워하다가 숨이 끊어져 죽었다.

갑자기 무거워졌다. 료마는 강변 모래 위에 시신을 살그머니 내려놓았다. 누구에게 살해당한 것도 아니다. 희생이라는 말이 료마의 가슴에 떠올랐다. 무슨 희생인가?

역사가 극도로 긴장하기 시작하고 있다. 피에 굶주려 희생을 요구하고 있다.

"개죽음을 시키지 않는다."

료마는 일어섰다.

"나는 사카모토 료마라는 사람이다. 영혼이 있다면 기억해 두어라. 너희들의 죽음이 반드시 열매를 맺게 해 주겠다."

입 밖에 내서 말하지는 않았지만 료마는 입속으로 중얼거렸다.

그러고 나서 료마는 문득 뒤돌아보고 멋쩍은 듯이 미소지었다.

그곳에 가쓰가 있었다. 료마를 기다리다 못해 내려온 것이리라.

"료마, 막부를 쓰러뜨릴 작정인가?"

이 대막부의 군함 감독관은 평소와는 달리 쓸쓸한 미소와 함께 물었다. 막부의 신하 가쓰로서는 복잡한 심정이었으리라.

"국가를 위해서라면 할 수 없겠지요."

료마는 말하기 거북한 듯 대답했다.

"괜찮아. 도쿠가와 막부도 2백 수십 년간 계속되었다. 외국이 오지 않았으면 다시 백 년 더 계속되겠지. 그러나 왔다. 오고부터 이런 소동이다."

가쓰가 말하는 의미를 료마도 안다. 이에야스 이래, 일본의 사실상 황제는 에도의 장군이었다.

교토의 천황은 이에야스로부터 "천자의 여러 가지 배우는 것 중에 첫째가 학문이요……"라고 시가(詩歌)나 학문에 전념하라는 명령을 받고 허수아비 지위만을 지켜 왔다. 잠재 정권이라고 해도 좋다.

대외 교섭이 시작됨에 따라 이 일본의 이중 정권 제도가 최대의 암이 되어 왔다. 외국과 조약을 맺음에 있어서는 교토의 천황의 옥새가 필요한 것이다.

천황은 조약을 거부할 때가 많다. 이 때문에 상대편인 외국까지도 난처해하였다.

당연히 통일 정권이 이루어지지 않으면 안 된다. 그것을 천황 중심으로 하느냐, 장군 중심으로 하느냐에 따라 근왕, 친막론이 생겨났다.

가쓰는 내심 결단을 내리고 있었다.

'시조(時潮)라는 것이다. 점점 쇠약해져 가는 막부에 강력한 통일 정치를 앞으로 기대할 수 없다. 막부가 쓰러지고 교토 중심의 세상에 이르는 것은 막부 가신으로서는 슬픈 일이지만 일본에는 그 길밖에 없다.'

그러나 가쓰는 막부를 쓰러뜨리는 '세력'이 문제라고 생각하고 있었다. 지금의 조슈인이 쓰러뜨린다면 어떠한 정부가 이루어질 것인가.

"자네라면 괜찮아."

덧붙여, 사쓰마에 사이고 다카모리라는 사내가 있다. 사이고나 사카모토 등에 의해 쓰러진다면 일본도 막부도 양쪽이 다 다행이다—
가쓰는 말했다.

둑 위로 발길을 돌렸다.
"나는 시문(詩文)에는 어둡지만…… 이 둑의 풍경을 읊은 요사
부손(與謝蕪村)의 춘풍마제곡(春風馬堤曲)이라는 시가 있다."
가쓰는 말했다.
료마도 그것을 들어서 알고 있다. 시인 부손은 이 부근의 무밭이
많은 마을에서 태어나 각지를 방랑한 끝에, 20년 만에 고향의 전원
을 찾은 적이 있다.
지금 료마와 가쓰가 가고 있는 요도 둑을 부손이 가던 도중에, 하
녀로 있다가 정월 휴가를 얻어 돌아가는 동향의 미소녀와 길동무가
되어, 그날 밤 단숨에 이 고향을 슬퍼하는 장시(長詩)를 쓴 모양이
다.

　　매화꽃이 희구나, 나니와(浪花) 다릿목 재주(財主)의 집
　　춘정(春情), 다 배웠구나 나니와 풍류(浪花風流)
　　……
　　고향 봄은 멀어져 가고, 가고 또 간다
　　버드나무 긴 둑 이제사 저무는데
　　다릿머리에 비로소 보이누나 고향의 집.

"료마."
가쓰는 강의 물결을 손가락질했다.
"유등(流燈)이 있군."
과연 죽은 자의 영혼을 위로하는 유등이 점점 이 강 위를 흘러간

다. 생각해 보니 우란분(盂蘭盆 : 음력 7월 보름에 조상의 영혼을 제사 지내는 불교 행사)은 벌써 지나 버렸다. 상류의 여러 마을에서 흘려보낸 것일까. 아니면 멀리 교토, 후시미 쪽에서 흘러와, 굽이굽이 머물러 가며 바다가 그리워 하염없이 흘러가는 것일까.

마치 교토에서 숱하게 죽은 조슈인이나 낭사들의 영혼이 강의 물결 위에 떠돌고 있는 것 같았다.

"흘러가는군요, 끈기 있게."

"끈기 있게?"

가쓰는 료마의 말투가 이상했던 모양이다. 방갓 속에서 비로소 웃었다.

"그렇군. 끈기 있게, 언젠가는 바다로 들어가겠지. 시류(時流)라는 것도 그래. 언젠가는 바다로 흘러가지."

막부의 신하이면서도 가쓰는 조슈군의 참담한 말로에 동정을 기울이고 있는 것 같았다.

"그러나 흘러가기에는 막부라는 둑이 너무 크군요."

료마는 대담하게 말했다. 가쓰는 별로 감정을 상한 것 같지도 않았다. 가쓰의 두뇌는 다른 사람보다도 훨씬 메말라 있었다.

이 사내의 눈으로 볼 때, 도쿠가와 막부도, 조슈도, 사쓰마도, 도사도, 아이즈도, 상자 속에 만들어 넣은 산천의 한 점경(點景)으로밖에는 보이지 않는 모양이다.

"둑이 큰 것도 당연하지. 아무튼 공사에 3백 년 걸렸으니까."

"가쓰 선생님, 만약 이 료마가 그 둑을 허물어 버리는 사내가 된다면 어찌 하시겠습니까?"

"그야 자네 멋대로지."

가스의 표정은 방갓 그늘에 가려서 알 수가 없다.

"나는 사카모토 료마라는 사내의 매력에 끌려서 어울리고 있네.

그 사내가 무엇을 생각하고 무엇을 하든 내가 알 게 뭐야."

"고맙습니다."

료마는 언제나 가쓰가 마음에 걸렸었다. 그런 만큼 왠지 발걸음이 가벼워졌다.

그들이 덴만 산켄야(天滿三軒屋)의 막부 시설인 강의 감시소를 강 건너로 보고 지나는데 감시원 두 명이 조슈인으로 오인했는지 갑자기 총격을 가했다. 그중 한 발이 가쓰의 방갓을 꿰뚫었다.

어쩐지 막부 중신 가쓰의 입장과 운명을 상징하고 있는 것 같았다.

변전

9월이 되었다.

가쓰는 군함 담당의 행정관으로서 오사카 성 안에 있고, 료마는 고베의 해군학교에 있었다.

료마는 고베를 본거지로 하여 사방으로 동분서주하고 있었다.

그가 9월 초에 마침 오사카에 와 있는 막신(幕臣) 오쿠보 이치오의 숙소로 찾아갔을 때, 뜻밖에도 오쿠보의 입을 통해 심상치 않은 말을 들었다.

"가쓰님은 아무래도 벌을 받겠더군."

"이유는 뭡니까?"

"바로 자네 때문이지."

오쿠보는 물었던 담뱃대를 쑥 뽑으며 그것으로 료마를 가리켰다.

이 막부의 고급 관리는 료마에게 몹시 호감을 갖고 있다.

"저 때문이라고요?"

"반드시 그렇다고만은 할 수 없으나 여하튼 자네들이 원인이지. 고베학교의 학생들이 이케다야 사건 때도 이케다야 2층에서 싸우다 죽었고, 이번의 금문사변(禁門事變)에도 많은 학생들이 탈주하여 조슈군에 가담하고 교토에서 싸웠지. 그러므로 가쓰는 막신이면서도 막부를 쓰러뜨리려는 군사를 양성하고 있다고 하여 막부에서 굉장한 물의를 일으키고 있다네."

"정말 놀랐는데요."

료마는 얼굴을 쓱 문질렀다. 땀이 축축히 그의 손을 적셨다.

가쓰에게 그런 폐를 끼친 것만은 정말 뭐라고 말할 수 없이 괴로웠다.

"사카모토군, 자네 땀을 많이 흘리는군."

"늦더위가 심하군요."

료마는 이렇게 말하며 슬쩍 옆에 있던 오쿠보의 부채를 집어 들었다.

"그건 내 부챌세."

"알고 있습니다."

그는 펄럭펄럭 부채질을 해 댔다.

"그런데 그 가쓰 선생의 건은 어떻게 좀 안 될까요?"

"나 같은 소리(小吏)의 힘으로는 어림도 없네. 그러나 설마 할복까지야 갈라구."

"할복?"

료마는 부채를 탁 집어 그것으로 배를 가르는 시늉을 했다. 그리고 그는 한동안 고개를 갸우뚱하고 생각에 잠겨 있더니, 갑자기 오쿠보가 깜짝 놀랄 만큼 큰 소리로 웃어제꼈다.

"왜 그래, 갑자기 큰 소리로!"

오쿠보는 미간을 찌푸리며 뚱딴지같은 이 젊은이에게 불쾌감을 느꼈다.

"할복이라, 좋지요! 가쓰 가이슈의 뱃속이 시커먼가 빨간가 한번 갈라 보면 알게 되겠지요. 이 료마에게도 흥미가 있습니다. 꼭 그 할복 장면을 구경하고 싶군요."

"여보게, 그는 자네 스승이 아닌가?"

"그렇습니다. 스승입니다. 하지만 오쿠보님."

료마는 머리가 좋고 학문이 깊으며 서양 사정에 통달해 있는 이 능숙한 관리의 얼굴을 보았다. 가쓰를 구하려고 하지 않는 점으로 미루어 보아 과연 관료(官僚)로구나, 하는 생각이 들었던 것이다.

"가쓰 가이슈는 단순한 막신이 아니지요. 백년에 하나 나올까 말까 하는 천하의 호걸입니다. 그런 가쓰에게 막부의 썩어빠진 관리들이 할복을 명할 수 있다면 어디 해 보라고 하십시오. 그거 참 좋은 구경거리가 되겠는데요."

"누가 꼭 할복을 시킨다고 했나? 예를 들었을 뿐이지."

오쿠보는 못마땅한 표정을 지었다.

"그건 그렇고, 막리(幕吏)의 추궁은 자네들에게까지 미치고 있네. 지금 교토나 오사카에서 조슈의 잔당(殘黨)과 낭인(浪人)들을 부지런히 소탕하고 있는데, 그것보다도 우선 난폭한 낭인들의 소굴인 고베의 해군학교를 신센조로 하여금 습격하게 만들겠다는 말도 있네."

"그렇다면 신센조야말로 딱하게 되겠군요."

그 무렵 교토에 있던 사쓰마 번의 사이고 다카모리는 무슨 생각에서인지 오사카의 가쓰 가이슈에게 사람을 보내, 서면을 통해서 정중히 가쓰와의 회담을 요청하며 그의 의사를 물어 왔다.

"알겠소, 날짜는 9월 10일로 정합시다."

가쓰는 대답했다.

이것이 뒷날 백년지기가 된 가쓰와 사이고의 첫 회담인 것이다.

사이고는 사쓰마 번을 대표하고 있다.

가쓰를 만나자는 용건은 "막부는 속히 조슈를 정벌하라"는 것이었다. 무엇을 꾸물대고 있나, 조슈가 반죽음이 되어 꼼짝 못하고 있을 때 쳐버리지 않는다면 다시 재정비를 하고 분기할 게 아닌가 하는 것이었다.

사이고는 조슈를 혐오하는 막부나 조정에서조차 놀랄 정도로 철저한 조슈 박멸론자(長州撲滅論者)인 것이다.

그럼에도 불구하고 진심으로는 미워하는 게 아니었다. 그 증거로 하마구리 궁문의 싸움에서 잡은 조슈인 포로 24명을 교토에 있는 사쓰마 번저에 수용하고, 손님 대접하듯 융숭히 대우하여 비밀리에 조슈로 돌려 보냈던 것이다.

교토에서 조슈의 패잔병이 막부와 신센조 또는 다른 여러 번의 손에 포박되어 무자비하게 살육된 것에 비한다면 전대미문(前代未聞)의 대우라 해도 과언이 아니다.

원래 전국시대 이래로 사쓰마인들에게는 포로를 우대하는 풍습이 있었으므로 그 풍습에 의한 것인지는 모르나, 그보다도 이 사쓰마인들의 외교 능력에서 나온 행위였을 것이다.

외교 능력의 결핍은 일본인의 결점으로 알려져 있다. 그러나 예부터 사쓰마인에 한해서만은 전연 이민족이 아닌가 의심할 정도로 외교적 수완이 대단했던 것이다.

사이고 등 사쓰마인은 지금 왼손으로는 조슈 포로들을 옹호하고, 오른손으로는 칼을 빼들고 막부의 코앞에다 들이대며 위협을 가하고 있다.

"어째서 조슈를 정벌하지 않는가?"

이들 사쓰마인의 최종 목적은 외교적으로 우선 막부의 힘을 빌려 조슈를 치게끔 하고, 그 포로를 융숭히 대우하여 그들에게 은혜를 베푼 다음 조슈와 다시 손을 잡고, 결국은 막부를 쓰러뜨릴 때의 포석(布石)으로 삼으려는 심산이었다. 이것은 마치 능숙한 바둑 수와 비슷하다.

필자는 세키가하라를 기억하고 있다. 세키가하라 싸움에서는 모리(毛利) 가문이나 시마쓰 가문이 모두 패배한 서군(西軍)을 지원하고 있었다.

싸움이 끝나자 이에야스는 그들의 죄를 따져 모리 가문을 없애 버리려고 했다. 그러나 사실은 그 싸움에서 모리는 총알 하나 쏘지 않았던 것이다. 뿐만 아니라 그의 친척인 기쓰가와 히로이에(吉川廣家)가 동군(東軍)과 내통하고 있었으니 그의 영지 몰수란 너무 가혹한 처사였다.

모리는 어제까지의 동료였던 도쿠가와에게 손이 발이 되도록 사과하여, 가까스로 영지를 4분의 1로 줄이고 히로시마 성에서 서해 연안의 벽촌 하기(萩)로 옮겨가게 되는 악조건 밑에 가명(家名)만은 간신히 부지하게 되었다. 이 졸렬함은 줄곧 머리만 숙이는 외교술에 기인하는 것이었다.

그러나 한편 시마쓰는 자기의 영지로 돌아가자 곧 전투 준비를 갖추고 닥쳐올 변에 대비했다.

그리고 한쪽으로는 가신을 교토로 보내 강약이 뒤섞인 외교를 전개하여 마침내 한 치의 땅도 뺏기지 않고 일을 무마시켰던 것이다.

사쓰마와 조슈, 두 번의 외교 능력의 현격한 차이는 이처럼 판이했으며 막부 말엽에 이르러 더욱 두드러지게 나타나 있다. 사쓰마 사람들이 볼 때 조슈인은 아이들이나 다름없는 것이었다.

그 외교 능력을 볼 때 사쓰마인들 중에서도 사이고가 특히 뛰어난 두뇌를 가지고 있었다. 아마 이 무렵의 사이고를 가리켜 일본 사상 최대의 외교 감각을 지닌 인물이라고 해도 과언은 아닐 것이다.

그러한 사이고가 가쓰를 찾아온다고 한다.

사이고는 드물게 보는 거구(巨軀)이다.

도사 사람 나카오카 신타로가 고향의 동지들에게 써 보낸 편지에는 그를 가리켜 이렇게 씌어 있었다.

"고멘(後免)의 가나메이시(要石) 못지않는 거구(巨軀)."

고멘이란 고치(高知) 동쪽에 있는 마을로서 이곳에 가나메이시라는 장사(將士)가 있었다. 그 가나메이시와 같다고 했으니 이 편지를 본 도사의 시골 무사들은 무척 놀랐을 것이다.

"그는 학식이 많고 담략(膽略)이 있으며, 항상 과묵하면서도 사려 깊고 과단성이 있어 이따금 입을 열면 반드시 사람의 폐부를 찌르는 말을 하오. 또한 그는 덕망이 높아 사람을 따르게 하며 누차 고난을 겪어 모든 일에 노련(老練)하오. 그리고 그의 성실한 인품은 다케치 한페이타와 흡사한데다가 지식이 풍부하므로, 실로 지행(知行)이 합일된 인물로서 서부 지방 으뜸가는 영웅임에 틀림없소."

서부 지방 하면 보통 교토의 서쪽 교외를 가리키는 말이었으나 그 편지를 쓴 나카오카 신타로는 서일본(西日本)이라는 뜻으로 썼던 것이다.

여하튼 거한 사이고는 정장을 하고 당당한 사쓰마 번의 중신으로서 가쓰를 방문한 것이다.

가쓰는 표준 이하의 작은 체구의 사내였다. 그러므로 두 사람이 마주 앉았을 때 그 엄청난 대조는 저절로 웃음을 자아내게 하였다.

사이고는 수인사가 끝나자 대뜸 말을 꺼냈다.

"외람된 말이지만 이번에 저는 막부의 우유부단을 책망하러 왔소이다."

막부에서 조슈를 정벌하겠다고 공표해 놓고도 도무지 실천을 하지 않는 것을 사이고는 지적한 것이다. 그는 이렇게 지적함으로써 막부의 뜻이 어디 있는가를 살피려는 것이었다.

전술에 탐색 사격이라는 것이 있다. 적이 어디에 있는지 분간을 할 수 없을 경우, 여기저기의 풀숲이나 부락에다 덮어놓고 사격을 해 본다. 그렇게 되면 적은 놀라서 반격을 해 올 것이니, 자연 적의 포진을 알게 되는 것이다.

사이고의 이번 방문도 바로 그것이었다.

"어째서 조슈를 치지 않는가?"

트집을 잡듯 따져 본 것은 막부의 능구렁이 같은 속셈을 타진해 볼 심산이었던 것이다. 사이고는 마음대로 사격을 가했다. 그가 뛰어난 정찰자(偵察者)였음은 이것으로도 알 수 있다.

"옳은 말씀이오."

가쓰는 정좌했던 무릎을 편히 고쳐 앉았다. 지혜덩어리 같은 이 사내는 사이고의 속셈을 즉시 간파했다.

그러나 간파했다고 해서 태도를 숨긴 것은 아니다. 사이고의 탐색 사격에 응하여 막부의 포진을 알려 주기 위해 자포자기 상태로 마구 응사를 개시했던 것이다.

"막부 각료들을 마치 대단한 것처럼 말씀하시지만 쓸 만한 인간은 없습니다. 중신들이나 직속 무사들만 하더라도 모두 시세에 어둡습니다. 예를 들어 이번의 그 금문사변만 하더라도 과격파의 낭사(浪士)들이 조슈군에 종군하여 전사했으며, 설혹 살아남았다 해도 겁을 먹고 재기 불능한 상태에 있지요. 막료들은 이를 기뻐하며 이제는 이것으로 천하태평이라고 안심하고만 있는 겁니다. 놀랄 만큼 무능한 하루살이들뿐이지요."

"허어."

사이고는 대답할 말을 잊었다.

막부의 군함 감독관으로부터 이처럼 통렬한 막부의 비판을 듣게 될 줄은 꿈에도 생각지 못했던 것이다.

"뭐니뭐니해도 요즘 세상에 막부 고관만큼 교활한 건 없다고 봅니다."

가쓰는 말했다.

"서로 감싸고 있기 때문에 어디에 권능이 있는지 모르게끔 하고 있습니다. 정말 노련들 하지요."

"그래요?"

사이고는 조용히 듣고 있었다.

"그 중에서도 두목격인 인물은 정무를 지배하고 있는 스와 이나바노가미(諏訪因幡守)일 거요. 누가 올바른 의견을 말하면 덮어 놓고 지당한 말이오 하고 절대로 반대하지 않습니다. 반대를 하지 않으므로 아마 행정에 반영되나 보다 하면 그것도 아니고 시치미를 뚝 떼는 거지요. 만일 자신에게 불리한 것이라면 뒷구멍으로 다니며 그 인물을 매장시켜 버립니다. 그래서 아무도 바른 말을 하는 사람이 없습니다."

"네에……"

사이고는 진심으로 놀랐다. 좋든 싫든 막부는 일본의 공식 정부인 것이다. 점진론자인 그는 가능하다면 이것을 후원하여 난국을 타개해 보려는 마음도 있었다.

'그처럼 심하단 말인가?'

이런 생각에, 그가 지니고 있는 소년같이 솔직한 정의감이 온몸의 피를 들끓게 하였다.

"가쓰 선생, 그런 간신을 어째서 물리쳐 버리지 않습니까? 길이 없단 말인가요?"

"소인배 하나를 물러나게 하는 것쯤은 쉽습니다. 그러나 그 자리에 누가 앉든 몸과 마음을 바쳐 국가를 이끌어 나갈 인물이 없습니다. 결국 막부의 지금 형편으로는 바로잡으려는 사람이 쓰러지게 되어 있습니다. 그러므로 손을 댈 엄두들을 내지 못하고 있지요."

"그렇다면 각 번에서 모두 힘을 합치면 어떨까요?"

"소용없습니다."

가쓰는 찰싹! 하고 목덜미에 앉은 모기를 손으로 때리며 말했다.

"가령 사쓰마 번에서 이러이러한 의결이 나왔습니다 하고 그것을 각의(閣議)에 내놓으면, 저것은 사쓰마 번에 속고 있는 인물이라는 딱지가 붙어서 어느 사이엔가 그 직책에서 쫓겨나게 되고 말지요. 각 번에서 아무리 뒷받침을 한다고 해도 목욕통 속에서 방귀 뀌는 격입니다."

"허어, 방귀를……?"

사이고는 울분을 누를 수가 없었다.

"만일 이처럼 혼탁할 때 청국(淸國)의 경우와 마찬가지로 열국(列國)이 연합군을 조직하여 육군을 함대에 가득 싣고 교토를 점령하려고 쳐들어온다면 어떻게 되지요?"

"일본은 멸망하게 되겠지요."

그는 자신이 막부의 관리이면서도, 지금의 막부에게 나라를 맡겨 놓는다면 일본은 망한다는 말을 태연히 지껄이는 것이었다.

"좋은 방책은 없을까요?"

"있지요."

가쓰는 설명했다. 그의 말에 의하면 지금 천하에는 현명한 영주가 4, 5명쯤 있다. 그것은 사쓰마의 시마쓰 히사미쓰, 도사의 야마노우치 요도, 에치젠의 마쓰다이라 요시나가, 이요 우와지마의 다테 무네나리(伊達宗城) 등이다. 그들이 각기 자기들의 군사를 이끌고 교토로 올라와 동맹을 맺고, 한편으로는 오사카 앞바다에 외국선을 격퇴시킬 병력을 상주시킨다. 그리고 또한 요코하마와 나가사키의 두 항구를 열고 그들 동맹을 맺은 번의 이름으로 모든 대외 담판을 행한다면, 막부가 당하는 그런 굴욕적인 조약도 강요당하지 않을 것이며 외국도 오히려 굴복한다는 것이다.

"제번동맹(諸藩同盟)."

사이고는 나직이 중얼거리고는 얼른 입을 다물었다. 그것은 쿠데타가 아닌가?

요컨대 가쓰의 의견은 "막부를 부정하고 일본의 외교권과 군사권은 제번동맹의 손으로 장악해 버려라!" 하는 것이다.

아직 도막론(倒幕論)까지는 아니지만 분명히 막부 무시론이긴 했다.

사이고는 가쓰와의 이 대면에 의해 비로소 자신의 세계관과 신국가론을 확립시켰다고 볼 수 있다.

'어쨌든 가쓰는 훌륭하다.'

그렇게 생각했다.

막부의 신하이면서도 그 막부를 이다지도 명쾌하게 부정하고 있다.

"막부 같은 건 잠시 빌려 입은 옷이나 진배없습니다. 빌려 입은 옷을 벗어 준대도 몸뚱이인 일본은 남습니다. 그러니 우리는 일본의 생존 흥망에 관한 것을 생각하는 게 당연하지 않을까요?"

"암, 그렇고말고요."

사이고는 고개를 끄덕였으나 내심으로 자기 생각은 어떤지, 그 순간 돌이켜 생각해 보았을까? 사이고는 뒷날 세이난 전쟁(西南戰爭)을 일으켰듯이, 평생토록 사쓰마 번이라는 것이 그의 뇌리에서 사라지지 않았다.

사쓰마 번을 무시하고 일본에 대한 것만을 생각한다는 것은, 사이고처럼 감정이 지나치게 풍부한 사람에게는 불가능한 일이다.

사쓰마 번을 초월하여 바로 일본을 생각한다는 것은 그에게 있어 추상론이 되고 만다. 이를테면 여담이긴 하지만, 21세기인 오늘날 '인류에 대한 것만을 생각한다'고 한다면 대부분의 경우 다소의 거짓이 섞이는 것이다.

인류란 아직은 추상 개념(抽象槪念)의 영역을 벗어나지 못하기 때문이다.

그러나 가쓰의 경우는 거기까지 이미 비약하고 있었던 것이다. 물론 그것은 오늘날의 인류주의자보다도 더 배짱이 필요했다. 가쓰는 그래서 어쩌면 피살될지도 모르는 존재였다.

사쓰마 번의 가신 사이고는 정신이 번쩍 들만큼 놀라움을 느꼈다.

'이것 참 이상한 사람인데.'

지상에 사는 생물 이외의 것을 본 듯한 놀라움이었을 것이다.

그는 그때의 감정을 가쓰와 만난 지 5일 뒤인 9월 16일자의 편지로 고향에 있는 맹우(盟友) 오쿠보 도시미치에게 이렇게 전했다.

"가쓰씨와 처음 만났던바 실로 놀라운 인물이라 절로 머리가 수그러지더군요. 그는 추측하기 어려울 만큼 지략에 뛰어난 인물이라고 느껴졌습니다. 무엇보다도 영웅 기질을 풍부하게 지닌 사람으로서 사쿠마 쇼잔(佐久間象山)보다도 더 인물이 출중하며, 학문과 격식은 그 이상입니다. 저는 지금 다만 이 가쓰 선생에게 몹시 이끌리고 있는 중입니다."

마주 앉아 있는 동안 사이고는 차도 마시지 않았다.

차를 마실 마음의 여유가 없었다고 해도 과언이 아니다.

헤어질 때 가쓰는 사이고에게 말했다.

"재미있는 사내가 하나 있습니다."

"그래요?"

그 당시 사이고뿐 아니라 뜻있는 사람은 모두 교분 맺을 만한 인재를 구하고 있었다. 그 말에 사이고는 '만인을 매혹시켰다'고 일컬어지는 그 눈을 티 없이 빛냈다.

"그게 누굽니까?"

"도사 사람으로 사카모토 료마라는 사내지요. 언제고 소개시켜 드리겠습니다."

꼭 부탁한다고 말하고 사이고는 물러갔다.

그 직후, 료마가 마침 "교토를 정찰하고 오겠습니다"라고 하였으므로, 가쓰는 그렇다면 니시키고지에 있는 사쓰마 번저에 잠깐 들러서 꼭 사이고와 이야기를 나누고 오라고 권했다.

생각하면 할수록 가쓰는 이상한 인물이다. 료마와 사이고에게 중대한 영향과 방향을 제시해 놓고도 천연덕스럽게 지나가는 말처럼 말한다.

—만나 보게나

그 두 사람이 서로 만나 친해짐으로써 역사가 크게 움직이게 되리라는 것을 가쓰는 예상했던 것일까?

가쓰는 항상 착실한 성품이었는데도 근본적으로 도시에서 자란 토박이라 점잔만 뺄 수가 없어, 언제나 역설과 풍자와 장난기로 자신의 성실성을 감추고 있다.

"덩치가 큰 사내라네."

이때도 그는 싱긋이 웃었다. 료마도 공연히 우스워져서 마주 웃었다. 가쓰가 료마에게 준 예비지식은 그것뿐이었다.

묘한 사내였다. 그들 두 사람을 맞붙게 하여 씨름이라도 해서 일본을 뒤집어엎어 버리라고 할 생각이었을까?

어쨌든 가쓰에게서는 요정(妖精) 같은 냄새가 풍긴다. 그의 장난기와 헤아릴 수 없는 지혜, 막부의 신하라는 입장을 초월한 그 발상력(發想力), 그리고 시류(時流)에 처해 있으면서, 신(神)만이 알고 있을 그 시류의 전철기(轉轍機)가 어디에 있는가를 잘 알고 있다. 뿐만 아니라 료마와 사이고라는 전철수(轉轍手)를 발견하여 천연덕스럽게 대면시키려는 점 등, 이 사내의 존재는 막부 말엽의 혼란에 허덕이고 있는 일본을 신께서 불쌍히 여겨 파견해 준 요정이라고밖에 생각되지 않는다.

여하튼 료마는 교토로 향했다. 도베 하나를 종자로 데리고 있었다.

"모조리 쑥밭이 됐다더군요."

요도 강을 거슬러 올라가는 배 안에서 도베가 말했다.

"낭인들의 소탕전도 심하다더군요. 나리께서도 조심 않으시면 목이 몇 개 있어도 모자랍니다."

후시미 데라다야의 해변가에 그들이 상륙한 것은 날이 훤히 샐 무렵이었다.

료마가 배에서 육지로 뛰어내리자 왼쪽 길가에는 후시미 행정청의 등불이 쭈욱 늘어서 있고, 오른쪽에는 신센조의 등이 높다랗게 걸려 있는데 각기 사람들이 출동해 있다.

낭인들이 입경하는 것을 감시하고 있는 것이다. 특히 조슈 계열의 낭인들은 불문곡직하고 체포하든가 그 자리에서 베어 버리고 만다.

"여보시오, 잠깐! 이름은? 어느 번의 분이시오?"

신센조 대원과 후시미 행정청의 관리가 우르르 몰려왔다.

료마는 탈번(脫藩) 이후 언제나 사이다니 우메타로라는 가명을 쓰고 있었다. 통관 중에도 가쓰 아와노카미의 가신으로 되어 있었다.

"입경의 목적은?"

"저기……."

료마는 턱으로 저쪽을 가리켰다. 거기에는 데라다야가 있고 문간에는 여자가 하나 서 있었다. 오료였다. 타는 듯한 눈길을 료마에게 보내고 있었다.

"저 여자를 만나러 왔지요."

그는 말을 던지고 오료의 곁으로 다가갔다. 그리고 다짜고짜 남의 눈도 꺼리지 않고 료마는 덥석 오료를 안아 올렸다.

백주, 길거리에서 처녀를 안는 얼간이가 어디 있단 말인가.

"낭인도 낭인이지만 계집애도 계집애지."

길을 가던 상인이 침을 탁 뱉었다.

그리고 보니 과연 여자 쪽에서도 조금도 부끄러운 내색 없이 진지한 눈빛으로 료마를 쳐다보며 안겨 있다. 이런 점이 아주 오료답다.

"오료!"

료마는 오료를 머리 위까지 치켜들며 말했다.

"오래 못 만났지만 잊어버렸던 건 아냐! 나는 당신 이름을 틈만 있으면 생각했었지."

"이름을요?"

"응, 나하고 이름이 비슷해서 자꾸 혼동이 된단 말야. 그래서 이름을 고쳐 주려고 좋은 이름을 이것저것 생각해 보았지."

"그래서, 새 이름을 지었나요?"

"응, 도모코가 어때?"

"어떻게 쓰죠?"

오료는 미소지으며 고개를 갸우뚱해 보였다. 원래 남의 생각 같은 것은 하지 않는 성품이다. 그녀는 주위에 있는 구경꾼 따위는 무시해 버리고 두 사람만의 분위기를 즐기고 있다.

"가죽 혁(革) 변에 남녘 병(丙)을 쓰는 도모코(鞆子)야."

"좋은 이름이군요."

그의 목을 안은 채 두 발끝을 가지런히 모았다.

료마의 말은 농담이 아니었다. 정말 열심히 생각했던 이름으로, 이날부터 오료는 도모코로 바뀌었으나 이름을 고치라던 료마 자신이 그 뒤에도 여전히 '오료, 오료' 하고 불렀기 때문에 결국 그 이름은 별로 쓰이지 않았다.

료마는 넋을 잃고 바라보는 신센조와 행정청의 관리들을 돌아보고 가볍게 머리를 숙여 보였다.

"그럼 실례!"

료마는 오료를 안은 채 네거리를 꺾어 골목으로 들어가 데라다야의 부엌문 앞에 가서야 내려놓았다.

전법(戰法)은 성공했다.

"허, 겨우 놈들이 보이지 않게 됐군!"

"보이지 않으니까 내려놓는 거예요?"

"응."

료마는 콧등을 쓱 문지르며 오료의 생각은 이미 깨끗이 잊은 듯한 표정으로 부엌문을 열고 들어가 버렸다.

뒤꼍이기 때문에 거기 바로 목욕탕이 있다. 그는 훌훌 옷을 벗고 칼을 동댕이치자 목욕탕으로 뛰어들었다.

그러더니 곧 소리를 질렀다.

"아이쿠! 이건 냉수 아닌가!"

안주인인 오토세가 달려오며 기쁜듯이 말했다.

"아니, 사카모토님 아니세요? 언제 오셨어요?"

"목욕물이나 좀 데워 줘요."

"네, 데워 드리고말고요. 너무 오래 안 오시기에 우리는 걱정하고 있었어요. 모두들 이케다야에서 돌아가셨다느니, 하마구리 궁문에서 전사하셨다느니 하고 소문이 자자해서 얼마나 걱정했는지 몰라요."

"그래서 이렇게 오지 않았소. 우선 목욕물이나 어서 데워 줘요."

아궁이 앞에 쪼그리고 앉은 오료가 부지런히 장작을 땐 보람이 있어 겨우 가마솥이 뜨거워지기 시작했다.

무쇠 목욕통이다.

"오, 이만하면 됐어."

료마는 탕 속으로 풍덩 들어갔다. 물이 그럭저럭 체온 정도로 데워졌다.

"오료, 당신은 불 때는 솜씨가 좋구려. 숯불도 잘 피우지만."

"잘한다고 남들이 그러더군요."

"오토메 누님도 잘해. 그 두 가지 솜씨가 좋은 사람은 머리가 좋대."

"그래요?"

"그 대신, 성질이 거세어서 시집을 못 가는 말괄량이들이 많대."

"……."

오료는 화가 난 모양이다.

"아무튼 오토메 누님이나 당신이나 바느질도 못하고 밥도 못 짓는 여걸이니 말이야."

"사카모토님!"

오토세가 와서 나무랐다.

"남에게 목욕물을 데우게 해놓고 그런 소리 하는 게 아니에요. 정말 이상한 분이군요."

"오토세. 모치스키 가메야타도, 기다소에 기쓰마도 죽었다. 서너달 동안에 도사의 패거리들이 20명쯤 죽어 갔지……."

"글쎄, 그랬다더군요. 언제까지 이런 세월이 계속될지, 원……."

"내가 천하를 호령할 때까지."

'첨벙' 하고 물소리가 났다.

"그러나 오료, 시대의 광란노도(狂亂怒濤)는 지금부터야. 지금 앞바다에는 외국 군함이 와 있어. 청국은 수도까지 공략당했어. 외국인들이 오사카 만으로 쳐들어와서 상륙하는 날에는 교토까지 불과 130리밖에 안 돼. 어물어물하다가는 양이(洋夷)들이 천황을 거느리고 천하를 호령할 때가 오게 돼."

물이 미지근해서 으스스한 탓인지 오늘의 료마는 이상하게 말이 많았다.

"조슈가……."

오토세도 데라다야가 사쓰마 번의 단골 숙소처럼 돼 있기 때문에 정세에 밝았다.

"양인들 함대의 공격을 받고 큰일 날 뻔했다면서요?"

"정말 조슈는 딱하게 됐어. 하마구리 궁문에서 졌지, 그 직후에는 또 4개국 함대의 내습으로 시모노세키를 포격당했지, 아무튼 채이고 밟히고 죽을 지경이지. 태평스럽게 천하를 관망하고 있는 것은 사쓰마뿐이야."

"도사는요?"

"영주가 너무 똑똑하고 유아독존이라 정론을 탄압하고 있기 때문에 모두들 탈번을 하는군. 그들은 조슈에 붙거나, 아니면 교토로 달려가 무슨 변이 있을 때마다 죽어 가고 있어. 도사를 탈번한 낭인들의 시체가 거리에 즐비하지. 어느 때건 그들의 넋을 위로할 수 있는 시대가 오지 않는다면 그야말로 원한이 천지에 가득 찰 거야—그런데 참!"

료마는 화제를 바꾸었다.

"오토세는 사쓰마의 사이고라는 사나이를 알고 있나?"

"알다 뿐인가요? 그저께도 그분은 지금 사카모토님이 쓰고 계신 그 욕탕에서 목욕을 하셨는걸요."

"이 욕탕에서 말이지."

료마는 갑자기 친근감을 느낀 모양이다.

몸을 말끔히 씻은 료마는 오토세의 방을 빌려 오전 중 푸욱 잠을 잤다.

저녁때가 다 되어서야 일어난 료마는 오료에게 물었다.

"도베는 돌아왔나?"

자기 전에 도베를 교토로 보내 거리의 경계 상황을 미리 정찰시켰던 것이다.

교토는 계엄령하에 있다고 해도 과언이 아니었다. 지금의 경시총감(警視總監) 위치에 있는 교토 수호직 마쓰다이라 가다모리는 자기의 아이즈 번병 1천 명, 그리고 신센조 순찰대, 교토 고등정무청의 구와나 번병 5백과 교토 행정청 관리들을 동원해서 조슈 패잔병 수색과 수상한 낭인들의 교토 잠입을 저지하고 있었다.

"수상한 자는 베어라!"

무서운 엄명이 내려져 있다. 여담이지만 조슈 사람인 가쓰라 고고로가 교토를 탈출하지 못하고 거지로 분장하여 산조 다리 밑에서 숨어 살던 것도 이 무렵이었다. 재치 있는 이 사내는 한밤중에 본토 거리(先斗町), 산본기(三本木)의 유흥가를 지날 때는 피리를 불어 안마사로 의장(擬裝)하고, 어떤 때는 훈도시 차림의 가마꾼 모습으로 오쓰(大津)까지 달리기도 했다. 또한 길가의 거지들 움막에서 기거하기도 했으며, 교토로부터 찾아온 애인 이쿠마쓰(幾松)와 재회하여, 얼마 뒤엔 다시 상인으로 둔갑을 하고 다지마(但馬)로 도망하여 그곳에서 전전하며 해를 넘겼다.

이윽고 도베가 돌아와 이번만은 순순히 오사카로 돌아가는 것이 나을 것 같다고 말했다.

"나리, 위험합니다. 개미새끼 한 마리 들어갈 틈도 없습니다."

"난 가겠다."

료마는 태연히 말했다. 조슈가 궤멸하고 난 뒤 막부의 권위가 회복되는 동시에 광포화되어, 왕성의 땅 교토가 완전히 막부의 아성(牙城)이 되어 있는 그 광경을 직접 자기 눈으로 보고 싶었다. 실증(實證)을 좋아하고 현실을 좋아하는 이 사내의 천성이 그것을 부채질하고 있다. 눈으로 보고 귀로 듣지 않고는 사물을 생각할 수 없는 성질이므로 앞으로의 천하를 예상할 수가 없다. 사카모토 료마라는 사내가 다른 관념주의적 지사들과 판이하게 다른 점이 바로 이 점인 것이다.

"무엇 때문에 그렇게도 가고 싶으신가요?"

"다즈라는 아가씨가 있어서 그래."

오료가 고개를 번쩍 들었다.

"어떻게 되었는지 걱정이 돼서 그래. 아마 집도 타 버렸겠지."

"그러나 다즈 아가씨는"

오료가 입을 열었다.

"도사 번 중신의 누이동생이 아닙니까. 그런 높은 댁 아가씨니까 가와라 거리(河原町)의 도사 번저에서 잘 보호하고 있을 거예요."

그런데 무엇 때문에 걱정을 하느냐 하고 오료는 슬픈 듯한 눈빛으로 말했다.

도베가 보다 못해 한 마디했다.

"나리는 도대체 누굴 좋아하십니까? 에도의 사나코님입니까, 교토의 다즈님입니까, 아니면 후시미의 오료입니까?"

"쓸데없는 소리 마라!"

료마는 화를 냈다.

"모두 다 좋아해."

"그건 안 되지요. 모두 다 좋아한다는 건 아무에게도 반하지 않았다는 것과 매한가지죠. 반한다는 것은 단 한 분에게 열정을 바치는 것입니다. 안 그런가요, 오료님. 그런데 어째서 나리를 반하게 만들지 못하시오?"

도베는 담뱃대를 탁 쳐서 재를 털었다.

저녁 식사에 반주가 나왔다.

료마는 오토세와 오료가 번갈아 따라 주는 바람에 다소 취했다.

"놀랐는데, 내가 취했어."

료마로서는 드문 일인지도 모른다. 그는 별로 술을 좋아하는 편은 아니나 주량이 세어 평소에 한 되쯤은 마셔도 끄떡도 않는다.

"도베, 노래라도 불러 봐."

"그럼 한 곡 뽑을까요?"

도베는 노래로 밥이라도 먹을 수 있을 만큼 좋은 목청을 지니고 있었다.

"나리, 샤미센을 부탁합니다."

"좋아, 반주해 주지."

료마는 곁에 있는 샤미센을 집어 들었다. 오토메 누님의 지도를 받은 그의 솜씨는 그런 대로 서툰 편은 아니다.

그의 반주로 도베는 유행가를 두세 곡 불렀다.

료마는 샤미센을 타면서도 궁리를 하고 있다.

'내일은 어떻게 해서 교토로 들어갈까.'

개미새끼 한 마리 들어갈 틈이 없다는 교토로 료마처럼 얼굴이 널리 알려진 낭인이 무사히 들어갈 수 있을 것인지?

"오료!"

료마는 샤미센을 던져 버렸다.

"우리 유쾌하게 캉캉춤이라도 추어 볼까? 월금(月琴)을 부탁해."

"춤춤 아세요?"

"알다 뿐인가, 이래봬도 나가사키 본바닥에서 배웠어!"

오료가 월금을 집어 들자 료마는 일어나 두 손으로 하카마를 살짝 쳐들고 춤을 추기 시작했다.

"캉캉시 쓰누디쓰렌환(看看兮, 賜奴的九連環)……."

나가사키에 와 있는 청국인(淸國人)들이 가져온 청나라 술좌석의 좌흥으로, 교토, 오사카를 비롯해 에도에까지 유행하고 있다. 반주는 역시 청국 악기인 월금으로, 이건 오료가 잘 하니 안성맞춤이다.

료마는 춤을 추며 노래를 불렀다.

노래의 뜻은

'님에게 받은 지혜의 고리를

두 손에 안고 오기는 했으나

풀려야 풀 수 없고

찢을려야 찢을 수 없어

진정 안타깝구나'

라는 그럴 듯한 내용이다. 물론 료마의 청국어 발음은 나가사키식 발음이라 청국인도 일본인도 알아듣지 못하는 아리송한 것이었으나, 그 우스꽝스러움 속에 어딘지 모르게 애수(哀愁)를 느낄 수 있어 료마도 좋아했다.

"그렇다!"

료마는 춤을 끝내자 손뼉을 쳤다.

"내일은 캉캉춤을 추면서 교토로 들어가기로 하자. 오료, 내일은 월금을 들고 교토까지 동행해 줘!"

"오료가 아니에요, 도모코예요. 자기가 이름을 지어줬으면서."

"아 그렇군, 도모코."

털썩 주저앉으니 취기가 갑자기 돌았다.

"자야겠어!"

벌렁 드러눕자 벌써 코를 골기 시작했다.

오토세는 료마에게 침실을 빼앗기고 하는 수 없이 오료의 방에서 자기로 했다.

"그런데 말야, 오료."

손을 뻗쳐 머리맡의 담배함을 끌어당기며 말했다.

"그 사람 정말 교토로 들어갈 작정일까?"

"그렇다고 생각해요."

"위험한걸⋯⋯."

오토세는 담배를 채웠으나 불은 붙이지 않고 담뱃대를 든 채 물끄러미 생각을 하고 있다.

그 옆얼굴을 오료는 아름답다고 생각했다.

"내가 그이의 연인이라면 절대로 보내지 않겠는데⋯⋯."

은근히 오료에게 말리라는 암시를 주었다. 그러나 오료는 오료대로 '연인'이라는 말이 마음에 걸렸다.

"사카모토님은 엄마(오토세)를 좋아하나 봐요. 난 그렇게 생각해
요. 오토메 누님과 똑같은 성격이라 보통 인연이 아닌 것 같은 생
각이 든다고 말한 적이 있거든요."

"이런 바보, 그건 육친과 같은 심정이라는 뜻이야."

그러면서도 오토세는 당황했다.

"나도 동생 같은 기분이란다. 나이는 몇 살 차이더라? 세 살······
아냐, 다섯 살이던가?"

오토세는 입을 다물고 말았다. 한참 만에 다시 웃으며 말했다.

"이상한 사람이야······."

료마를 두고 하는 말이다.

"다즈 아가씨가 좋다고 한동안 그러더니 또 에도에 계신 지바님
댁의 사나코님만큼 좋은 처녀는 없다고 나에게 말한 적이 있었지.
이번에는 너야. 바느질도 못하고 월금만 잘 뜯고 거기다 오사카까
지 가서 건달의 뺨을 갈겼다는 것이 아주 마음에 들었다나."

"엄마, 담뱃불."

오료가 주의를 주었다. 오토세는 불도 붙이지 않은 담뱃대를 빨고
있었던 것이다.

"아, 참."

웃음으로 얼버무렸으나 오토세가 료마에게 동생 이상의 감정을
갖고 있다는 것은 오료가 누구보다도 잘 알고 있다.

"오료, 난 말이다. 아침 일찍부터 밤늦게까지 영업하는 선창가 여
인숙 주인이라 꼭 한 가지 장기가 있단다."

"어떤 건데요?"

"잠이 쉬이 드는 데다가 잠만 들었다 하면 도둑놈이 와서 깨워도
못 일어나는 재주지."

"어머나"

오료는 웃었다.

"내가 잠이 들면, 오료는 어딜 가도 좋아. 지금 교토가 얼마나 무서운 곳인가를 알려 주러 가도 좋아. 아니, 꼭 가야 한다고 생각해. 하지만 내가 잠이 든 다음에 갈 것, 그리고 내가 눈뜨기 전에 살짝 돌아와 있어야 해. 즉 내가 모르는 사이에 갔다 오란 말야."

오토세가 잠든 숨소리를 내기 시작했다. 그러나 오료는 좀처럼 잠이 오지 않았다.

―잠이 오지 않을 때는 아무것도 생각하지 말고 발바닥으로 숨을 쉬도록 해. 그러면 곧 잠들 수 있어.

언젠가 료마가 가르쳐 준 일이 있다.

'정말일까?'

오료는 이불을 끌어당겨 푹 뒤집어쓰고 조용히 다리를 뻗어 발바닥을 의식하면서 숨을 쉬어 보았다.

'틀렸어.'

역시 가슴으로 숨을 쉬고 있다.

'어떻게 발바닥으로 숨을 쉴 수가 있담.'

'그러나 사카모토님이 거짓말을 하실 리가 없다.'

이렇게 생각하며 힘껏 숨을 들이마시고는 후욱 하고 발바닥으로 내뿜으려 해 보았으나 잘 되지 않는다.

'말하자면 그런 기분으로 하라는 것이겠지.'

생각을 돌리고, '나는 지금 발바닥으로 숨을 쉬고 있다' 하고 스스로에게 일렀다. 그리고 나서 오료는 열심히 발바닥을 의식하며 숨을 쉬어 보려고 했다.

그러나 그러면 그럴수록 몸이 뜨거워지는 것 같았고, 나중에는 가슴의 고동이 목구멍까지 울리는 것 같은 느낌이 들었다.

묘한 기분이었다. 이런 기분은 처음 느끼는 것이었다.

마침내 참을 수 없게 되었다. 아무것도 생각지 말라고 했으나 도저히 그럴 수 없는 노릇이었다. 료마가 있다. 료마가 오료의 몸속 가득히 들어가 있는 듯한 느낌이 든다.

'아유, 안 되겠어.'

오료는 이불을 걷어찼다.

'사카모토님에게 가야지.'

막상 무슨 일에 처하면 오료는 몸속에 용수철이 생긴 듯 자신도 놀랄 만큼 행동력이 풍부한 처녀가 된다.

'처녀 쪽에서 남자 침실로 가도 괜찮을까?'

이런 반성 같은 것은 없어지고 만다.

"미안해요."

이 중얼거림은 오토세의 잠든 얼굴에 대고 한 말이었다. 이불 가를 돌아 복도로 나왔다.

료마의 방 앞에 서자 몸을 구부려 장지문을 열고 잽싸게 안으로 들어갔다.

'싫어하지나 않을까?'

이런 것은 이미 생각하고 있지 않다. 오사카로 가서 건달의 따귀를 갈기고, 하마터면 팔려 넘어갈 뻔한 동생을 찾아온 그 오료가 지금 어둠 속에서 싱싱하게 숨쉬고 있다.

"사카모토님, 오료가 왔어요."

또렷이 말했다.

료마는 누워 있다.

그러나 장지가 열릴 때부터 잠이 깨어 있었다.

칼이 머리맡에 있었다.

순간적으로 움켜쥐었던 칼을 놓고 말했다.

"난 또 누구라고, 오료구나."

옆으로 돌아눕자 다시 잠이 들었다.

그 숨소리를 듣자 오료는 용기가 꺾이고 말았다.

그러나 여기까지 부끄러움을 무릅쓰고 찾아온 이상 오토세 곁으로 다시 돌아갈 수도 없지 않은가.

"저어, 사카모토님."

좀 과장해서 말하면 오료는 결사적인 각오를 했다. 그녀는 무릎걸음으로 다가가 이불 위로 료마를 힘껏 흔들어 깨웠다.

"왜 그래?"

료마는 놀라서 눈을 떴다.

"잠이 오지 않아요. 사카모토님이 언젠가 가르쳐 주신 발바닥으로 숨쉬는 방법도 해 보았지만 하면 할수록 잠이 오지 않아요."

료마에게 책임이 있다는 듯한 말투이다. 하긴 몰래 찾아온 데 대한 이유를 둘러대자니 그 말밖에 없었다.

"하는 방법이 잘못 돼서 그래."

료마는 귀찮은 듯이 대답했다.

"아무리 해도 안 돼요."

오료는 결사적이다. 어둠 속이라 료마에게는 보이지 않았지만 그녀의 눈엔 살기가 있었을 것이다.

"아무리 해도 잠이 오지 않아요, 사카모토님."

"왜?"

"안 되는 것은 안 되는 거예요. 발바닥으로 숨쉬는 따위……."

"좋아."

료마는 결심한 모양이었다. 바보가 아닌 이상 오료의 마음이 어디에 있는 것인가 하는 것쯤은 짐작이 갔을 것이다.

"껴안고 재워 주지, 들어와."

"괜찮겠어요?"

"잔소리 마라. 지금부턴 말 같은 게 필요 없는 세계야."

오료는 뛰어들 듯 료마의 이불 속으로 들어갔다.

료마는 잠옷 입은 오료의 허리를 바싹 끌어안았다.

오료는 몸을 떨었다. 이가 딱딱 마주칠 만큼.

"오료"

"도모코라고 불러 주세요."

"마침내 내 여자가 되는 건가?"

료마는 무언가를 슬퍼하는 듯한 목소리였다.

"그럴 생각으로 계셨던 게 아니었던가요?"

"응, 그러나 다른 생각도 갖고 있었어. 평생토록 아내를 갖지 않
으리라 생각했었지. 지금도 그렇게 생각하고 있어."

"왜요?"

"전에도 말했잖아. 대망을 품은 몸이라 언제 지상에서 사라질지
모르니 아무런 흔적도 남기고 싶지 않아서지."

"저, 이야기 같은 건 필요 없다고 하시지 않았어요?"

"아아 그랬지. 깜박 잊어버렸어. 남녀 사이란 이쯤 되면 말 같은
건 필요 없어."

멀리서 개 짖는 소리가 들린다.

료마는 오료의 속옷 끈을 풀어 주었다.

"자, 오료……."

"잠깐만."

오료는 갑자기 공포심이 생겼다.

"억지 쓰지 마."

료마는 킬킬 웃었다.

"오료, 당신 앞자락은 벌어져 있어. 이제 와서 기다리라니 무슨 억지야. 안됐지만 기다릴 수 없어."

오료도 우스워져서 그만 따라 웃었다. 웃으니 공포감이 사라졌다.

"그럼 좋아요."

"바보, 좀더 정답게 말하는 거야."

료마는 오료의 몸을 제대로 다루지 못하고 있다.

"생각보다 보드라운데."

"뭐가요?"

"당신 몸이 말이야."

감탄했다. 오료는 성격이 사내 같아 겉보기엔 근육질의 단단한 몸을 상상케 했는데, 뜻밖에 그렇지 않은 것이 놀라웠던 것이다. 젖은 비단 같은 살결과 미묘하게 탄력 있는 몸매를 지니고 있었다.

"역시 여자야!"

무심결에 소리를 내고 말았다.

그러고 나서 료마는 오료의 그 부분을 만졌다.

젖어 있다.

료마는 즐거웠다.

"오료, 당신은 평소에 큰 소리를 잘 치지만 역시 여긴 여잔데."

"그야 물론이죠."

"자연의 불가사의라고나 할까."

"왜요?"

"아니, 왠지 모르게 예술 작품의 향취 같은 것이 느껴져서 그래."

'이상한 사람이야.'

오료는 긴장이 풀어졌다.

바로 그 순간, 천지가 캄캄해지는 듯한 충격을 받았다. 충격이 사라지자 음악이 남았다. 몸의 중심이 생전 처음 듣는 음악을 연주하기 시작하자 그것이 미묘한 경련(痙攣)을 수반하여 전신에 퍼져 간다.

오료는 눈을 감고 있었다.

자신의 몸이 심하게 움직이고 있는 것 같은데 자기는 알지 못한다.

자의식은 안개처럼 흩어져 버렸다. 료마의 품에 안겨 있는 것은 오료가 아닐 것이다.

사람이라는 생물일 것이다.

몸이 몹시 요동을 쳤다. 그 요동은 점점 심해졌으며 오료는 하늘에라도 오르는 듯한 기분이 들었다.

"아!" 하고 큰 소리를 쳤던 모양이다.

허공을 헤매던 몸이 다시 가라앉기 시작했다. 마치 깊은 바다 속 같은 짙푸른 색채 속으로 오료는 차츰차츰 가라앉아 가고 있다.

"료마님!"

이렇게 중얼거린 모양이다.

"평생을 두고 사랑하겠어요."

"사랑하지 않아도 좋아."

료마는 조용히 몸을 떼었다.

"내게 짐이 되니까."

"아니에요, 절대로 짐이 되진 않겠어요. 오료 혼자서만 사랑하고 있겠어요."

"도모코라고 했잖아."

"아, 참, 자꾸 잊어먹어요. 도모코."

오료는 날이 새기 전에 살그머니 자기 방에 돌아왔다.

오토세는 곤히 잠들어 있다.

'미안해요.'

잠든 오토세의 얼굴을 바라보며 사과하고 자기 이불 속으로 들어 갔다.

그러나 잠은 오지 않는다.

이불을 뒤집어쓰고 눈을 감고 있으려니, 감은 눈에서 하염없이 눈물이 흘러나온다.

여자란 묘한 것이라고 생각했다. 바로 조금 아까 오료는 처녀가 아닌 몸이 되고 말았다. 그보다도 이상한 것은, 처녀였던 자신이 그림자놀이의 그림자같이 먼 옛날에 존재했던 것처럼 느껴지는 것이었다.

'왜 그럴까?'

알 수가 없다.

오료는 이불자락을 물고 소리 죽여 울고 있다. 우는 것을 즐기는 듯한 그런 울음이었다. 울면 울수록 야릇한 서러움이 복받쳐 견딜 수가 없었다.

갈가리 찢기어 그림자놀이 그림자의 세계로 들어가 버린 자신의 과거에 대한 석별(惜別)인 것일까?

그뿐만은 아니다.

오료는 새로운 세계로 발을 들여놓은 자신을 느끼고 있다.

이제는 이전의 자기처럼 오료 그 자체만이 오도카니 지상에 존재하고 있는 것이 아니다.

'료마의 오료'

바로 그것으로서 새로운 자신이 땅 위에 탄생했다. 이제는 고독한 오료가 아니다.

'그분의 것이란 말이에요!'

이렇게 외치고 싶은 충동을, 지금 오료는 우는 것으로써 음미하고 있다.

그러나 엉뚱한 료마이므로 귀찮은 듯 잡아뗄는지도 모른다.

"나는 모르는 일이야!"

그래도 좋다. 그가 뭐라고 말하건 '그 사람의 것'이 된 데는 변함이 없다.

오료는 눈물을 거두었다.

갑자기 방 안이 밝아졌기 때문이다. 어느 틈엔가 방에 불이 켜져 있다.

"왜 그러니?"

오토세가 등잔 옆에서 한쪽 무릎을 세우고 앉으며 말했다.

"무서운 꿈이라고 꾸었니?"

"아니에요"라고나 하는 듯 고개를 저었다. 눈치 빠른 오토세는 그 모습을 물끄러미 바라보다가 어렴풋이 사정을 알아차렸다.

"사카모토님한테 갔었구나?"

"네."

오료는 어린애같이 고개를 끄덕였다.

"괜찮아. 나는 사카모토 료마라는 사람은 일본 제일가는 남자일 거라고 생각해. 그래서 나는 네가 전일본의 모든 여자들이 부러워할 행복을 얻었다고 생각하는데, 그러나……."

"그러나?"

"평온한 일생은 보낼 수 없겠구나."

"각오하고 있어요."

"샘이 나서 하는 말이지만 너는 절대로 그분의 짐이 되어서는 안된다. 만약 짐이 되는 날에는 그분을 좋아하는 한 여자로서 내가 너를 방해할 테다."

"저어, 나리, 아침 식사 준비가 됐습니다. 2층 방이에요."

복도에서 료마에게 말한 것은 오료가 아니고 하녀였다.

"오오, 그래."

료마는 벌떡 일어나 세수도 하지 않고 복도로 나와 계단을 두 층 계씩 뛰어 올라갔다.

이 여관은 계산대 앞과 계단 입구 등, 지난날의 데라다야 사건으로 많은 사쓰마 지사의 피를 흡수한 인연이 있다.

계단 위 옆방에 아침상이 마련되어 있었다.

부두에 면하고 있어 난간에서 내려다보면 오가는 나그네들이 보인다.

"날씨가 좋군."

오늘은 무슨 일이 있어도 교토에 들어가야겠다고 생각하며 료마는 상 앞에 앉았다.

시중은 오료가 들었다. 고개를 숙이고 눈을 들지 않는다.

귀뿌리까지 빨갛게 되어 있었다.

"이건 뭐야? 전갱이포에 가지조림이구나."

료마는 육포를 그다지 좋아하지 않았다. 그러나 생선이 귀한 교토나 후시미에서는 고작해야 이 정도가 좋은 대접이었다.

"육포를 싫어하셨던가요?"

"씹기가 귀찮아서 그래."

아무튼 료마는 해변 태생이라 육포 같은 것은 별로 먹어 본 일이 없다.

"우리 고향인 도사의 고치에서는 해변에만 나가면 고기들이 헤엄을 치고 있지. 고래도 있어."

"거짓말!"

"거짓말이 아니야. 어쩌다가 고래가 만(灣)으로 들어오는 날에는 어부들이 배를 있는 대로 출동시켜 야단법석을 하며 잡지. 그 해변에서 수박덩어리만한 고래 살점을 날것으로 먹고서 얼굴이 피투성이가 된 놈도 있단 말이야.”

“어머나!”

어쩐지 야만스러운 이국 이야기라도 듣는 것 같아 교토 태생인 오료는 무서운 생각이 들었다.

“그래서 도사 사람들은 성품이 사나운 걸까요?”

“아니야, 도사가 얼마나 넓은데. 저 지난달 하마구리 궁문에서 전사한 나스 슌페이(那須俊平) 같은 노인처럼, 겨우내 눈 속에 파묻히는 산속 마을에 살면서 한평생 바다 구경을 못하는 사람도 있어. 하기야 산중에 사는 도사 사람들은 고래잡이 대신 날쌘 멧돼지 사냥만 하니, 그래서 사납긴 하지.”

“자, 좀더 드세요―모처럼 만든 음식이니까요.”

“아니, 그럼 이건 오료 솜씬가?”

“네, 새벽부터 열심히……”

“허어.”

료마는 놀랐다. 그러나 부엌일을 못하는 오료로서는 애를 많이 썼겠지만, 기껏해야 육포를 굽고 가지를 조렸을 뿐이 아닌가.

료마는 육포를 뜯어 입에다 넣었다.

오료는 그 입을 열심히 바라보고 있다.

‘맛이 있는지 모르겠네.’

“과연, 오료는 음식 솜씨가 좋은데.”

료마는 마지못해 한마디 하고는, 입속의 짜디짠 육포를 꿀꺽 삼켰다.

“교토로 함께 가자. 준비를 해요.”

"그럼, 부디 몸조심하세요."

오토세의 전송을 받으며 데라다야를 나온 료마 일행 셋은 마치 스무고개놀이의 대상 같았다.

한 사람은 6척에 가까운 후리후리한 낭인으로 니리야마(韮山) 삿갓을 쓰고 있다.

그 뒤를 사람이 뒤돌아볼 만큼 아름다운 처녀가 월금을 안고 따라간다. 그리고 그녀의 왼쪽에는 도둑이 걸어간다—

도둑이라 해서 수건으로 얼굴을 싸매고 있는 것은 아니다. 행상꾼 같은 차림으로 덜렁덜렁 걸어간다. 나그넷길에 아주 익숙한 걸음걸이다.

후시미는 번화한 거리이다.

가옥 수가 6,656호, 절의 수효만도 150개나 되며, 이 절엔 대부분 교토에서 온 피난민들이 들어 있어 인구가 갑자기 늘어나 있다. 그리고 큰길에는 나그네들이 길을 누비듯이 오가고 있어 매우 번잡했다.

"뭐냐, 저건?"

지나가는 사람들이 눈을 휘둥그렇게 뜨고 료마 일행을 보며 지나간다. 앞장선 료마는 왼손을 품에 찌르고, 콧노래로 캉캉춤의 가사를 흥얼거리며 간다.

뒤따르는 오료가 반주를 하는 것은 아니었으나 어쨌든 월금을 안고 있기 때문에, 얼핏 보기엔 반주하는 것 같이 보인다.

"나리, 이거 원 창피해서."

도베가 딱 질색을 한다. 그럭저럭 스미조메 마을(墨染村)로 접어들었다.

이곳에는 한길 가에 싸구려 청루(靑樓)가 몇 집 있다.

집집마다 긴 발을 드리워놓고, 그 발을 헤치고 기녀들이 달려 나와 길손들의 소매를 끌어 잡는다.

"손님, 들어오세요. 놀다 가세요."

푸른 줄무늬 무명 솜옷에 비로드 깃을 달고, 얼굴에는 흰 가루를 뒤집어 쓴 듯 분칠을 하고 있다.

"여보세요, 낭인 어른."

기녀 하나가 료마를 불렀다.

"왜 그래, 우리는 나가사키에서 온 캉캉춤꾼이다. 문전에서 한곡 부르라는 주문인가?"

"정말이세요?"

기녀는 반쯤 곧이듣고 말았다.

"칼 찬 풍각쟁이는 처음 봤는데요."

료마는 들은 척도 않고 곧장 간다.

얼마 가지 않아 길은 교토로 접어들어 속칭 대불(大佛)이라 부르는 호코 사(方廣寺) 문전에 당도했다.

'이거 안 되겠는걸.'

료마가 이렇게 생각한 까닭은 절 문 앞에 떡갈나무 문장(紋章)을 박은 등이 높다랗게 매달려 있었기 때문이다.

도사의 영주가 교토에 와 있다.

가와라 거리 번저가 좁기 때문에 이 절을 임시 본진(本陣)으로 쓰고 있다.

"료마! 여보, 당신 료마가 아니오?"

문에서 나온 점잖은 무사 하나가 료마를 불러 세웠다.

─누가 나를 부르나?

료마는 걸음을 멈추고 돌아보았다.

이곳은 모번(母藩)의 임시 본진 앞이다. 모번이라고 하나 탈번한 신세의 료마에게는 같은 편이 될 수 없다.

오히려 적이라고 할 수가 있다. 왜냐하면 번의 보조 감찰들이 탈번한 료마를 발견하는 대로 체포하려 하고 있기 때문이었다.

"나요, 나."

무사는 료마에게 다가왔다. 상투를 깨끗이 빗어 올리고 대소(大小)의 훌륭한 칼을 차고 있었다. 아무리 보아도 상당한 신분의 상급 무사이다.

아직 젊다. 늠름한 얼굴과 민첩한 몸집을 지니고 있었다.

"나를 잊었소? 이누이 다이스케(乾退助)요."

뒷날의 이다가키 다이스케(板垣退助)이다. 그는 고토 쇼지로(後藤象二郎)와 같이 노공 요도의 눈에 들어, 요도로부터 도사 번의 군사 조직을 양식화(洋式化)하라는 분부를 받고 있는 고급 관료였다.

이것은 여담이지만, 이다가키라는 사내는 메이지 이후에 자유 민권 운동의 총수 노릇도 했고, 메이지 14년의 국회 개설 후에는 자유당의 총재 노릇도 했다. 그는 그 다음 해 기후(岐阜)에서 유세 중 자객의 습격으로 부상을 입었을 때

—이다가키는 죽어도 자유는 죽지 않는다.

라는 명문구를 부르짖기도 하였으나, 인품이 너무 담백해서 정치가나 사상가로서의 능력은 대단한 편이 못되었고, 오히려 무장으로서의 소질이 훨씬 많았다. 유신 전쟁 때는 관군(官軍)을 인솔하고 도산도(東山道) 선봉의 총지휘관이 되어 고후 성(甲府城)을 함락시키고 간토를 진압하였으며, 다시 나아가 아이즈 와카마쓰 성을 공격하여 함락시킨 그 일련의 작전 지도는 유례없는 탁월한 솜씨였다.

그 다이스케가 료마를 노상에서 불러 세웠을 때의 성은 이누이였다.

그는 상급 무사들 중에서도 유일한 근왕당으로서, 전부터 료마에게 호의를 갖고 있었다.

"잊었다면 섭섭하오."

다이스케는 말했다.

"전에 상급 무사와 향사(鄕士) 간에 큰 싸움이 벌어졌을 때 당신 하고 나하고 고다이 산의 늪지에서 싸운 적이 있는데, 난 칼을 뽑 고 대항하다가 당신한테 혼쭐난 일이 있었소."

"난 잊어버렸소."

료마는 상급 무사에게 호의를 갖고 있지 않았다. 무뚝뚝한 표정으로 발길을 돌려 그대로 지나치려고 했다.

그러나 다이스케는 강아지처럼 쫓아왔다.

그 무렵의 다이스케는 뒷날의 그와는 달리 매우 경솔했다. 그는 료마에게 따라붙었다.

"당신을 존경하고 있소."

다이스케는 가신 중에서도 명문의 아들이었다. 더구나 노공 요도 의 총애를 받고, 장래에는 도사 24만 석을 등에 지고 일어설 것이 약속되어 있는 젊은이였다.

같은 가신이지만 신분의 차이가 까다로운 도사 번에서 다이스케 같은 권문(權門)의 자제가 한낱 향사의 아들인 료마에게 이 같은 태도를 나타낸다는 것은 전대미문의 일이라 해도 과언이 아니다.

더구나 료마는 탈번하고 있는 망명의 죄인이 아닌가? 오히려 이 때 다이스케라는 젊은 고관은 료마를 체포하는 것이 당연했을 것이 다.

"무슨 일로 교토에 왔소?"

키가 작은 다이스케는 료마를 올려다보며 물었다.

"오고 싶어서 왔을 뿐이오."

료마는 퉁명스럽게 말하며 발걸음을 늦추지 않는다.

"부탁이오, 나는 당신에게 호의를 갖고 있소. 모처럼 이렇게 쫓아 와서까지 이야기를 하는데 좀 웃는 낯이라도 보여 줘야 하지 않겠소?"

"말해 두지만 나는……."

료마는 삿갓 밑에서 그늘진 미소를 띠며 말했다.

"싫고 좋은 것이 별로 없는 사내요. 그러나 이 세상에서 가장 싫은 것이 하나 있는데, 그게 바로 도사 번의 상급 무사란 말이오!"

"료마, 알고 있소. 나를 이해해 주시오. 나만은 다르오."

다이스케는 천성이 반골(反骨)의 소유자였던 모양이다. 어느 번에서나, 가령 그것이 조슈나 사쓰마라 할지라도 상급 무사라는 것은 보수파, 막부파라고 정해져 있었다. 행복한 환경에 처해 있는 인간은 누구나 현상 유지를 원하고 있기 때문이다.

그러나 다이스케만은 좀 달랐다.

그가 교토에 온 것은 간단한 연락 관계가 있었기 때문인데, 그는 원래 에도에서 번의 명에 따라 양식 기병(洋式騎兵)의 연구를 하고 있었다.

기병의 훈련도 시키고 있었다. 그는 틈만 있으면 에도의 거리를 기마로 달렸으며, 지리를 익히려고 노력했다.

'지금 이 정세로서는 반드시 난세가 온다. 에도 막부 토벌이 있게 될 것이다. 그때의 시가전(市街戰)에 대비해서 준비해 두자.'

그는 이렇게 생각했었다고 유신 후에 말한 적이 있다. 그 무렵에는 근왕파도 나오고 도막론자(倒幕論者)도 나왔으나 순전히 군사적으로 에도 성 공격을 연구하던 자는 이 다이스케뿐이었을 것이다.

그러나 그는 입장이 곤란하여 그것을 노공 요도에게조차 비치지 못했으며, 더구나 상급 무사란 모두 막부 지지파들이라 함께 흉금을 털어 놓을 수도 없었다.

여러 해 전부터 료마를 동경하던 그는 료마가 여러 나라를 방랑하고 있다는 말을 들었을 때, 언젠가 꼭 한번 만나 보았으면 하는 생각을 하고 있었다.

그러던 차에 우연히 이 호코 사 문전에서 만나게 된 것이다.

쫓아간 것도 무리가 아니었다.

"교토는 위험하오. 어디로 가는지는 모르나 내가 바래다주겠소. 막부의 관리가 와도 도사 번의 중직에 있는 내가 곁에 있는 한 당신을 해치지는 못할 거요―그건 그렇고."

화제를 갑자기 돌렸다.

"후쿠오카(福岡)의 다즈 아가씨 소식을 알고 있소?"

"뭐, 후쿠오카의 다즈 아가씨?"

료마는 부지중에 당황했다.

"당신은 소식을 알고 있소?"

"그렇소."

다이스케는 과연 전략적인 재능이 있었다. 료마의 약점을 알고 있다. 중신 후쿠오카 가문의 다즈를 료마가 좋아했다는 소문을 듣고 있었고 그 이상으로 다즈가 료마를 사모하고 있다는 말도 들은 적이 있었다. 나아가 고치에서는, 두 사람의 신분이 너무 차이가 있어 끝내 맺어질 수 없었다는 비련(悲戀)이 이야깃거리가 되어 퍼져 있기도 했다.

"교토에서 무사한가요?"

료마가 우선 그것부터 물은 것도 무리는 아니다. 지난번 하마구리 궁문의 번으로 교토의 시중이 8할은 불타 버렸던 것이다. 다즈가 있는 산조 저택만이 무사하리라고는 생각되지 않았다.

"역시 타 버렸지요."

다이스케가 대답했다.

"그러나 무사하겠지요?"

아무튼 공경인 산조 가문에는 도사 번이라는 큰 배경이 있다. 다즈가 있는 산조 가문의 선대인 사네쓰무(實萬) 경의 미망인 신주인(信受院)은 친정이 도사의 야마노우치 가문이며, 노공의 마님인 마사히메(正姫)도 산조 가문의 양녀인 것이다. 이중으로 겹쳐진 인척이니까 산조 저택이 불에 탔다면 도사 번에서 모른 척할 리가 없을 것이다.

"어째서 대답이 없소?"

료마는 다이스케를 노려보았다.

"말해 보시오."

"잠깐, 다즈 아가씨도 무사하고 신주인께서도 무사하신데, 그 뒷 사정이 복잡하오."

"도사 번에서는 당연히 그분들을 번저로 모셔 갔겠지."

"아니, 그렇지 않소."

그들을 맡으려고 해도 정치 문제가 복잡하여 그렇게 할 수 없었다고 다이스케는 말했다.

산조 가문의 젊은 주인 산조 사네토미(三條實美) 경은 과격하기 짝이 없는 근왕가로서 조슈파 공경의 우두머리였으며, 작년 8월 그를 포함한 일곱 공경이 조슈로 망명하여 벼슬을 박탈당했다. 지금은 조정에서 쫓겨난 소위 정치범인 것이다.

더구나 조슈는 바로 지난 여름 대궐로 난입하여 소란을 피워 역적이 되고 말았다. 그래서 산조 가문의 가족들은 더욱더 난처한 지경이 되었다.

"료마형, 지금 교토의 정세는 완전히 변해 버렸소. 조슈의 근왕파는 역적이 되고 말았소. 그러므로 자연 조슈에 망명하고 있는 산 조 사네토미 경은 역적이 되고 다즈 아가씨가 있는 그 집은 역적의 가족이라는 취급을 받고 있소."

"당치도 않은 소리!"

"그러나 사실이니까 할 수 없지. 도사 번의 고루한 생각을 가진 중신들은 막부를 두려워해서 산조 가족의 인수를 거부하고 있소."

"집 없는 이재민이 아닌가?"

"글쎄 내 말을 들어 보오. 도사 번은 다케치의 활약 시대와는 달리 크게 전환하여 막부파가 되었소. 우선 신주인이나 다즈 아가씨보다도 마님이 더 큰일 나셨소."

마님이란 지금의 젊은 번주 도요노리(豊範)의 부인을 가리키는 말이다. 그 부인은 조슈의 모리 가문에서 시집 온 사람이다.

"주군께서는 막부의 노여움을 살까 두려워하여 마님과 이혼하셨소. 친정이 모리 가문이라는 이유로."

그렇다면 다즈 아가씨는 어떻게 되었단 말인가?

"도사 번이 막부파로 전환했다는 것은 잘 알았소. 그보다도 집을 잃은 다즈 아가씨는 지금 어디에 있소?"

"신주인 마님과 함께 사가에 있는 다이가쿠 사 근처의 농가에 있소. 정치 희생자라고 해도 과언이 아니오."

"사는 형편은? 물론 도사 번에서 내밀히 보조해 주고 있겠지요?"

"그것마저도 번에서는 하지 않고 있는 것 같소."

"이누이 다이스케!"

료마는 다이스케의 소맷자락을 붙잡고 다짜고짜 그의 주머니에 손을 넣어 지갑을 빼냈다.

마치 노상강도 같은 행위다.

"무, 무슨 짓이오?"

"다이스케, 부탁이오, 용서하오. 이 돈을 잠시 빌려 쓰겠소. 나는 지금 돈과는 인연이 없는 탈번 낭인이오. 산조 집안의 궁핍한 현상을 듣고도 어쩔 도리가 없소."

"놀랐는데."

다이스케는 꽤 마음이 좋은 사내다. 수건을 꺼내 얼굴의 땀을 닦고 있다.

료마는 다이스케에게 다즈가 있는 농가의 소재를 자세히 물은 다음 도베를 가까이 불렀다.

"그 농가에 가서 이누이 다이스케가 보낸 위문금이라고 말씀드리고 이것을 전해라. 내일 가와아 거리에 있는 책방 기쿠야(菊屋)에서 만나자."

"알았습……."

여기까지 말하자 도베는 더 말이 나오지 않았다. 료마의 지갑 강탈 솜씨가 너무나 기막혀서 홀딱 반해 버린 것이다.

"나리, 아무래도 저……그 방면의 솜씨가 저보다 나은 것 같습니다."

료마의 귓전에다 속삭이고는 휙 돌아서서 사가 쪽을 향해 달리기 시작했다. 해가 떨어지기 전에 그곳에 닿으려는 모양 같았다.

그를 보내고 난 다음, 다이스케는 도사 번의 내정에 관해 이야기를 하고, 교토에 있는 여러 번의 동향 등 료마가 가장 궁금해하던 정보를 자세히 알려 주었다.

"한데 사쓰마 번의 움직임이 수수께끼거든. 그 번은 도무지 내막을 알 수가 없단 말이야."

"그럴 거요."

료마도 고개를 끄덕였다. 사쓰마 번은 침묵의 거인(巨人) 같은 기분 나쁜 인상을 준다.

왜냐하면 이 사쓰마 번의 최대 특징은 일번 통제주의(一藩統制主義)이고, 그것에 따라 모든 일에 조직 전체가 움직이기 때문이다.

다른 번은 물론이거니와 조슈 번만 보더라도 개인행동이 많았으며, 번사 개인이 가지각색의 의견을 가졌고, 외부에도 그것을 내세우고 돌아다녔으므로 전체적으로 볼 때 개인 집단에 지나지 않는다.

미도 번 같은 것은 그 극단적인 예일 것이다. 번 내에 수많은 당파가 생기고, 그 당파가 서로 말다툼을 할 뿐 아니라 서로 살육마저하고 있다. 막부주의, 근왕주의라는 그런 단순한 양당 대립이 아니고, 그 양당에 또 복잡하게 파가 갈라져서 번이라고는 도저히 할 수없을 만큼 수습할 길이 없게 되어 있다.

여하튼 사쓰마인들은 결코 개인적으로 번의 내정을 지껄이지 않기 때문에 사쓰마 번이 어떻게 움직이고 있는지 짐작을 할 수가 없는 것이다.

료마도 지금 그것을 알아보려고 사이고를 만나러 간다.

료마가 니시키고지의 사쓰마 번저로 사이고를 방문한 것은 그 다음날이었다.

사쓰마 번저에는 낭인 논객(浪人論客)의 방문이 많았는데 대부분은 보기 좋게 쫓겨나고 만다. 지난날의 조슈 번과 달리 사쓰마 번에서는 시마쓰 히사미쓰(島津久光)의 방침으로 낭인의 출입을 좋아하지 않았던 것이다.

"사이고님은 계시오?"

문지기 방 앞에 불쑥 나타난 것은 료마다.

지금 사이고는 교토 제일의 인기인이 되어 가고 있다. 그러므로 자연 그의 이름을 경모하여 만나 보러 오는 사람이 많다.

그런 사람들을 상대하거나 쫓아 버리거나 하는 역할을 맡고 있는,

통칭 사람 백정 한지로(半次郎)라고 불리는, 뒷날의 기리노 도시아키(桐野利秋)가 문지기 방에서 뒹굴고 있었다.

사이고의 경호원이라고 해도 좋았다.

"당신은 누구시오?"

한지로가 가까이 다가왔다. 하카마를 바싹 추켜서 입고 붉은 칼집의 대소도를 빗장같이 찌르고 있다.

그림에 그려져 있는 그대로의 사쓰마인이다. 목숨을 아끼지 않는 호걸에다 욕심이 없고 교양도 없으며 이 세상에서 사이고만을 둘도 없는 스승처럼, 아니 하느님처럼 생각하고 있는 사내이다. 그는 향사였으므로 번사로서는 신분이 낮다.

'이 사내가 사람 백정 한지로구나.'

료마는 대뜸 알아차렸다.

그러나 그런 인상은 주지 않았다. 거동이 겸손하고 얼굴에 애교가 있는 데다 마음이 흐뭇해지는 미소를 띠고 있다.

"고친 이름은 사이다니 우메타로라고 하오만, 이 사쓰마 번저 안에서는 본명을 말해도 괜찮겠지요?"

"예, 괜찮고말고요. 우리 번에서는 장군이 와도 때에 따라서는 문을 잠그고 들여놓지 않는다는 것이 기풍이올시다."

"흐음."

료마는 감탄했다. 사쓰마 번은 막부에 대하여 은연중 하나의 적국이 되어 있다. 그러한 독립 자존(自尊)의 번풍(藩風)이 한지로 같은 사내의 언동에까지 배어 있다.

'그 번풍이야말로 천근의 무게다. 이 번이 후일 천하의 주도권을 장악할 거다.'

료마는 속으로 생각하며 주위를 둘러보았다.

현관 앞에 장목(樟木)이 있다. 쳐다보니 그 가지 위에 흰 구름이

한 조각 조용히 서쪽으로 흘러간다.

"저, 본명이 어떻게 되십니까?"

"도사의 사카모토 료마라고 하오."

"아!"

한지로는 천진스럽게 손뼉을 쳤다.

"댁이 사카모토님이었군요. 존함은 벌써부터 알고 있었습니다. 오토메 누님이라는 분이 굉장한 분이시라구요?"

도사 패들에게 들었는지 료마의 여러 가지 일화(逸話)까지도 알고 있었다.

"사이고님도 말씀하시더군요. '근일 중에 고베로부터 훌륭한 분이 오시는데 가문(家紋)은 도라지다, 정중히 모셔라' 하고요."

한지로는 이처럼 말이 많은 사내가 아니다. 그런데 이렇듯 늘어놓더니, 사이고에게 료마의 내방을 알리기 위해 쏜살같이 안으로 뛰어들어갔다.

사이고와 료마의 역사적 대면을 쓰기 전에 우선 두 사람의 풍채와 용모에 대해 언급하고 싶다.

먼저 정식으로 료마를 소개한다. 키는 180센티미터(다섯 자 여덟 치). 그 당시로서는 보기 드문 거인이었다.

료마의 가계(家系)는 아버지 핫페이가 덩치가 컸으며 어머니는 몸집이 작은 여자였다. 형 곤페이는 료마만큼은 안 됐으나 그도 덩치가 컸으며, 눈썹이 성글고 얼굴이 큰 뚱뚱한 사내였다.

다른 누이들은 모두 어머니를 닮아서 깡마르고 몸집이 작았으나 료마와 오토메 누이만은 아버지의 골격을 이어받았다.

아무튼 오토메는 '사카모토의 수문장'이라는 별명을 들을 만큼 마을에서 가장 큰 여자였다. 그러나 몸매가 균형이 잡혀 있어 날씬한

허리가 아름다웠다.

오토메는 료마와 치수가 같았다.

어느 해 여름, 마침 료마가 에도의 지바 도장에서 첫 번째 검술 수업을 마치고 고치에 돌아와 있을 때였다.

그날은 축제가 한창 벌어지고 있었는데 한길에서 겐 할아범이 뛰어들어오며 소리쳤다.

"도련님, 지금 막 꽃수레가 지나가요! 어서 나와 보셔요!"

할아범은 료마가 어릴 때부터 미친 듯이 축제를 좋아했던 것을 알고 있는 것이다.

"오, 그래!"

료마는 방을 뛰쳐나갔으나 여름인지라 아랫도리만을 가린 벌거숭이다. 료마는 허둥지둥 아무거나 잡히는 대로 몸에 걸치고 집을 뛰쳐나가 꽃수레를 따라 한참 달려갔다.

가까스로 꽃수레를 따라잡아 사람들 틈에 끼어 구경을 하고 있는데, 사람들은 꽃수레보다도 료마 쪽을 보고 있다.

"어이 료마, 너 뭘 입고 있나?"

친구가 주의를 해 주어서 겨우 알아차렸다. 오토메 누나의 새빨간 속옷을 걸치고 있었던 것이다.

그 속옷은 그의 치수에 맞춰서 만든 것처럼 몸에 꼭 맞았던 것이다. 오토메는 유신 후에도 때때로 그 이야기를 하고는 웃으며 말했다.

"그 애는 나하고 키가 꼭 같았지요."

그녀도 다섯 자 여덟 치였다. 이것으로 료마의 키를 알 수 있는 것이다.

살집은 형 곤페이와 달리 근육질이었으며, 검술로써 단련했기 때문에 그의 팔은 돌처럼 단단했다.

료마는 원래부터 곱슬머리인 데다 검술 수업 때 늘 면구(面具)에 마찰되는 바람에 양쪽으로 살짝 머리가 유난히 꼬부라져 그것이 그의 풍모를 더 씩씩하게 만들고 있었다. 뿐만 아니라 눈썹이 굵고 눈에 광채가 있었다.

무뚝뚝한데다 손을 품에 찌르기를 좋아했고 좀처럼 웃지 않았으나, 한번 웃으면 사람의 마음을 뒤흔들 만큼 애교가 있었다.

그런데 사이고는—

다소 추상적으로 말한다면, 사이고라는 사람은 인간 분류(分類)의 어떤 분류표의 항목에도 들기 어렵다. 이를테면 사이고는 혁명가이고 정치가이고 무장(武將)인 동시에 시인이고 또한 교육자였으나, 그 어느 항목에 적용시켜도 사이고의 영상은 뚜렷이 나타나지 않으며, 가령 억지로 어느 항목에 밀어 넣어 본다 해도 사이고는 유능한 직능인(職能人)은 못 되었다. 즉 직업 기술자가 아니었던 것이다.

철인(哲人)이라고 할 수밖에 없다.

사이고는 '경천애인(敬天愛人)'이라는 말을 퍽 좋아했는데, 그만큼 사심(私心)이 없는 사내였다. 젊었을 때부터 사심을 없애고 대사를 이룩한다는 것을 자신의 이상상(理想像)으로 삼고, 열심히 자기를 교육하여 마침내 중년에 이르러 거의 자기의 이상에 가까운 인간이 되었다.

천성의 탓이겠으나, 그러한 단련에 의하여 이상하게 사람을 끄는 인격이 형성되었다. 그 특이한 흡인력이 그의 원동력이 되었으며, 그를 위해서라면 목숨도 아끼지 않겠다는 사람들이 사방에서 모여들어 대집단이 되었고, 마침내는 사쓰마 번을 움직여 그 번을 막부 말엽의 소용돌이 속에 밀어 넣음으로써 유신이 완성되었다.

가쓰는 료마와 사이고를 이렇게 평하고 있다.

"사카모토 료마는 사이고를 좀더 빈틈없이 만든 것 같은 사내다."

그 두 사람은 같은 형이지만 그런 점이 다르다는 것이다. 쓰는 김에 좀더 사이고에 관해 그를 알고 있는 선인(先人)들의 평을 적어 보기로 하자.

그의 사적(事績)과 생장에 관해 쓰는 것보다 선인들의 평을 쓰는 것이 그 인물을 좀더 역력하게 독자의 눈에 부각시킬 것이라고 생각된다.

사이고는 두 번 섬으로 유배된 일이 있다.

영주의 친아버지 히사미쓰에게 미움을 사게 되어 두 번째로 섬에 유배되었을 때, 그 섬의 노파가 크게 놀라며 설교를 했다.

"아니, 어쩌다가 또 이렇게 왔나?"

이 몸집 큰 사내를 토목 공사판의 십장인 줄 알고 있었던 모양이다.

"어지간히 나쁜 사람인가 보군. 이 섬에 왔던 사람은 한 번으로도 질려서 두 번 다시 오는 사람이 없어요. 그런데 당신은 두 번이나 오는군요. 이번에는 마음을 고쳐먹고 하루 빨리 돌아가도록 해요."

사이고는 부끄러워서 얼굴을 붉히고 용서하십시오, 이번에는 마음을 고치겠습니다 하고 당황해서 세 번이나 거듭 같은 말을 했다.

우스울 정도로 허둥거리는 그 모습을 보고 노파는 고개를 끄덕이며 칭찬했다.

"당신은 마치 갓난아기처럼 순진하군."

사이고에게는 천성적으로 그런 순진한 데가 있었다. 이것 역시 사람을 끌어들인 매력이었을 것이다.

그러나 물론 사이고는 유배되었던 섬의 노파가 본 것처럼 순진하고 애교 있는 그런 사내만은 아니다.

과격한 반골한(反骨漢)이기도 하다.

그를 번의 서기라는 말단 직위로부터 끌어올린 것은 선대의 영주 시마쓰 나리아키라였다. 나리아키라는 평범한 영주가 아니라 천재적인 정치가이자 학자인 동시에 비평가였으나, 아깝게도 막부 말엽의 풍운 직전에 죽었다.

이 나리아키라가 자신이 스승이 된 기분으로 사이고를 제자처럼 길렀다.

어느 날 나리아키라가, 료마를 평생토록 사랑했던 에치젠의 마쓰다이라 요시나가(松平慶永)에게 이렇게 말한 적이 있다.

"과연 우리 시마쓰 가문에는 가신들이 많습니다만, 유감스럽게도 이 어지러운 시국에 하나도 쓸 만한 자가 없소이다. 그러나 다만 사이고라는 자가 하나 있는데 그자만은 우리 시마쓰 번의 큰 보물이올시다. 이름을 기억해 주시기 바랍니다."

'그러나' 하고 나리아키라는 덧붙였다.

"그는 독립의 기상이 강해서 그를 거느릴 수 있는 자는 아마 나 이외에는 없는 줄 압니다."

나리아키라가 죽자 그의 서제(庶弟) 히사미쓰가 사실상의 번주가 되었다.

그 히사미쓰가 천하의 슬기로운 영주로 손꼽히던 형 나리아키라의 유지(遺志)를 받들어, 교토로 올라가 조정과 막부의 대립 혼란을 자기 손으로 수습하겠다고 했다. 그는 그 문제를 형의 유신(遺臣)이라고도 할 수 있는 사이고에게 의논했다. 그러자 사이고는 냉담하게 대답했다.

"영주님께선 하실 수 없습니다."

그것은 어디까지나 나리아키라 공만이 할 수 있는 일이지 당신 같은 사람은 어림도 없다는 감정이 은연중에 나타났다. 고집이 센 히사미쓰는 크게 노했으나 사이고는 모르는 체 외면하며 씹어뱉듯 말했다.

"촌놈 같으니!"

물론 히사미쓰의 귀에 들어갈 만큼 큰 소리로 말했다.

그가 히사미쓰의 미움을 사고 두 번째로 유배당하게 된 간접적인 원인은 여기에 있었으며 히사미쓰는 그 뒤로도 쭉 사이고를 미워했다. 메이지 유신 후 히사미쓰는 공작(公爵)의 작위를 받은 뒤에도 이렇게 말했다.

"토막 유신(討幕維新)이란 나는 모르는 일이야. 그건 사이고가 우리 번을 이용해서 제멋대로 한 짓이다."

다시 극단적으로 이런 말까지 했다.

"사이고는 안녹산(安祿山)이다."

안녹산이란 당나라 현종(玄宗) 황제의 무신(武臣)이다. 원래 그는 오랑캐 출신으로 용기가 있는 데다 재치가 있어 사람의 비위를 맞추는 재주가 놀라웠다. 겉으로는 정직함을 가장하여 교묘하게 현종 황제(히사미쓰는 이 현종을 자기 형 나리아키라로 비유함)에게 아첨하였기 때문에 총애받았으며, 마침내 변경 방위(邊境防衛) 절도사가 되어 병마(兵馬)의 전권을 장악했다. 그것을 기화로 하여 반란을 일으켜 현종을 몰아내고 낙양(洛陽)에 도읍을 정하여 '대연(大燕)'이라는 나라를 세워 제위(帝位)에 올랐다. 오래지 않아 이 대연국은 멸망되었지만, 아무튼 히사미쓰의 입장에서 증오심을 가지고 사이고를 본다면 안녹산으로 보였을 것이다.

어쨌든 사이고는 히사미쓰를 촌놈이라고 욕할 정도로 격정가(激

情家)였으며, 헤아릴 수 없는 배짱도 있었고 굽힐 줄 모르는 반골가이기도 했다.

사이고는 신장이 다섯 자 아홉 치.

료마보다 한 치가 더 컸다. 그러나 료마는 호리호리했지만 사이고는 엄청난 뚱보였다.

료마가 최초로 그 사쓰마 번저에서 그를 만났을 때는 불과 몇 달 전까지 유배 생활을 했기 때문에 약간 살이 빠져 있었으나, 그래도 103킬로그램은 되었다.

사이고는 언젠가 사쓰마의 가지키(加治木)로 가서 아는 집에 묵었던 일이 있다.

"소처럼 잘 잡수신다."

그 집 하녀가 사이고에 대해 남긴 말이었다. 그녀에게는 사이고가 다만 초인적인 대식가(大食家)로밖에 보이지 않았던 것 같다.

식후에 커다란 왕귤이 세 개나 나왔다. 왕귤이란 서양배(梨) 모양의 잼보아 같은 과일이다.

"오, 이거 참 먹음직스러운 왕귤이군요. 하나 먹겠습니다."

후딱 먹어치우고는 또 하나를 집어 들고 움쑥움쑥 먹어치웠다. 그리고 거침없이 나머지 하나를 마저 집어 들고 껍질을 벗기다가 자기가 생각해도 좀 우스웠던지 중얼중얼 말했다.

"아무튼 이런 몸집이라 말입니다. 옷감도 한 감으로는 어림도 없습니다. 술은 안 먹습니다만 밥은 많이 먹지요. 덩치가 큰 것도 소나 말이라면 좋지만 인간이 그러면 손해더군요. 그러나 대식가라 해서 게걸스레 굴지는 않습니다. 음식을 놓고 불평하는 자가 오히려 더 탐욕스럽더군요."

하녀는 그 중얼거리는 모습이 우스워서 부엌에서 배를 움켜쥐고 웃었다.

사이고가 탐욕에 구애되어 변명한 것으로도 알 수 있듯이 욕심을 떠나야 한다는 것을 평생토록 자기 수양의 목표로 삼고 있었다.

"자기 자신을 사랑하지 말지어다."

이것이 그의 자기 종교(自己宗敎)의 유일한 교의(敎義)였다. 그는 어릴 때 글 읽기를 싫어해서 규고(休吾)라는 하인에게까지 핀잔을 들었을 정도였다. 그러나 두 번째 유배 생활을 하는 동안 그는 대단한 독서가가 되었으며—어떤 인간이 대사업을 할 수 있는가에 대해 깊이 생각하여 마침내 결론을 얻었다.

"목숨도 필요 없고 명예도 원치 않으며 관직이나 돈도 탐내지 않는 사람은 처치 곤란한 사람이다. 이 처치 곤란한 인간이 아니고는 고난을 같이할 수 없고 국가의 대업도 성취할 수 없는 것이다."

료마에게도 이와 비슷한 어록(語錄)이 있다. 그의 경우는 사이고보다 역설적이며 사이고와 같은 종교성은 없으나 그 대신 매우 날카롭다. 가쓰가 료마를 가리켜 '빈틈없는 사이고'라고 한 것도 바로 그런 점을 말한 것이리라.

예를 들면 큰일을 이룩한다는 점에서도 료마의 어록에는 "세상에 태어난 것은 큰일을 하기 위함이다"라는 점에서 사이고와 일치하고 있으나, 곧 이어서 "남의 사적(事跡)을 따르고 남의 흉내를 내지 말라" 하는 것을 강조하는 점에 모험과 투기성이 강하다.

또한 생사(生死)의 관념도 사이고와 비슷했다.

"사지를 찢겨 죽으나 책형(磔刑)당해 죽으나 또는 방에서 편히 죽으나 그 죽음에는 다를 바 없다. 그러니 웅대한 포부를 가져라"든가 또는 "자신이 죽을 때는 목숨을 하늘에 돌려주고 높은 관직에 오른다는 심정으로, 죽음을 두려워하지 말라"고 하는 점 등 사이고와 흡사했으나, 료마에게는 아무래도 현실적인 냄새가 짙게 풍긴다.

사이고는 만년에 총사냥을 즐겨해, 우에노 공원에 있는 동상에도 그러하듯 소탈한 모습으로 고향의 산야를 돌아다녔으나, 원래부터 복장을 아무렇게나 입었던 사람은 아니었다.

료마가 찾아왔다는 말을 들었을 때 곧 가문(家紋)이 박힌 예복으로 갈아입었다.

솔직히 말해서 가쓰에 대한 경의 때문에 옷을 갈아입었다는 편이 옳을 것이다.

'가쓰 선생이 말씀하셨던 그 사람이로구나.'

그가 '사카모토 료마(坂本龍馬)'의 이름을 '良馬(료메)'로 잘못 알고 있었던 시기였다.

무리도 아니었다. 당시 사카모토 료마의 이름은 교토에 와 있는 지사들 사이에 모르는 사람이 없을 정도로 유명했다. 그러나 사이고는 섬에서 유배 생활을 해 왔기 때문에 천하의 정세 속에서는 말하자면 신출내기였던 것이다.

과연 그가 이 대면을 어느 정도로 기대했던 것일까?

"고스케(幸輔)도 함께 가세."

그는 합석할 것을 권했다. 고스케는 사이고와 함께 일찍부터 번내에서 지사 활동을 계속해 온 사내로서, 메이지 유신 후에는 요시이 도모사네(吉井友實)라고 하였으며 백작(伯爵) 작위를 받았다. 가인(歌人) 요시이 이사무(吉井勇)의 조부이다.

"해군 사정에 밝은 사람이라네."

사이고가 설명했다. 그는 그 정도로밖에 료마를 인식하고 있지 않았던 모양이다.

복도를 지나 서원으로 들어갔다.

"아니, 손님이 없지 않나?"

고스케가 놀랐다. 방석만이 놓여 있을 뿐 료마가 없다.

료마는 이때 번저의 마당에 내려와 방울벌레를 잡고 있었다.

실은 기다리고 있는 동안에 방울벌레의 울음소리를 들었던 것이다. 마루에서 내려와 그 소리를 따라 살금살금 다가가니 과연 풀그늘에 있었다.

팔딱 뛰어오르는 놈을 허공에서 낚아채고 그대로 소매 속에 잡아넣었다. 그는 어릴 적부터 방울벌레를 좋아하여 기른 적도 있었다.

"허어, 방울벌레를 잡고 계셨구려."

사이고는 마루로 나와 료마에게 말을 걸었다.

료마는 고개를 돌려 근시(近視)인 눈을 가늘게 뜨고 사이고를 바라보았다. 그 자리에서 '사카모토올시다' 하고 인사를 하는 것이 당연했으나 소매 속의 방울벌레에 정신이 팔려 소맷부리를 누르며 말했다.

"여치통 없습니까?"

사이고도 당황하여 집 안을 찾아보라고 했다.

"고스케, 여치통 없나?"

'거참 이상한 사람이 다 왔군.'

고스케는 속으로 생각하며 창고지기에게 가서 여치통이 있는가 물었다. 다행히 한 개 있었다.

고스케가 뜰로 내려가 그것을 료마에게 건네주자, 료마는 얼굴을 여치집에 바짝 갖다대고 소맷부리를 조심스럽게 벌려 얼른 그 속에 방울벌레를 넣었다. 그 진지한 모습은 고스케로 하여금 의아심을 느끼게 할 정도였다.

'이 사내가 사쓰마 번저에 벌레를 잡으러 왔나?'

료마는 잡초 덩굴 줄기를 꺾어서 끈 대신 그 여치집에 매었다. 이

으고 마루로 올라가 발돋움을 하고 추녀 끝에 매달았다.

'묘한 사내로군.'

사이고는 얼이 빠진 눈빛으로 이 도사인을 보았다.

료마는 또 료마대로 사이고를 관찰하고 있었다. 그가 감탄한 것은 방울벌레를 잡고 "여치통 없소?"라고 했을 때 사이고도 함께 '여치통 없느냐'며 몹시 당황한 점이었다. 천진스러울 만큼 성실성이 넘쳐흐르고 있었다.

'이만하면 대사를 맡길 수 있는 사람이다.'

료마는 생각했다.

여담이지만 사이고의 가장 친숙한 지기(知己)의 한 사람이었던 가쓰는 뒷날 이렇게 말했다.

"나는 사이고보다 머리가 좋다. 그러나 인간으로서 도저히 그 사람을 따를 수 없는 것은 그의 대담성과 성의 때문이야. 에도 성 개성(開城) 때만 해도 그렇지. 나의 한 마디를 믿고 단신 에도 성에 들어왔거든. 나 역시 경우에 따라서는 다소의 권모술수를 쓸 때가 있는데 그 사람의 지성(至誠)에는 당할 수가 없단 말야. 나로 하여금 그를 기만할 수 없게 했지. 그 마당에 잔재주를 부린다는 것은 오히려 사이고에게 속셈을 들여다보이게 하는 것이라고 생각하고 나 역시 지성으로 임했으므로 에도 성의 명도(明渡)도 그처럼 순조롭게 끝났던 거지."

에도 성도, 방울벌레도, 사이고의 경우 같은 것이었다.

사이고도 가만히 료마를 관찰하고 있다.

사실 그는 왠지 모르게 속으로 놀랐다.

'이건 보통 사람이 아니다.'

그 뒤부터 료마에 대한 사이고의 두터운 우정은 남다른 것으로서,

료마가 그 뒤 데라다야에서 막부의 포리(捕吏)들 수백 명에게 포위당해 구사일생으로 그 포위망을 뚫고 탈출하여 후시미의 사쓰마 번저로 피신했을 때, 사이고는 불같이 격노하였다.

"지금 당장 막부 청사를 습격하여 쑥밭을 만들겠다!"

이러면서 날뛰는 바람에 모두들 겨우 말렸을 정도였다.

이들 두 사람의 맹약과 동시에 막부 말기의 역사는 의외의 방향으로 발전해 가나, 그것은 뒤에 이야기하기로 하고 다시 그들의 첫 대면으로 돌아가자.

어찌 됐던 사이고는 료마를 보고 생각했다.

'이제까지 보지 못한 형(型)의 사내이다.'

료마도 같은 생각을 했다.

두 사람의 사상은 다르다. 료마는 그의 어록에서 보듯, 21세기의 오늘날에도 여전히 독물(毒物) 같은 괴상한 광채를 뿜고 있으며 그 신선미를 조금도 잃지 않고 있다.

료마는 그 어록에서 이렇게 말하고 있다.

"마음이 약하면 선행이 많고 마음이 강하면 악행이 많다."

"간지(奸智)에 뛰어나고 욕심이 없는 사람을 일본에서는 귀신이라고 부르고 당나라에서는 성인(聖人)이라 일컫고 인도에서는 부처라 하며 서양에서는 갓(God, 神)이라고 한다. 요컨대 하나이다."

그의 논리(論理)는 찬란한 역설에 가득 차 있다. 료마는 '대간지(大奸智) 무욕인(無慾人)'이 되려고 노력했고, 사이고는 '대지성(大至誠)'을 지향하며 욕심을 버리려고 애썼다.

료마의 말을 빌리면 "똑같은 괴짜들이다"라는 것이었다. 두 사람의 형은 같았으나 그들의 체취는 판이한 것이었다.

두 사람의 대화는 좀처럼 진전되지 않았다. 왜냐하면 사이고는 사쓰마인 특유의 과묵한 성격이고, 료마는 도사의 친구들 간에 무뚝뚝하기로 이름난 사람이라 필요 없는 말은 하지 않는다.

중간에 앉은 고스케가 애가 타서 서투르게 엉너리를 쳤다.

"사카모토님, 방울벌레가 우는데요."

과연 료마가 매단 추녀 끝의 방울벌레가 맑은 소리로 울기 시작했다. 그야말로 음악을 곁들인 대담이라고 할 만했다.

사이고는 마침내 웃으면서 말했다.

"나도 말이 없다고 남들에게 평을 받습니다만 사카모토님도 나 못지않군요."

료마는 그 말에 빙긋 웃었다. 그 웃는 얼굴이 매우 애교가 있어, 사이고는 생각했다.

'참 멋있는 사내야.'

사내에게도 애교가 필요한 거라고 사이고는 생각하고 있다. 방울벌레가 풀이슬을 그리워하듯 만인이 그 애교에 이끌리어 따르게 되면 어느 틈엔가 사람을 움직이고 천하를 움직여 큰일을 하게 되는 거라고 사이고는 생각하고 있다.

그러나 사이고의 철학에서 말하는 애교란 여자의 애교가 아니다. 무욕(無慾)과 지성(至誠)에서 우러나오는 분비액이라고 생각하고 있다.

"사카모토님, 우리 사쓰마 번은"

사이고는 그제야 좌담으로 들어갔다.

"사회에서 평판이 좋지 않습니다. 조슈인이나 조슈 계열의 지사들은 사쓰마 적(賊)이라고들 하지요. 저 하마구리 궁문의 사변 때도."

사이고는 뜻밖에 도사인의 이름을 대었다. 나카오카 신타로이다.

신타로는 낭인의 신분이면서도 조슈군의 참모격이 되어 교토에 난입했으나, 마침내 패주하게 되자 혼자 싸움터에 남았다.

'근왕을 배신한 사이고를 찔러 죽이겠다.'

신타로는 대담하게도 사쓰마 번의 지번(支藩)인 사도하라(佐土原)의 번저를 방문하여, 우선 구면인 그 번의 외과의(外科醫) 도리이 오이사에몬(鳥居大炊佐衛門)이라는 자를 찾았다.

"싸움 구경을 하다가 그만……" 하고 오른쪽 다리를 내보였다. 보니 넓적다리에 소총탄이 관통되어 상처의 살점이 떨어져 나갔다. 거기서 응급 치료를 받고서, 야포를 즐비하게 늘어놓고 살기등등해 있는 사쓰마군 진지를 천연덕스럽게 찾아갔다.

사이고와는 안면이 있다.

신타로는 위병에게 교섭하여 사이고에게로 안내되어 갔다. 사이고의 주위에는 번쩍거리는 창을 쥔 군사들이 20명 가량 호위하고 있다.

"사쓰마는 언제부터 막부 지지파가 되었소?"

신타로는 우선 호통부터 쳤다. 그 자리에 동석하고 있던 사쓰마번의 중신 고마쓰 다데와키는 그때를 회상하며 이렇게 말했다.

—그때의 나카오카 신타로의 결사적인 모습은 마치 도사견(土佐犬)과 꼭 같아서, 사이고를 호위하던 사쓰마인들도 차마 달려들지 못했다.

"정말 굉장히 공박을 당했지요."

사이고는 료마에게 말했다. 료마는 속으로 이런 생각을 하며 감탄했다.

'신타로는 사려 깊은 것 같으면서도 일단 한다고 결심만 하면 무분별한 짓을 하는구나.'

"사카모토님, 당신은 우리 사쓰마 번을 어떻게 생각하시오?"

사이고쯤 되는 사람도 사쓰마 번에 대한 세간에서의 악평이 마음에 걸리는 모양이었다.

료마는 별 생각 없이 불쑥 말했다.

"조슈는 인기가 있더군요."

한때 조슈 번은 마치 광신자 무리들이 교조(教祖)와 함께 정신없이 춤 추는 듯한, 이른바 종교성 히스테리 집단 같은 데가 있었다.

모든 행동거지가 엉망이었다. 철없는 아이처럼 격발(激發)하는가 하면 또 그 격발을 정당화하는 핑계가 좋았다. 육체와 정신의 균형이 잡혀 있지 않은 것이다. 그러나 이 역사의 긴장기에 필요한 것은, 아무것도 하지 않는 사려 깊은 노인보다도 오히려 그들과 같은 광기(狂氣)가 아닌가 하고 료마는 생각했다.

"교토 시중에서는 아녀자들까지도 조슈 편이더군요."

"화류계에서겠지요."

사이고는 말했다. 과연 조슈인들은 교토의 화류계에다 풍성하게 돈을 뿌렸다. 가쓰라 고고로나 구사카 겐스이 등도 산본기에서 물 쓰듯이 돈을 썼다. 그러기 때문에 기온 기생의 대부분이 조슈 편이었던 것이다.

"사카모토님, 화류계에서 돈을 쓰면 교토 시중의 절반이 어떠한 형태로든 혜택을 받습니다. 상인들까지도 '조슈님, 조슈님' 하고 따르는 것은 그 때문이겠지요."

"글쎄올시다."

료마는 씁쓰레하게 웃었다. 그것만은 아닐 것이라고 생각했다. 조슈군이 패주한 뒤 시중에서는 아직도 목숨을 걸고 조슈인을 숨겨 주고 있는 민가들이 있다고 한다. 그들 조슈인들이 갖고 있는 행동적 정열이 시민들에게 감동을 주었기 때문일 것이다.

산조 대교의 다릿목에 높다랗게 방이 붙어 있다. 아니, 그곳뿐 아니라 시중 20여 군데에 행정 포고문이 붙어 있다.

"이번 조슈인은 황공하게도 스스로 싸움을 일으켜 교토를 공격하고 대궐문을 범했다. (중략) 원래 조슈 번은 근왕을 빙자하여 가지가지 수단을 써서 인심을 현혹시켰다. 그러므로 시중에서는 그런 조슈인을 신용하고 있는 자도 있을 줄 안다. 그러나 조슈인은 대궐에다 총을 쏜 역적들이다. 명백한 반역배들이므로 조정에서는 막부에 명해 그들을 정벌키로 조치를 내렸다. 만일 조슈인을 신용하고 옹호하는 자라 할지라도 그 잘못을 깨닫고 뉘우친다면 용서받을 것이다. 또한 숨어 있는 그들을 발견하는 자는 즉시 신고하라. 그러면 나라에서 후한 상이 내려질 것이다. 반대로 혹시 그들을 숨겨주는 자가 있다면 역적으로 취급할 터이므로 각별히 명심하라."

막부는 마지막 구절을 말하기 위해 이 방을 붙인 것이었으니 이것만 보더라도 얼마나 조슈인들이 교토에서 인기가 있었는가를 알 수 있을 것이다.

"그것을 친 사쓰마는 인기가 없더군요."

료마는 빙긋이 웃었다.

"인간이란 인기를 얻지 못하면 아무것도 할 수 없습니다. 아무리 정의의 행동을 해도 모조리 악의로 해석되므로 끝내는 스스로 일을 포기하게 됩니다."

"그러나 조슈는 황송하게도 대궐을 향해 총을 쏜 역신들입니다."

"말씀 안하셔도 잘 압니다. 그것은 막부에서 내건 방문에 명백히 적혀 있으니까요."

료마는 태연히 정강이의 털을 뽑았다.

"사카모토님"

사이고는 다그쳤다. 이 시기의 사이고는 초조했다. 숙적 조슈를 쓰러뜨리긴 했으나 기뻐해 준 것은 우선 첫째로 막부였고 다음에는 조슈를 싫어하는 천황 정도로서, 세론은 어딘지 냉랭하다.

"나는 당신의 의견을 묻고 있소. 시중의 인기를 묻고 있는 게 아닙니다."

"좋아하지요!"

료마는 가볍게 대답했다.

"사쓰마 번을 말입니다. 어느 쪽인가 하면 나는 조슈보다 사쓰마를 더 좋아하지요."

"그거 참 고마운 일이군요. 그런데 좋고 싫은 건 접어 두고 당신의 사쓰마 평(評)은 어떻습니까?"

"없소이다!"

료마는 웃으며 말을 이었다.

"없는 게 당연하지요. 당신은 지금 포고문의 말대로 조슈를 비판했고 또 사쓰마 번의 입장을 설명하셨소이다. 그런 피상적인 의견으로 나오신다면 나도 대답할 필요가 없소이다."

"이거 참, 난처한 분이 오셨군!"

사이고는 웃었다.

"그런데 말씀이오, 사이고님, 한마디 묻겠는데요……."

"네, 어서 말씀해 보시오."

"조슈를 미워하는 것은 이해하오. 그러나 지금 천하에 믿을 만한 큰 번은 사쓰마와 조슈뿐입니다. 만일 두 번이 화해하여 손을 잡는 것이 일본을 위한 길이라면 어떻게 하시겠소?"

"좋은 일이라면……."

뒷말은 하지 않고, 그가 만인을 매혹시켰다는 그 성실한 표정으로 고개를 끄덕였다.

"그렇지만."

옆에서 고스케가 참견을 했다.

"사카모토님, 조슈인의 기질로 볼 때 우리 사쓰마인을 증오하고 손을 잡으려고 하지 않을 것입니다."

"옳습니다."

료마는 고개를 끄덕이며 고스케를 위해

"우리 고향에는 이런 노래가 있지요" 하고 노래를 한 곡 뽑았다.

야스나미(安並) 오세이는 시바(芝)의 괴물
이리다(入田)의 촌장(村長)을
두 번 속였네, 두 번 속였어.

"아니 그게 무슨 노랩니까?"

고스케와 사이고는 기가 찬 듯 물었다.

"글쎄요, 무슨 노랠까요? 도사에서는 아이들이 잘 부르는 노랩니다. 개천에 조조로쿠님을 잡으러 갈 때 이 노래를 부르지요."

"그래요? 그런데 그 조조로쿠님은 누군가요?"

"미꾸라지지요."

그들은 서로의 사투리가 통하지 않아 이야기가 무르익기 어려웠다. 추녀 끝에서는 방울벌레가 울어 대고 있다.

이런 상태로 이 두 거인의 첫 대면은 몇 마디의 대화 정도로 끝났다. 그러나 료마가 돌아간 뒤 사이고는 고스케에게 말했다.

"묘한 사람이야. 만났을 때 몇 마디 하지도 않았는데, 돌아가고 나니 묘하게 마음에 남거든."

"저 방울벌레를 어떻게 할까요?"

"아, 저거."

사이고는 료마가 매달아 놓고 간 추녀 끝의 여치집을 보았다.

"맡은 것이니까 풀을 넣어 주고 물도 주구려. 그가 또 왔을 때 당신의 벌레는 없앴소, 할 수야 없지 않나. 인간의 신의에 관련되는 거니까."

'그까짓 벌레 한 마리를 갖고.'

고스케는 속으로 못마땅하게 생각했다. 벌레를 돌봐 주는 것은 자기 몫이기 때문이다.

'괴상한 사내가 다 왔군.'

그 다음날도 사이고는 료마에 관해 똑같은 말을 했다. 그의 가슴 속에 있는 료마의 인상이 시간이 흐를수록 더욱 성장해 가는 모양이다.

그들의 첫 대면 대화 중 가장 중요한 대목은 료마가 한 질문이었다.

―사쓰마는 조슈를 뒤쫓아 치겠는가?

막부는 지금 조슈를 치려고 준비를 서두르고 있다. 사쓰마가 그것에 가담하느냐 않느냐에 따라 사태는 몹시 달라진다.

"글쎄올시다."

사이고는 말꼬리를 얼버무렸다. 이 기회에 조슈를 꼼짝 못하게 눌러 놓고 싶지만 그렇다고 해서 방침이 세워진 것도 아니다.

료마는 사이고의 대답을 기다리지 않고 화제를 비약시켜 말했다.

"지금 당장이 아니라도 좋소. 장래에 조슈와 손을 잡으시오."

료마는 날카롭게 한 마디 던졌을 뿐 그 말의 답을 굳이 구하지 않고 얼굴을 돌려 뜰만 바라보고 있었다.

사이고가 그 말에 대해 즉시 대답할 수 없는 입장과 시기에 있다는 것을 료마는 알아차리고 있었으므로, 일부러 그 당황한 표정에서 눈길을 돌려주었을 것이다.

사이고는 그 민첩한 재치에 혀를 내둘렀다.

'세상에 흔히 횡행하는 평범한 논객이 아니다.'

사이고는 생각했다. 료마는 사이고에게 의논이 아니고 정치를 논하러 왔다고밖에 할 수가 없다.

이야기는 바뀌어, 고베의 해군학교로 돌아온 료마는 가쓰에게 전혀 사이고에 관해 이야기를 하지 않았다.

가쓰는 며칠 뒤에 먼저 물었다.

—사이고를 어떻게 여기는가?

그때의 이야기를 가쓰의 어록에서 뽑아 보기로 하자.

료마는 대답하였다.

"사이고를 처음 보니 그 인물이 막연하여 추측할 수가 없었습니다. 그는 마치 커다란 종 같아서 조그맣게 치면 조그맣게 울리고 크게 치면 크게 울릴 인물입니다."

'명답(名答)이로다' 가쓰는 크게 감탄하며 일기에 적어 놓았다.

"평하는 자도 훌륭한 인물이거니와 평을 받는 자 역시 출중한 인물이로다."

국화베개

가을이 깊었다.

후시미 데라다야의 안마당에 있는 늙은 감나무 잎이 붉게 물들기 시작했으나 그 뒤 료마는 오지 않는다.

'영 오지 않는구나.'

오료는 기다림에 지쳤다. 애타는 마음을 꾹 참고 있는데도 안주인 오토세는 그녀의 태도에서 민감하게 느끼는 모양이다. 그녀는 알아도 그것을 입 밖에 내지 않았다. 그러던 어느 날 보다 못해 말을 했다.

"오료야, 그렇게 외곬으로 생각하는 게 아냐."

"무엇을 말이에요?"

시치미를 떼려는 것은 아니었지만 무의식중에 입버릇으로 그렇게 되물었다.

'멋대가리 없는 계집애로군.'

오토세는 성격이 거센 데다 질투심도 섞이어 이렇게 생각했다. 료마 같은 사내가 하필이면 이런 계집애와 그렇게 됐을까? 하는 생각마저 드는 것이었다.

'다즈 아가씨나 사나코님 쪽이 훨씬 낫다.'

오토세는 그렇게 단정하고 있다. 그렇지만 그녀는 료마에게서 그녀들의 이야기를 들었을 뿐 아직 본 일은 없다.

'이러는 나도 좀 이상하군!'

오토세는 영리한 여자였으므로 자기의 그런 점도 잘 알고 있다.

사실은 질투를 하고 있다는 것도 알고 있었다.

그러나 마음이 단련된 여자라 그 질투를 교묘하게 표현했다.

"오료야, 그렇게 마음이 심란할 때는 나한테 어리광이라도 부리려무나."

"엄마에게?"

"그래, 무엇이든지 털어 놓는 거야. 혼자서 고민하지 말고."

"그럼, 저 국화꽃을 주세요."

오료는 뚱딴지같은 소리를 했다.

"국화꽃을?"

오토세는 국화를 좋아해서 여러 가지 종류의 국화를 현관 앞과 선창 양쪽 돌계단, 그리고 뒷마당과 동쪽 빈터 등에 가득 심어 놓았다.

여러 지방의 유명한 국화를 심어놓고 손질은 물론 남자들에게 맡겼으나 그래도 가을만 되면 마음이 들뜰 정도로 오토세는 그 국화꽃이 좋았다.

"그야 꼭 갖고 싶다면 가져도 되지만……어떤 국화를 갖고 싶니?"

"모두 다……."

오료는 눈을 반짝이며 선언하듯이 말했다. 오토세는 간이 뒤집혀질 만큼 놀랐다.

"이 마당에 있는 국화를 모두?"

"네, 그것을 잘라 꽃술만 따서 말려가지고 사카모토님을 위해 국화베개를 만들고 싶어요."

"뭐라고?"

오토세는 당황하고 말았다. 베개 하나를 만들려고 데라다야의 국화를 모두 꺾어 버리겠다는 것이 아닌가.

"아니……."

오토세는 갑자기 맥이 탁 풀려 버렸다.

"저 국화들을 말이지?"

오토세는 얼굴이 아주 창백해져 버렸다. 그도 그럴 것이, 천하에 이름난 후시미의 데라다야 여관이라고는 하나, 빽빽이 들어선 동네 복판에 있는 것이다. 마당 또한 구색만 갖춘 것이어서, 여관의 풍치를 살리기 위해 추녀 밑에까지 국화분을 늘어놓고 있는 것이다.

말하자면 그것도 장사속이었고, 또한 오토세가 다시없이 국화를 좋아했기 때문이기도 했다.

그런데 그것을 모조리 자르겠다는 것이다.

"국화베개를 베고 자면 머릿속과 눈이 상쾌해진대요."

오료는 오토세의 기분 같은 것은 아랑곳없이 혼자 생글거렸다.

'원래 남의 심사를 이해하려는 마음 같은 것이 이 괴짜 계집애에게 있을 리 없겠지.'

그렇게 생각하니 오토세는 화도 나지 않았다. 다만 이렇게 많은 국화를 일시에 잃을 슬픔만이 남았다. 그 슬픔을 애써 누르며 고개를 끄덕였다.

"하긴 머리에도 좋을거야."

"부탁이에요, 꼭 들어주세요. 이만큼 많은 국화로 단 한 개의 베개밖에 만들 수 없다는 사치스러운 기분을 오료는 한번 맛보고 싶어요."

오료는 자신의 계획에 담뿍 취해 있는 것 같다.

"안 그래요? 엄마, 재미있는 생각이지요?"

"재미있구나."

오토세는 힘없이 맞장구를 쳤다.

"아이 좋아라. 그럼 지금부터 주키치를 불러서 꽃을 자르게 할까요?"

"글쎄."

막다른 궁지에 몰렸다. 이쯤 되면 천하의 여걸로서 소문난 오토세도 오히려 서글픈 심정이 든다. 싫다고 할 수가 없는 것이다. 못할 바에는 차라리 명랑하게 웃을 수밖에. 그녀는 손뼉을 탁 치며 말했다.

"오늘밤 모두 자르도록 하자꾸나. 오료도 거들어 주어라."

"엄마는?"

"나는 안의 일이 바쁘니까."

오토세는 괴로운 나머지 이렇게 꾸며댔다. 애지중지 하던 국화가 잘리는 것을 눈뜨고 볼 용기는 없다.

저녁때가 되었다.

집의 안팎에서 찰칵찰칵 국화를 자르는 가위 소리가 들려 왔으나 오토세는 되도록 그 소리를 듣지 않으려고 애썼다. 평소보다 더 부지런히 부엌일을 시키고, 2층에 올릴 저녁상 준비를 직접 거들기도 하면서 분주하게 일했다.

달이 떠오른 뒤에 오토세는 무심코 집 앞으로 나왔다.

이미 국화꽃은 없었다. 추녀 끝에도 선창가에도.

오토세는 넋을 잃고 그것을 바라보며 왠지 모르게 자신의 경박한 처사가 참을 수 없이 역겨워졌다. 그럴 때, 안 된다―고 잘라 말할 수 없었던 허세가 국화를 이 지경으로 만들고 말았다.

'못된 것.'

이렇게 생각한 것은 자기 자신에 대해서이다.

오료를 미워할 마음은 없다. 그녀는 그녀 나름대로 천진난만하게 살아가는 계집애니까 말이다.

'그러나 사카모토님이 그런 것을 좋아할까 몰라.'

그로부터 열흘쯤 지나 료마가 데라다야 현관에 바람처럼 들어섰다.

"어머나……."

장부를 정리하던 오토세가 고개를 들었다. 해질녘이라 해자 위의 구름이 붉게 물들어 있다.

"어쩐 일이세요?"

오토세가 무심결에 물을 만큼 료마는 이상한 얼굴을 하고 있었다.

살결은 볕에 그을어 시커멓고, 원래부터 명랑하고 늠름한 사내라 얼핏 보면 몰랐으나 어딘지 그늘져 보였다. 수척해졌다고 보는 게 옳을 것이다.

"오료가 무척 기다리고 있어요."

일부러 명랑하게 놀려 보았으나 료마는 대답도 하지 않고 마루 끝에 앉더니 작은 칼로 짚신 끈을 툭툭 잘랐다.

'무언가 중대한 일이 있었구나.'

오토세는 직감하고 손수 물을 떠다가 료마의 발을 씻어 주었다.

"오토세, 술은 있나?"

"여관이니까요, 물론 있지요."

오토세는 발을 씻어 주며 대답은 했지만 이상하다고 생각했다. 료마는 도사인이라 주량은 셌으나 그렇다고 술을 좋아하는 편은 아니어서, 들어오자마자 술을 청한 일은 없었다.

"술은 왜요?"

"마시려고 그러지."

"마시고 어쩌시려고요?"

"자지 뭐."

료마는 웃지도 않고 말했다.

"좀 피로해서 그래. 한잠 자야겠어. 12시쯤 깨워 줘요."

"그때 일어나서 어떻게 하시려고요?"

오토세는 씻기던 손을 멈추었다.

"교토로 가는 거야. 오늘은 묵지 않겠어. 묵고 있을 수가 없어."

"도대체 어떻게 된 거예요?"

"……해산이야."

료마는 마루로 올라서며

"고베 해군학교는 해산하게 됐어. 막부에서 해군학교를 역적들의 소굴이라고 하더군— 하기야" 하며 대담하게 웃었다.

"그 말이 틀린 것은 아니지만."

료마가 가쓰와 함께 경영하고 있는 고베 해군연습소, 통칭 고베 해군학교는 사실상 가쓰의 사립학교였으나 막부에서 보조금이 나오고 있다. 학생들의 식대로서 3천 냥이 지급되고 있다. 말하자면 반관반민의 학교였다.

그럼에도 불구하고 이 해군학교의 몇몇 학생들이 이케다야의 변에서 싸우다 죽거나 하마구리 궁문 사변 때 조슈군에 가담해서 싸웠고, 조슈의 패잔병을 은닉해 주는 등 마치 반란군 양성소 같은 느낌을 주었다.

막부에서는 이 해군학교 현상에 눈을 돌리기 시작하여, 학생들의 명부를 작성하여 제출하라고 명령하기도 했다.

가쓰와 료마는 한결같이 그럴 필요가 없다고 강경히 거부했다. 그러자 막부는 10월 21일자로 갑자기 가쓰에게 에도 소환을 명했다.

처벌의 전제인 것이다. 뿐만 아니라 사실상의 학교 폐쇄 명령이었다.

그처럼 배를 좋아하던 료마로서는 이건 틀림없이 일생의 중대 사건이었을 것이다.

'가엾게도.'

오토세는 장난감을 뺏긴 어린이를 위로하는 듯한 눈빛으로 료마를 바라보았다.

료마는 술을 마신 탓인지 안색이 좋지 않았다.

그 자리에는 오료도 동석하여 오토세와 번갈아 술을 따르고 있었다.

"그렇다면 자랑하시던 간코마루(觀光丸)인지 하는 그 군함도 막부에 돌려 줘야 하나요?"

오토세가 물었다.

"물론이지. 군함뿐인가, 당사자인 가쓰 선생은 에도 소환 후에 군함 감독관 자리도 파면될 것이 분명한 형편인걸."

료마의 충격은 한두 가지가 아니다. 더구나 지금 학생은 이미 각 번의 무사와 낭사들을 합해 2백여 명에 달하고 있다. 각 번에서 파견된 무사들은 각자의 번으로 돌려보내면 되지만 반수를 차지하고 있는 낭사들은 어떻게 처리한단 말인가? 이것은 실로 큰 문제였다.

사실은 이틀 전날 밤, 에도로 출발하는 가쓰와 료마는 이 문제에 관해 이야기한 바 있었다.

"막부의 관리들은 교활하단 말야."

가쓰는 자기가 막부의 고관이면서도 이렇게 말했다.

"해산이 되어 보게. 각 번에 적을 둔 자들이 돌아가고 나면 탈번한 패들만 남게 돼. 이들은 하늘 밑에 몸 둘 곳이 없다. 막부는 바보 같은 아이즈(會津)를……."

가쓰는 막부 지지파인 아이즈 번에 대해 호감을 갖고 있지 않다. 신센조 따위를 시켜 사람을 마구 죽이고 있는 우둔한 정치 감각은 마침내 막부를 멸망시킬 원인이 되리라고 생각하는 것이다.

"바보 같은 아이즈 사람들을 부추겨서 옳다 됐다 하고 잡아 죽이려 올 것이 틀림없어."

그의 말이 옳을 것이다. 막부의 포졸들이 오지 않더라도 도사 번의 감찰들이 료마들을 잡으려 올 것은 분명하다. 이제까지는 가쓰의 간판을 봐서 모두 삼가고 있었을 것이다.

"자네는 어떻게 할 셈인가?"

가쓰가 묻자 료마는 잠시 생각하다가 멍하니 뜰의 들국화를 바라보고 있었다.

사실은 경천동지(驚天動地)할 묘책이 있다.

그러나 아무래도 꿈같은 생각이라 실현될 것인지 어떤지 그것은 료마도 자신이 없다.

"자아, 어떻게 하겠는가?"

가쓰가 거듭 묻자 료마는 가쓰가 상상도 하지 못했던 안을 말하기 시작했다.

군사회사(軍事會社)를 설립한다는 것이다.

말하자면 사설함대(私設艦隊)이다. 즉 돈이나 군함을 '주(株)'로서 각 번에서 내놓게 하여 평소에는 통상을 하여 이윤을 분배하고, 막상 외국이 침범할 경우에는 함대로서 활약한다.

"거, 참 재미있는데."

가쓰는 무릎을 탁 쳤다. 동시에 료마라는 사내의 비상한 두뇌회전에 놀라기도 했다. 그것을 할 수 있다면 서양에서 행하고 있는 '회사'라는 것을 일본에도 탄생시키는 최초의 실마리가 될 뿐 아니라, 독창적인 점에 있어서는 전쟁과 통상을 겸할 수 있는 낭인 회사인 것이다.

료마는 말했다.

"그리고 대주주(大株主)로서 사쓰마 번을 생각하고 있습니다."

"그것도 좋은 생각이다. 이왕이면 이렇게 하는 것이 어떤가? 사쓰마 번의 소속이라는 명의로 한다면?"

그렇게 하면 낭인들의 신원은 안전하리라고 가쓰는 생각했다. 그는 어디까지나 친절한 사내였다.

이리하여 료마는 교토의 사쓰마 번저와 교섭하여 이 전대미문의 계획을 실현시키기 위해 고베로부터 교토를 향해 가는 길이었다.

'판룡비등(坂龍飛騰)'

료마를 한 마리 용으로 견주어, 이 용이 막부기의 풍운을 휩쓸고 단신 상경해 가는 늠름한 모습을 표현한 것이었으나, 이 시기야말로 정말 용이 비상(飛翔)하기 직전이었다고 할 수 있다.

그러나 술을 마시고 있는 료마에게는 전혀 반대인 침울함이 있다.

무리도 아니다. 가쓰의 에도 소환과 해군학교의 해산, 그리고 연습함의 몰수 등에서 오는 충격, 나아가서는 앞으로의 일, 예를 들면 학생의 처리와 사쓰마 번과의 교섭, 낭인 회사의 설립 등, 료마의 가슴 속에서 소용돌이치고 있는 생각이 정리되지 않은 채 뒤범벅이 되어 있다.

'어떻게 하면 좋을까?'

료마는 행동을 해 가면서 생각하려 했다. 지금이 바로 그 행동 개시의 직전인 것이다. 술을 마셔도 초를 마시는 것 같아 도무지 취기가 돌지 않는다.

"찻잔에다 따라 줘!"

오료에게 부탁해서 술잔을 찻잔으로 바꾸어 한 되 가까이 마셨으나 안색은 점점 더 창백해질 뿐이었다.

"참 이상하군요."

오토세는 평소 모습과는 다른 료마를 근심스러운 듯 바라보았다.

"마음이 울적해서 그래. 비상(悲傷)이 오장을 찢는다는 말이 있는데, 그게 사실이군. 인간은 슬픔과 노여움이 피에 섞이면 오장육부마저 둔해져서 술도 취하지 않는 모양이야."

안타깝다는 표정으로 어깨를 으쓱했다. 뼈마디가 우두둑 소리를 냈다.

"주물러 드릴까요?"

오토세의 입에서 이 말이 떨어졌을 때는 이미 사뿐히 일어나 하얀 버선발로 료마의 등 뒤로 돌아가 있었다.

'이 세상에 소인(小人)들이 권력을 쥔 것만큼 두려운 것은 없다.'

료마는 어깨를 오토세에게 맡긴 채 생각하고 있다.

가쓰의 실각(失脚) 원인은, 뜬소문에 의하면 고베 해군학교가 간코마루의 선원용 모포(毛布)를 외국에서 대량으로 사들였기 때문이라고 한다.

막부의 고관이 집정관에게 고자질했던 것이다.

"모포를 사들인 것은 선원용으로 산 게 아닙니다. 그것은 그 해군학교에 조슈인을 다수 은닉하기 위한 처사입니다."

이미 일찍부터 가쓰의 해군학교는 모반인의 소굴이라고 막부에서 눈독을 들이고 있었다. 마침 잘됐다! 하고 막부에선 가쓰를 처분하게끔 조치를 내렸다. 어쨌든 모포를 사들인 것은 료마였던만큼 아무래도 개운치가 않다.

"제가 주무를게요."

오료가 일어나 오토세 대신 료마의 어깨를 주무르기 시작했다.

몸을 맡기면서 료마는 문득 깨달은 듯이 말했다.

"오토세, 들어올 때 보니 국화가 하나도 없더군."

"네."

오토세는 제자리로 돌아가 앉으며 방긋 웃었다.

"오료가 말이에요."

오토세는 국화베개에 대한 이야기를 오료의 공(功)으로 돌려 말했다.

순간 료마의 안색이 싹 변했다.

'이 양반 화가 났구나……'

오토세는 료마의 화난 얼굴을 처음 보고 솔직히 말해 무서워서 몸이 떨렸다.

절에 가면 흔히 이런 얼굴이 있다. 아수라(阿修羅)라 할까, 인왕(仁王)이라 할까, 원래부터 료마는 양쪽 살쩍이 꾸불꾸불 곤두서 있기 때문에 성을 내면 굉장히 무서운 얼굴이 된다.

"사카모토님, 그런 얼굴 하지 마세요."

오토세는 속으로 떨면서도 누이처럼 설교조로 말했다.

"아무 얼굴도 하지 않았어!"

"하고 있어!"

오토세는 흉내를 내서 료마를 웃기려고 했으나 료마는 웃지 않았다.

"국화베개가 마음에 들지 않았어요?"

"어리석은 짓을 했군! 그까짓 베개 하나를 만들기 위해 수백 개의 국화를 잘랐단 말인가? 옛 이야기에 나오는 당나라의 폭군 같군."

료마에게는 국화가 백성으로 보였던 모양이다. 잠시 동안의 향락을 위해 수백 명의 백성을 죽이는 잔인성을 느꼈던 것이다.

"여자란 참말 잔인한데."

눈물을 뚝뚝 흘리고 있다. 묘한 사나이였다.

이토록 마음이 착한 데도 그의 어록에는 다음과 같은 놀랄 만한 말이 기록되어 있다.

—세계의 국민을 어떻게 하면 몰살할 수 있는가 연구하라! 가슴 속에 그 위세 있거든 천하에 한번 휘둘러보라.

한밤중에 그는 남몰래 이런 어록을 적었다. 마음이 약한 자신을 반성하고, 일개 낭인의 신분으로 천하를 움직이려면 여간한 담력이 아니고서는 안 된다고 생각한 그는

—세계를 죽이고 살리는 것은 나 자신에게 있다고 생각하라.

스스로에게 이렇게 타이르고 그 커다란 신념을 항상 가슴에 지니고 천하를 돌아다녔다. 그 자기 훈계의 마음가짐을 역설적으로

—세계의 국민을 어떻게 하면 몰살할 수 있는가?

이런 식으로 표현했을 것이다. 이 기묘한 천재의 사상은 항상 현란한 역설로 가득 차 있다.

"어리석은 짓을 했군"

씹어뱉듯이 말하고 어록과는 반대로 팔뚝으로 눈물을 쓱 문질렀다.

이것은 후일담이지만 료마는 막부 토벌의 마지막 단계에 이르러

—유신 혁명에 한 방울의 피도 흘리지 말라.

이렇게 부르짖으며 도바 후시미(鳥羽伏見) 싸움의 발발을 극력

피하려고 노력했다.

'막부 몰살'의 복안을 가슴에 지니고 있으면서도 그는 한 방울의 피도 흘리지 않고 모든 사람을 살려서 새로운 국가에 참여시키려고 마음먹었던 것이리라.

국화베개가 얼핏 보기에 간명소박(簡明素朴)하게 보이는 료마라는 사내의 사상과 감정의 복잡함을 우연히도 상징해 주었다.

"하지만, 오료는 사카모토님에게 좋은 향기가 나는 베개를 만들어 주려는 생각에서 그렇게 했던 거예요."

"이상한 여자로군."

료마는 오료를 보고 웃으려고 했으나 웃음이 나오지 않았다.

"오토세, 나는 다른 일로 화가 났던 거야. 화풀이하는 건 나쁜 줄 알면서도 그만 그 감정이 엉뚱한 국화베개로 폭발했던 거야."

료마는 벌떡 일어섰다.

"어딜 가세요?"

"측간에 좀."

료마는 비틀거리며 복도로 나갔다. 위태로워 보였으므로 오료가 급히 따라 나왔다.

마루 끝에 있는 측간에서 용변을 마치고 문을 밀고 나오니 오료가 세면대 옆에 쪼그리고 앉아 있었다.

말없이 물을 뜬 물 국자를 료마 앞에 내밀었다. 정원수 위에 별이 반짝이고 있다.

"손을 씻으라고?"

료마가 마루 끝에 서서 마당으로 손을 내밀자 오료는 여러 차례 물을 끼얹어 주었다.

그러고 나서 잠자코 수건을 내밀었다. 갓 꺼낸 새것인지 촉감이

깔깔했다.

료마는 손을 닦으며 오료를 보았다. 그녀는 고개를 수그리고 금방이라도 울음을 터뜨릴 듯 울상이 되어 있다.

남녀의 정이란 이상한 것이었다. 국화베개를 빙자해서 오료를 실컷 공격해 놓고도, 공격하고 보니 애처로운 생각이 가슴에 가득 차서 견딜 수 없는 심정이 들었다.

"오료……."

그는 손을 잡고 거칠게 끌어당겼다.

오료는 국화베개 때문에 그지없이 상심하고 있었다. 그 아픈 마음을 필사적으로 누르고 있었으나, 료마가 갑자기 끌어당기는 바람에 그만 울음보가 터져 그의 가슴에 얼굴을 비비며 어린아이같이 울어 댔다.

'야단났군.'

료마가 당황한 것은 그녀의 울음소리보다도 료마에게 안긴 채 쉴 새 없이 그의 가슴이고 팔이고 가릴 것 없이 꼬집고 할퀴는 오료의 두 손이었다.

그녀는 그러면서도 어깨만은 힘껏 들먹이고 있다.

"아야, 아야!"

"아픈 것은 당연해요! 내가 더 아파요!"

그녀는 몸을 마구 밀어댔다. 그 하체의 움직임이 료마에게 그대로 전달되어 젊은 료마로서는 견딜 수 없을 정도였다.

"분해 죽겠어요!"

오료는 더욱더 몸을 밀어댄다.

"오료, 이러지 마!"

료마도 솔직히 말해 이렇게 성가신 일에 시간 낭비를 하느니보다는 다만 두어 시간이라도 푹욱 자고 싶었다. 수면 부족 상태로 밤길을 가는 것은 위험할 뿐 아니라 내일 아침에 있을 사쓰마 번저에서의 중대한 교섭이 잘 진행되지 않을 지도 모른다.

"오료, 이제 그만해. 방에서 오토세가 기다리고 있잖아."

팔에 힘을 주어 떨치려 했으나 오료는 필사적으로 달라붙어 마침내는 료마의 왼쪽 팔을 꽉 물었다. 피가 흘렀다.

'곤란한 계집애로군!'

료마는 어이가 없었다. 귀여운 생각도 들었으나 장차 어찌 될 것인지.

피를 보고 놀란 오료가 흠칫 몸을 떼었을 때, 재빨리 료마는 복도를 지나 오토세가 기다리고 있는 방으로 돌아왔다.

"오토세, 여기서 잠깐 눈을 붙일 테니 옆에서 지켜봐 주오."

료마가 일부러 오토세 방에서 드러누워 잔 것은 오료를 피하기 위해서였을 것이다.

넓지 않은 여인숙에서의 일이라 오토세는 방에 앉아서도 복도에서 있었던 두 사람의 경위를 죄다 듣고 알고 있었다.

'난처한 계집애야—'

이렇게 생각은 했으나 내색은 하지 않는다.

그녀는 료마 곁에 조용히 앉아 있다. 료마가 눈을 뜰 때까지 옆에 있어 달라고 부탁을 했기 때문이다. 오토세로서는 역시 료마가 자기를 의지하고 있구나 싶어 무한히 기뻤다.

오토세는 이따금 료마의 꿈을 꿀 때가 있다. 료마가 멀리 떨어져 있을 때 문득 잠자리에 들어가서 단 하룻밤만이라도 그 젊은이와 함께 지내 봤으면 하는 그런 부끄러운 일을 생각하는 밤도 있었다.

그러나 이스케(伊助)라는 기둥서방을 섬기고 있는 몸으로서는 그런 일이 모두 망상일 뿐, 현실화될 수도 없는 노릇이고, 또 현실화

되어도 곤란한 꿈이었다.

밤 12시가 되었다.

오토세는 료마를 흔들어 깨우며 쌀쌀하게 말했다.

"시간이 됐어요."

그녀는 가증스럽고 활발했으며, 료마가 고향에 부친 편지에 의하면 '학문이 있는 여인이며 매우 뛰어난 인물'이라고 적혀 있었고, 료마의 유모인 오야베에게 보낸 료마의 편지에도—'데라다야는 마치 친척집 같으며 오토세에게도 많은 신세를 지고 있다'고 적혀 있었다.

"이거 야단났군."

료마가 벌떡 일어나 방을 뛰쳐나가려는 순간, 발길에 툭 채이는 게 있었다.

베개였다. 집어 들어 보니 국화의 향긋한 향내가 났다. 어느 틈엔가 오토세가 료마에게 베어 줬던 모양이다.

"이것은 내가 가져가지."

료마는 베개를 품속에 넣었다.

"아이 흉해요. 그럴 듯한 무사가 품속에 베개를 갖고 다니다니."

"상관없어, 오료의 호의는 받아야지."

"고맙군요. 이제 와서 그럴 바에야 차라리 그렇게 화를 내지 말 것이지."

오토세는 화가 났다. 그러나 료마로서는 베개라도 가져가지 않고는 유쾌하지 못한 다툼이 끝나지 않은 것 같이 여겨지기 때문이었다.

현관 바닥에 내려서며 새 짚신을 신고, 니라야마(韮山) 민정관인 에가와 다로사에몬이 고안했다는 니라야마 삿갓을 옆구리에 끼고 데라다야를 나왔다.

"그럼 또 오겠소."

별이 쏟아질 듯한 밤하늘이다. 그 별빛 속에 가라앉은 심야의 거리를 료마는 북으로 향해 걸어갔다.

단바 다리(丹波橋) 근처에 비슈 번(尾州藩)이 커다란 후시미 번저를 갖고 있었다. 그 번저의 동쪽 담을 끼고 가면 그 앞은 온통 논밭뿐이었다.

교토로 가는 교오마치 거리(京町通)로 가려면 오른쪽으로 접어들어야 한다고 생각하고 막 그쪽으로 향해 꺾어들려는 순간, 칼바람이 료마를 습격했다.

획!

료마는 재빨리 물러서며 번개처럼 칼을 뽑았다.

"누구냐!"

자객은 5명이었다.

두 명은 비슈 번저의 담벽에 바싹 붙어 있고 다른 세 명은 논과 밭을 등지고 서 있다.

뛰어 물러선 료마는 삼거리의 한복판에서 칼을 빼들었다.

'장소가 나쁘군.'

삼면에서 습격을 받게 되기 때문이다.

누구냐고 물어 보았으나 상대는 대꾸를 하지 않았다. 사람을 잘못 본 게 아니냐고 해도 여전히 침묵을 지킬 뿐이었다. 신센조의 패거리들이 아닌가 하는 생각도 들었으나 상대는 부대명이 새겨진 등불도 들고 있지 않다.

'베어 버릴까.'

이제까지 사람을 죽인 일이 없는 료마는 이날 밤 이렇게 결심을 했다.

이 료마는 어지간히 살인을 싫어하는 성품이었던지, 자계록(自戒錄)에 일부러 다음과 같은 말을 써서 스스로를 편달하고 있다.

―생사람을 죽일 때는 인간이라고 생각지 말라. 두려움이 앞서는 것이니라. 짐승을 죽일 때보다도 더 안심하고 태연히 행하라.

그럼에도 불구하고 그는 평생을 두고 불살주의(不殺主義)로 일관했으니, 도대체 어느 것이 진짜 료마였을까.

왼쪽의 벽에 착 붙어 있던 그림자가 차츰 료마에게 다가오기 시작했다. 그를 노리고 있는 칼끝의 각도를 보니 어지간히 칼을 잘 쓰는 솜씨인 듯하다.

그놈이 확 쳐들어오는 것을 료마는 피하지도 않고 칼등으로 후려쳤다.

으악! 소리와 함께 적은 쓰러졌다.

"죽지 않아, 칼등으로 쳤다."

소리치며 다음 놈을 칼끝으로 유인해서, 달려드는 놈의 팔목을 힘껏 내리쳤다.

팔목이 날아갔다.

그와 동시에 료마는 몸을 굽혀 뛰기 시작하는데 앞길을 막는 놈에게

"멍청한 놈!"

외치자마자, 한손으로 칼을 휘둘러 상대편 옆얼굴을 후려쳤다. 약하게 친 것이다. 칼은 상대의 두개골에 맞아 반동으로 탁 튕겨 왔다.

그러나 상대에겐 대단한 타격이었던지 머리 밑으로 피를 뿜으며 나동그라졌다. 꼼짝 않는 것을 보면 기절한 모양이다.

여하튼 순식간에 세 놈이 쓰러졌다. 료마는 나머지 두 놈이 주춤한 틈을 타서 쓰러진 놈을 뛰어넘어 동쪽으로 달렸다.

"앗! 교마치 거리로 나간다!"

외치는 소리가 등 뒤에서 들렸다. 그 목소리가 귀에 익었다. 그것은 신센조의 시노부 사마노스케가 아닌가?

'난 또 누구라고, 그놈이었구나.'

오랜 싸움 상대라는 생각을 하니 이상하게 반가웠다.

뒤에서는 나머지 두 놈이 결사적으로 쫓아온다. 료마가 교마치 거리의 모퉁이를 왼쪽으로 꺾어 들려고 했을 때, 품속에서 국화베개가 떼구르르 굴러 떨어졌다.

'이크!'

급히 걸음을 멈추고 길 위를 살폈다.

상대는 그것을 보고 료마가 반격하려는 것인 줄 알고 기겁하여 걸음을 멈추었다.

길가의 풀숲 속에 국화베개가 굴러 떨어져 있었다. 료마는 얼른 주워들고 품속에 쑤셔 넣었다.

'사사건건 성가신 베개로군!'

료마는 큰 키를 비호같이 날려 교마치 거리를 달려갔다. 그가 긴 다리로 뛰는 속도에는 아무도 따를 재간이 없다.

날이 훤하게 밝아올 무렵, 료마는 니시키 고지의 사쓰마 번저에 당도했다.

이윽고 문이 열렸는데 문지기는 이 새벽같이 달려든 손님에 놀랐다.

그러나 누구냐고 묻지는 않았다. 이전에 꼭 한 번 왔던 일이 있는, 이 이상하게 매력 있는 도사인의 얼굴과 이름을 그는 기억하고 있었다.

"안녕하십니까? 사카모토님이시지요?"

잠시 뒤 나카무라 한지로가 나타났다. 그 역시 백년지기를 대하듯 반갑게 맞이하며 서원으로 안내해 주었다.

기다리는 동안, 문득 추녀 끝에 아직도 방울벌레 통이 매달려 있
는 것이 눈에 띄었다. 더구나 신선한 풀이 넣어져 있고 아침 햇살
속에서 방울벌레가 기운차게 움직이고 있다. 그것을 본 료마는 눈앞
이 환히 트이는 것 같은 느낌이 들었다.

'아직도 저걸 길러 주고 있었구나.'

그날 이후 벌써 석 달이 지났다. 어지간히 정성껏 기르지 않고는
생명이 약한 방울벌레 같은 것은 진작 죽었을 것이다.

'사이고라는 사내는 믿어도 된다!'

료마는 생각했다. 사이고가 방울벌레를 좋아서 기른 것은 결코 아
닐 것이다. 료마가 언제 다시 오더라도 방울벌레가 살아 있게끔 하
려고 정성껏 길렀던 것이 틀림없다.

그는 나중에 이 방울벌레의 비밀을 알고 나서 더욱더 사이고를 믿
게 되었다.

방울벌레의 초대(初代 : ^{료마가}_{잡은 것})는 사흘 뒤에 죽었다. 사이고는 당황
하며 말했다.

"……고스케, 사카모토님이 오면 곤란하니 사람을 시켜 방울벌레
를 한 마리 잡아오게."

그래서 딱하게도 여러 번에 이름난 지사인 고스케가 법석을 떨며
방울벌레를 잡지 않으면 안 되었다.

이렇게 해서 잡은 두 번째 방울벌레도 얼마 뒤에 죽고 료마가 본
이 방울벌레는 세 번째 것이라고 한다.

정성(精誠)이라는 말이 있다. 다도(茶道)의 말이다.

'사람을 대접하는 마음의 작용'을 뜻하는 것이리라. 다도에 아무
런 소양(素養)도 없는 사이고가 옛 시절의 대다인(大茶人)의 일화
에라도 나올 법한 다도의 마음을 갖고 있었다.

사이고가 나왔다.

"오래 기다리게 해 죄송합니다. 마침 잘 오셨군요. 저희 번의 중신 고마쓰 다데와키님에게 당신 이야기를 했더니 이번에 꼭 소개해 달라고 하며 지금 의복을 갈아입고 있는 중입니다."

인사를 끝낸 뒤 이런저런 이야기 끝에 사이고가 말했다.

"사카모토님은 워싱턴옹(翁)을 좋아하신다고 들었는데 내게도 좀 이야기해 주십시오."

사이고 역시 미국 독립의 영웅 조지 워싱턴을 좋아하여 평소 좌담 시에도

'워싱턴옹은 이렇게 하셨다'라는 식으로 경어를 쓸 정도였다.

료마는 자기가 들어서 알고 있는 한의 워싱턴전을 모조리 이야기했고 사이고는 열심히 들었다. 두 사람 다 일본의 현실에 비추어 이 이국의 영웅에게 깊은 공감을 갖고 있었던 모양이다.

잠시 뒤 고마쓰 다데와키가 들어왔다.

"고마쓰올시다."

정중히 인사를 했다. 귀공자라 해도 좋을 만큼 온화한 풍모를 지니고 있었다.

고마쓰는 료마와 같은 덴포(天保) 6년생이다. 번의 명문 출신으로 중신직을 맡고 있었으며, 사쓰마 번 외교의 최고 책임자로서 교토에 상주하고 있다.

사이고는 번의 외교면에서 이 고마쓰를 보좌하고 있는 꼴이었다. 사이고 역시 중신 고마쓰 다데와키라는 이해심 많은 자가 없었다면 그가 이룬 업적의 반도 해내지 못했을 것이다.

고마쓰는 번의 중신이었음에도 불구하고 일찍부터 근왕 사상을 지니고 있었다. 사쓰마 번도 도사 번과 마찬가지로 번의 고위층은 모두 막부 지지파라고 해도 과언이 아니었다. 그러나 단 한 사람 고

마쓰가 있었기 때문에 사이고는 보수직 번론(藩論)을 누르고 자유롭게 활약할 수가 있었다.

고마쓰 다데와키의 또 한가지 특색은 아랫사람을 부리는 데 있어서 사쓰마의 전통적인 방법을 취한 점이었다.

그 방법이란 신뢰할 수 있는 부하에게 충분한 권한을 부여하여 자유자재로 활약할 수 있게 하는 것이었다. 차관급의 부하가 사이고였다. 사이고는 막부 말엽에 고마쓰라는 상관을 얻을 수 없었다면 아마 그처럼 눈부신 활약은 도저히 할 수 없었을 것이다.

고마쓰는 매우 과묵한 사내라 자기 쪽에서 료마를 만나기를 원했으면서도 그를 대하자, 빙긋이 미소만 짓고 있을 뿐 아무런 말도 하지 않는다.

료마는 고마쓰와 사이고에게 해군과 해상무역의 발전이 급선무라는 것을 설명했다.

두 사람은 일일이 끄덕였다.

"우리 번은 영국과의 해전에서 군함이 없음을 얼마나 후회했는지 모릅니다. 가쓰 선생과 사카모토님에게 기대하는 것은 바로 그것입니다."

사이고가 말했다. 사이고는 사쓰마 해군의 성장을 위해 가쓰나 료마의 조언과 지원이 필요했던 모양이다.

료마는 사쓰마 번의 그런 요구를 충분히 짐작하고 있었다.

"그런데"

그는 즉석에서 말했다.

"그게 기대하신 바와 같이 되지 않는군요. 가쓰 선생께서 조슈 병사를 은닉했다는 혐의로 에도 소환이 되었으니 자연 2백 명의 학생을 양성하던 고베 해군훈련소는 조만간 해산될 것입니다. 귀번에서 보내 주신 훈련생도 도로 복귀하게 될 것입니다."

"흐음."

사이고도 고마쓰도 크게 놀랐다.

료마는 가쓰의 편지를 두 사람에게 보였다. 그들은 료마의 방문 목적을 대강 눈치 챈 듯했다.

"막부는 하는 짓이 모두 악랄하군. 그런데 사카모토님은 앞으로 어떻게 하실 작정이신가요?"

"생각은 굳혔으나 지나친 소망이라 말을 했다가 거절당하면 창피한 일이 되겠지요. 그래서 꼭 귀번의 협력이 필요한데 승낙해 주시겠습니까?"

료마는 이 말을 천천히 했다. 물론 료마는 빈틈없이 덧붙이는 것을 잊지 않았다.

"귀번에 막대한 이익을 가져오는 것이지요."

'이익이 된다⋯⋯'

는 료마의 말이 사쓰마 번의 중신 고마쓰 다데와키의 마음을 상쾌하게 자극했다. 고마쓰는 교토에 주재하고 있으면서 여러 곳의 지사들과 퍽 많이 교제해 왔으나 거의가 다 열정적인 헛공론만 떠들어 댔다. 그러나 천하에 대한 토론을 상거래라도 하듯 끌어낸 사람은 눈앞에 있는 이 거인이 처음이다.

"말린 오징어가 대포(大砲)로 변하는 이야기를 알고 계십니까?"

료마가 말했다.

"배만 있으면 그것이 가능합니다. 예를 들면 오징어의 산지인 쓰시마 번을 설득하여 그 번의 오징어를 사들여서 상해(上海)로 가져가는 것입니다. 그곳에서는 우리나라의 오징어가 열 배나 비쌉니다. 비단 오징어뿐이 아니지요. 상해에서 팔리는 상품은 일본차(日本茶), 표고버섯, 다시마, 계관초(鷄冠草), 백탄(白炭), 삼판

(杉板), 송판(松板), 종려피(棕櫚皮), 볶은 해삼, 말린 전복, 말린 조개, 말린 새우 등······."

"허허."

사이고는 웃음을 터뜨렸다.

"사카모토님은 잘 알고 계시는군요."

료마도 덩달아 싱긋 웃었다. 료마는 효고(兵庫)나 오사카 등지에서 물가와 해외 시장의 동태를 상세히 조사하여, 국제 시장에서 무엇이 이익을 올릴 수 있는가를 생각하고 있었다. 오징어나 표고버섯의 가격을 알아보는 것이 그의 근왕 양이론(勤王攘夷論)이었다.

"쌀이라도 좋습니다."

료마는 계속했다.

"하기야 귀번에서는 논의 면적이 적어 쌀을 상해로 팔 정도로 많지는 않을 것입니다만, 가령 귀번에 선박이 있다고 치면 오슈(奧州)의 쓰가루 번(津輕藩)이나 쇼나이 번(庄內藩)으로부터 남아도는 풍부한 쌀을 사들여서, 상해의 시세를 나가사키(長崎)에서 조사하여 교묘하게 수출하면 큰 이익을 얻을 수 있는 것입니다. 그런데서 나오는 이윤을 가지고 상해의 무기상(武器商)에서 대포, 군함, 기계 등을 사들인다면 사쓰마 번은 단순히 70여만 석의 영주일 뿐 아니라 동양의 부호(富豪)가 될 것입니다. 그 부국강병책으로써 양이의 실력을 배양하는 것입니다. 백 가지의 공론보다도 한 마리의 오징어가 중요합니다."

"옳은 말씀이오."

고마쓰는 중신이니만큼 자기 번의 경영에 관해서는 매우 민감했다.

"무역만 시작하면 일본은 번영할 수 있습니다."

료마는 되풀이하였다.

"그러나"

료마는 다시 말한다.

"막부의 하는 짓을 보십시오. 조정의 반대를 무릅쓰고 여러 나라와 통상조약을 맺고 항구를 여기저기 개항하려 하고 있습니다. 더구나 여러 번에 대해서는 여전히 종래의 쇄국령(鎖國令)을 준수하게 하여 무역을 못하게 하고 무역은 막부만의 독점 사업으로 하려는 방침을 취하고 있는 것입니다. 무역을 시작해서 수년이 지나면 막부로만 돈이 몰려들게 되지요. 그렇게 되는 날에는 막부에서 병기를 양식화하고 군제(軍制)를 개혁하여 아마도 일본 유사이래 가장 강대한 무력을 가지게 될 겁니다. 일이 이미 그쯤 된다면 근왕론이고 쥐뿔이고 없습니다. 천하의 우국지사들은 막부의 서양대포 앞에 분쇄되고 말 것입니다."

"딴은 그렇군요."

사이고는 부르르 몸을 떨었다.

그렇게 된다면 조정뿐만이 아니라 사쓰마고, 조슈고, 도사고 할 것 없이 모조리 희생되는 것이다. 사쓰마 번으로서 당장의 급선무는 막부만의 개국주의에 반대하는 일이라고 사이고는 생각했다. 막부는 아마 그것을 승낙하지 않을 것이다. 그렇다면 아예 지금 막부를 쓰러뜨려야 하지 않을까.

"사카모토님."

고마쓰가 이야기해 응해 왔다.

"당신의 안(案)을 말씀해 주십시오. 우리들 사쓰마 사람은 일단 사람을 믿으면 전부를 믿는 풍습이 있습니다. 사카모토님이 하시는 일이라면 우리 사쓰마 번의 힘이 닿는 데까지 후원해 드리죠."

"그렇다면."

료마는 예의 그 낭인 회사(浪人會社) 이야기를 하고 사쓰마 번에서 적극 협력하여 대주주(大株主)가 되어야 한다고 열심히 설득했다.

"일대 해상번(一大海上藩)을 출현시키는 것입니다."

료마는 열중해서 무의식중에 손을 뻗쳐 고마쓰의 무릎 위에 놓인 손수건을 휙 낚아채더니 침으로 더러워진 자기 입가를 북북 닦았다.

고마쓰는 깜짝 놀란 모양이었으나, 역시 근본 있는 큰 번의 중신답게 의젓이 앉아 못 본 체하고 점잖게 료마의 이야기를 듣고 있었다.

옆에서 보고 있던 요시이 고스케는 료마의 그런 짓이 어지간히 우스웠던 모양이다. 료마가 돌아간 다음 사이고에게 그 말을 하였다.

"정말이야."

사이고도 껄껄 웃으며 말했다.

"굉장히 순진한 분이더군. 하기야 큰일을 하는 데는 천진하고 사심이 없어야 해."

료마가 돌아간 다음 중신 고마쓰 다데와키는 그지없이 상쾌한 얼굴을 하고 있었다.

원래 고마쓰 같은 사쓰마 번 유지에게는 료마의 취지를 이해할 수 있는 소지(素地)가 있었다. 이 사쓰마 번은 일본 열도의 서남단에 위치해 있는 지리적 특수성 외에도 류큐(疏球)를 관리하고 있는 까닭으로 3백 년을 통해 밀무역으로 유명한 번이었던 것이다.

뿐만 아니라 선대인 영주 시마쓰 나리아키라는 시세(時勢)에 밝아 특별한 의견의 소유자였으므로, 그의 유론(遺論)은 아직도 사쓰마 번의 근왕파들 사이에서 그대로 전해 내려오고 있다.

나리아키라는 6년 전 죽을 때까지 사쓰마 번을 근대화된 산업국으로 개조할 것에 전념하여, 가고시마 성 밖에 있는 이소(磯) 별장 안에다 '집성관(集成館)'이라는 공장을 세우고, 선반(旋盤)과 화학

공업 설비를 하여 총포 화약과 유리 제품 등을 생산했다.

또한 나리아키라는 자기 방에 중국 3백여 주(州)의 지도를 붙인 큰 병풍을 둘러치고 자신의 견해를 밝혔다.

"중국은 조만간 외국 세력 때문에 멸망하고 만다. 그렇게 되면 일본은 고립하게 된다. 이 이상 위험한 일은 없다. 중국이 멸망하기 전에 일본은 구미 각국보다 선수를 쳐서 규슈 여러 번은 안남(安南), 남양(南洋) 제도로 진출하여 이를 점령하고, 또 오슈 여러 번은 북진하여 만주, 몽고를 공략하고 중국 대륙을 앞뒤로 포위하여 외국 세력을 배척해 버리지 않으면 일본은 괴멸되고 말 것이다."

그러나 나리아키라의 죽음과 함께 사쓰마 번은 시마쓰 히사미쓰의 보수 정책에 의해 모든 공장 등이 폐쇄되고 말았다. 그러나 아직도 번사들 마음속에 선대의 그 기백만은 남아 있다. 고마쓰, 사이고, 오쿠보 등은 나리아키라의 영향을 가장 강력하게 받은 사람들이었다.

사쓰마 번저를 나온 료마는 가와라 거리로 나와 도사 번저 앞에 있는 고서점(古書店) 기쿠야(菊屋)로 들어갔다.

"하룻밤 묵게 해 주게."

이렇게 말하자 가게 안에 앉아 있던 늙은 주인은 반색을 하고 일어나며

"어서 안으로 들어가십시오, 곧 이부자리를 펴게 할 터이니."
하고 황급히 안으로 들어갔다.

여담이지만 교토의 상인들 중에는 의협심이 강한 자가 많아, 얼마나 많은 지사들이 그들의 도움으로 목숨을 건졌는지 모른다.

상인의 신분으로서 목숨을 잃은 자도 많다. 예를 들면 이케다야의

변으로 인해 그 집 주인인 이케다야 소베는 체포되어 옥사했으며, 그날 밤 지사들과 함께 싸우다가 포박되어 처형된 사람 중에는 기쿠야와 동업인 기다무라야(北村屋)의 주인 니시카와 고조(西川耕藏)가 있다.

기쿠야도 단골손님 중에 도사 번의 사람들이 많았던 탓으로 집안 식구가 모조리 지사들 편이었으며, 특히 료마 등 도사 번사의 후원자가 되어 있었다.

그는 과거장(過去帳)을 만들어 놓고 죽은 사람의 넋을 위로해 주고 있다. 주인 가헤에(喜兵衛)에게는 특기가 있다. 그는 열렬한 니시혼간 사(西本願寺)의 신도로서 마치 승려처럼 삼부경(三部經)을 줄줄 욀 수 있었던 것이다. 과거장에 기록된 사람은 도사 지사들 중에서 기쿠야의 단골이었던 사람들뿐이었으나 이미 그 수효가 14명이 되었다고 한다.

"집어 치우시오!"

료마가 말한 적이 있다.

"세상의 변혁(變革)에 몸을 바치는 자는 하늘의 명을 받고 하늘에서 파견된 사내들이오. 설혹 노상에서 싸우다 죽을지언정 영혼은 이미 하늘로 되돌아가 있소. 이 과거장에 기록된 요시무라 도라타로도, 나스 신고나 마사키 데쓰마도, 그리고 기다소에 기쓰마와 모치스키 가메야타도 모두 다 하늘로 돌아가 있소. 그러니 지상의 속인들에게 함부로 애도(哀悼)를 받게 된다면 그들이 화를 낼 거요."

료마는 이렇게 말하며 호탕하게 웃은 일이 있으나, 여하튼 기쿠야의 친절한 마음씨는 현세에서만 그들을 돌봐 주는 게 아니라 내세(來世)에까지 미치는 것이었다.

이부자리가 깔린 별채로 들어간 료마는 이불 위에 벌렁 드러누우며 품속에서 국화베개를 꺼내 베었다.

기쿠야의 아들인 미네키치(峰吉) 소년은 깜짝 놀라며 물었다.

"아니, 사카모토님은 베개를 갖고 다니십니까?"

"응, 가지고 다닌다."

료마 역시 자기가 생각해도 우스웠던 모양이다. 베개를 갖고 다니는 지사란 아마 없을 것이다.

조금 전에 사쓰마 번저에서도 사이고가 물었다.

―사카모토님, 품속의 것은 뭡니까.

료마가 그것을 꺼내 보이자 사이고도 놀란 모양이었다. "아하, 베개군요" 하고 이상하다는 표정을 지었다.

"한번 맡아 보렴, 좋은 냄새가 난다."

료마가 말하자 미네키치는 조그만 코를 벌름거리며 가까이 갖다 대더니 '킥' 하고 웃었다.

"이건 오료님의 향내다!"

국화 향기뿐일 텐데 소년에게 무슨 직감이 갖추어져 있는 것일까?

저녁나절에 눈을 뜬 그는 또다시 베개를 품속에 넣고 기쿠야를 나왔다.

셋쓰 고베 마을로 돌아가기 위해서이다.

교토를 출발하여 밤배를 타려고 길을 서둘렀는데 두 시간 뒤에는 후시미에 도착했다.

여인숙 데라다야 앞에는 오료가 서 있었다.

"사카모토님!"

오료는 굽낮은 나막신을 달그락거리며 급히 등불을 들고 다가왔다.

"저어 주무시지 않으세요?"

"밤배로 가야 해."

료마가 이렇게 대답하자 오료는 어떻게 해야 좋을지 몰라 갑자기 말했다.

"사카모토님의 모든 게 다 싫어요!"

말을 하고 나자 더욱 노여움이 복받친 모양이다. 괴롭고 심란한 눈초리로 료마를 쳐다보았다. 눈에 이슬이 맺혀 있었다. 아름다운 눈이라고 료마는 생각했다.

"부탁이에요. 싫어도 주무시고 가 주세요."

"이상한 사람이군."

료마는 어이가 없어 왼손을 뻗쳐 버드나무를 붙잡았다. 그렇게라도 하지 않고는 오료의 과격한 성품에 끌려들어갈 것만 같았다.

"한시라도 빨리 고베로 가야 해. 학생들이 기다리고 있어."

"기다리게 하면 되잖아요."

"언제 고베 해군학교에 막부의 관리들이 들이닥칠지 모르는 상태 거든. 그런데 오료."

"왜 그러세요."

"당신한테서 여자 냄새가 나는데."

오료는 갓 목욕을 하고 화장을 했기 때문이다.

"그야 여자니까요."

오료는 짤막하게 대꾸했다.

"당연하지요, 여자 냄새가 나는 건."

"이거 야단났군."

료마는 선창 쪽을 바라보았다.

그곳에는 이미 30석짜리 배가 들어와 있고 배 앞뒤에는 초롱이 하나씩 매달려 밤바람에 흔들리고 있다.

'역시 여자 따위와 인연을 맺지 말 걸 그랬어.'

생각을 하니 울고 싶은 심정이 들었다. 개구쟁이가 야단을 맞은 것 같은 그의 표정을 보자 오료는 문득 우스워져서 비로소 웃었다.

"야단났다고요? 하지만 저 역시 제 마음을 어쩔 수 없어요. 가만히 있으면 미칠 것만 같은걸요."

"그렇겠지."

료마가 부지중 남의 말 하듯 맞장구를 치자 오료는 다시 발끈 화를 내며 끔찍한 소리를 했다.

"귀신처럼 붙어 다니겠어요. 각오하세요! 다즈 아가씨도 사나코님도 틀림없이 잘못 생각하셨던 거예요. 사카모토님 같은 사람은 죽을 각오로 달라붙지 않으면 어디로 가 버릴지 모르는 사람이니까요."

"여우같은 소리를 하는군!"

료마는 이 귀여운 여우의 턱을 살짝 만져 주었다. 비단같이 보드라웠다.

"그러니까 오료는 고베까지 따라 가겠어요. 곧 차비를 하고 나올 테니 기다려 주세요. 네? 꼭요."

행동력이 있는 여자라 벌써 없어졌다.

료마는 재빨리 선창으로 뛰어갔다. 고베까지 쫓아오다니 될 말이냐고 생각했던 것이다.

세상에는 묘한 엇갈림이 있는 법이다.

료마가 선창으로 달리고 있을 때였다.

"사카모토님!"

황급히 불러 세운 나그네 차림의 무사가 있다. 불러 세웠을 뿐 아니라 거대한 몸집을 뒤흔들며 함께 뛰기 시작했다. 사쓰마의 나카무라 한지로였다.

"교토에서부터 쫓아왔습니다. 마침 만나게 되어 정말 다행입니다."

지금부터 료마와 동행하여 오사카로 간다고 한다. 사이고의 지시인 모양이었다.

사이고는 료마가 돌아간 다음, 중신 고마쓰 다데와키와 의논해서 이번에 해산될 고베 해군학교의 낭인 학생들을 위해 오사카에 있는 사쓰마 번저의 일동(一棟)을 비워서 수용하고, 어디까지나 사쓰마 번에서 책임지고 보호한다는 방침을 세웠다. 그래서 숙사(宿舍)가 될 오사카 번저에 대해 즉시 준비를 시키려고 나카무라 한지로를 사자로서 오사카로 내려가게 했던 것이었다.

한지로는 행동이 민첩한 사내이다. 사이고의 지시를 받자 즉시 대답했다.

"알았습니다!"

그러고는 닥치는 대로 아무 짚신이고 꿰어 신고는 방갓을 움켜쥔 채 교토 번저의 현관을 뛰쳐나가려고 했다.

"마치 야생마가 달리는 것 같군."

사이고는 이 한없이 명랑한 호걸의 태도에 기가 막혀 소리쳤다.

"될 수 있다면 사카모토님과 함께 가는 것이 좋을걸."

"그렇지만 사카모토님이 있는 곳을 저는 모르는데, 지금 어디 있습니까?"

"자세히는 몰라도 가와라 거리의 도사 번저 맞은편에 기쿠야라는 헌 책방이 있다더군. 그 집에 미네키치라는 소년이 있는데 사카모토님이 그 애를 귀여워해 주며 여러 가지 잔심부름을 시키기도 한

다니 그 미네키치에게 물어 보면 아마 알 거야.”

들은 대로 기쿠야에 가서 미네키치에게 물으니 가르쳐 주었다. ‘밤배를 타기 위해 후시미로 갔다’고.

그래서 곧 뜀박질을 하여 여기까지 달려왔다는 것이다.

료마는 한지로와 함께 밤배에 올랐다.

“오료는 아직 안 오는군.”

료마는 배 안에서 부두 쪽의 어둠을 바라보며 약간 착잡한 심경이 되었다.

사실 오료는 그러한 성품이니 앞으로 어느 정도 료마의 생활에 파고들지 알 수 없다.

‘귀찮기는 하지만’

그러나 사랑스럽기도 하다. 이따금씩 가슴이 짜릿할 정도로 오료를 생각할 때가 있다.

료마는 생각한다.

‘육체만 그녀를 사랑하는지도 모르지.’

바로 그때 뱃사공이

—배가 떠나요.

부두 쪽을 향해 외쳤다.

‘잠깐 기다려 주게, 일행이 곧 올 테니까.’

료마는 이렇게 말하려고 했으나 옆에 있는 나카무라 한지로가 무엇인가 이야기를 거는 바람에 기회를 놓쳤다.

배가 흔들거리며 선창을 떠났다.

그런 뒤, 오료가 여장을 하고 선창에 달려왔을 때 이미 배는 호라이 다리(寶來橋) 밑을 빠져 나가고 있었다.

셋쓰 고베 마을

료마는 오사카의 사쓰마 번저에서 나카무라 한지로와 작별하고 그 길로 곧 고베로 향했다.

얼마 뒤 이쿠다의 숲이 보이고 이치노다니가 저녁 노을에 붉게 물들고 후다다비 산(再度山)과 스와 산(諏訪山)의 푸르름이 시야에 가득 들어오자, 평소에 감상적인 것을 싫어하던 료마에게도 형언키 어려운 생각에 가슴이 메어졌다.

'이 바닷가도 이제 작별이로구나.'

이런 생각을 하니 이상하게도 코끝이 시큰해지고 가슴이 뭉클해지는 것 같았다.

'시인이었다면 한 수 읊을 만한 곳이로군.'

료마는 자기의 감상을 비웃어 보았으나 생각은 더욱더 간절해질

뿐이었다.

지나가 버리면 한 자리의 꿈에 불과하지만, 료마의 청춘에 있어 제1기는 에도의 지바 도장시대였으며, 제2기는 이 어촌에서 보낸 세월이라고 할 수 있다.

고베라고는 하나 그 당시는 쓸쓸한 어촌으로 어부들의 초가집이 2, 3백 호 정도밖에 없는 곳이었다.

그 당시라면 고베라는 지명을 대더라도 세도 내해(瀨戶內海)를 오르내리는 뱃사공조차 "효고(兵庫)라는 곳은 알고 있어도 고베는 어디 있는지 모르겠습니다"라고 대답했을 것이다.

가쓰 가이슈가

"이 이름 없는 해변이야말로 장차 일본에서 으뜸가는 항구가 될 것이다."

이렇게 생각하고 고베 해군 훈련소를 설치한 것은 어지간히 예리한 선견지명이라 해도 과언이 아니다.

가쓰는 자택을 이쿠다의 숲 속에 마련하고, 그 일대의 마을 우두머리인 이쿠지마 시로다유(生島西郞大夫)에게 집을 돌보게 했다.

이쿠지마는 가쓰를 위해 열심히 협력했다. 토지를 사들이는 일에도 힘을 아끼지 않고 돌봐 주었다.

가쓰는 이쿠지마에게도 토지를 사 놓을 것을 권하며 말했다.

"지금은 쓸모없는 토지지만 10년만 있어 봐. 조약항(條約港)이 되어 굉장히 번화한 항구가 된다. 손해는 안볼 테니 사 둬라!"

가쓰는 그 당시의 사람으로서는 드물게 땅값에 관한 안목까지 지니고 있었다. 이쿠지마는 반신반의하면서도 상당히 많은 땅을 사 두었는데 과연 그 땅이 10년 뒤에는 한 평에 몇십 원이라는 가격으로 뛰어올랐다.

가쓰는 뛰어난 선견(先見)으로, 고베 해군훈련소에 관해서도 창립 당시부터 예언하였다.

"변덕스러운 막부의 일이니 몇 년 가지 않아 폐지령이 내릴 것이다. 그러나 이곳이 일본 해군의 발상지가 된다. 후세에 남기기 위해 큼직한 비석(碑石)를 세워 두자."

이런 취지에서 미리 창립기념비마저 세워 놓았다.

'돌에 새겨 영원히 남긴다'라는 문장이다. 애초에는 료마 등이 있던 학교 마당에 세워져 있었으나 나중에 옮겨져, 지금은 고베 항구를 한눈으로 내려다보는 스와 공원 안에 세워져 있다.

료마에게는 청춘의 비(碑)라고 해도 과언이 아니다.

"모두 큰 방으로 모여라!"

료마는 그날 밤 학생 일동에게 명했다.

2백여 명이 넓은 강의장을 가득 채우고 모여 앉았다. 좌중의 공기가 무겁다. 누구나가 다 해산에 대한 소문을 알고 있었다. 모두들 한 자리에 모이자, 성급한 학생 하나가 물었다.

"사카모토님, 언제 막부에서 해산 명령이 시달됩니까?"

이 막부의 명령은 사실상의 해산이 있었던 것보다 훨씬 나중인 게이오 원년 3월에 공고되었다.

요컨대 이 고베학교는 막부의 양해를 얻고 가쓰가 창설하였던 것이었으나, 완전히 국립 시설로서 발전을 보지 못한 채, 즉 가쓰의 사숙(私塾)으로서 막을 내렸던 것이다.

"시달이 언제 내릴지는 모른다. 그 따위 시달은 문제가 아니다."

"폐지는 확정적인 것입니까?"

"그렇다!"

그는 이런 자질구레한 질문이 귀찮아져서 앞으로 어떻게 하느냐를 잘라 말했다.

이 해군학교가 창설되었을 때 장차 고베를 발판으로 하여 세계 각 국으로 웅비(雄飛)하려던 그 이상을 막부의 변덕 때문에 중지할 수는 없다는 것이었다.

"그렇다면 어떻게 하실 작정입니까?"

"우리들 초야에 묻힌 지사들의 손으로 배를 만들고 회사를 만들어서 한번 끝까지 해 보자는 것이다."

"그렇지만 선박은 비싸지 않습니까?"

"그것은 이미 나에게 성산(成算)이 있다. 하려고만 하면 이 세상에 안 되는 일이 어디 있는가?"

"그래요?"

대부분이 료마의 큰소리를 믿지 않고 서로 얼굴을 바라볼 뿐이었다. 료마 역시 싫다는 사람에게 자기를 따르라고 권할 생각은 조금도 없다.

"제군의 대부분이 각 번의 번사들이니 각기 소속된 번으로 돌아가라! 그러나 낭사(浪士) 제군의 경우는 이 해군학교만 나서면 막부의 자객이 기다리고 있어. 그들의 손에 죽는 것도 좋겠지. 그러나 사내로 태어난 이상 커다란 포부를 안고 그 포부에 한 발이라도 내딛으려는 생각을 지닌 자만이 나와 함께 남도록 해라."

"남겠습니다."

이렇게 외치며 불쑥 일어선 것은 기슈를 탈번한 낭사 무쓰 요노스케였다. 이 성미가 까다로운 젊은이가 무엇에 감동했는지 흰 얼굴을 상기시키며 말했다.

"남겠습니다. 내 몸은 이미 사카모토님께 맡겼습니다."

료마는 더 이상 권유하지 않았다. 여하튼 이 회사는 위험성을 지니고 있다. 경우에 따라서는 막부를 쓰러뜨리는 해군이 되어야 하므로 천하를 위해 죽기를 두려워하지 않는 자가 아니면 가입시킬 수 없었기 때문이었으리라.

료마는 그보다 며칠 전 도베를 오사카에 남겨 두고 가쓰의 시중을 들게 했었는데, 이날 밤 도베가 숨이 턱에 차서 달려오더니 긴급 보고를 했다.

"드디어 가쓰 어른께서 내일 배로 에도에 돌아가시게 되었습니다."

료마는 벌떡 일어나 묵묵히 마구간으로 갔다. 교토에서부터 거의 잠을 자지 못했으나 무슨 일이 있어도 전송을 할 작정이었다.

그는 말에 올라타자 채찍을 휘두르며 동쪽을 향해 달리기 시작했다. 40리를 한달음에 달려 니시노미야 초소에 다다르자, 초병들이 의심쩍게 여기고 우르르 달려와 창을 들이댔다.

"누구냐?"

료마는 못마땅한 표정으로 그것을 내려다보며 말을 탄 채 잠시 원을 그리며 걷다가 곧 대꾸했다.

"조슈인이 아니다!"

료마는 그 말을 하자마자 그들이 주춤하는 틈을 타서 쏜살같이 달려 나갔다.

막부는 이미 조슈 정벌의 명을 내리고 니시노미야에다 초소를 세워 엄중한 경계를 하고 있는 중이다. 조슈편인 료마에게는 이 초소가 몹시 불쾌했다.

니시노미야에서 오사카까지 50리를 한달음에 달려 다니마치의 오쿠보 이치오의 저택에 도착한 것은 새벽녘이었다.

가쓰는 지금 이 오쿠보 저택에 있다. 여하튼 아무도 만나지 않고, 돌아가는 선편을 조용히 기다리고 있는 중이었다.

"여, 료마로군."

가쓰는 현관 마루까지 나왔고, 두 사람의 작별은 자연 선 채로 이야기하는 형식이 되었다.

"방으로 들이고 싶지만 나는 벌을 받아야 할 몸이고, 찾아온 자네는 모반인이야."

가쓰는 쓸쓰레하게 웃더니 말했다.

"더구나 이 집은 남의 집이라 내 맘대로 올라와서 천천히 이야기하잘 수도 없네그려."

쌀쌀한 가을 아침이라 가쓰의 입김이 하얗다. 료마는 코를 쓱 문지르더니 정중하게 말했다.

"괜찮습니다. 그보다도 말씀해 주신 덕택으로 사쓰마와의 회담이 성공하여, 뜻이 있는 사람들은 오사카에 있는 사쓰마 번저의 행랑채를 빌리기로 되었습니다."

"잘됐군."

가쓰는 끄덕였다.

"조만간 자리가 잡히면 나가사키에 본거지를 만들 작정입니다."

"그것도 좋지. 나도 응원해 주고 싶지만 이제 이 이상 모반인들과 상종하게 된다면 그야말로 배를 갈라야 할 지경이 될 걸세."

"옳은 말씀입니다."

료마도 씽긋 웃었다.

"자네를……."

가쓰는 약간 외면하며 말했다.

"어엿한 함장(艦長)으로 만들어 놓은 것은 나지만, 그렇다고 그것을 은혜로 여길 것은 없네. 뒷날 해상에서 내가 막부 함대를 지휘하고 자네와 맞서게 될지도 모르지만, 그때는 자네도 마음껏 막부 함대를 쳐부수게나."

"……."

료마는 잠자코 있었으나 이윽고 눈물이 분수처럼 쏟아져 나와 참을 길이 없었다. 유사 이래 자기 외에도 이 같은 스승을 가진 사람이 또 있었을까 싶었다.

료마는 그길로 고베에 되돌아와서 해산에 따르는 업무에 착수했다. 그는 물론 사소한 일은 못하는 성품이었으므로, 내무 관계의 정리는 무쓰 요노스케에게 전담시키고, 연습함에 관한 일은 스가노 가쿠베에(菅野覺兵衛)라는 사내에게 맡겼다.

우선 무쓰에게 말했다.

"금고에 돈은 얼마 있나?"

물으니 대충 5백 냥은 있다고 한다.

"그걸 모두에게 분배하게."

그러나 무쓰는 그 명령이 불만스러웠다.

"비록 해군학교는 해산하는 것이지만 우리는 지금부터 시작하는 게 아닙니까? 그 자금으로 이건 필요합니다."

"바보 같은 소리!"

료마는 무쓰를 노려보았다.

"학생의 대부분은 자기들이 소속된 번으로 돌아간다. 남아서 나의 뒤를 따르는 자는 전체의 1할 정도뿐이다. 그 소수의 인간들이 돈을 독점했다고 평판이 나 보게. 우리 꼴이 뭐가 되나."

"그렇지만"

"그렇지만이고 뭐고 없어! 지체하지 말고 분배하게. 하기야 자네 말같이 낭인 회사를 차리려면 앞으로 돈이 필요하지만, 돈보다도 중요한 것은 평판일세. 우리가 세상에서 큰일을 해 나가는 데는 이것보다 중요한 게 또 어디 있겠나? 돈 같은 것은 좋은 평판이 있는 곳에는 자연히 모여들게 마련이라네."

"딴은 그렇군요."

"그런 이상한 것이 바로 회사라는 거야. 그따위 5백 냥쯤의 돈에 눈이 멀어서야 어떻게 천하를 잡겠는가?"

"하긴 그것도 그렇군요."

무쓰는 유쾌해서 저절로 신이 났다.

"그건 그렇고 무쓰, 우리 남은 패들은 정리가 끝나는 대로 오사카의 사쓰마 번저로 옮긴다. 여기서 어물거리고 있다가는 막부의 포리들에게 체포되고 만다."

"그럼요."

"부탁한다, 그 다음의 자금 변통은……."

태연하게 말하는 바람에 무쓰는 그만 기가 막히고 말았다. 그렇기 때문에 사쓰마 번저로 이동한 뒤의 자금으로 그 5백 냥을 비축해 두자고 한 게 아니었던가.

곧 이어서 료마는 도사 탈번자 다카마쓰 다료와 에치고 탈번자 시라미네 슌메(白峰駿馬)를 불러서 말했다.

"너희들은 영리하지는 못하지만 한 가지 쓸모는 있다. 말수가 적다는 점이다. 그러므로 막부의 오사카 성 대리를 찾아가 문간에서 청지기를 만나보고, 모레 효고 앞바다에서 연습함을 인도할 터이니 인수해 갈 사람들을 보내라고 전해라. 그 말만 하고 다른 쓸데없는 말은 하지 마라."

"예."

두 사람은 대답했으나 불쾌한 얼굴을 했다. 말수가 적은 것만이 장점이라는 그의 말이 비위에 거슬렸던 것이다.

"빨리 가라!"

료마는 닭이라도 쫓듯이 말했다.

그 다음날 짐을 꾸려 가지고 귀번(歸藩)하는 학생 수십 명을 모아 놓고 작별 인사를 나누면서 말했다.

"언젠가 일본은 반드시 하나로 통합된다. 그때가 오면 우리 모두 다시 함선을 나란히 하고 세계를 돌아다녀 보자. 사카모토 료마는 그날이 오기를 기다리고 있겠다."

료마는 아쉬운 듯 문 앞까지 전송했다. 그들이 돌아가자 갑자기 휑하니 넓어진 집 안을 초겨울 바람이 차갑게 몰아쳐 왔다.

이제 남은 것은 군함의 인도뿐이다.

막부에 인도하기 위해 연습함 간코마루는 효고 앞바다에 닻을 내리고 있다.

"함내 청소를 깨끗이 해 둬."

료마는 스가노 가쿠베에에게 일러두었다.

이 방면의 잔무 정리는 료마와 함께 남은 스무 명 남짓한 사람들이 담당했다. 그들은 모두 각 번에서 탈번해 온 낭사들이다.

출신 번은 료마와의 인연으로 도사 번이 가장 많아 12명. 그 다음이 에치젠 번으로 6명이다.

이들이 많은 이유는, 고베학교를 창설할 때 료마가 에치젠 후쿠이 번의 영주인 마쓰다이라 요시나가에게 부탁하여 5천 냥의 출자를 받은 연고 때문이었다.

그들 에치젠 사람들은 형식적으로는 탈번한 신분들이었으나, 실제로는 번의 양해가 있어

─자유롭게 행동하라

는 분부가 내려져 있었다. 에치젠 후쿠이 번으로서는 출자자의 입장으로서 당연한 일이었다. 료마의 말대로 그 회사가 이익을 올려서 배당이 있을 때까지는 여하튼 자기의 번사를 낭인의 신분으로라도 참가시켜 보자는 심산이었다.

그리고 나머지는 에치고 낭인이 두 사람, 미도 낭인 하나, 기슈 낭인인 무쓰 요노스케, 이렇게 하여 인원수는 모두 20명을 넘고 있었다. 이 중에서 무쓰 무네미쓰 요노스케를 위시하여 유신 후 작위를 받은 사람이 몇 명 있다.

다음날, 함내 청소를 마치자 해상에는 눈이 내리기 시작했다. 료마는 조그만 배를 타고 군함에 옮겨 탔다.

"준비도 끝났군."

두 손을 호주머니에 찌른 채 갑판, 선실, 기관실 등을 돌아보고 나서, 마지막으로 갑판에 전원을 집합시켰다.

"지금부터 오사카의 도사보리 이가에 있는 사쓰마 번저로 가라. 군함의 인도는 나 혼자서 하겠다."

모두들 깜짝 놀랐다.

그들이 놀라는 것도 당연했다. 이 연습함을 인수하러 오는 사람들은 오사카의 덴포 산 앞바다에 있는 막부 해군의 쥰도마루(順動丸)의 승무원들이었으나, 소문에 의하면 그 군함에 편승하여 막부의 포리들이 잔류 학생들을 일망타진하러 온다는 것이다.

"여럿이 있다가는 오히려 불리하다."

료마는 말했다.

"나 혼자가 편해. 혼자라면 그들의 포위를 뚫고 나가기도 쉽거든."

"곤란한 분이야."

무쓰 요노스케가 못마땅한 듯이 반대했으나, 결국 료마의 성화에 못 이겨 일제히 군함에서 내려 오사카로 향했다.

그날 밤, 료마만이 함내에 남아 무쓰노가미 요시유키(陸奥守吉行)라는 명검을 안고 함장실에서 잤다.

군함 안에는 수부도 화부(火夫)도 없었다. 그들 12명조차도 이미 빈 집이 된 학교 건물 속에서 자게 했다.

밤에 해상에는 눈이 내렸다.

료마는 몹시 외로워져서 고향의 오토메 누님과 다즈 아가씨, 에도의 사나코 등을 번갈아 머리에 그려 보았다. 이상하게도 후시미의 데라다야 해변에서 헤어진 오료의 일만은 깨끗이 잊은 듯 생각나지 않고 료마는 어느 틈엔가 잠이 들었다.

바로 그 오료가―

그날 저녁 나절 삿갓에 눈을 하얗게 뒤집어쓴 채 죽장을 집고 고베학교에 찾아왔다.

'여기일까?'

오료는 이미 굳게 문이 닫힌 건물을 의아한 듯 쳐다보았다.

해가 돋아 해면이 밝아지자, 이미 그곳에는 막부의 군함 쥰도마루가 와 있었다.

'왔구나.'

료마는 침상 위에 상반신을 일으켜 선실 밖을 내다보았다.

쥰도마루는 닻을 내리고 있었으나 기관은 멈추지 않은 모양으로 검은 연기를 뭉게뭉게 뿜어내고 있다.

'경계를 하고 있군.'

료마는 생각했다. 언제든지 닻을 올리고 기동할 수 있게끔 준비를 하고 있는 것이리라.

'소문이란 정말 무서운 것이로군.'

료마는 우스웠다. 오사카에 있는 막부 담당국에서는 원래 가쓰의 고베학교를 폭도의 소굴이라고 보고 있었는데, 그것이 이번의 해산 조치로 인해 "폭도들 중에서 도사 낭인의 일당이 연습함을 탈취하여 조슈로 도망치려고 한다"는 소문이 그럴 듯하게 유포되어 있다.

군함 쥰도마루의 경계심은 그것에 기인된 것이리라.

쥰도마루의 갑판 위에서는 함장 히다 하마고로(肥田濱五郎)가 전립을 쓰고 큰칼을 짚고 서서 지그시 간코마루의 동태를 지켜보고 있다.

'이상하다.'

히다는 생각했다. 간코마루는 옛날이야기에 나오는 유령선처럼 사람의 그림자도 없이 잠잠하다.

히다의 신분은 함장, 그 당시의 명칭으로 말하자면 군함 두취(軍艦頭取)였던 것이다.

"그러고 보니 함내에 복병이 있는 모양이구나."

그는 혹시 이런 일이 있을지도 모른다고 생각하여 사관 이하 모든 승무원을 소총으로 무장시켜 두었다.

그들 소총부대를 갑판 위에 배열시키고, 더욱 단단히 경비하기 위해 뱃전 쪽에 있는 포 두 문에다 유탄(榴彈)을 장전시킨 다음 조용히 명령했다.

"단정(短艇)을 내려라!"

두 척의 작은 배는 곧 바다 위에 내려졌다. 각기 15명씩 소총부대가 올라타고 막부 깃발이 세워졌다.

"출발하라!"

히다의 명령이 조용히 내려졌다.

두 척의 단정이 파도를 헤치기 시작했다. 총수들이 들고 있는 단총의 총대가 아침 햇살에 번쩍번쩍 빛나고 있다.

한편 간코마루에 있는 료마는 그의 버릇대로 왼손을 품속에 넣은 채 오른손에 막대를 들고 훌쩍 갑판 위에 나타났다.

막대 끝에 불이 붙어 있다.

료마는 서서히 걸어서 뱃전의 포에 접근하더니 약간 실눈을 뜨고 쥰도마루와 두 척의 단정을 번갈아 보고는 결연한 표정을 지었다.

'왔구나.'

그런 다음 불을 포의 화문(火門)에다 갖다 대었다.

꽝!

그 순간 굉음이 함체를 진동시키면서 포연(砲煙)이 자욱하게 피어올랐다.

쥰도마루와 단정에서는 대소동이 일어났으나 료마는 태연스러웠다.

"의례(儀禮)의 공포(空砲)요."

큰 소리로 말하고 나서 함장실로 되돌아가려고 하자, 타타타타 탕! 하고 소총탄이 머리 위를 스치고 지나갔다.

잠시 뒤 단정은 소총 사격을 멈추고 간코마루를 기분 나쁜 듯이 감시하며 한 시간 가까이 해상에 떠 있었다.

"에이! 이러다간 아무런 해결도 나지 않겠다."

단정을 지휘하고 있던 모리 요자에몬(森與左衞門)이라는 젊은 사관이 참다못해 단정을 간코마루의 옆구리에 갖다 붙이게 하고는 말했다.

"알겠나, 우선 나 혼자서 승함한다. 갑판에서 신호를 할 테니 그 때는 즉시 올라와라."

모리는 왼손으로 줄사다리를 잡고 오른손에는 칼을 빼든 채 가볍게 타고 올라갔다.

갑판까지 올라가 보았으나 사람의 그림자도 없다.

"좋다, 올라와!"

모리가 신호를 하자 곧 그 소리에 응해 10여명이 올랐다.

"소문에 의하면"

모리가 창백한 얼굴로 말했다.

"가쓰 가이슈님은 조슈인을 다수 고베학교에 숨겨 두었다 한다. 그자들이 선창에 잠복하고 있을지도 모르니 주의하라."

모두들 겁먹고 말았다. 당시 조슈인이라고 하면 막부의 포리들도 그들을 독충같이 두려워했고 또한 미워하기도 했다.

잇따라 나머지 단정의 소총수들도 모두 갑판에 올라와서 각기 탄환을 장전했다.

모리는 그들을 장애물 뒤에 잠복시키고 시험삼아 명령했다.

"쏘아 봐라, 뛰쳐나올지도 모르니까."

서너 명의 총수가 총구를 하늘로 대고 방아쇠를 당겼다. 타타탕! 하는 요란한 소리가 해변의 산맥에 메아리쳤다.

'어디 보자. 과연 뛰쳐나올 것인가?'

모두들 갑판 위에서 숨 죽이고 태세를 갖추었다. 그러자 잠시 뒤 저쪽의 문이 열리며 키가 훌쩍 큰 낭인이 왼손을 품속에 찌른 채 어슬렁어슬렁 나타났다.

발에는 짚신을 신고 있다. 의복은 다 헤진 것을 걸치고 크고 작은 두 자루의 칼은 아무렇게나 차고 있다.

"지금 그 소리는 뭐요?"

그 사내, 료마가 말했다. 말을 하면서 성큼성큼 걸어온다.

"내가 쏴 올린 예포의 답례요?"

"가까이 오지 마라!"

모리는 소총부대를 지휘하며 말했다.

"그대는 누군가?"

"사카모토 료마라는 사람이오."

료마는 말하면서 닻줄 감는 돌기물(突起物) 위에 떡 버티고 앉았다.

"쓸데없는 긴장은 버리시오. 요즈음은 웬일인지 툭하면 칼이나 총질을 하려고 덤비거든. 이 배에는 나 혼자뿐이오. 그리고 배는 닻을 내려놓았고 기관에는 불이 없으며 대포에도 실탄이 없소. 무엇 때문에 칼을 뽑고 총질을 하는 거요?"

료마는 점점 목소리가 커졌다.

"겁을 먹어도 분수가 있지."

크게 호통을 치고 나서 말했다.

"장군님의 군함을 인수하러 와서 함내에서 발포하다니, 이것은 할복감이오. 그것도 모르오?"

"알았소."

모리는 황급히 칼을 거두고 부하에게는 총을 세우라고 명했다.

"알았으면 됐소. 그런데 나도 마침 오사카로 가는 길이니 이대로 이 배를 타고 가겠소."

료마는 할 말을 다 하자, 부리나케 갑판에서 내려가 함장실로 돌아왔다.

한편 오료는―

그 전날 저녁나절, 고베 마을로 료마를 찾아오긴 했으나 당사자인 료마가 없었다.

"어디 계실까요?"

기질이 센 오료도 불안한 목소리로 물었다.

"오늘밤은 배에서 주무신다고 하시던걸요."

시아쿠(鹽飽) 사투리의 늙은 뱃사람이 앞바다에 정박하고 있는 간코마루를 손으로 가리켰다.

"작은 배를 내 주세요."

"그건 안 됩니다. 이것은 우리 시아쿠 섬의 풍습으로서 예부터 수군(水軍)은 여성을 꺼려하기 때문입니다.”

어림도 없이 듣지 않는다. 전통이라는 것은 참 끈질긴 것이다. 처음에 막부에서 양식 해군을 모집했을 때 수부의 대부분은 세도 내해의 시아쿠 섬사람들을 채용했다. ‘어부는 기슈, 사공은 시아쿠’라고 일컬어질 정도로 시아쿠 사람들은 바다에 숙달된 사람들로서, 미나모토(源)씨와 다이라(平)씨가 싸우던 전국시대에는 수군(해적)으로서 세도 내해에 군림하고 있었다. 그들이 막부의 해군으로 채용되었을 때, 옛날 수구의 풍습과 금기(禁忌)를 양식 군함에 그대로 지니고 들어온 것이다.

“그러나 이렇게 모처럼 찾아오셨는데 아가씨도 딱하게 됐군요. 이제 곧 날도 저물 텐데 이곳에는 여인숙도 없으니 우선 사카모토님과 친숙히 지내셨던 촌장 이쿠지마님께 부탁해 봅시다.”

늙은 뱃사람은 친절하게도 오료를 이쿠다의 숲 속 촌장 집으로 데리고 갔다.

이쿠지마 시로다유는 오료의 미모에 깜짝 놀란 모양이었다.

“그래요? 사카모토님의…….”

말을 잇지 못했다. 그처럼 무뚝뚝한 료마가 어느 틈에 이런 미인을 손에 넣었을까?

“어서 올라오십시오. 마침 가쓰 선생님이 계셨을 때 새로 지은 객실이 있으니 얼마든지 묵으실 수 있습니다.”

그는 자기가 직접 안내하며 하녀를 하나 오료에게 딸려 주어 시중들게 했다.

그런데 사람의 일에는 믿어지지 않을 정도의 우연이 있다. 아니, 어쩌면 그 우연만이 살풍경한 인생에 반짝이는 신비의 등불을 비추어 주는 지도 모른다.

그날 밤 또 한 사람의 손님이 이쿠지마 집을 찾아온 것이다. 더구나 그 손님 역시 먼저 고베학교로 료마를 찾아갔다가 허탕을 치고 늙은 뱃사람의 안내로 이 집을 찾게 된 것이다.

오료보다 약 한 시간쯤 뒤에 찾아 온 것이었다.

손님은 젊은 무사였다. 아직 앞머리를 내리고 있었으나 나이는 열여덟쯤 되어 보였다. 젖은 듯이 윤기 있는 머리카락과 티 없이 흰 얼굴, 시원한 눈과 붉은 입술 사이로 보이는 하얀 치열(齒列)이 남자치고는 너무 우아해 보였다.

'이렇게 잘 생긴 젊은이가 이 세상에 또 있을까?'

또 한 번 이쿠지마 시로다유는 놀라지 않을 수 없었다. 젊은이는 점잖은 가문의 자제답게 옷차림도 훌륭했다.

"후쿠오카 고사부로(福岡小三郎)라고 합니다."

젊은이는 말했다. 몸집이 작다.

훌륭한 건물이었다. 작은 현관이 있고 방이 세 개에다 정원에는 여러 가지 종류의 동백이 심어져 있다.

"낮에 보시면 정원의 동백꽃이 아름답지요."

젊은 하녀가 오료에게 말했다.

"저, 사카모토님도 이 방에서 묵으신 일이 있었나요?"

"네, 술에 취해서요."

"사카모토님은 유키(눈)를 무척 좋아하셨지요……."

하녀는 무슨 생각이 났는지 어깨를 움츠리며 웃었다.

"당신, 유키라는 이름인가요?"

오료의 아름다운 눈이 번쩍 빛났다.

"아니에요."

하녀는 오료의 서슬에 깜짝 놀란 듯 눈을 크게 떴다.

"제 이름은 사치라고 해요."

"그럼 아까 그 유키란 이 댁의 따님인가요?"

"아니에요, 하늘에서 내려와서 쌓이는 눈(유키) 말이에요. 사카모토님은 늘 말씀하시기를, 이곳 동백이 있는 정원에 눈(유키)이 내리면 더욱 운치가 있다고 하시며 가쓰 선생님과 둘이서 술을 많이 드셨습니다. 하기는 가쓰 선생님은 술을 못해서 많이 안 드셨지만."

이렇게 말하는 이 집 하녀는 료마의 생각이 여러 가지 떠오르는 모양으로, 그의 이상한 버릇을 두세 가지 이야기하고는 혼자서 웃으며 말했다.

"그렇게 좋은 분은 안 계실 거예요."

오료는 웃지 않는다. 그녀는 과격한 성품이라 그런지 료마라는 사내의 우스운 점을 알지 못하는 성미였다.

"그렇게 좋은 사람도 아니에요!"

마치 성난 사람처럼 오료는 쏘아붙였다.

후시미 선창에서 그토록 당부했는데도 자기가 여장을 꾸리고 있는 동안에 밤배를 타고 떠나 버리지 않았던가.

"그래도 저는 좋은 분이라고 생각되는데요?"

하녀는 연방 웃고 있었다. 오료가 유심히 뜯어보니, 이 하녀는 살결이 깨끗하고 자그마한 턱이 도톰하게 두 턱이 져 있으며 놀랄 만큼 귀여운 얼굴을 하고 있었다.

"유키라고 그랬죠?"

오료가 말했다.

"아니에요. 사치라고 합니다."

"오 참, 그랬지. 한 가지 물어 보겠는데, 당신은 사카모토님을 좋아했었지요?"

"네, 그래요. 그렇지만 이 댁에서는 모두 사카모토님을 좋아했거든요. 더구나 우리 아가씨 같은 분은 굉장했지요."

"그 아가씨는 지금 어디 있죠?"

"벌써 시집갔어요."

"어디로?"

"사카모토님에게……"

"뭐요!"

"아니 농담이에요. 니시노미야에 있는 양조장집으로 갔답니다."

이 하녀는 얌전해 보이면서도 꽤 장난기가 있는 모양이었다. 오료가 그녀에게 놀림을 받고 있는 것을 알고 뾰로통하고 있는데 이 집 주인 이쿠지마가 얼굴을 내밀었다.

"실례합니다."

후쿠오카 고사부로라는 젊은 무사를 별채에 묵게 하는 데 대해 오료에게 양해를 얻기 위해서였다.

"후쿠오카 고사부로님이라구요?"

"예, 사카모토님의 동지이자 친척이기도 하다고 말씀하시더군요."

사치라는 하녀는 당연히 후쿠오카 고사부로의 시중도 들게 되었다.

그녀는 오료의 방에서 나와 후쿠오카 고사부로가 있는 방으로 갔다.

"사치라고 합니다. 사양 마시고 무엇이든지 심부름을 시켜 주세요."

절을 하고 고개를 들었을 때 그녀는 이 젊은 무사가 너무나 잘생긴 데에 놀랐다.

'혹시 여자가 아닐까?'

순간적으로 생각했다. 젊은 무사도 고개를 숙이고 '잘 부탁합니다' 하고 알아듣지 못할 만큼 나직이 말했는데, 그 목소리는 남자의 것 같지 않았다.

"곧 차를 가져오겠습니다."

사치는 일어섰으나 젊은 무사는 미소지은 채 필요 없다는 뜻으로 고개만 저었다. 그 미소띤 얼굴에 사치는 호의를 느꼈다.

사치는 이부자리를 펴 주고 인사를 한 다음, 복도로 나왔다. 그녀가 복도의 모퉁이까지 왔을 때 그곳에 오료가 서 있었다.

"사치님, 그분 여자지요?"

나지막하게 물었다.

"남자인 줄 알았는데요."

"잠깐 이리로 와요."

오료는 반은 강제로 사치를 자기 방으로 끌고 들어갔다.

"나는 그 분이 복도를 건너 이쪽으로 오는 걸 봤어요. 한 번 만나 뵈온 일이 있어요. 분명히 후쿠오카의 다즈 아가씨라는 분일 거예요. 도사 번 중신의 따님인데, 교토의 공경인 산조님의 큰마님이 도사 야마노우치 가문의 출신이신 관계로 그분의 측근에서……."

"저, 물을 떠다 드릴까요?"

사치는 놀리며 킥킥 웃었다. 오료는 침착성을 잃고 있었다.

"사치님, 그 후쿠오카의 다즈 아가씨가 어째서 무사처럼 변장을 하고 이곳에 나타나셨을까요?"

"글쎄요."

사치는 슬그머니 재미를 느꼈다.

"아마 분명히 고사부로님은, 아니 그 다즈 아가씬가 하는 분은 사카모토님이 좋으셔서 보고 싶은 나머지 이곳까지 쫓아오신 게 아닐까요? 여자의 몸으로 단신 떠나신 여행길이니까 남장을 하셨을 거라고 생각되는군요."

"그건 안될 말!"

"어째서입니까?"

"나는 사카모토님과……."

오료는 말하다가 귀뿌리까지 빨개졌다. 그녀는 아마 내가 사카모토님을 독점하고 있으니 다즈 아가씨 따위는 나설 때가 아니라고 잘라 말하고 싶었던 것이리라.

그러한 오료를 바라보면서 사치는 생각했다.

'나는 다즈 아가씨 편이다.'

"그럼 저 방에 계신 후쿠오카 고사부로님에게 말씀드릴까요? 지금 이방 손님이 찾아뵙겠다고요."

사치는 위협하듯 말했으나 오료는 위협을 당하기는커녕 태연히 말했다.

"네, 부탁해요."

'무척 거센 아가씨로군!'

사치는 속으로 생각했으나 맡고 나선 이상 하는 수 없다. 오료의 방을 나와 일부러 발소리를 내며 복도를 건너갔다.

그녀가 발소리를 높인 것은 후쿠오카 고사부로라는 젊은 무사를 배려한 행동이었다. 혹시 그 젊은 무사가 정말 여자라면, 방 안에서 여자로서 행동하고 있다가 자기를 보고 난처해할까 봐 조심하라는 신호를 보낸 것이다.

"실례합니다. 사치예요."

사치는 장지문을 열었다. 방 안에는 후쿠오카 고사부로가 단정히 앉아 있다.

"저어, 저쪽 방에 역시 사카모토님을 찾아오신 여자분이 묵고 계십니다. 그분이 꼭 인사를 드리고 싶다고 말씀하시는데 어떻게 할까요?"

"나에게?"

묻는 듯한 표정으로 고사부로는 고개를 갸웃하며 자기 얼굴을 손으로 가리켰다. 그러한 몸짓이 사치의 눈에도 몹시 사랑스러웠다.

"그러나 모르는 분 아닙니까?"

"아니에요. 저쪽에서는 한 번 뵌 적이 있다고 말씀하셔요."

"그분의 이름이 뭐죠?"

"네, 데라다야의 오료님입니다."

"오료님……."

중얼거리더니 고사부로의 안색이 약간 변했다. 그러나 곧 미소지었다.

"기억하고 있습니다. 교토에서 아케보노 관(明保野館)이라는 집현관에서 얼핏 본 일이 있지요. 그때 나와 함께 있던 사카모토 료마님이, 그녀는 근왕파의 의사로서 유명했던 나라사키 쇼사쿠(楢崎將作)님의 유아(遺兒)인데, 방금 화재로 인해 집을 잃었다고 말씀하시더군요. 그분이 아닐까요?"

"글쎄요, 그분인지 아닌지 저도 모르겠습니다."

사치는 자세한 것은 모른다.

"이 방으로 모시고 와도 괜찮습니까?"

"예."

고사부로는 시원스럽게 대답하고 나서, 사치가 방을 나가려고 했을 때 다시 불러 세웠다.

"잠깐만요."

웃고 있다. 뜻있는 미소를 지으며 아무 말도 하지 않는다.

잠시 뒤—

"사치님은 이미 눈치 챘지요? 내가 여자라는 것을."

"아, 아니에요."

사치는 당황하고 말았다.

"숨기지 않아도 돼요. 나는 여자예요. 다즈라고 합니다."

말을 듣는 사치가 오히려 가슴이 두근거리며 진땀이 났다. 그녀는 언제 그 방을 나왔는지 정신없이 오료의 방으로 돌아와서 목쉰 소리로 말했다.

"오시랍니다."

어째서 이렇게 당황하는지 사치도 몰랐다.

"손님의 말씀대로 자기는 다즈라 한다고 말씀하시더군요."

"그렇다면 왜 남자로 변장을 하였을까요?"

"그것은 손님이 직접 물어 보시는 게 좋을 겁니다."

사치의 안내로 다즈의 방에 와 앉은 오료는 옷소매를 무릎에 겹친 채 변변히 인사도 하지 않았다.

옆에서 사치가 대신 말을 하는 것을 남의 말 듣듯 모르는 척하고만 있다.

'정말 이상한 여자다.'

사치는 슬그머니 부아가 났다. 오료로서는 별로 나쁜 생각이 있어 그러는 것은 아니며, 다만 사치에게 대신시키고 있다고 여기는 모양이다.

"오료님, 오랜만이군요."

다즈가 먼저 인사를 했다.

"네."

오료는 고개만 끄덕이고 묵묵히 다즈를 바라보았다. 그 눈초리는 숲 속의 작은 야수처럼 전투적이었다.

잠시 뒤 오료는 물었다.

"한 가지 여쭈어 봐도 괜찮겠습니까?"

"네."

"다즈 아가씨는 무엇 때문에 사카모토님을 찾아오셨습니까?"

"네?"

다즈는 어처구니없다는 듯이 웃었다.

"그야 볼일이 있으면 나도 찾아올 수 있지요. 하긴 볼일이라야 안부를 묻는 정도의 것이지만요."

"안부를 묻기 위해 그처럼 멀리서 찾아오셨나요?"

"네, 가는 길목이니까요."

"길목?"

"서쪽의 먼 곳으로 떠납니다."

"알겠어요. 그럼 왜 남장을 하셨습니까?"

"마치 조사하는 것 같군요?"

다즈는 웃음을 터뜨리고 말았다.

"이렇게 꾸미는 편이 먼 곳으로 길을 떠나는 데 편리하지 않을까요?"

"……그건 그렇고"

오료는 세 번째 질문을 준비했다.

"다즈 아가씨는 사카모토님을 좋아하시는 게 아닌가요?"

"어머!"

다즈는 약간 당황해하였다.

"좋아하지요. 하지만 좋아해도 소용이 없는걸요."

"어째서요?"

"오료님은 도사의 무사 제도를 모르시니까 설명해 봤자 이해하지 못할 거예요."

"그까짓 것쯤……내가 다즈 아가씨라면 신분이야 어떻든 좋아하는 사람의 품속으로 뛰어들었을 거예요."

"정말 재미있는 분이군요……."

다즈는 아무래도 그녀를 상대하기가 힘에 겨운 듯했다.

"그렇지만"

오료는 질투인지 동경(憧憬)인지 알 수 없는 열띤 눈으로 다즈를 보았다.

"다즈 아가씨는 젊은 무사 모습이 참 잘 어울리는군요. 이야기 속에 나오는 귀공자같이 보여요."

"그래요? 남들이 알아차릴까봐 조마조마하면서 이곳까지 왔는데. 그런데 이전에 료마님이……."

그녀는 품속에서 한 통의 오래된 편지를 내놓았다. 료마의 필적이다.

그 편지는 천하의 형세가 매우 절박해졌으므로 남장을 하고 지사로서 조슈로 가는 것이 좋다는 권고였다.

"그래서 남장을 하셨나요?"

오료는 의심스러운 듯 편지를 보고 있었으나 필적은 분명히 료마의 것이 틀림없다. 다만 먹빛이 오래된 것 같아 보였다.

"이거 아주 오래된 거군요?"

오료는 귀신의 목이라도 자른 듯 소리쳤다. 그러자 다즈도 소리내어 웃었다.

"재작년인걸요. 료마님은 이런 걸 나에게 보낸 것조차도 잊어버리셨을 거예요."

"잊어버렸다고요?"

"원래가 이상한 분이니까요. 말하자면 오료님처럼 말이에요."

따끔하게 비꼬았다.

"료마님은 생각이 깊은 사람 같아 보이면서도 경솔하고 덜렁거리며 점잖지 못한 데가 있거든요."

"그럴까요?"

함빡 반해서 맹목적인 오료로서는 그것을 알 수 없었다.

"그럼요. 아주 경박한⋯⋯."

"경박하다고요?"

그런 사람이 아니라고 오료는 생각했다.

"그야 활동가라는 건 크건 작건 경박한 점이 있기 마련이에요. 발등에 불이라도 떨어진 사람같이 말이에요. 남이 볼 땐 우스꽝스럽고 바보스러운 점이."

"사카모토님이 배를 좋아하는 것을 말하는 것인가요?"

"그건 경박하다기보다 천진스럽다고 보아야지요. 그분이 열아홉 살에 시고쿠에서 올 때 같은 배 안에서 우연히 만난 일이 있습니다. 그분은 하루 종일 선실에 내려오지도 않고 햇볕이 따가운 고물 쪽에 서서 오가는 배들을 열심히 바라보고 있었는데, 그 옆얼굴이 몹시 어린아이 같았어요."

다즈는 회상을 즐기는 듯 눈을 가늘게 떴다가는 곧 미소로 얼버무리며 말했다.

"그런 어린아이다운 천진한 점이 큰 일을 하는 남자들에게는 중요하겠지요. 그러나 그런 것과는 다른, 이상하게 경박한 점이 있단 말이에요."

"예를 들면?"

"예를 든다면, 이런 편지를 보내놓고 장본인은 이것을 쓴 것조차도 잊어버리고 마구 돌아다니고 있거든요."

"어머나."

오료는 화가 났다.

"그것뿐이에요?"

"당신 같은 사람과 그런 관계를 갖게 된 것도 그래요!"

다즈 아가씨는 오료의 얼굴을 빤히 들여다보며 상냥하게 미소지었다. 그녀는 아마 이 한 마디를 하고 싶었던 것이리라.

"다즈 아가씨!"

오료는 눈을 번쩍 빛냈다. 아무리 료마의 주군뻘 되는 집안의 귀한 따님이라 할지라도 용납할 수 없다고 생각했다.

"당신 같은 사람이라니, 그런 모욕이 어디 있어요, 다즈 아가씨."

"네."

다즈는 그윽한 눈빛으로 여전히 입가에는 미소를 머금고 있다.

"오료는 당신을 때리고 싶습니다. 괜찮을까요?"

몸을 부르르 떨며 말했다.

"나도 들은 적이 있지요. 오료님은 동생을 유괴해 간 무뢰한을 오사카까지 쫓아가서 그자의 따귀를 때리고 동생을 찾아온 일이 있다면서요?"

"부끄럽지만 나는 그런 여자예요. 화가 나면 무슨 짓을 할지 나도 모르죠."

"월금을 잘 타신다면서요."

"잘 타지 못해요. 그냥 그걸 좋아할 뿐이에요."

"료마님도 참 호색가이셔."

다즈는 남장을 하고 있는 탓인지 평소와는 판이하게 하고 싶은 말을 시원스럽게 내뱉고 있다.

"월금과 호색은 어떤 연관성이 있습니까?"

"오료님."

다즈는 숨을 크게 들이마시는 시늉을 하며 말했다.

"다즈도 모릅니다. 오료님, 월금 타는 아가씨를 어째서 료마님이 좋아하게 되었을까요? ……아마."

'이 계집애는 사내들이 좋아하는 육체와 채취를 갖고 있기 때문일 것이다.'

이렇게 생각했으나 차마 그것만은 입 밖에 내지 못했다.

"나는 그만 내 방으로 돌아가겠어요. 이대로 이야기를 듣고 있다가는 무슨 짓을 저지를지 나 자신도 모르겠어요."

오료는 무릎걸음으로 물러나 복도로 나가자 총총히 자기 방으로 사라져 버렸다.

사치가 다즈에게 가볍게 절을 하고 그 뒤를 쫓았다.

얼마 뒤 사치는 자기가 호의를 품고 있는 다즈에게 잘 자라는 인사를 하고 물러갈 생각으로 다시 돌아와 장지문을 열었다.

'앗!'

그녀는 아차 싶었다.

다즈 아가씨가 팔걸이에 기댄 채 가냘픈 어깨를 들먹이며 울고 있었다.

사치는 그 자리를 피할 기회를 놓치고 장승처럼 숨을 죽이고 섰다.

다즈는 그러한 사치를 무시한 듯 그 자세를 바꾸지 않았다.

어깨가 가냘프다. 그 어깨가 들먹이고 있는 것을 보고 있는 동안 사치는 더 이상 참을 수 없어 가까이 다가가서 소매를 잡았다.

"다즈 아가씨."

"내 얼굴을 보지 말아요."

다즈는 얼굴을 외면했다.

"사카모토님은……."

사치는 입을 열었다. 그러나 다음 말을 잃고 말았다.

할말은 잃었으나 사치의 가슴에 복잡한 감정은 남아 있다. 그 감정을 사치는 확 내뱉었다.

"사카모토님은 정말 나쁜 분이군요. 다즈 아가씨를 이처럼 울리다니."

다즈는 의아하다는 듯이 울던 얼굴을 들고 사치를 바라보았다.

"그게 아니에요. 물론 료마님은 나쁜 사람이지만 내가 울고 있는 이유는 그게 아니고, 그 오료라는 아가씨에게 그처럼 심술궂은 말을 한 나 자신이 부끄러워서 그래요."

"다즈 아가씨 자신이?"

"그래요. 나는 지금 흥분하고 있으니 그만 물러가요."

"아닙니다. 여기 있겠어요."

"사치님!"

"아니에요, 여기 있게 해 주세요."

주거니 받거니 하는 동안 사치마저 공연히 마음이 이상해진 듯 다즈에게 매달리자 울음보를 터뜨렸다. 자기가 왜 우는지 설명을 할 수가 없다. 그러면서도 마음이 아파 한없이 울고 싶어졌던 것이다.

"왜 이래요?"

다즈는 당황해서 사치의 어깨에 손을 얹었다. 그리고 그녀의 등을 어루만졌다. 다즈가 등을 쓸어 주자 사치는 더욱더 울었다.

'야단났군.'

다즈는 난처한 표정을 지었다.

"왜 그래요, 무엇이 슬퍼서 그러지요?"

"다즈 아가씨가……."

"내가?"

"무척 좋아졌어요……그래서 그만 기분이 이상해져서."

"아니야. 아마 당신도……."

다즈는 딴 생각을 하였다.

"료마님을 좋아했던 것 같아. 틀림없이 그럴 거예요. 그렇지요?"

다즈는 쾌활하게 웃었다.

"그렇지 않아요."

사치는 당황하여 어쩔 줄 모르고 얼굴을 들었다. 그리고는 자기도 모르게 진지한 얼굴이 되었다. 그 말을 듣고 보니 과연 그런 것도 같다. 료마를 남몰래 사모하고 있었기 때문에 다즈 아가씨의 슬픔을 목격했을 때 자기의 슬픔과 겹쳐서 울게 되었던 것이 아닐까?

"그렇지 않아요?"

"잘 모르겠어요. 저는 이따금 이럴 때가 있어요. 공연히 뜻도 모르고 울어 버리거든요."

"나도 당신만한 나이에는 가끔 그럴 때가 있었더랬지."

"저어, 다즈 아가씨, 지금 몇이십니까?"

젊은 무사 차림을 하고 있으니 17, 8세 정도로 보인다. 도대체 이분은 몇 살이나 되었을까 하고 사치는 호기심에 사로잡혔다.

"잊어버렸어요."

다즈는 아름답게 웃었다.

남장을 하고 있는 만큼 그 아름다움은 처절할 정도였다.

"그건 그렇고, 앞바다에 군함이 있을까?"

"우리 해변에 나가 사카모토님의 군함을 볼까요?"

사치가 말했다. 다즈가 고개를 끄덕였다.

사치는 마루로 나가 신발을 준비하고 다즈를 살그머니 뒷문으로 데리고 나갔다.

뒷문을 나서자 곧 파도 소리가 들려 왔고 어둠은 짙게 깔려 있다. 그 어둠 속에서 검은 그림자가 연신 움직이고 있었다.

"저 그림자는 뭐지요?"

다즈는 모래땅에 걸음을 멈추었다.

"바람이에요."

"바람이 움직이나요?"

"아뇨, 솔밭이 움직이는 거예요."

"아아, 그러면 그렇지!"

다즈는 소리내어 웃었다.

그 발 밑을 사치가 초롱으로 비춰 주고 있다.

"고베라는 곳은 매우 쓸쓸한 곳이군요."

"네, 그렇지만 가쓰 선생님께서는 이제 곧 이 포구에 나가사키 이상으로 큰 도시가 생긴다고 말씀하시더군요."

"가쓰 가이슈님이 그런 말씀을 하셨나요? 그분은 좀 이상한 사상을 갖고 계시니까 그런 말을 믿어서는 안 돼요."

다즈는 자기네 주군인 산조 사네토미의 감화로 여전히 과격한 양이 사상을 지니고 있다.

"그렇지만 사카모토님의 스승이 아닙니까?"

"그분은 머리가 좀 이상해요."

말은 이렇게 했지만 어둠 속에서 웃고 있는 것 같다.

"하지만 낭인으로서 군함을 조종할 수 있는 무사는 일본에서 사카모토님 하나뿐이 아닙니까?"

"참 이상한 사람이지요?"

이렇게 말했을 때 다즈는 소나무 뿌리에 발이 걸렸다. 조심하세요 하고 사치가 손을 내밀자 그 손에 매달리며 중얼거렸다.

"이런 한촌에 정말 번화한 도시가 생길까?"

"저어, 한 가지 물어 봐도 될까요?"

"말해 봐요."

"다즈 아가씨는 먼 곳으로 가신다고 했는데 어디로 가시는 거죠?"

"조슈로 가요."

다즈는 분명하게 말했다. 그리고 그 말끝에 덧붙여서 말했다.

"다시 살아서 돌아오게 될지 모르는 일이지만."

"조슈로!"

사치는 두려운 듯이 말했다. 지금의 정세로서는 지옥으로 가는 거나 다름없지 않은가.

조슈 번은 굉장히 변모하고 있다. 4개국 함대에 바칸 해협(馬關海峽)의 연안 포대(沿岸砲臺)를 모조리 분쇄당한 데다가, 막부에서는 오사카 성을 조슈 정벌의 대본영으로 정하고 30여 번의 영주들을 인솔하여 산요도(山陽道)를 내려오려 하고 있었다.

조슈 번에서는 이미 정변이 일어나 속론당(俗論黨 : 막부파)이 번정을 도맡고 있었으며, 정의당(正義黨 : 근왕파)은 몰락하고 말았다.

다즈의 주군인 산조 사네토미를 위시하여 다섯 명의 양이파 공경들은 아직도 조슈 번의 보호를 받고 있으나, 이 정세로는 언제 번내의 속론당에게 축출될지 모르는 일이었다.

다즈가 남장을 하고 조슈로 가려는 것은 그 때문이다.

이윽고 솔밭을 지나니 어둠 속 저편에 바다가 보였다.

"아, 불빛!"

다즈가 짤막하게 외쳤다. 바다 위에 등불이 떠 있다.

료마가 있는 간코마루의 불빛이었다. 육중하게 바다 위에 자리를 잡고 현등(舷燈) 하나와 선실의 등불 하나를 수면에 비추고 있었다.

"저 배에 사카모토님이 타고 계십니다."

사치는 모래 언덕을 뛰어내리려고 했다.

"여기 앉아요."

다즈는 그 자리에 앉았다.

"선실에서 사카모토님은 지금 무얼 하고 계실까?"

사치는 고개를 갸웃하며 말했다.

"책을 읽고 계시겠지요."

"글쎄, 그분은 독서를 싫어하셨으니까 어떨지."

"그렇지만 고베학교로 오신 뒤부터는 틈만 있으면 책을 읽으시는 것 같았어요."

"하지만, 글을 아시는지 몰라?"

"너무하셔요."

사치가 웃어 댔다.

"다즈 아가씨는 사카모토님을 마치 겉모습만 어른이 된 어린이처럼 생각하시는 모양이군요?"

"사실 그런 사람인걸."

다즈는 소리내어 웃었다.

"검술만은 무척 뛰어났지. 도사의 미야모토 무사시(宮本武藏)라는 말을 들을 정도였으니까. 그분의 장점은 그것뿐이에요."

"호호……."

사치도 다즈의 이야기는 곧이듣지 않았다.

"어릴 때는 울보에다 공부를 싫어해서 동네에서 바보 취급을 받았더랬지. 그랬는데 검술을 배우기 시작하더니 갑자기 솜씨가 두드러지게 늘어서 그 덕분에 스스로 자신감을 갖게 된 모양이야. 열여덟 살 때 히네야 도장에서 목록을 받고 이상한 노래를 읊었대요."

"노래를요?"

사치도 놀랐다.

"네, 노래를. 그 내용은, '사람들이 나를 바보다 바보다 하지만 바보가 아닌 것은 나만이 안다'는 뜻의 무던히 서툰 노래였었지요."

"어머나."

사치는 몸을 뒤틀며 웃어 댔다.

"그 바보가 지금은 저렇게 군함에 타고 있어."

다즈는 앞바다의 등불을 조롱하듯 아하하 하고 큰소리로 웃었다. 웃고 나서 말하면서 사치의 눈을 들여다보았다.

"내가 너무 버릇이 없지?"

"아아뇨, 그렇게 웃고 계시는 다즈 아가씨도 사치는 퍽 좋습니다 ……아마"

"아마?"

"꽤 사카모토님을 마음속 깊이 사랑하는 모양입니다."

"괴상한 소리를 다 하네."

다즈는 사치의 볼을 손가락으로 콕 찔렀다. 그리고 나서 말했다.

"만약 저 배에 있는 사람을 못 만나게 된다면 사치가 내 편지를 갖고 있다가 언제든지 전해 주지 않겠어요?"

료마는 해상에 있다.

물론 다즈와 오료가 고베 마을에 찾아와 있다는 것은 꿈에도 모른다. 아마도 그는 고베 마을의 학교로는 두 번 다시 되돌아가지 않을 것이다.

군함은 아직 해가 있을 때 오사카 덴포 산 앞바다에 도달했다. 일단 서양 배를 타고 바다를 왕래하는 맛을 알고 나면 육지로 고생스럽게 걸어다닐 생각이 없어진다.

"정말 고마웠소."

막부 해군의 한 사람 한 사람을 붙들고는 시골 사람답게 진심에서 우러나오는 인사를 되풀이했다. 이미 작은 배가 해상에 내려져 료마를 기다리고 있는데도 여전히 그는 갑판을 떠나지 않고 승무원들의 어깨를 하나하나 두드리며 인사를 하는 것이었다.

'난처한 시골뜨기로군.'

해군들은 난처해졌다. 그들은 처음에 이 건장한 낭인을 보고 정체를 파악할 수 없는 사람이라 싶어 두려워 경계를 하고 있었으나 얼마 뒤에는

'단순한 기인이구나.'

라고 생각하게 되었다. 그러나 점점 익숙해지자 그들은 료마를 평범한 시골뜨기로서 배에 미친놈이라고 판단하게 되었다. 그만큼 료마는 쓰키지에서 신식 훈련을 받은 해군들에게는 흙냄새나는 촌사람으로 보였다. 첫째, 이 낭인은 해군으로서 당연히 알아야 할 교양으로서의 네덜란드 말도 모르는 모양이다.

'이 사내가 해군학교 교장이었다면 가쓰님의 학교라는 것도 알 만하군.'

료마는 단정으로 옮겨 탔다. 단정이 간코마루 선체를 떠날 때 그는 손을 뻗쳐 배허리를 탕탕 두드리며 외쳤다.

"핫핫핫……이별이다 이별!"

외치면서 눈물을 뚝뚝 흘리는 것은 아무리 보아도 우스꽝스러웠다. 갑판 위에 서 있는 막부의 해군 사관들은 모두 실소를 금치 못했다.

"사카모토님, 마치 마을의 아가씨와 헤어지는 장면 같군요."

갑판 위에서 사관 하나가 놀려 댔다.

"아가씨라……."

료마도 그 말이 마음에 든 듯한 몸짓을 지었다. 그는 익살맞은 몸

짓으로 단정을 타고 군함 뒤 스크루 근처까지 가서는 방향타(方向舵)를 손으로 가리키며 말했다.

"이 네덜란드 아가씨는 엉덩이 짓이 고약해서 말이야. 전 속력을 내면 오른쪽으로 돌아가는 버릇이 있지."

료마가 애를 먹어 온 간코마루의 버릇을 두고 하는 말이다.

"키는 단단히 주의를 해야 하오!"

료마는 단정으로 배 주위를 몰며 이것저것 주의를 했다.

"칠도 벗겨졌군. 고베학교는 돈이 없어서 칠을 못했는데 당신네들은 돈이 많으니까 새로 칠을 해서 사용토록 하시오. 칠이 벗겨지면 배의 수명이 줄어드는 법이니까."

'헷헷헷' 하고 갑판 위에서 젊은 사관이 경박하게 웃으며 "사카모토님, 장군님의 군함이니까 말씀 안하셔도 잘 다루겠소이다"라고 했다.

"암 그래야지, 소중히 다루지 않았다간 곤란하지. 지금은 일단 당신들에게 맡기지만 말이오."

"맡긴다고?"

"머지않아 세상이 바뀌면 그때는 내가 정식으로 인수하러 오겠소."

사쓰마와 조슈

료마는 아지 강에서 배를 세내어 명령했다.

"도사보리의 사쓰마 저택으로 가 주게."

오사카에서는 이 배가 중요한 교통수단이다.

"나리, 급행으로 갈깝쇼?"

급행은 뱃삯이 비싸다. 료마는 주머니 속이 두둑하지 않았으나 그렇게 하라고 했다. 이미 수면이 어두워지기 시작했기 때문이었다.

구조(九條)를 지날 때엔 이미 밤이 되어 기슭에 있는 배의 검문소에는 높다랗게 등불이 매달려 있었다.

이 검문소에 이름을 신고하고 가야 한다. 이전에는 이런 일이 없었는데, 금문 소동이 있은 뒤부터 오사카에 들어오는 자들을 막부에서 엄중히 감시하고 있었다.

이 선박 검문소에는 막부의 명에 의해 히도쓰야나기 번(一柳藩)의 번병이 파견되어 있었다.

료마는 무사히 통과했으나 시세의 긴박감을 절실히 느꼈다.

이미 막부의 조슈 정벌의 총독인 도쿠가와 요시가쓰가 먼저 교토에서 체포한 조슈인 포로 7명의 목을 잘라 출진의 혈제(血祭)를 장식했으며, 조슈 정벌군의 본영인 오사카 성으로 입성하고 있었다.

'막부는 이 기회에 조슈 번을 섬멸시키고 말 작정인가 보다.'

선박 검문소에서 얼마 떨어지지 않은 곳에 강을 향해 조슈 번의 상역청(商易廳)이 있었으나 그것도 막부에 몰수되어 문이 닫혀 있다.

배는 아지 강의 다리 밑을 빠져 나갔다. 한참 내려가면 또 검문소가 있다. 여기서도 료마는 장부에 번명과 성명, 그리고 오사카로 온 목적 등을 기입해야 했다. 료마는 "사쓰마의 무사이고 이사부로(西鄕伊三郎)"라고 썼다. 전에 사이고로부터

"막부의 관리들이 무례한 짓을 하게 될지도 모르니 그때는 사양 말고 사쓰마의 번명과 내 이름을 사용하시오."

라는 말을 들었기 때문이었다.

'사쓰마 번'이라는 이름은 확실히 막부 관리들에게 효력이 있었다. 막부는 이 거대한 번의 동향을 두려운 눈으로 지켜보고 있었는데, 이외에도 이 사쓰마 번은 지난번 조슈인들의 교토 난입 당시 아이즈 번과 함께 조슈인들을 가차 없이 격파해 주었던 것이다.

막부는 사쓰마를 은근히 두려워하면서도 의지하였으므로, 그들의 비위를 건드리지 않으려고 했다. 교토의 신센조 같은 데서는 '사쓰마인에게만은 손을 대지 마라' 하고 대원 일동에게 하명이 내려져 있을 정도였다.

"아, 사쓰마 번사이시군요?"

검문소 관리는 손바닥을 뒤집듯이 갑자기 친절해졌다. 료마는 태

연히 끄덕이고 나서 뱃사공에게 턱짓을 했다.

'참 묘하게 돌아가는군.'

료마는 우스운 생각이 들었다.

'사쓰마는 조슈와 같이 양대 근왕 번으로 알려져 있다. 그런데도 한쪽은 막부에 가담하고 한쪽은 막부로부터 정벌을 당하려는 판이다. 이번의 조슈 정벌에도 사쓰마는 막부와 손을 잡고 앞장서서 조슈를 칠 것인가?'

그 사이고가 지금 오사카의 사쓰마 번저에 와 있는 것이다. 그를 만나거든 무슨 생각으로 있는가, 한번 알아보려고 했다.

사쓰마 번저에 들어서니, 료마의 동지들은 널찍한 거처를 배당받고 식사도 꽤 좋은 대우를 받고 있었다.

"허, 여기가 당분간 내 보금자린가."

료마는 천정이며 장지문 등을 물끄러미 바라보았다.

무쓰 요노스케가 료마 옆에서 콧구멍 털을 뽑아서는 하나하나 종이에 세우고 있다.

"어때요?"

즐거운 듯 그것을 료마에게 보였다. 건방지게도 느껴지나 아직은 나이가 어리므로 천진한 데가 있다.

"흠, 야산(野山) 같은데."

료마는 대꾸해 주었다.

"사카모토님은 고향을 떠난 지 몇 년이나 되셨나요?"

"글쎄, 내가 탈번한 게 분큐 2년 꽃필 무렵이었으니까 그럭저럭 2년 반쯤 되겠군. 그러고 보니 여기저기 퍽 많이 돌아다녔는데."

료마는 얼굴을 들어 천정을 쳐다보며 말했다.

"결국 오사카의 사쓰마 번저를 근거지로 할 줄은 누가 꿈엔들 알았겠나, 안 그래?"

"저도 많이 돌아다녔지요."

"아아, 자네는 열다섯 살 때부터 아닌가?"

료마는 웃기 시작했다.

어쨌든 무쓰 요노스케는 료마의 패거리 중에서 가장 좋은 가문에서 태어난 사람이다.

기슈 도쿠가와 가문의 신하로서 다테(伊達) 집안이라면 다른 번에도 알려진 명문이다. 아버지가 번내의 정쟁(政爭)에 말려들어 칩거(蟄居)의 명을 받은 사정이 있긴 했지만, 그런 명문 태생이 기슈를 탈번한 것은 열다섯 살 때 일이었다.

그는 에도로 뛰쳐나와 한의사나 한학자 밑에서 학복(學僕)이 되어 근근이 살아 왔다.

"기슈를 탈번할 때 누가 전송해 주던가?"

료마가 묻자 요노스케는 분연한 표정으로 말했다.

"탈번을 하는데 누가 전송을 합니까?"

'그것도 참 그렇군. 그러나 어린아이의 탈번이라는 건 들은 적이 없는걸.'

료마는 싱글벙글 웃고 있다.

그 당시 우시마로(牛麿)라는 아명으로 불렸던 이 젊은이는 남몰래 여장을 꾸려 고향을 뛰쳐나올 때 스스로의 행위를 독려하기 위해 이런 시를 지었다.

아침에 외고 저녁에 읊기 십오 년
이제 유랑하게 되었으니 난파선과 같구나
그 언젠가 이 몸에 대붕(大鵬)의 날개 달고
단숨에 구름헤쳐 구천(九天)을 날아봤으면

'기묘한 사내이다.'

료마는 요노스케를 그렇게 보고 있다. 고치 성 아래 거리의 열등생이었던 료마에겐 이게 열다섯 살 난 소년의 시라고는 믿어지지 않았다.

"그런데 사카모토님, 그 뭡니까. 이상하게도 굶으라는 법은 없더군요. 쌀밥과 해님은 항상 따라다닌다더니 방랑을 해보니까 정말 그 속담이 그럴 듯하게 느껴지더군요."

무쓰와 둘이서 한가하게 이런 이야기를 주고받고 있으려니까 나카시마 사쿠타로, 이케 구라타 두 사람이 들어왔다.

"여보게, 료마!"

구라타는 앉자마자 료마를 부르더니 무언가 말하기 거북한 듯 우물쭈물 망설이고 있다.

"왜 그래?"

"조슈로 돌아가고 싶다."

"구라타. 또 병이 도졌구나."

료마는 웃었다.

이 이케 구라타라는 자는 고치 성의 고다카 사카에 주택을 하사받고 있던 보졸 사이에몬이라는 사람의 아들이었다. 나이는 스물다섯 살.

시커먼 얼굴에 눈만 번들번들했기 때문에 검둥이 구라타라고 불렸다.

그는 일찍부터 에도에 나가 유학하고 있었으나 혈기가 왕성하여 한가하게 학문을 닦고 있을 사내가 못되었다. 다시 고향으로 돌아와 다케치 한페이타의 근왕 동맹에 참가도 하고 교토로 나와 여러 번의 지사들과 교분을 맺기도 했다.

그러다가 "도사 번은 진취성이 없다"고 탈번을 하여, 수많은 도사 낭사들이 그러했듯이 조슈 번저에 투신하였다.

그 뒤 구라타는 조슈의 유격대 참모가 되어 바칸 해협에서 프랑스 함대를 포격했는가 하면, 어느 새 덴추조(天誅組)에 가입하여 양총대장(洋銃隊長)이 되어 야마토(大和)에서 군사를 일으켜 야마토 민정청(民政廳)을 습격하기도 했다. 그때 민정관 스스키 겐나이(鈴木源內)를 죽이고, 일이 실패로 돌아가자 교묘히 막부 포리들의 눈을 피해 바닷길을 통해 조슈로 가 버렸다.

조슈군이 교토에 쳐들어왔던 금문의 난 때, 에도 야마사키로부터 사카이 거리 궁문으로 침입했던 부대에 소속하여 궁문에서 최후의 돌격을 시도했다. 그는 "봐라, 돌격이란 이렇게 하는 것이다" 하고 큰 칼을 머리 위로 휘두르며 빗발치듯 쏟아지는 총탄 속을 뚫고 세 번이나 돌격하면서도 찰과상 하나 입지 않았다.

그는 정말 역전의 근왕파 지사라고 해도 과언이 아니다. 분큐 3년에서 겐지에 걸쳐 일어났던 모든 소란에 이 사내는 가담하고 있었다.

금문의 난에서 패퇴한 뒤 마키 이하 17명의 낭사들이 덴노 산에서 자결했을 때에도 "조슈는 궤멸했다. 그러나 이 세상에 내가 남아 있는 한 존왕 양이는 멸망하지 않는다!"고 하며 할복하지 않고, 그길로 곧장 고베 마을까지 와서 "료마! 부탁한다!"고 하면서 뛰어든 사내였다.

료마는 구라타를 숨겨 주고 해군 훈련을 시켰다.

그러한 그가 또다시 좀이 쑤셔서 '조슈로 가고 싶다'고 하는 것이다. 료마가 웃었던 것은 잠시도 차분히 엉덩이를 붙이지 못하는 구라타의 성품이 우스웠던 것이다.

"조슈는 그만둬라. 지금 속론당이 번주를 끼고 막부에 머리를 숙이고 있으므로 번내에서는 지금 근왕당 정벌로 발칵 뒤집혔단 말야. 가쓰라 고고로도 번외로 망명하고 있다. 다카스기 신사쿠도 종적을 감추었다더군. 그런 곳에 덴추조이며 금문의 난에서 살아남은 네가 어슬렁거리고 나타났다가는 오히려 귀찮게들 여길 거다."

"그래도 나는 가고 싶어……."

이케 구라타는 한번 마음먹으면 시비를 가리지 않는 성격이다. 조슈 번의 내분 속에 뛰어들어 한바탕 횡포를 부리고 싶다는 것이다.

"생각해 보자!"

료마는 대답하고 그날은 그대로 잤다.

그 다음날 밤늦게 사치가 찾아오자 료마도 놀랐다.

"잘 왔다."

고베에서 90리 길이다. 주인인 이쿠지마가 사람을 하나 딸려 주고 가마 삯도 주었으므로, 니시노미야로부터 50리 길을 쭉 가마를 타고 왔다는 것이다.

"어쨌든 무척 고생했겠구나."

료마는 동지들 중에서 가장 나이 어린 나카지마 사쿠타로를 불러 숙소를 마련하도록 분부했다. 나카지마가 사쓰마 번측에 교섭하자 이 번저에서는 료마에게 이상할 만큼 호의적이었다.

"여자분이군요. 그렇다면 별채에 작은 방이 있습니다. 곧 그곳에 준비를 하겠습니다."

번저에서는 친절하게 말했다. 별채는 고향에서 번주 집안이나 중신들이 왔을 때 숙박하는 곳으로 그 작은 방은 따라온 사람이 묵는 방이었다.

"흐음, 별채에 말입니까?"

나카지마 사쿠타로는 놀라는 동시에 사쓰마 번이 자기들에게 걸고 있는 기대가 얼마나 큰 것인가를 새삼스럽게 깨달았다.

"별채래요, 별채!"

나카지마가 한달음에 달려와서 보고하자, 료마는 놀라는 기색도 없이

"사치, 잘 곳은 별채란다. 지금 곧 이 나카지마 사쿠타로가 안내할 거야."

"네."

사치는 무언가 망설이는 눈치이다.

"왜 그래?"

"저어, 무슨 일로 왔느냐고 왜 물어 보지 않으시지요?"

"아니, 그럼 볼일이 있어 왔단 말인가? 흐음, 하기야 아무 일도 없이 고베에서 가마까지 타고 왔을 리가 없지."

"중대한 일입니다."

"무슨 일인데?"

"천하 국가의 용건이지요. 사카모토님에게 조슈로 내려가시라는 말을 전하러 왔습니다."

"무슨 소리야, 요 조그만 처녀가."

료마는 웃음을 터뜨리며 사치의 둥그스름한 이마를 손가락으로 콕 찔렀다.

사치는 톡 쏘아붙였다.

"정말이에요!"

"설마 이쿠지마 시로다유가 그랬을 리는 없고 누가 그런 말을 했지?"

"다즈 아가씨."

사치는 이렇게 말하고 그 반응을 살피듯 흘끔 료마의 안색을 훔쳐

보았다. 료마도 가슴속의 동요를 감추기 위해 재채기를 한 번 크게 했다. 그리고 나서 말했다.

"다즈 아가씨가 조슈 야마구치에 망명 중인 산조 공을 찾아 조슈로 내려가는 도중 고베 마을에 들렀던 거로군?"

"어머나, 어쩌면 그렇게도 잘 아시지요?"

"그만한 추측은 할 수 있지. 그리고 옷차림은 남장을 했었지?"

"어머나, 언제 보셨나요?"

"그것도 추측이다."

료마에게는 천성적으로 그런 육감이 있었다.

"그리고 또 한 분 아시는 분이 오셨었지요."

"누군데?"

"데라다야의 오료님."

"거짓말 마라!"

료마는 큰 소리로 호통을 치며 열없는 것을 얼버무렸다. 이 조그만 처녀가 자기를 놀리고 있다는 듯 체면을 꾸미려는 것이었다.

"아니, 정말이에요. 하긴 오료님은 천하 국가를 위한 일로 온 것은 아니었지만요."

"알았어!"

료마는 쓴쓰레하게 웃으며 손을 저어 사치의 말을 중단시켰다. 더 이상 듣고 있다가는 사치가 무슨 말을 할지 알 수가 없다.

"사쿠타로!"

젊은 심취자(心醉者)를 불렀다. '예' 하고 사쿠타로가 고개를 들었다.

"잠깐, 조슈까지 갔다 와. 이케 구라타와 함께 말이다. 그런데 참, 여비가 없지?"

료마는 무쓰 요노스케를 불러 이 사내에게 맡겨 둔 돈을 전부 털게 했다.

"용건은 조슈의 내정을 탐지하는 것. 다카스기 신사쿠나 기병대의 간부와 충분한 연락을 취해 의견을 교환할 것."

"부탁이 있습니다. 지금 조슈는 번내가 양당으로 갈라져 싸우고 있습니다. 혹시 근왕파가 속론당을 정벌하겠다고 나선다면 함께 야마구치 번을 공격해도 무방합니까?"

"아니, 사태는 그렇게 단순하지 않을 것이다. 그리고 또……."

"뭡니까?"

"너 그분을 알고 있나?"

"그분이라니요?"

"중신 후쿠오카님의 누이동생으로서, 나중에 번명에 따라 산조 가문에 파견되었던 다즈 아가씨 말이다."

"이름만은 듣고 있습니다."

"그럼 됐다. 그 다즈 아가씨가 단신 조슈로 내려간 것 같은데, 목적은 여자이면서도 산조 공을 수호해 드리려는 데 있는 모양이야."

"용감하시군요."

"세상이 어지러우니까 여자 지사까지 나오는구나."

"예, 그래서?"

"다즈 아가씨도 그렇지만 산조 공을 위시하여 조슈의 보호를 받고 있는 공경은 이렇게 되면 보호해 드릴 사람도 없게 된다. 조슈가 그분들을 저버리게 되면 우리들 도사의 유지들이 보호해 드리지 않으면 안 될 것이다."

"예, 목숨을 걸고 보호하겠습니다."

"그 목숨은 다음날 버리는 게 좋을걸. 다즈 아가씨와 다섯 공경

정도를 보호하는 데 나카지마 사쿠타로쯤 되는 전도유망한 자가 목숨을 없앨 필요까지는 없겠지. 재치로서 보호하는 거야.”

“저에게는 재치 같은 것이 없습니다.”

사쿠타로는 료마의 말하는 투가 비위에 맞지 않았다.

그는 도사 다카오카 군의 쓰까지 마을(塚地村)의 향사였다.

고향을 탈번할 때 같은 고향인 나카지마 요이치로, 호소키 가쿠타로(細木核太郞)와 함께 했다. 세 사람이 야음을 틈타 마을을 벗어나 이틀간이나 쉬지 않고 산길을 달려서 가까스로 경계선인 나노가와 고개(葉之川峠) 마루턱까지 당도했을 때, 등 뒤에서 번의 경리(警吏)들이 1백 명쯤 되는 촌민을 동원해서 쫓아왔다.

경리가 총에 석회를 재어 눈을 못 뜨게끔 쏘아대는 바람에 그 연기가 시야를 가려 길을 잃을 정도였다.

요이치로는 심한 각기병에 걸려 있었으므로 “사쿠타로, 나는 이제 못가겠다!” 이 말을 하고 고갯길에 털썩 주저앉아 배를 가르고 말았다.

이런 일이 있었기 때문에 탈번을 하고도 그에게는 항상 나카지마 요이치로의 비통한 최후가 눈앞에 어른거렸다. 그래서 언동의 어디엔가에 목숨을 가볍게 보는 경향이 있다.

그러나 이 젊은이는 유신 뒤에도 살았다. 원로원 의관(元老院議官), 자유당 부총재, 남작 나카지마 노부유키(中島信行)가 바로 사쿠타로였다.

천하의 이목이 모조리 조슈 문제에 집중되어 있는 시절이다.

다음날 아침 료마는 훌쩍 거리에 나왔다.

현재 정국의 중심은 조슈 정벌군의 대본영인 오사카에 있다고 해도 과언이 아니다. 각 번의 수완 있는 외교가들도 모두 교토에서 오사카로 와 있었다.

'사이고도 와 있을 텐데, 도사보리의 번저에는 묵고 있지 않은 모양이다.'

아무튼 사쓰마 번은 거대했다. 도사의 오사카 번저는 두 군데밖에 없었으나, 사쓰마 번은 지금 료마 등이 유숙하고 있는 도사보리 이가의 번저 외에도 오사카 안의 여러 군데에 있었다. 사이고는 그 어느 곳엔가 묵고 있을 것이다.

'꽤 장사에 열심이구나.'

사이고가 아니다.

사쓰마 번을 말하는 것이다. 그 번저의 수효가 많은 것을 생각하자 문득 사쓰마 번이라는 거대한 덩어리를 료마는 상기했던 것이다.

각 번의 에도 번저는 소위 완전히 소비적 설비였으나 오사카의 상역청은 장사를 위한 것이었다.

번에서는 이 오사카로 자기들의 특산품을 가져다가 천하에 널리 파는 것이었는데 그러기 위한 기능을 다하고 있는 것이 상역청이었다.

각 번의 상역청은 대개 하나 있을 정도였다. 1백만 석의 가가 번(加賀藩)조차도 상역청이 하나밖에 없었다. 그것을 사쓰마 번에서는 세 개나 갖고 있었다. 모든 일에 있어 행동력이 넘치는 이 번은 장사에 있어서도 조슈 번과 쌍벽을 이루고 가장 열심이었다.

'그런 번이 천하를 잡을 것이다.'

료마는 그렇게 보고 있다. 돈이 있고 또한 경제를 알고 있다. 그점에 있어서는 첫째가 사쓰마 번이고 둘째가 조슈 번, 셋째가 도사 번이다. 그러나 도사 번은 도저히 사쓰마 번을 따를 수가 없다.

'조슈가 지금 비록 참담한 꼴을 당하고 있다 해도 장차 새로운 국가를 이룩하는 원동력은 역시 사쓰마와 조슈일 것이다. 도사는 어림도 없다.'

지금 큰대감인 요도 공만 해도 그렇다. 일급에 속하는 시인의 소질을 갖고 있고, 무인으로서도 용기가 있으며 정치가로서도 탁월한 수완을 지닌 요도도 경제 쪽만은 캄캄했다.

　요도에게는 유명한 '오사카 소각론(燒却論)'이라는 기발한 안이 있다. 아직 이 집정관이 건재했을 때였다. 청국과 마찬가지로 일본에도 외국군이 침입할 것이라는 예상 아래, 막부에서는 오사카의 경비를 도사 번, 오카야마 번(岡山藩) 돗토리 번(鳥取藩)에 명했다. 일찍이 도요토미 가문의 몰락 이래로 오사카에는 경비력이 없다. 이 도시는 막부령으로서 영주를 두지 않았기 때문이었다.

　요도는 즉시 자기의 안을 막부에 제출했다.

　"나는 오사카에 한두 번 들른 일이 있어 이 거리를 대강은 알고 있다. 오사카는 부유한 땅이며 그 주민은 이익에만 눈을 밝히는 상인들뿐이다. 이들 상인은 길에서 무사만 만나도 겁을 먹고 벌벌 떠는 겁쟁이들이다. 그러니 혹시 외국군이 오사카에 침입한다면 그들 상인은 싸우기는커녕 도망하기가 바쁠 것이다. 오히려 방위에 방해가 되니 차라리 오사카를 불태워 버려 요새로 하는 게 좋을 것으로 생각된다."

　요도는 시인이기는 했으나 경제 감각은 도무지 없는 영주였다.

　료마는 오사카 성에 가까운 무사들의 주택가로 접어들어 예의 그 오쿠보 이치오의 집으로 찾아갔다.

　오쿠보는 마침 집에 있었다.

　"사카모토군, 에도로 간 가쓰님 소식 들었나?"

　막부에서 으뜸가는 이 수재는 여전히 단정한 표정으로 말했다.

　"아니오, 듣지 못했습니다."

　"정식으로 파면되어 평의회의 회원으로 임명된 다음 폐문 칩거하고 있다네. 취조는 새해에 있을 예정인데 막부의 각료들 간에는 이번에야말로 가쓰를 타도한다고 하는 모양이니 아마 꽤 어려울 거야."

이 가쓰의 사건에 대해서 오쿠보는 일부러 가쓰에게 편지를 띄워

막부 각료들의 의향을 살펴보니 암만해도 엄중한 취조가 있을 듯하다. 그러니 관료들 앞에서 과히 여러 말 하지 않는 것이 좋을 듯하다.

라고 주의를 주고 있다.

'그러나 가쓰의 사건은 막부가 조슈 정벌에 분망하여 미처 그의 취조에까지는 손이 돌아가지 않았다. 1년 이상이 경과하여 천하의 정세가 급변한 게이오(慶應) 2년 5월이 되자, 막부의 집정관이 갑자기 가쓰를 호출하였다. 집정관은 그를 불러내어 취조는커녕 "급히 오사카로 내려가라, 막부의 특사로서 조슈로 가라"고 명령을 내렸다. 가쓰의 재차 활약은 이때부터 시작된다.'

료마는 가쓰 같은 인물을 이해해 주지 못할 뿐 아니라 사람을 헌신짝처럼 버리는 막부를 싫어했다.

"오쿠보님, 참새라고 쌀만 먹는 게 아닙니다. 벌레도 먹지요. 이 세상에 무익한 것은 없다는 말이 있지만 그 예외가 바로 막부입니다. 이것만은 일본에 무익할 뿐 아니라 해를 끼치는 것입니다."

"사카모토군!"

오쿠보는 어이가 없었다.

"나도 막부의 관리야. 이 화제는 지장이 있으니까 그만두자구."

"아닙니다. 할 말은 해야지요. 막부는 참새보다도 못합니다."

"됐어, 됐어. 그만둬."

오쿠보는 당황하여 화제를 조슈 정벌 문제로 돌렸다.

료마도 옳다 됐다 하고 이야기를 했다. 자기가 조슈인이라면 그렇게 쉽사리 굴복하지는 않는다는 것이다.

"허어, 그럼 어떻게 하지?"

"어떻게고 뭐고 없어요. 조슈가 초토화되어도 좋다는 각오로써 번주와 다섯 공경을 받들고 끝까지 싸워 보는 거지요. 또는 천하에 유세가(遊說家)를 파견하여 제후들을 설득시켜 막부를 타도할 기운(氣運)을 조성하여 마침내는 형세를 역전시켜 막부를 쓰러뜨리고 맙니다."

"흐음!"

무시무시한 말을 하는 녀석이로구나 하는 듯한 표정으로 오쿠보는 료마를 바라보았다. 그러나 료마는 싱긋 웃으며 말했다.

"나라면 이런 상태에까지 끌고 오지는 않았을 겁니다. 이렇게 되기 전에 이미 병제(兵制)를 서양식으로 바꾸고 무기를 정비하여 군함을 사들였다가 여차할 때 일어서지요. 조슈인은 이론가들이 많고 실천가가 드뭅니다. 그러니까 이 지경이 되어도 기껏 보유하고 있는 것이란 화승총(火繩銃)과 구식 대포뿐이 아닙니까? 그러기 때문에 지금처럼 전 번이 위촉되어 막부에 머리를 숙여야 되는 거지요."

"곤란한 의논인데."

오쿠보는 료마의 말에 쩔쩔 매고 있다.

―필자는 잠시 조슈 문제에 대해 언급하기로 하겠다. 조슈군이 교토에서 참패한 것은 겐지 원년 7월이다. 이름하여 금문의 변, 또는 하마구리 궁문의 변이라고 한다.

조슈 번은 몹시 분주했다. 그런 일이 있은 직후 바로 8월 초순에는 4개국(영·불·미·란)의 군함 16척, 수송선 2척이 조슈 번의 연안 포대를 분쇄하기 위해 바칸 해협에 나타났으므로 조슈 번은 전시 태세로 들어갔다.

뒷날 육군 창설자의 한 사람이 된 야마가타 아리토모(山縣有朋)는 그 당시 잡병 출신의 야마가타 교스케(山縣狂介)라고 불리는 젊은 무사였다. 그는 단노우라(壇浦) 포대(砲臺)의 대장이 되어 눈앞에 즐비한 서양 함대를 바라보며 술통 열 개의 마개를 펑펑 뽑으면서 큰 소리로 외쳤다.

"자아! 아무것도 없지만 저기, 눈 아래 펼쳐 있는 양놈의 배 열여덟 척을 안주삼아 실컷 퍼 마셔라!"

그들의 사기를 돋운 것도 바로 그때였다.

사내라면 사내라면
무사의 하인 되어 창을 메고서
따라가고 싶구나 바칸까지

이 노래가 유행한 것도 이 무렵일 것이다.

이보다 조금 앞서 포대를 구축하기 위해 상가나 농가의 부녀자들까지 동원되어 공사를 거들었는데 그들 부녀자들 사이에도 노래가 유행했다.

머지않아 바칸(시모노세키)이 에도가 된다.

그 역시 그런 기분이었을지도 모른다. 이때 번의 주도권을 쥐고 있던 조슈 번의 근왕파는 이미 양이를 겸해 막부 타도의 기분을 조성하고 있었다. 그 기분이 서민들 사이에까지 전파되어서 이런 식으로 인상을 받은 모양이었다.

영주(領主)께서 천하를 호령하신다.

　원래 조슈 계열의 지사는 기이한 행동과 과격한 언행을 즐겼으므
로 남의 눈에 비쳤을 때는

　"그들은 근왕 양이의 순교도 같이 말하지만 실제로는 천자님을
누르고 막부와 교대하여 천하에 호령하려는 것이 아닌가"라고 볼
수밖에 없는 데가 있었다. 조슈를 싫어하는 측의 눈으로 볼 때는 더
욱 그렇게 보였다. 막부 사람들이 조슈인을 병적으로 미워하고 또한
사쓰마인이 지나치게 경계를 한 것도 그것에 기이한 것이다.

　여하간 조슈 전성시대에는 풍문이 떠돌 정도였다.

　"조슈, 모리 가문에서는 3백 년 동안 막부 타도의 기회를 기다리
고 있었다."

　세키가하라의 패전으로 모리 가문은 주고쿠 10개국의 태수에서
스오, 나가토 두 나라의 태수로 떨어졌다. 그로부터 매년 정월 초하
루면 첫 새벽에 성 안 회의실에 번주가 나타났는데, 그러면 중신 우
두머리가 나가 은밀히 이렇게 말했다.

　"이미 도쿠가와 정벌의 준비는 됐습니다만 어떻게 할까요?"

　그러면 번주는 "아직 시기가 빠르다"고 대답하는 것이 형식화된
비밀 의식이었다고 하며, 또한 조슈 번의 번사들은 3백 년을 두고
도쿠가와를 저주했으며 항상 에도 쪽으로 발을 뻗고 잤다고 한다.
어찌 되었든 그 조슈도 4개국 함대의 포격으로 연안 포대는 전멸되
었으며, 이번에는 또 금문의 변을 문책 받아 막부로부터 토벌될 운
명에 있었다.

　여담을 조금 더 계속하겠다.

　조슈는 조적(朝敵)이 되었다. '조적 모리를 친다'는 명목으로, 장

군 이에모치(家茂)가 에도 성에다 제후들과 막신들을 모아 놓고 "내가 직접 군사를 이끌고 가겠다"고 선언한 것은 겐지 원년 8월 초이튿날이었다. 그러나 이것은 어디까지나 표면상의 선언에 지나지 않았으며, 장군 스스로가 예전의 이에야스처럼 직접 선두에 서기에는 너무나 체질이 허약했고, 무엇보다 막부에는 그럴 만한 자금이 없었다.

그러므로 정벌 총독으로서 기슈 판관(紀州判官)이 임명되었으나 그 임명에 따른 제반 행정이 믿을 수 없을 만큼 느렸다. 장본인 기슈 판관마저도 이런 말을 할 만큼 모든 일이 엉망이었다.

—아니 내가 총독이라고? 몰랐는걸.

막부의 관료 조직과 행정 능력은 이 정도까지 해이해질 대로 해이해져 있었던 것이다.

기슈 판관이 임명된 것은 초이틀이었으며, 그 며칠 뒤인 7일에는 막부의 관리가 오와리 태정 차관(尾張太政次官)의 에도 저택으로 달려가 부탁했다.

—총독은 꼭 태정차관님께서

이 말에 오와리 태정차관 도쿠가와 요시가쓰도 그만 화를 냈다.

"도대체 기슈가 거절했단 말인가, 아니면 임명의 착오로 그런 건가. 똑바로 말해 봐라."

그렇게 다그쳐 물었다. 결국 집정관들이 의견 통일이 없이 제각기 명령을 한다는 것이었다.

오와리 태정차관은 어처구니가 없어서 이런 뜻으로 거절하고 말았다.

"기슈가 퇴짜를 놓은 역할을 내가 할 수야 없잖은가."

그러나 결국 강요당하여 그로부터 일주일 뒤에 그럭저럭 부서가 결정되었다.

총독은 오와리 태정차관.

장군은 출진할 의사가 전혀 없었으면서도 친정(親征)을 선포해 버렸다. 그 때문에,

"장군이 에도 성을 출발한 뒤의 수비관은 미도 판관을 명한다."

이렇게 수비관까지 임명하고, 더구나 묘한 것은 출정도 하지 않는 장군에게 그의 본진에 종군하는 사람으로 기슈 판관과 신슈 마쓰모토의 마쓰다이라 단고노가미(松平丹後守), 그리고 휴가 노베오카(日向延岡)의 나이토 비젠노가미(內藤備前守) 등이 임명되었다. 마치 연극 같은 인사 행정이었다. 인사 행정만으로 전쟁을 하고 있는 듯한 느낌을 주었다.

더구나 그동안 오와리는 집요하게 총독 사퇴운동을 전개하였으며 마침내는 병을 빙자하여 그럴 듯한 사퇴원을 제출했다.

"금번의 대명(臺命)은 무문(武門)의 다시없는 명예이오나 병이 중하여 부득이 총독직을 사퇴코저 하는 바임."

그러나 결국은 막부의 관리들이 열심히 설득하여 마지못해 승낙했다. 이러한 막부 수뇌들의 동태를 각 번에서는 민감하게 눈치 채고

'진심으로 상대해서는 손해를 보게 된다'는 기분이 충만했다.

동원령(動員令)을 받은 번은 30여 번이었다. 봉건 체제 아래서 전비(戰費)는 각 번 자비로 부담하는 제도였으므로, 어느 번에서나 궁핍에 허덕이고 있었던 만큼 될 수 있다면 전쟁을 피하고 싶었던 것이다.

도사 번은 입지적 관계도 있어 동원령을 받지 않았으나, 사쓰마 번은 받고 있었다.

사이고가 그의 생애에서 가장 눈부신 활약을 한 것은 바로 이 정세 아래에서였다.

여담을 조금 더 계속하기로 한다.

메이지 초년에 도쿄 니치니치 신문(東京日日新聞)의 주필이 된 후쿠치 겐이치로(福地源一郎)라는 사람이 있다. 그는 메이지 39년에 병으로 죽을 때까지 신문인으로서 활약했다.

이 사람은 구막신(舊幕臣)으로서 일찍부터 네덜란드 어학을 배워 안세이 5년 이래 외국 담당 행정관 밑에서 외국인을 맡아 교섭했고, 도바, 후시미의 싸움에서는 15대 장군 도쿠가와 요시노부와 함께 오사카 성에 있었으며, 뒤에 장군이 에도로 도주한 다음 성을 빠져나와 에도로 돌아가 막부가 망하는 자초지종을 자세히 지켜본 인물이다.

그는 메이지 25년에 《막부쇠망론(幕府衰亡論)》이라는 책을 썼다.

후쿠치 겐이치로는 말했다.

"어째서 막부는 재빨리 조슈를 처분하지 않았던가? 이것이 바로 쇠망한 원인의 하나이다."

후쿠치의 말에 의하면 막부는 그 전해 분큐 3년까지는 조슈에게 쩔쩔 매었으며 몹시 두려워했다. 조슈의 실력도 대단했으나 조슈가 교토 조정의 흑막이 되어, 일일이 조정의 뜻이라는 딱지를 붙여 막부를 몰아붙였으며 그들의 일거일동을 반대했다. 막부 관료들은 이러한 조슈의 수작을 미워하며 원수처럼 생각하고 큰 해물(害物)처럼 여겨 "조슈를 제압하지 않으면 막부는 멸망한다"고까지 말하는 자가 많았다.

그러나 분큐 3년 8월, 정변이 일어나자 조슈 세력이 조정에서 일소되었으며, 기묘하게도 양이파였던 천황마저 지금까지 조슈가 흑막이 되어 난발했던 시절의 칙어는 "모두 나의 진의에서 나온 것이 아니다"라고 선언했던 것이다.

그리고 또한 그 다음해인 겐지 원년 여름의 금문의 변에서 조슈는

'조정의 적'이 되었다. 막부가 이때 때를 놓치지 않고 조슈를 처벌하여 그 영토를 몰수하든가 아니면 봉토를 바꾸었더라면 일은 무사했을 것이라고 후쿠치 겐이치로는 말하는 것이다. 막부는 이 절호의 기회를 놓치고 말았다. 왜 놓쳤을까?

강력한 재상이 없었기 때문이었다. 후쿠치의 말을 빌리면, 기회를 잡고 용감하게 단행하는 독재정치가가 없었기 때문이라고 한다.

그의 말이 옳을 것이다.

이미 막부와 그 체제는 썩어 빠져 낡을 대로 낡아 있다. 그렇게 쓰러져가는 집이나 다름없는 정부에 무능한 고급 관리들이 들끓고 있어, 조슈 정벌 한 가지를 실현시키는 데도 믿어지지 않을 만큼 소홀하고 태만했으며, 체면 유지에만 급급하는 조치로서 그럭저럭 지내고 있었던 것이다.

한편 조슈 정벌군의 총독인 오와리 태정차관은 임명된 지 두 달이 지난 10월에야 겨우 대본영인 오사카 성으로 들어가, 그달 18일과 22일 오사카 성에서 각 번의 중역을 소집하여 군사회의를 열었다.

이야기는 잠시 사이고에게로 옮겨진다.

료마가 오사카의 사쓰마 번저로 들어갔을 때 그곳에 사이고는 있지 않았다.

"사카모토님이 오면 잘 대접하도록."

그는 도사보리 번저의 사람들에게 분부를 해놓고 자기는 고라이 다리(高麗橋)의 번저를 숙소로 정했다. 오사카 성에 정벌군 총독이 있었으므로 사쓰마 번을 대표하여 자주 만나러 가야 하기 때문에 교통의 편의를 생각해서 그랬을 것이다.

사이고가 조슈인을 "교활하여 무슨 짓을 저지를지 모르는 패거리"라 보는 점은 막부의 관리들과 다를 바가 없다.

이 점은 조슈인이 사쓰마인을 '사쓰마 적(賊)'이라 부르고, 바칸 해협을 경비하는 조슈 번사들은

"사쓰마의 배, 지나갈 테면 지나가 봐라! 바칸 해협을 지옥의 삼도내(三途川)로 알고 지나가라!" 하고 큰소리쳤으니 말하자면 피장파장인 것이다.

오와리 태정차관은 오사카 성에 입성하여 정벌군의 총독으로서 임무를 맡았으나, 동원령을 받은 30여 번의 중역들이 한결같이 무능했으며 쓸 만한 인물이 없었기 때문에 자연 사쓰마 번을 의지하게 되었다. 사쓰마 번의 대표는 사이고와 중신 고마쓰 다데와키이다.

요시가쓰 총독은 모든 일에 사이고를 불러 의논했으며, 기치노스케, 기치노스케, 하며 그를 곁에 두고 무조건 신임했다. 그는 몹시 사이고를 총애하여 "무슨 일에나 나를 잘 보필해 주기 바란다" 고 말하고 가문(家紋)이 새겨진 단도를 주기도 했다.

사이고의 기본적인 의견은 이런 것이었다.

"이 기회에 조슈를 재기할 수 없을 정도로 두들겨 둘 필요가 있다."

고향의 동지로서 시마쓰 히사미쓰의 비서관 비슷한 일을 맡고 있는 오쿠보 도시미치(大久保利通)에게도 이런 말을 써 보내고 있다.

"그렇지 않으면 우리 번에서도 재해를 입게 된다."

사이고는 조슈 정벌의 방법을 어떻게 하면 좋을까, 주야로 생각했다. 이제 그는 일개 사쓰마 번사가 아닌 조슈 정벌군 총독의 지혜주머니이며, 총독은 그의 말이라면 무엇이든지 받아들이는 상황이었다. 더구나 막부는 조슈를 처분할 방책을 총독에게 일임하고 있었으므로, 말하자면 이 한낱 사쓰마 번사 한 사람의 생각에 따라 막부가 움직인다고 하는 기묘한 상태에 놓여 있었던 것이다.

사이고가 이처럼 이상한 직능을 갖게 된 것은 전무후무한 일이었다.

역사에도 없을 것이다. 그때의 정부라는 전동기(電動機)가 전혀 부외(部外)의, 그것도 이름 없는 사쓰마 번사의 손에 스위치가 쥐어져 있어 사이고가 그것을 누르기에 따라 막부라는 전동기가 가동하는 것이다.

사이고의 안은 이런 것이었다.

"우선 대군을 이끌고 조슈의 국경을 친다. 그러면 조슈는 놀라 자빠져 통곡을 하며 화평을 청할 것이다. 그때에 가서 조슈를 아주 멸망까지 시키진 않더라도 어디엔가 5, 6만 석의 조그만 땅의 영주로 만들어 버린다."

이 기본 방침은 총독도 승낙했다.

사이고는 총독에게 이렇게 설명했다.

"처치하는 방법은 교묘히 하지 않으면 안 됩니다."

우선 대군을 풀어 조슈를 포위하게끔 배치하고, 대포를 조슈 쪽으로 향하게 하여 명령일하에 조슈로 쳐들어가게 만들어 놓습니다.

"그 상태에서 조슈와 항복 교섭을 하는 것입니다."

말하자면 위력 외교라고 해도 좋다.

사이고라는 사람은 무력이야말로 외교를 호전시키는 무언의 힘이라는 사상의 신봉자였으며 이 사상은 평생 변하지 않았다.

그는 만년에 이렇게 말하고 있다.

"세간에서는 나를 싸움 좋아하는 인간이라고들 말하고 있는데, 누가 싸움을 좋아하겠는가? 싸움은 사람을 죽이고 돈을 낭비하는 짓이므로 부득이한 경우가 아니라면 싸움을 해서는 안 되는 것이다. 그러나 기회가 오면 싸움도 필요한 것이다. 구미 각국의 문명도 싸움 끝에 이루어진 것이 아닌가?"

이야기는 약간 비약하나, 에도를 공격할 때 사촌인 오야마 이와오

(大山嚴)가 사쓰마 병사를 이끌고 출진하며 다음과 같은 말을 써 보냈다.

"싸우지 않고 적의 불의를 응징하는 것이 최상의 전법이다. 어떻게 하면 싸우지 않고 승리를 거두는가? 계책이나 술법으로써 되는 일이 아니다. 성의로써 밀고 나가는 수밖에 없는 것이다."

메이지 초년, 대외 교섭이 복잡하여 신정부가 자칫하면 외국의 억지를 받아들일 수밖에 없게 됐을 때, 사이고는 정부에 의견서를 내놓았다.

"외국과 교제하려면 독립 체제를 확립하고, 외국과의 약속은 일일이 이행하고, 사소한 일이라 할지라도 신의를 저버리거나 예절을 잃어서는 안 된다. 만일 외국측에서 조약 외의 일로 억지를 부린다면 조리를 잘 타일러 주며 추호도 동요하거나 위축되어서는 안 된다. 이때 만일 싸움을 두려워한 나머지 주관을 버리고 그들의 말에 굴복한다면 끝내는 나라가 망한다. 그러므로 외국과 교섭할 때는 도리에 어긋나지 않도록 하고 주관대로 밀고 나가다가 싸움에 지는 한이 있더라도 후회를 하지 않는다는 각오로써 임해야 한다."

무력에 대해 사이고는 이런 정치사상을 지니고 있었다.

이것이 그의 조슈 정벌 문제에 있어 그 활약상에 여실히 나타나고 있다.

"조슈를 쳐라! 그러나 칼을 휘두르지 말고 무릎을 꿇게 만들라. 그리고 통곡하게 만들라. 그리고 나서 항복 조건을 정하라."

이때 사이고의 언론이나 활약이 조슈인들의 증오를 사게 되어, 유신 정부가 탄생한 뒤에도 조슈인들은 사이고를 대할 때 마음속 깊이 새겨진 증오를 잊지 않았다.

어쨌든 사이고라는 사람은 유신 뒤에는 정치가로서의 능력을 잃고 거대한 철인(哲人)이라는 존재가 되었으나, 이 조슈 정벌 당시에는 그 정세 분석에 관해서 예민한 저널리스트의 재간을 발휘하여 정치가로서의 그가 손을 쓴 것은 모조리 굉장한 성과를 거두었던 것이다.

사이고가 조슈의 처분 방법에 대해 눈독을 들인 것은 기쓰가와(吉川)라는 가문이었다.

조슈는 큰 번이었다. 번 속에 몇 개의 지번(支藩)을 거느리고 있다. 기쓰가와 가문은 그중의 하나로 이와쿠니(岩國)의 번주였다.

호주는 기쓰가와 겐모쓰(吉川監物)라고 했으며 물론 모리 가문의 일족이라 지금 근신을 하고 있는 중이다.

사이고의 구체적인 처리 방침은 조슈가 항복하여 마지막 처분을 실시하게 된다면 다음과 같이 하려는 것이었다.

"조슈인으로써 조슈인을 처분토록 해야 한다."

금문 사변의 주모자를 번내에서 자가숙청시키고 또한 봉토를 바꾸는 일도 그 처리 사무를 번내에서 행하게끔 한다. 그런데 그 실시자를 누구로 정하느냐, 하는 점에서 사이고는 이와쿠니의 번주 기쓰가와 겐모쓰를 점찍었던 것이다.

"묘안이군!"

총독 도쿠가와 요시카쓰도 손뼉을 치며 감탄했다.

기쓰가와 가문은 이상한 가문이었다. 이야기는 세키가하라로 거슬러 올라간다. 당시의 모리 가문은 도쿠가와 가문과 나란히 최대의 영주로서 이시다 미쓰나리의 강요로 군의 우두머리로 출진했으며, 본가인 데루모토(輝元)는 오사카 성에 있었다.

분가한 기쓰가와 히로이에, 그가 기쓰가와 가문의 시조(始祖)였는데 그가 모리 가문의 병사를 이끌고 세키가하라에 포진하였다.

이때 그는 본가에는 의논도 않고 단독으로 이에야스와 은밀히 내

통하여 난구 산(南宮山) 꼭대기에 올라가 움직이지 않았으므로 서군 패퇴의 한 가지 원인을 만들었다.

이에야스는 서군에 가담했던 각 번의 영주들을 처벌할 때, 물론 모리 가문도 없애 버릴 작정이었다.

그러나 가계인 기쓰가와 히로이에가 애원하며 간곡히 부탁하였다.

"저는 봉토도 필요 없습니다. 그러니 그것은 모리 본가에 주도록 선처해 주십시오."

이에야스는 부득이 기쓰가와 히로이에에게 주려던 스오, 나가토 두 고을을 모리 가문에 주었다.

기쓰가와는 녹이 없어졌다. 2대째인 히로마사(廣正)가 모리의 녹에서 이와쿠니 6만 석을 갈라 기쓰가와 가문에 주었다. 막부는 대대로 이 기쓰가와 가문을 우대하고, 제후(諸侯)는 아니었으나 그에 비등하는 대우를 하여 왔던 것이다.

말하자면 세키가하라 패전으로 인한 모리 가문의 멸망을 구해 준 집안인 것이다.

그 가계가 바로 막부 말의 이와쿠니 성주 기쓰가와 겐모쓰였다.

도쿠가와 요시카쓰가 손뼉을 치며 묘안이라고 한 것은 그 인연의 오묘함에 감탄한 것이다.

"기쓰가와 가문은 두 번 본가(本家)를 구하게 되는구나."

호주인 기쓰가와 겐모쓰는 온화한 인물로서 사려도 깊었으므로 이러한 일에는 매우 적격자였다.

"그러나 과연 겐모쓰가 그것을 승낙할까가 문제로군."

총독 요시카쓰가 말하자 사이고는 가볍게 말했다.

"제가 가서 설득해 보겠습니다."

사이고가 곧 고라이 다리에 있는 번저로 돌아가 준비를 하고, 요시이 고스케와 사이쇼 조조를 데리고 출발한 것은 료마가 오사카에 온 사흘 뒤의 일이었다.

사이고는 이와쿠니에 도착하자 곧 기쓰가와 겐모쓰를 만나서

"조슈가 항복하면 조정과 막부는 온정으로써 대하겠다"고 말하자 겐모쓰는 곧 양해했다. 이렇게 하여 사이고의 책략은 모조리 맞아 들어갔다.

결국 조슈 번은 '순종'하기로 했다. 이미 번정은 속론당으로 넘어가 있었으며 막부에 대해 전과는 달리 오로지 머리를 숙이는 태도로 일변하여, 이것이 바로 몇 달 전까지 천하의 급진적 세론을 선도해 온 조슈 번인가 의심할 정도로 온순해졌다.

근왕파는 모조리 번정에서 밀려나, 다카스기 신사쿠는 번외로 도망하고 스후 마사노스케(周布政之助)는 자택에서 할복했다. 그리고 가쓰라 고고로는 금문 사변 후 종적을 알 수 없었으며 나머지 패거리들도 속수무책이었다.

번주 모리 요시치카는 기동도 불편할 만큼 비만한 몸을 지니고 있었다. 그는 어제까지 근왕파에 떠받들려 막부에 대항하다가 오늘엔 또 속론파에 업혀 총독의 군문에 머리를 조아리게 되었다.

"모든 면에서 마스다 우에몬노스케, 구니시 시나노, 후쿠하라 에치고의 세 중신이 나쁘다"는 것을 내세우고 용서를 빌었다.

막부는 (사이고의 안에 의한 것이었으나) 다음과 같이 요구했다.

"그렇다면 순종의 증거로 그 세 중신의 목을 내놓고 금문 사변의 참모들을 사형시켜라!"

조슈 번에서는 순순히 받아들였다. 사이고도 모리 일문의 기쓰가와 겐모쓰를 통해 이렇게 말하고 있다.

"명한 대로 순종한다는 실증만 제시하면 나중의 처분 문제에 대해서는 되도록 관대하게 해결되도록 노력하겠습니다."

겐지 원년 11월 11일, 모리 번주는 우선 마스다와 구니시에게 할복을 명했다.

그날 밤 10시, 마스다 우에몬노스케는 영내 도쿠야마(德山)의 소지 사(總持寺)에 마련된 할복 장소로 갔다. 이 조슈 번의 수석 중신은 이제 나이 서른두 살의 젊은이였다.

다다미가 두 장 깔려 있었으며 그 위에 사방 넉자의 흰 비단 방석을 깔고 우에몬노스케는 조용히 앉았다. 곧 그의 '죄상서(罪狀書)'라는 것이 낭독되었다. 그것을 듣자 우에몬노스케는 몹시 놀랐다.

'그는 재직 중 간신들과 작당을 하고'라고 되어 있다. 간신들이란 기지마 마다베 등 근왕파의 인물을 가리키는 것이다.

"제멋대로 국가의 체면을 손상시켰을 뿐만 아니라 천조(天朝)와 막부를 무시하고."

마지막에 가서는 다음과 같이 계속된다.

"불충불의를 저지르게 되었으니 도저히 용서할 수 없으므로 할복을 명함."

한편 구니시 시나노의 할복 장소는 도쿠야마의 조센 사(澄泉寺)였으며, 후쿠하라 에치고만은 가와니시의 류우고 사(龍護寺)에서 다음날 할복했다. 죄상은 거의가 같은 내용이다.

"번주 대신 죽어다오."

기쓰가와 겐모쓰의 간곡한 부탁으로 혼연히 죽음의 자리에 나섰던 것이었으나, 그 죄상서에 간인불충(奸人不忠)이라고 지목된 그들의 심정은 오죽했겠는가?

후쿠하라 에치고 같은 사람은 "다시 한번 그 죄상서를 보여 주게" 하고 직접 손에 들고 읽어 내려가다가 안색이 변했으나 묵묵히 그것을 돌려주고는 창백한 얼굴로 배를 갈랐다.

세 중신의 머리는 총독 앞에 보내졌다.

료마는 그런 자초지종을 오사카의 사쓰마 번저로 먼저로 들어온 정보에
의해 알 수 있었다.

겐지의 세모

촉촉이 내리는
가야노(萱野)의 가을비는
소리 없이 찾아와서
옷을 적시네

료마는 이날 아침 콧노래를 부르며 칼을 꺼내 놓고 그 시퍼런 칼
날에 숫돌가루를 문지르고 있었다.

창 밖에는 비가 내리고 있다. 사쓰마 번저에 몸을 의탁한 채 그럭
저럭 이해도 저물어 갈 것 같았다.

"아니, 오늘같이 비 오는 날 무슨 칼손질을 하십니까?"

무쓰 요노스케가 약삭빠른 얼굴로 들어왔다.

"사이고군이."

무쓰는 앉아서 말을 이었다.

"지금 상태로선 연내에 돌아오지 않을 것입니다."

사이고는 정벌군 총독 도쿠가와 요시카쓰의 요청으로 조슈를 무혈 항복시키기 위해 이와쿠니로 가 있었다. 조슈와의 교섭이 복잡하여 아마 일은 연내에 끝나지 않을 것이다.

"그가 오사카로 돌아올 때까지 이렇게 이 집에서 하릴없이 기다리는 겁니까?"

"할 수 없지."

료마는 정성들여 숫돌가루를 문지르고 있다. 그의 그 정성스런 손짓이 무쓰에게는 왠지 우습게 느껴졌다. 대체로 물건에 너무나 집착이 없는 사내라 칼 같은 것에는 도무지 아무런 애정도 취미도 없는 것이다. 다만 이 요시유키(吉行)만은 단 한 자루의 칼이었으므로 할 수 없이 소중히 하고 있는 모양 같았다.

"사이고군이 돌아오지 않으면 이쪽의 계획을 움직일 수 없다는 것인가요?"

"말하자면 그렇지."

"그만큼 그 사이고라는 인물은 사쓰마 번을 한 손에 쥐고 있다, 이 말씀입니까?"

"사쓰마 번만이 아니다. 그 사람은 조슈 문제라는 막부의 약점을 누르고, 아마 막부를 쥐고 흔들 작정인 모양이다."

"여하간에"

무쓰는 두 무릎을 안았다.

"우리들은 해군 회사의 계획도 진행시키지 못하고 사이고 한 사람만 바라보고 있어야 하는군요."

"그렇지, 콧노래라도 부르며 말이다."

"아니!"

무쓰는 놀라며 말한다.

"그럼 지금 그 노래는 사카모토님의 목소리였나요? 야아, 놀랐는데!"

"놀랄 건 없다. 비파가(琵琶歌)도 샤미센에 맞춰 부를 줄 아니까."

료마는 숫돌가루를 바르며 뜻밖에 좋은 목청으로 노래를 부르기 시작했다.

  사랑하는 내 님은
  우라도(浦戸) 앞바다서
  함빡 비에 젖어
  고기를 잡네

"고기를 잡네, 고기를 잡네, 하는 거지."

"묘한 노래군요."

무쓰는 웃음을 터뜨렸다. 그러나 어쩐지 지금의 상태를 노래로 읊은 듯한 느낌도 들었다. 우라도 앞바다에서 고기를 잡고 있는 님이란 사이고일 것이다. 하기야 그 거구(巨軀)의 사내가 처량하게 비를 맞고 있는지 어떤진 모르지만.

무쓰가 방을 나간 다음 료마는 벌렁 드러누워 멍하니 빗소리에 귀를 기울이고 있었다.

곤란한 일이 생겼던 것이다.

어젯밤, 고향에 있는 오토메 누님으로부터 긴 편지가 왔다. 읽어보니

"집을 나가 중이 되어 산에도 가고 전국을 돌고 싶다"는 사연이 적혀 있었다. 그 누님의 성품으론 능히 그러고도 남을 것이다.

'매형과 사이가 좋지 않은 모양이로군.'

료마는 생각하였다. 지난 분큐 3년 봄에 료마가 탈번의 결의를 굳히고 집을 찾아가서 오토메 누님에게 슬며시 하직 인사를 했을 때, 그녀는 말했다.

"어디에 있건 편지를 꼭 보내라. 편지의 주소는 이 야마기타 마을의 매형 집으로 하지 마라. 혼초 거리의 친정으로 해 줘. 왜냐고? 앞일은 모르지만 나는 이 집을 나갈 각오로 있으니까 말야."

료마는 그때 자기가 탈번하면 시댁에 누를 입힐까 해서 시댁을 오가려는 것인가 생각했다. 놀라며 만류했으나 아마 사정은 거기에 있었던 게 아닌 것 같다.

신스케 매형의 품행이 나빠 오토메 누님의 속을 어지간히 썩이는 모양이었고, 더구나 오시모(霜)라는 시어머니가 그 고장에서 유명하게 까다로운 사람으로 그녀가 오토메를 몹시 미워하고 있다는 것을 료마는 듣고 있다. 이것이 오토메가 시집에 나오고 싶어하는 가장 큰 이유였을 것이다.

'세상에는 귀찮은 일도 많군. 오토메 누님 같은 사람도 그런 일로 고생을 하나?'

그는 무책임하게 이상한 나라라도 들여다보듯이 생각했다.

얼마 뒤 오토메에게서 샤타로(赦太郎)라는 아들이 태어났으나, 그래도 사태는 별로 원만하게 돌아가지 않았던 것 같다.

생각 외로 뿌리가 깊었다.

고치 성 아래 거리 사카모토라 하면 거리 으뜸가는 유복한 향사로, 가족들은 농담만 하고 지내는 그지없이 명랑한 가정이었다.

오토메는 여자이면서도 검술과 마술을 좋아했고 특히 기다유(義

太夫) 노래는 전문가를 뺨치게 잘하여, 다섯 자 여덟 치의 커다란 몸에 예복을 걸치고 한바탕 목청을 뽑은 일도 있었다. 오토메는 이러한 처녀 시절을 보내며 부엌일과 바느질은 거들떠보기도 싫어했다.

그런 오토메가 가풍이 엄격하고 검약(儉約)을 신조로 삼고 있는 오카노우에 가문으로 시집을 간 것이니 기질이 맞을 리가 없다.

며느리로서의 괴로움과 고생이 많은 것 같았다.

료마는 몇 가지 이야기를 들은 적이 있다.

시어머니인 오시모는 쌀뜨물을 버릴 때라도 쌀알 세 톨을 흘리지 않았던 사람이다. 여자란 그렇게 해야만 하는 줄 아는 사람이었다.

"오토메, 세 톨까지는 용서한다. 그러나 너같이 흘렸다가는 지옥에 가겠다"고 말했다. 오토메는 그런 어리석은 일로 사람을 평가하는 시어머니를 속으로 경멸하고 있었다.

손자인 샤타로의 양육법도 달랐다. 생선을 먹일 때에도 시어머니는 뼈까지 깨끗이 빨아먹지 않으면 용서하지 않았으나, 오토메는 그것만은 양보하지 않았다.

"샤타로, 무사는 정신의 고매함을 유지해야 한다. 생선의 뼈까지 빨아먹는다는 것은 음식에 탐을 낸다는 것이다."

그러면서 그녀는 뼈에 붙은 속살에는 절대로 젓가락을 대지 못하게 했다.

이것은 료마도 어릴 때부터 오토메의 잔소리로 귀가 아플 만큼 들었던 터라, 그 이야기를 들었을 때 고소를 금치 못했다.

'샤타로도 그 때문에 기합을 받고 있구나.'

하기야 이것이 사카모토 가문의 법식이라 해도 오카노우에 가문에서 볼 때는 웃을 일이 아닐 것이다. 생선 먹는 법 하나를 가지고도 오토메와 시어머니 사이에는 심각한 대립이 있었다.

오토메는 손님에게 반드시 다과를 내놓았다. 그녀는 샤타로의 친구들에 대해서도 마찬가지였다.

"어린아이들에게까지 일일이 다과를 내놓을 필요는 없다."

시어머니는 잔소리를 했으나 오토메는 끄떡도 하지 않고 말했다.

"샤타로는 무사 가문의 종손입니다. 그의 친구라면 아무리 서너 살밖에 안 되는 아이들이라도 한 사람 몫의 손님으로 대우를 해 줘야 하는 것입니다."

그 과자는 반드시 홍백(紅白)의 과자였으며 내놓는 수도 홍백 두 개씩 네 개를 내놓았다.

샤타로의 친구가 아무렇게나 집어먹으려고 하면 오토메는 그를 제지하고 말했다.

"먼저 흰 과자를 먹어요. 그리고 다음에 붉은 것을 드는 거예요. 그리고 그 이상 먹어서는 안 돼요."

아이가 그렇게 따르면 나머지 홍백 두 개의 과자는 그 아이가 돌아갈 때 싸서 돌려보낸다.

오토메는 이런 것으로 아이들에게 질서 훈련을 시킬 생각인 모양이었다.

"헤픈 며느리로다."

시어머니는 불평을 했다. 시어머니는 며느리에 대한 불평을 일일이 아들에게 하소연했다.

신스케는 원래 이 오시모가 자기의 친어머니가 아니었으며, 야마기타 마을의 후지다(藤田) 가문에서 양자로 들어온 사람이었다. 양어머니인 만큼 조심과 눈치가 보여 그럴 때마다 신스케는 오토메를 방으로 불러 들여 신경질을 냈으며 때로는 오토메의 머리채를 휘어잡고 사정없이 때렸다.

신스케는 겨우 다섯 자가 될까 말까 하는 작은 사내였다. 오토메는 다섯 자 여덟 치의 큰 여자이며 더구나 쌀가마 두 개쯤은 거뜬히 들 만한 장사여서, 이런 광경은 우습다기보다 차라리 비참했다. 오토메는 언제나 저항하지 않고 맞아 주었다.

그러나 마침내 더 이상 참을 수가 없게 되었다.

친정인 사카모토 댁에는 올케가 세상을 떠나 곤페이가 아직 홀아비로 그냥 지내고 있었다. 오토메는 신스케에게 몇 차례나 졸라 댔다.

"친정에 주부가 없어 살림이 말이 아닙니다. 그러니 저를 돌려보내 주세요."

오토메는 답답한 나머지, 이 세상에서 자기를 가장 이해해 주는 료마에게 편지를 썼다.

볼일이 있어 친정에 들렀던 김에 료마가 쓰고 있던 2층 서쪽 방에 들어가 앉아 보았다. 그녀가 문득 료마에게 편지를 쓰고 싶은 생각이 들었던 것은 료마의 책상 위에 그가 어릴 때부터 사용하던 벼루집이 있었기 때문이었을 것이다.

무의식중에 하소연이 앞섰다.

그 편지가 지금 사쓰마 번저에 있는 료마의 책상에 올려져 있다.

'오토메 누님도 큰일이구나.'

료마는 일어나서 그 편지를 다시 한번 읽어 보았다. 전에 료마는 오토메 누님에게 보내는 편지에 이런 말을 쓴 적이 있다.

"오토메 누님의 명성은 가는 곳마다 자자하여 료마보다 강하다는 평판이더군요."

그 강한 오토메가 역시 여자였기 때문에 시집을 가서 여자다운 고생을 하고, 이처럼 서글픈 하소연을 남동생에게 하게 된 것을 생각하니 말할 수 없이 가엾은 생각이 들었다.

료마는 벼루를 꺼내 답장을 쓰기 위해 먹을 갈기 시작했다.

'그런데, 뭐라고 쓸까?'

암만해도 편지를 쓰는 것은 질색이었다. 자기의 최초의 스승이었던 누님의 신상 상담에 응해야 하기 때문이었다.

료마는 종이를 펴놓고 붓을 놀리기 시작했다.

지난번에 주신 편지 속에 여승이 되어 산중에 들어가고 싶다는 구절이 있는데, 이것은 정말 재미있는 착상(着想)을 하셨다고 생각합니다.

료마는 여기서 잠시 붓을 멈추었다. 그는 일종의 명문가였다. 오토메의 착잡한 심중을 참작하여 다시 경쾌하고 익살맞게 써내려갔다.

현재 사방의 정국은 어지러워 세상이 소란하지만, 낡은 가사(袈裟)를 어깨에 걸치고 길을 떠나면, 서쪽으로는 나가사키로부터 동쪽은 마쓰마에(松前)를 거쳐 홋카이도(北海道)까지 동전 한 푼 여비가 필요 없습니다.

요컨대 료마는 누님에게 "그것은 참 묘안이다. 낡아 빠진 가사만 걸치고 가면 전국을 노자 없이 거저 돌아다닐 수 있다"고 칭찬하는 것이다. "그러나 그러기 위해서는 그만한 각오가 필요하다"고 료마는 다시 써내려갔다.

그처럼 비용 없이 전국을 누비려면 우선 신곤 종(眞言宗)의 관음경과 잇코 종(一向宗)의 아미타경을 외야 합니다. 이것은 좀 어렵겠지만 어디를 가나 그들의 문도들이 퍼져 있으므로 반드시

외지 않으면 안 됩니다. 누님이 그렇게 할 것을 생각하니, 저는
재미있어 저절로 웃음이 터져 나오는군요.

여기까지 쓰고 료마는 정말로 우스워서 낄낄거렸다.
그때 무쓰 요노스케까 들어왔다.
그 소년은 항상 기척도 없이 들어와서는 료마 곁에 앉았다.
"편지를 쓰고 있으니 저리 가라."
료마는 얼굴도 들지 않고 말했다.

료마는 잠시 생각을 가다듬더니 다시 붓을 놀리기 시작했다. 그는
여자 순례자로서 무전여행을 할 수 있는 방법을 하나하나 설명해 내
려갔다.

그리고 또한 여승들이 항상 외는 경도 일부 준비하여 신곤 종에
갔을 때는 신곤 종의 것을, 잇코 종에 갔을 때는 잇코 종의 것을
외야 합니다. 다만 이것은 숙소를 얻기 위한 것이므로, 법문(法
文)이나 신란상인(親鸞上人)의 좋은 이야기 같은 것도 들려주어
야 합니다.

료마는 여기서 더욱 자세히 설명해 나가고 있다.

이제까지 말씀드린 것은 무전 숙박법이며, 한편 밝은 낮에는 또
낮대로 재미있는 돈벌이가 있습니다. 번화한 거리를 경을 외며 왕
래하면 돈은 저절로 호주머니에 굴러들어옵니다. 이렇게 꼭 해 보
십시오. 정말 재미있을 것으로 생각됩니다. 그까짓 뜬세상 그럭저
럭 살아가며 뽕! 방귀가 나올 만큼 해 보십시오. 죽으면 백골은

들판의 흰 돌로 변하고 맙니다. 어서어서 늦기 전에 시작해 보십시오.

료마는 이렇게 누나를 놀려 주다가 문득 '어쩌면 오토메 누님은 진짜로 경을 배우기 시작할지도 모른다.' 이런 생각이 들어 이번에는 위협적인 말을 쓰기 시작했다.

그러나 한 가지 명심할 것은 이 일은 절대로 혼자서 실행하면 안 됩니다. 만일 혼자서 길을 떠난다면 굉장히 무시무시한 꼴을 당하게 됩니다. 꼭 여승이 되어 전국을 순례하고 싶으면 누님도 아직 젊으니까 단단히 조심해야 합니다.

그리고 또한 절대로 얼굴이 반반한 사람과 동행해서는 안 됩니다. 같이 떠나야 할 동행은 무쪽같이 생긴 고집쟁이 할멈이 아니면 안 됩니다. 짤막한 몸뚱이를 망태기 속에 넣고, 두셋이서 함께 행동할 것이며, 만약 유사시에는 꽝! 한대 후려치고 그놈의 불알까지 모조리 잡아 빼 버리십시오.

"아니 그게 무슨 편집니까?"
무쓰가 읽어 보고 싶은 듯한 얼굴을 하고 물었다. 료마는 무쓰를 흘끔 보며 말했다.
"무전여행하는 법을 전수하고 있다."
"아하아, 사카모토님의 장기(長技)로군요. 그 비법을 어느 분에게 전수하시는 겁니까?"
"시끄럽다."
료마는 다시 편지 끝에다가 덧붙였다.

곰보 아씨에게도 안부 전하십시오.

료마가 늘 곰보니 복어새끼니 하고 놀려 주던 형 곤페이의 외동딸 하루이를 말한다.

명랑한 처녀였던 하루이도 얼마 전에 데릴사위 남편을 맞아 벌써 딸을 낳았으며, 이름을 쓰루이(鶴井)라 짓고 훌륭한 어머니가 되어 있었다.

겐지 원년의 섣달도 막바지에 접어들었을 때, 조슈로 잠입했던 나카지마 사쿠타로가 돌아왔다.

그는 포목 행상인으로 변장하고 있었다.

"어떻던가, 조슈는?"

료마가 다급하게 물었다.

"재 먼지가 난무하고 있더군요."

불과 열아홉 살밖에 안 되는 어린 지사는 대답했다.

조슈 탐색이라고 하는, 난생 처음의 중책을 수행했기 때문에 보고하는 말씨가 몹시 열을 띠고 있었다.

'이건 안 되겠군. 목욕이라도 시키고 밥을 먹인 뒤에 마음을 안정시켜서 말을 시켜야겠다.'

료마가 그렇게 생각한 것은, 나이어린 사람의 흥분한 보고를 듣게되면 아무래도 냉정한 객관적 판단을 하기 어렵다고 느껴졌기 때문이었다.

"사쿠타로, 우리 함께 목욕탕에 들어갈까?"

"어이구, 사카모토님이 남과 함께 목욕탕에 들어가신다는 것은 정말 희한한 일이군요."

사쿠타로는 료마의 등에 돌돌 말린 시꺼먼 털이 나 있는 것을 알고 있다. 그것을 남에게 보이는 게 싫어서 료마는 한여름에도 남들 앞에서는 웃통을 벗지 않았으며 누구와 함께 목욕도 하지 않는다는 것도 알고 있었다.

"글쎄, 목숨을 내걸고 탐색을 수행한 너를 위로하는 뜻에서 잔등의 털을 특별히 보여 주겠다."

"시시한 위로군요."

사쓰마 번저에는 서쪽에 있는 행랑방 옆에 비교적 커다란 목욕탕이 있다. 창 너머로 바라보니 다행히 굴뚝에서 연기가 나고 있었으므로 두 사람은 마당으로 내려와 차가운 바람 속을 달려서 목욕탕으로 뛰어들었다.

사쓰마 번저의 사람들은 아무도 들어가 있지 않았다.

"이건 우리 도사 사람이 독점한 거나 다름없군."

사쿠타로는 탕 속으로 풍덩 뛰어들었다.

"사카모토님, 이번에 도중에서 시를 지었지요."

"그래?"

"읊어 볼까요?"

사쿠타로는 무럭무럭 오르는 김 속에서 나지막하게 읊기 시작했다.

이제 장사, 칼을 의지하여 일어섰도다
짚신으로 밟고 지나는 천리 길에
북풍은 서리를 몰아오고 차가운 달은 외롭구나
만산에 눈이 쌓이고 초목은 시들어 앙상한데
혼자 나라 위에 통분하니 마음은 절로 호탕해지는구나
……
……

"사쿠타로, 됐다 그만해라."

료마는 탕 속에서 얼굴을 씻으며 말했다. 사쿠타로의 너무나도 열성적인 혈기에 압도되는 것만 같았다.

"도사내기들이 너무나 죽음을 서두른다고 세간에서는 말들을 하고 있지. 과연 그러고 보니 덴추조(天誅組)나 이케다야, 하마구리 궁문 등에서 죽은 녀석은 거의가 도사놈들이거든."

"……."

"그 시는 좋지 않다."

"어째서요?"

"죽음을 찬미하고 있다. 앞으로의 세상은 이미 결사적인 만용만으로는 따라갈 수 없다. 혼자서 천하를 움직이게 할 수 있는 기개와 지혜가 필요하다. 도사내기들의 광적으로 날뛰는 것과 경박한 언동은 이제 그만 버려야 된다."

나카지마 사쿠타로가 료마에게 보고한 조슈의 사정은 대충 상상하고 있던 대로였다.

금문 사변의 정치범으로서 세 중신을 할복시켰을 뿐 아니라, 막부의 비위를 맞추기 위해 마에다 마고에몬 등 일곱 근왕파를 체포하여 노야마(野山) 감옥에 처넣고 그 다음날 무 자르듯 뎅강뎅강 목을 쳤다고 한다. 어제까지 세도가 당당했던 조슈 근왕파의 거물급들이 하루아침에 역적 누명을 쓰고 형장의 이슬로 사라져 버린 것이다.

"비참한 일이로군."

료마는 왼손을 품속에 넣고 오른손으로 열심히 얼굴을 문질렀다. 그렇게라도 하지 않고는 치밀어오르는 의분을 가눌 길이 없었기 때문이다.

"조슈의 상급 무사들은 모조리 막부파가 되어, 그들은 하기(萩)

성 아래 거리를 창검을 번쩍이며 활보하고 있다더군요."

"가쓰라는 어떻게 됐지?"

"고고로님 말입니까? 그분은 금문 사변 직후 불타오르는 교토를 뒤로 종적을 감춘 채 여지껏 동지들조차도 행방을 모르고 있답니다."

"과연 검객이로군."

료마는 웃었다.

"도망갈 줄 알거든."

료마는 금문 사변 직후에 가쓰라가 안마사, 거지, 가마꾼 등으로 변장하고 교토를 탈출할 기회를 엿보고 있었다는 소문을 들어 알고 있었다.

어느 날 가쓰라는 애인인 산본기의 기생 이쿠마쓰를 은밀히 만나보려고 안마사처럼 꾸미고 거리에 나섰던 일이 있다.

이때 그것을 아이즈 번의 순찰대가 수상히 여겨, 동행할 것을 요구했다.

가쓰라가 아랫배를 누르며 지금 설사병에 걸려 있다고 호소하자 아이즈 번사들은 하는 수 없어 근처의 민가에서 변소를 빌려 주고 변소의 문 앞을 엄중히 경계했다. 가쓰라는 인사를 하고 변소에 들어갔는데 들어가자마자 거름 퍼내는 구멍으로 달아나 버렸다. 귀신처럼 기민한 동작이었다.

그 소문을 들었을 때 료마는

'에도 시대에 그 사내의 죽도(竹刀) 솜씨는 너무나 기민하여 아무도 따르지 못한다고 했었지.'

가지바시 번저에서 가쓰라와 시합했을 때의 일을 그리워했다.

"다카스기 신사쿠는 건재합니다. 그 사내는 영내를 귀신같이 출몰하며, 낭사들의 유격대와 씨름꾼으로 조직된 역사대(力士隊)

본부로 가서, 속론당 정부를 쓰러뜨릴 테니 힘을 빌려 달라고 그들을 설득하고, 자기는 어디서 가져온 것인지 갑옷을 착용하고 투구를 끈으로 목에 걸고 있더군요."

"재미있는 놈이야."

료마는 약간 기분이 밝아졌다.

"저는 그를 만났어요. 조후(長府)의 고산 사(功山寺)에 계신 산조 공과 다즈 아가씨를 찾아갔을 때, 마침 그런 모습으로 나타난 것이 바로 다카스기 신사쿠였습니다."

"흠!"

"산조 공께서 놀라시니까 다카스기는 지금은 비록 속론당에게 정권을 뺏기고 말았으나 이제 곧 전복시키고 말겠습니다, 조슈 남아의 기백을 보여 드리고 말겠어요 하고 사라졌는데, 그 뒤 시모노세키를 습격하여 속론당의 관리를 쫓아내고 그곳을 본부로 삼은 다음, 다시 미다지리 항(三田尻港)에 나타나서 번의 군함도 탈취했다는 소문이 있었습니다."

"허어!"

료마는 그림 이야기의 그림이라도 보는 것같은 흥분을 느끼고 탁무릎을 치며 조슈는 정말 재미있다고 중얼거렸다.

"재미있는걸."

료마는 또 한번 고개를 끄덕였다. 이처럼 재미있는 번이 또 어디에 있겠는가?

다행히 번주는 우매했다. 그것을 기회로 하여 하급 번사들이 번주에게 과격한 근왕 사상을 고무시켜 조슈 번을 마음대로 뒤흔들어 막부 체제하의 콧대 센 고집쟁이가 되었다.

그러던 것이 갑자기 막부에 호되게 얻어맞고 '천황'에게까지 미움을 받으며 역적이라는 오명까지 입고 말았다.

그러자 이제까지 조용했던 막부파가 갑자기 떼지어 들고 일어나 번주를 업고 근왕파의 탄압에 착수했다.

번주는 갑자기 막부파로 변했다.

근왕파는 살해되거나 혹은 도망쳤다. 본래 그들은 수효가 적었으며 일단 권력의 자리에서 떨어지자 아무 힘도 없었다.

조슈 번의 상급 무사 계급 출신의 근소한 근왕파였던 다카스기 신사쿠는 막부파의 눈을 피해 영내를 전전하며 말했다.

"어디까지나 막부와 싸우겠다. 여차하면 번주 부자를 모시고 바다 건너 조선으로 도망가서 망명 정권을 세우겠다. 그리고 보슈 조슈 두 고을이 초토가 된다 해도 머지않아 천하 형세를 일변시키는 기초가 된다면 역시 좋은 일이 아니겠는가?"

"재미있는 사내로군."

료마가 사쿠타로에게 말했다.

"천재입니다. 기책 종횡(奇策縱橫), 신출귀몰, 기상천외라는 점에서 사카모토님을 닮았군요."

"닮긴 어디가 닮았단 말야?"

료마는 다카스기 신사쿠와 비교되어 몹시 한심스럽다는 얼굴을 했다. 다소 자존심이 상했던 모양이다.

"나 같으면 조슈 번이라는 작은 천지를 버리고 천하나 지구의 중핵(中核)을 찌른다."

"그건 너무합니다. 다카스기 신사쿠는 사카모토 료마와는 달리 훌륭한 가문에 태어났고 번주 부자에게도 몹시 총애를 받고 있습니다. 그러니까 번을 헌신짝 버리듯 버릴 수가 없을 뿐더러 자연 활동은 번을 중심으로 할 수밖에 도리가 없지 않습니까?"

여하튼 사쿠타로의 보고에 의하면 다카스기 한 사람이 혹성(惑

星)처럼 활약하고 있으며, 군대를 이용해서 정변을 일으키려는 모양이었다. 그러나 다카스기의 생각대로 속론당 정권이 쉽사리 쓰러질 것인가는 의문이었다.

"그렇지만 어려울 것입니다. 기병대마저도 다카스기 신사쿠의 움직임에는 방관하는 태도를 취하고 있을 정도니까요."

"그렇던가? 참, 조슈에는 그런 부대가 있었지."

기병대로 대표되는 조슈의 여러 부대는 고유의 번 제도에 생긴 혹 같은 존재로, 엄밀하게 말한다면 번사들이 아니다. 그들의 출신은 상인, 농민, 승려, 신관(神官), 역사(力士) 등으로서 외국군을 치기 위해 창설된 임시 군대인 것이다.

따라서 번정(藩政)의 움직임에는 일종의 독립된입장을 취하고 있어 해안 지방의 도시들에 본부를 설치하고 지키고 있는 것이다.

"나 같으면 그 부대들을 이용하지."

료마가 말했다.

"그 부대들을 움직여 조슈 번을 점령하고 만다. 그 수반(首班)에는 번주를 앉히지 않고 다섯 공경을 앉히도록 한다."

"이미 그런 움직임이 싹트고 있습니다. 더구나 그것을 도사 패거리들이 하고 있습니다. 예를 들면 나카오카 신타로 같은 사람이지요."

뜻밖의 이름을 사쿠타로는 꺼냈다.

이와는 별도로 조슈에는 '오경(五卿)'이라는 독특한 정치 세력이 존재하고 있다. 망명의 공경단(公卿團)이다.

예의 그 분큐 3년 8월의 정변으로 교토를 나온 산조 경 이하 7명의 과격파 공경들로서, 그들 중 사와 노부요시(澤宣嘉)는 다지마 이쿠노(但馬生野)의 난(亂)에 참가하느라고 탈락되고, 니시키고조지 요리노리(錦小路賴德)는 지병인 결핵 때문에 망명 중 세상을 떠났다.

그러므로 자연 다섯 공경이 된다. 산조 사네토미를 대표로 하여 시조 다카우다, 산조 니시스에도모, 히가시구제 미치토미, 미부 모도나가 등 다섯 공경이다.

조슈 번은 그들을 우대하여 처음에는 미다지리에 있는 쇼켄 각(招賢閣)을 숙사로 제공하였고 곧 이어서 야마구치 교외에 전각을 세워 그곳으로 영접했다. 질이 좋은 온천이 나오는 고장이었다.

이들 오경(五卿)에게는 호위 병사가 있었다.

그들은 거의 다 도사인으로, 교토로부터 그들을 호위하며 조슈까지 따라온 히지가다 구스사에몬(土方楠左衛門)을 위시하여 고향을 도망쳐 나와 그들의 호위에 참가한 자들도 많았다.

일본에는 예부터 혈통 숭배의 풍습이 강하다. 일본인의 가계(家系)의 집약적 중심은 황실이고 그 다음의 신성 혈족은 공경으로 인식되어 왔다. 천황을 옹호하고 깃발을 올리며, 그것이 불가능할 경우에는 공경을 업고 나와 그것을 천황의 대리로 세워 거병(擧兵)하는 것이 예부터 내려오는 풍습인 것이다.

특히 남북조 시대에 이것이 유행하였으며 막부 말기에 와서도 역시 변함이 없었다. 오히려 시대적 유행으로서 지사들 사이에 구스노키 마사시게와 남조(南朝)의 행적을 모방하려는 의식이 강렬했기 때문에 어느 시대보다도 그 경향이 두드러졌다.

조슈 번과 도사 낭사를 중심으로 하는 낭사단이 이 오경을 소중히 여겼던 것은 당연한 일이었다.

그런데 조슈 번은 막부에 굴복했다.

막부는 조슈 번에서 무척 아끼는 오경을 뺏으려고, 항복의 표시로서

"오경은 조정의 죄인이다. 그들은 이미 관위와 공경으로서의 예우(禮遇)도 박탈되었으니 그 다섯 죄인을 인계하라"고 요구했다. 막부로서는 오경을 에도로 호송하여 처형함으로써, 만천하에 자기들의 위력과 권세를 과시하려고 했던 것이다.

그 막부의 명령은 총독 도쿠가와 요시카쓰의 손에 들어와 있었다. 그러나 사이고가 총독을 설득하여 그것을 묵살시키고, 새로이 "오경을 지쿠젠 구로다 번 등 규슈 오 번에 인도하라"는 요구로 바꾸어 그것을 조슈 번과 교섭하고 있었다. 물론 속론당 정권은 이 귀찮은 오경을 번 외로 쫓는 것에 찬성이었다.

"나카오카님이 말입니다."

사쿠타로가 말한 것은 이런 정정(政情)을 배경으로 하고 있다.

"오경을 수호하는 군사를 새로 조직하여 남국대(南國隊)라고 명칭을 붙여 히지가타님 등과 함께 속론당 정권의 요구를 물리쳤습니다. 이것을 좋아한 것은 조슈인 야마가타 교스케를 대장으로 하는 기병대로, 기병대에서는 오경을 옹호하여 번의 정부와 싸우려는 결의를 굳히고 있습니다."

"그것은 그렇다고 치고."

료마는 생각난 듯이 말했다.

"다즈 아가씨는 어떻게 지내시던가?"

"이거 참"

사쿠타로는 머리를 긁적거렸다.

"진짜 중요한 것을 잊어버렸군요. 잘 지내고 계십니다."

"조후(長府)에 있던가?"

료마는 물었다. 지금 오경은 바칸에서 시오 리쯤 떨어진 조후라는 곳에 있다.

"예, 조후의 고산 사라는 절이 오경의 숙진(宿陣)으로 되어 있으므로 다즈 아가씨도 그곳에 계십니다. 사카모토님에게 안부 전해 달라고 하시더군요."

"그 말뿐이던가?"

이렇게 말한 것은 사랑의 전갈이라도 바라고 그런 것이 아니라 혹시 그녀가 료마에게 무슨 부탁을 하지 않던가 하고 묻는 뜻이다.

"말씀은 하셨지만, '아마 무리겠지, 료마님이 뒤에 오지 못할 거야. 와 주기만 한다면 크게 도움이 될 텐데……' 하며 더 이상 다른 말은 없었습니다."

"무슨 뜻일까?"

"아마 거병(擧兵)이겠지요."

사쿠타로는 말했다.

오경을 옹호하고 일어나 조슈의 속론당 정부를 쓰러뜨리고 조슈 번을 당초의 근왕 번으로 다시 체재를 바꾸어 막부에 끝까지 항전하겠다는 것이다. 오경 밑에 있는 주요한 도사인들은 나카오카 신타로를 위시하여 각 번의 낭사들을 합해 30여 명쯤 된다고 한다.

다즈의 의견으로는 그들의 통솔자로서 료마를 앉히면 번 외의 낭사들도 구름처럼 모여들어 이것을 다카스기 신사쿠의 쿠데타 부대와 합세시키면 큰 세력이 될 것이라는 것이었다.

"그런 곳에는 안 간다!"

료마는 딱 잘라 말했다.

"대장격으로 나카오카가 있지 않나?"

"나카오카님은 과연 대장이지만 그는 웅변 외교의 명인이므로 오경과 조슈 번의 입장을 구하기 위해 이와쿠나 지쿠젠 등을 전전하여, 사쓰마인 사이고나 지쿠젠의 쓰키가다 센조(月形洗藏) 등과도 회담하여 한 군데 오래 있을 수가 없습니다. 지금 나카오카님은 패잔한 조슈 근왕당의 대변자이며 구호신처럼 되어 있었습니다."

"이케 구라타는 어떻게 됐나? 그는 수령(首領)의 재능이 있다. 이케를 너와 함께 조슈로 내려보낸 것은 한편으로는 그런 기대가 있었기 때문이다."

"이케님은 오경보다도 다카스기님의 활동이 더 재미있을 것 같다고 하며 다즈 아가씨와 작별하고 다카스기님의 참모격으로 일하고 있습니다. 그처럼 혈기가 왕성한 사람은 처음 보았습니다. 말릴 수가 없더군요."

"사쿠타로."

"예."

"즉시 조슈로 돌아가라. 나에게는 조슈의 일보다 더 중요한 일이 있다. 내가 계획하는 그 중대사가 궤도에 오르면 너를 다시 부를 테니 그때까지 다즈 아가씨 옆에서 힘이 되어 드려라."

다음날 아침, 사쿠타로는 또다시 행상인으로 변장하고 오사카 사쓰마 번저를 빠져 나가 조슈로 향했다.

전운

야마구치 현에 에도(繪堂)라고 하는 조그마한 마을이 있다.

인근에 종유동(鐘乳洞)으로 유명한 아키요시다이(秋吉臺)가 있으며 그 아키요시다이 쪽으로 난 길을 따라 에도로 들어가게 된다. 주위는 언덕으로 둘러싸여 가을이 되면 단풍으로 경치가 아름답다.

필자는 지난 가을 그 근처를 찾아갔다.

"에도로 갑시다."

야마구치 시에서 탄 자동차 운전사에게 부탁했더니 그는 흥미를 나타내지 않고 그곳보다도 아키요시다이로 가시는 게 어떻습니까? 슈호도(秋芳洞)라고 하는 일본 제일의 종유동이 있는데 요즘 많이들 구경하고 있지요, 국철(國鐵)이나 현청에서도 힘을 기울이고 있습니다, 토산물은 주로 대리석 꽃병이지요 하고 열심히 권유하는 것이었다.

나는 에도에 볼일이 있다고 거절했으나 이 친절한 운전사는 단념할 수가 없는지 아키요시다이 밑을 지나갈 때도 물었다.

"어떠십니까."

차를 서서히 몰았다. 괜찮습니다, 거절하고 애원하다시피 하여 에도로 가 달라고 했다. 그러나 야마구치 시의 운전사는 그 조그만 마을 이름을 알지 못해 물었다.

"에도가 어딥니까? 그런 곳엔 아무것도 볼 게 없습니다."

에도는 현내에서도 그 정도로밖에 취급받지 못하고 있다.

오사카의 사쓰마 번저에서 해를 넘기고 게이오 원년 정월을 맞이한 료마도, 물론 조슈의 에도라는 이 한촌의 이름을 몰랐고, 그곳에서 무슨 일이 벌어지고 있는지도 몰랐다. 물론 막부에서도 몰랐다. 막부가 알았다면 크게 놀랐겠지만 조슈 번내의 일이었으니 알 리가 없었다.

에도에서는 정초부터 전쟁이 벌어졌다. 1천 명과 2백여 명의 조그만 전쟁으로 일종의 내란이다. 전쟁으로서의 규모로 볼 때는 하찮은 사건이지만 그 결과가 막부 말엽의 일본사(日本史)를 크게 회전시킨 계기가 되었다는 것을 생각하면 에도 전쟁의 의의는 크다.

전쟁이 일어난 시기는 히로시마에 주둔하고 있던 막부의 정벌군 총독이 조슈 번의 항복을 보고 각 번에 군대 철수 명령을 내린 다음이다.

겐지 원년 12월 27일, 조슈의 변경(藩境)을 포위하고 있던 각 번은 철수를 시작했다.

사건은 그 직후에 일어났기 때문에 외부에는 전혀 알려지지 않았다.

일의 발단은 하기(萩)를 수도로 하는 조슈 번의 속론당 정부가 기병대(奇兵隊) 등 여러 부대에 해산을 명한 것에서부터 일어났다.

"명령에 복종하지 않으면 토벌한다."

이렇게 선언하고 중신 아와야 다데와키(栗屋帶刀)가 1천 명의 군사를 이끌고, 시모노세키를 점령 중인 다카스기 신사쿠를 토벌하기 위해 하기를 출발하여 에도에 포진했다.

기병대의 군감(軍監) 야마가타 교스케는 에도에서 60리 떨어진 가와라(河原)라는 역참(驛站)에 진을 쳤다. 응징대(膺懲隊), 남국대(南國隊) 등 여러 부대의 사람들을 긁어모아 가까스로 총병력 2백 명을 만들었다.

"앉아서 무장 해제를 당하기보다는 차라리 에도에 숙영하고 있는
속론당의 군사를 야습하여 되든 안 되든 승부를 가리자!"

이렇게 하여 정월 초닷새날 밤에 산골 오솔길을, 횃불 하나를 밝히고 전군이 침묵 속에 행군하였다. 도중에 마주친 마을의 남녀들은 비밀을 유지하기 위해 모두 붙잡아서 길가에 선 나무에 결박해 놓고 도둑처럼 발소리를 죽이고 전진했다.

은밀한 야간 행군은 성공했다.

에도 마을의 불빛이 보이는 언덕까지 진출한 것은 새벽 2시경이었다. 기병대 군감 교스케는 간부 장교를 손짓으로 불렀다.

"저것이 에도다."

그리고 손을 들어 가리키며 말했다. 에도에는 중신 아와야 다데와키가 1천 명의 군사를 거느리고 숙영하고 있다. 야마가타는 서민군(庶民軍) 기병대의 군감이긴 했으나 번에서의 신분은 잡병이다. 세월이 이렇지만 않았다면 아와야 다데와키 같은 번의 중신은 똑바로 쳐다보지 못하는 신분이었다. 그러한 그를 치게 되었으니 야마가타는 틀림없이 속으로 떨렸을 것이다.

더구나 아와야 다데와키가 인솔하는 속론당의 군사들은 거의 다 상급 무사들의 자제였다. 신분의 차별은 도사 번만큼 심하지는 않았으나 그래도 보통이 아니었다.

교스케는 다쓰노스케(辰之助)라고 불리던 열네댓 살 때, 번의 서당인 메이린 관(明倫館)의 급사로서 입주했다. 잡병의 자식은 이 번교(藩校)에 들어갈 수 없었으며 교수들의 잔심부름이나 할 수 있었다.

비 오는 어느 날, 심부름을 나가려고 메이린 관을 나섰을 때 맞은편에서 검도 도구를 어깨에 메고 오는 젊은 무사가 눈에 띄었다. 복장으로 보아 분명히 봉록이 높은 상급 무사의 아들이었다.

잡병의 자식들은 땅에 꿇어앉아야 한다. 뛰어가던 교스케는 급히 짚신을 벗고 진창 속에 꿇어앉았다. 그러나 그 순간 너무 급히 꿇어앉는 바람에 그만 흙탕이 그 젊은 무사의 하카마에 튀었다.

그 뒤는 보나마나 뻔한 소동이 일어났다. 젊은 무사는 앗! 하고 몸을 피하며 소리쳤다.

"무례한 놈! 그 자리에서 꼼짝 마라!"

그러고는 칼자루에 손을 댔다. 교스케는 기겁을 하고 구구하게 변명을 늘어놓았으나 들어 주지 않았다. 마침내 길 가운데로 끌려나와 흙탕 속에 꿇어앉은 채 이마에 진창이 묻도록 조아려야만 했다.

본래 교스케는 방자하고 교만하여 좀처럼 남을 용서하지 않는 기질의 사내이다. 그러니 만큼 그날의 굴욕은 참을 수가 없었을 것이다. 젊은 무사가 사라진 뒤 교스케는 흙투성이가 된 얼굴에 눈물을 뚝뚝 흘리며 "두고 봐라!" 하고 몇 번이나 중얼거리면서 처마 밑을 누비며 뛰어갔다.

바로 그 상급 무사의 무리들이 저 아래 에도 마을에 잠들고 있는 것이다. 교스케는 병사들을 각기 부대에 배치하고 명령을 내렸다.

"봉화를 올릴 때까지 발포하지 마라. 봉화 신호가 올라가면 즉각 총을 쏘며 돌격해라!"

간부들도 긴장 때문에 떠는 자가 많았다. 기병대의 용감함은 번내에서 으뜸이라는 평판이 있었으나, 그들은 농군, 상인, 직공들의 자제로서 그들의 대장 또한 잡병의 천한 신분이다. 상대는 대장이 중신이고 그 부하는 상급 무사이다. 대원들은 이제 곧 시작될 싸움에 대한 공포 외에 그러한 계급 차에서 오는 두려움 때문에 떨었던 것이다.

"상대를 밭에 있는 무라고 생각해라!"

교스케는 말했다.

"이번 이 싸움에 지는 날에는 조슈 번의 근왕당은 궤멸한다. 그렇게 되면 천하의 근왕 활동은 끝장을 보게 되는 거다. 그러므로 근왕당의 사활은 우리들 2백 명의 어깨에 걸려 있다."

에도 싸움은 어린아이들 장난처럼 시작되었다.

"같은 번의 사람끼리니, 예의를 다해서 개전장(開戰狀)을 보내자."

교스케는 글씨깨나 쓰는 자에게 그것을 쓰게 하여 대원 중의 나카무라 요시노스케(中村芳之助), 다나카 게이스케(田中敬助) 두 사람에게 들려 보냈다.

나카무라와 다나카는 어둠 속을 더듬어 언덕을 내려가서 개천을 끼고 마을로 들어갔다. 그리고 본진으로 짐작되는 곳까지 겨우 접근했다.

문에는 높다랗게 초롱이 매달려 있었으나 초병은 없었다. 두 사람은 두려움에 가슴이 떨렸으나 용기를 내어 서쪽 문을 살며시 밀고 안으로 들어갔다.

"모두 자고 있는 모양이구나."

나카무라가 안심하고 다나카에게 속삭였을 때였다.

"누구냐!"

하는 소리가 나더니, 마당에 경비하는 자인 듯 저벅저벅 발소리가 다가왔다. 두 사람은 기겁을 하고 놀라며 개전장을 정신없이 현관에 내던지고는 뒤도 돌아보지 않고 문 밖으로 뛰쳐나왔다. 허둥지둥 아무 길로나 달리자 뒤에서 여럿이 쫓아오며 "어—이" 하면서 소리쳤다. 그 소리를 들은 척도 않고 산속으로 뛰어들고 나서야 비로소 한숨을 돌렸다.

다데와키의 본진은 모두 잠이 깼다. 아와야 다데와키도 뛰어 일어나 개전장을 보자 크게 신음했다.

"이것은 보통 일이 아니다. 적이다! 모두 싸울 준비를 하라!"

벌떡 일어섰으나, 다데와키 자신도 잠옷 바람에 몸에 무기라고는 아무것도 차고 있지 않았다. 칼, 내 칼 어디 갔나 하고 소리쳤으나 장사(將士)들 자신도 자기들의 총이나 창을 찾기에 바빠서 다데와키의 칼까지 염려할 여유가 없었다.

"할 수 없다! 불을 켜라, 불을!"

고함을 질러 겨우 집 안의 여기저기에 불이 켜졌다.

그 불빛을 보자 산 위의 야마가타 교스케는 선뜻 일어서며 봉화를 올리라고 명했다.

'쾅' 하는 소리와 함께 봉화가 하늘로 치솟아 올랐다.

그와 동시에 에도 마을을 포위한 요소요소에서 일제히 총성이 울려 그 불빛을 향해 정확하게 총알이 날아갔다.

한편 이쪽 본진에서는 다데와키가 겨우 정신을 가다듬어 무장을 갖추고 마당으로 달려 나와 말 위에 올라탔다. 그러나 속론당의 패거리들은 집 안을 이리저리 피해 다니고 있다.

"전군 아카무라(赤村)까지 후퇴!"

어쩔 수 없어 최초로 발한 호령은 이것이었다. 명령이 떨어지기가 무섭게 잡병들은 우르르 달아나기 시작했다. 다데와키도 달아났다.

그러나 반대로 기병대를 향해 반격하는 자도 있었다. 다데와키의 부장(副將)으로 속론당의 투장(鬪將)이었던 자이마 신사부로(財滿 新三郞)였다. 개놈들! 상놈들! 하고 외치며 말을 몰아 기병대의 진지로 달려들어 고래고래 소리쳤다.

"주군에게 대항하나, 이놈들, 주군에게 항거하나? 손을 멈춰라! 총을 버려라!"

그러나 이미 그런 위압과 협박 따위는 효력이 없었다. 자이마는 몸에 10여 발의 총알을 맞고 그 자리에서 즉사했다. 이 싸움에서 이긴 기병대는 싸움과 그 사회적 위치의 두 가지 점에서 자신을 얻었다. 서민이 무장하고 군대에 편입된 것은 기병대가 최초였으며 그것이 무사단을 압도한 것도 이 에도 전투가 처음이었다.

그 뒤 정월 10일, 속론당 정부는 군비를 재정비하고 남하하여 다시 에도 부근에서 기병대와 격돌했다.

정부군은 1천 명, 기병대는 2백 명이다. 그 중에도 가와카미(川 上) 방면이 주력으로서, 기병대 1백 명에 산포(山砲)가 1문 있었다. 포대장은 미우라 고로(三浦梧樓)였다.

기병대는 수가 적었으므로 되도록 험준한 산마루를 의지하여 방어전에 전념했으나 마침내 정부군에 밀려 패주하기 시작했다. 야마가타 교스케는 조금 떨어진 덴진(天神) 언덕에서 이것을 보자 깜짝 놀랐다. 곧 부하 1개 소대를 이끌고 달려가 그들을 길가 대밭에 숨겨 두고 명령했다.

"이제 곧 적이 온다. 한 발도 물러서지 마라!"

그는 또 다른 1개 소대를 데리고 산을 타고 달려, 남하해 오는 정부군의 측면으로 나가 산등성이를 뛰어내려가며 돌격했다.

이 교묘한 포위 전법으로 정부군은 흩어지기 시작했으며 지리멸렬되어 도망쳤다.

하기의 번 정부에서는 두 차례에 걸친 패전에 놀랐다. 게다가 다카스기 신사쿠가 포획(捕獲)한 군함 기가이마루(癸亥丸)에 탑승하여 해상을 통해 하기로 공격해 온다는 소문이 돌자 더욱 놀랐다.

료마도 나중에 알았지만 세도 내해 해안인 미다지리 항을 습격하여 이 기가이마루를 탈취한 것은 이케 구라다 등 5명의 도사인이었다.

이들 중 이케만이 고베 해군학교에 있었던 덕분으로 다소나마 배를 움직일 수 있었다. 다카스기가 몹시 기뻐하며 칭찬을 했다.

"이케군은 돌격만 잘하는 줄 알았더니 서양 범선도 움직일 줄 아는군그래."

그때 이케는 잠시 동안이었지만 사카모토 료마에게 배웠다고 말했다.

"또 사카모토야?"

다카스기는 웃었다. 도사인들은 툭하면 사카모토 료마의 이름을 내놓는다. 그것이 우스웠던 것이다.

"한번 그 사카모토라는 분을 만나보고 싶군 그래."

다카스기는 말했다.

그 기가이마루를 이케의 운전으로 일본 서해안에까지 보내 하기의 앞바다를 빙빙 돌게 하였다. 이것이 정부를 공포 속에 몰아넣는 원인이 되었다.

하기의 정부군은 마침내 군세를 총동원하여, 정월 14일 최후의 결전을 시도하고자 남하하여 에도 부근의 오타(太田)에서 기병대와 마주쳤다.

전투는 아침 10시부터 폭풍우 속에서 전개되어 오후 2시에 정부군의 궤멸로 끝장이 났다.

그런 다음 번사단 중에서 중립파의 번사가 단결하여 조정(調停)에 나섰는데, 여러 가지로 복잡한 경위를 거친 뒤 번주가 다시 근왕파의 편을 들게 되었다. 번주는 속론당의 군대를 전부 해산시켰고, 번 정부는 또다시 예전대로 근왕파의 인물들로 조직되어 정변(政變)은 완전히 성공했다.

그 뒤 무쿠나시 도타(椋梨藤太) 등 속론당의 거물급들에 대한 참수(斬首), 할복 등의 형이 번주의 명령으로 집행되었다.

불과 2달 전에 이 형장에서 근왕파의 마에다 마고에몬이 역시 번주의 명령으로 목이 달아났던 것을 생각하면, 명령자로서 모리 공만큼 다사다난한 운명을 가진 군주도 드물 것이다.

여하튼 조슈 번은 원래의 근왕 번으로 돌아왔다.

료마는 이런 소문을 때때로 오사카의 사쓰마 번저에서 들어서 알고 있다. 그는 속으로 생각했다.

'재미있는 세상이 되어 가는군.'

게이오 원년도 정월이 지났으나 료마가 학수고대하고 있는 사이고는 아직 규슈 방면에서 돌아오지 않았다.

2월로 접어들었다. 그달 12월, 료마가 유숙하는 오사카의 사쓰마 번저로 뜻밖의 진객이 찾아 왔다.

나카오카 신타로

히지가다 구스자에몬

그 당시 이미 이 두 사람의 도사 낭사는 사쓰마와 조슈 사이에 이름이 알려져 있었다. 나가오카는 조슈에서 분주히 돌아다녔으며, 히지가다는 오경(五卿)의 비서관으로서 활약하고 있었다. 말하자면 지금의 조슈 정세의 중요한 핵심을 이들 두 사람이 파악하고 있다고 해도 과언이 아니다.

그들은 바로 며칠 전까지 조슈에 있었다. 그러나 조슈는 천하의 죄인이 되어 있기 때문에 중앙 정세를 알 수 없었다.

특히 교토의 궁정(宮廷) 내막을 알 수 없었다. 그러므로 오경의 필두인 산조 사네토미 경은 나가오카와 히지가다에게 부탁했다.

"교토로 잠입하여 조정과 공경들의 의견을 알아보고 와 주기 바란다."

두 사람이 그 밀명을 받고 여장을 꾸려 시모노세키까지 왔을 때 안성맞춤으로 사쓰마 번의 증기선이 입항했다.

"저 사쓰마 배로 가자."

이렇게 생각하고 나가오카가 그 배에 교섭을 하자 사교성이 많은 사쓰마인들은 기꺼이 승낙했을 뿐 아니라 이런 말까지 해 주었다.

"교토에 가십니까? 우리도 교토로 가는 중입니다. 그곳은 신센조 등 막부의 관리들이 날뛰고 있어 요즘은 더욱 세상이 시끄러우니 꼭 사쓰마 번저에 유숙하도록 하십시오."

그뿐 아니라 때마침 승선하고 있던 사이고의 비서관 요시이 고스케가 두 사람의 여행 동안 줄곧 떨어지지 않고 동행해 주기로 했던 것이다. 이 한 가지 일만 보아도 사쓰마 번이 이들 두 도사인을 얼마나 우대하였는지 가히 짐작이 갈 것이다.

배 안에는 요시이 고스케 외에 오쿠보 도시미치와 사이쇼 조조 등 사이고의 맹우(盟友)들이 타고 있었다. 그들은 한결같이 이들 고명한 도사인을 정중하게 대했다.

두 사람은 오사카의 덴포 산 앞바다에서 배를 내리고 도사보리의 사쓰마 번저에서 하루를 묵었다.

"자네가 여기 있다는 것은 알고 있었네."

나카오카는 료마에게 말했다.

히지가다는 생김새부터 농군 같았으며 나이 많은 영감처럼 꾸밈이 없었으나, 나카오카는 머리도 동작도 명민하기 짝이 없는 사내로서 그의 말도 칼날처럼 날카롭다.

"사카모토군! 천하가 지금 위급을 알리고 있다. 그런데 자네 같은 사람이 왜 이런 때에 빈둥빈둥 할일 없이 날을 보내고 있나?"

"배가 없네!"

"자네는 바본가?"

나카오카는 말했다.

"조슈가 참패하고 천하의 근왕 양이가 멸망하려는 이때에 배라니, 무슨 뚱딴지같은 소린가?"

"배가 없단 말이야."

료마는 싱글싱글 웃었다. 조슈 문제로 흥분하고 있는 나카오카는 연신 그 문제를 들고 나와 토론했으나 료마는 웃고 있을 뿐이었다.

"사카모토군, 자네에게 묻겠네."

나카오카는 눈살을 찌푸리며 말했다.

"막부를 어떻게 생각하나?"

"유해무익한 존재라고 본다. 정부로서의 대외적인 실력을 잃고 또한 그런 성의도 없고 기능도 없다. 이미 오늘날에 와서는 막부의 수명이 하루 더 연장되면 그만큼 손해만 커질 뿐이야. 이대로 간다면 마침내 일본은 멸망하는 길밖에 없을걸."

"옳은 생각이다."

나카오카는 눈을 빛냈다.

"그렇다면 자네는 어째서 이렇게 앉아서 한가롭게 콧구멍 털이나 뽑고 있는가? 지금 천하를 두루 살펴보아도 막부를 쓰러뜨릴 만한 기개를 지니고 있는 번은 조슈 번뿐이다. 그 조슈 번이 이번 일로 왕년의 힘을 잃었다. 우리 도사인들은."

나카오카는 조슈 방면에서 활약하고 있는 한 고향의 동지 몇 사람의 이름을 대면서 말했다.

"그 조슈의 기개가 회복되도록 필사적으로 활약하고 있다. 조슈를 재기시키는 것이다. 그들을 재기시킬 수 있는 가장 좋은 방법은 교토의 공경들을 설득시켜 그들에게 조슈를 동정토록 하고 천자님을 움직여 다시 근왕의 선봉이라는 기표(旗標)를 조슈에 내리도록 한다. 그렇게 되면 막부나 각 번에서도 조슈를 만만찮게 여겨 눈치를 보게 될 것이니 자연의 추세로 조슈 번의 정기(正氣)도 되살아나 마침내는 천하가 조슈를 떠받들게 된다. 나는 그 운동을 하기 위해 교토로 간다."

"좋은 생각이다."

료마는 매우 진지한 표정으로 고개를 끄덕였다. 나카오카는 다시 말을 이었다.

"찬성하는 건가? 그렇다면 자네는 어째서 여기 앉아 우리의 고심을 한가히 바라보고만 있나? 어찌 짚신을 신고 여장을 갖추어 우리와 함께 활약하려고 하지 않는가?"

"아니, 나에겐 다른 생각이 있다."

료마는 미안한 듯이 말했다.

"배 말인가?"

"그렇지. 배 세 척이 필요해."

"어리석은 소리를……."

나카오카의 목소리는 떨렸다.

"사카모토 료마는 세상에 거인이라고 이름이 났는데 그것은 도무지 잘못된 소문이었군! 국가의 위난을 아랑곳 하지 않고 배에만 미쳐 있구먼."

"그렇게 윽박지르지 말게나. 인간이란 어떠한 경우에도 자기가 좋아하는 길, 잘 아는 길을 버려서는 안 되는 법이야."

료마는 나카오카가 막부를 타도하는 활동의 일선에 서서 분투하고 있는 것은 그 나름대로 좋은 일이라고 생각하고 있다. 그러나 막부는 쓰러지지 않는다.

'아직은 쓰러지지 않는다.'

료마는 그렇게 보고 있었다. 교토의 공경들을 설득한다고 나카오카가 분발하고 있지만 헛수고일 것이다. 공경 같은 사람들은 어느 때나 강한 쪽에 붙는다.

'실력을 길러야 한다. 그리고 나서야 막부를 치겠다고 발언을 하든지 할 수 있는 것이다. 그러자면 시간이 걸리고 번거롭지만 함대를 만드는 수밖에 달리 방법이 없다.'

이튿날 아침 나카오카와 히지가다는 요시이 고스케 등 사쓰마인들의 호위를 받으며 교토를 향해 오사카를 떠났다.

이윽고 4월이 되었다.

조개잡이 배가 쉴 사이 없이 도사보리 강을 오르내리고 있는 오후, 사이고가 새까맣게 탄 얼굴을 하고 돌아왔다. 곧바로 료마의 방을 찾아왔다.

"오래간만입니다. 할 말이 태산 같은데 저녁때 술이나 나누며 이야기합시다."

이윽고 저녁상을 받았을 때 사이고는 말하기 시작했다.

"사카모토님, 당신이 오사카에서 기다리고 있는 동안에 시국은 일변하고 말았소."

그리고 이어서 조슈 처분 문제, 오경의 이전 문제 등 자기가 직접 목격하고 온 것을 사이고는 자세하게 설명했다. 이미 조슈는 사태가 진정되고 오경은 진수부(鎭守府)로 옮겨갔다는 것이다.

"그래서 막부가 몹시 기뻐하더군요."

사이고는 반어적(反語的)으로 말했다. 그것도 그럴 것이, 막부로서는 눈 위의 혹이었던 조슈가 굴복한 것이다. 역시 장군의 위력은 대단하다는 것이 입증된 것이다.

—막부가 다시금 위세를 떨친다!

에도의 막부 관료들의 의기는 충천했으며, 그 기세를 타고 막부와 영주들의 관계를 원상태로 복귀시킬 움직임이 에도에 있다.

참근교체(參勤交替 : 영주가 막부에 근무하는 일)의 부활이다.

이 제도는 이에야스 이래로 도쿠가와 가문에서 영주들을 통솔하던 결정적인 수단이었다. 즉 전국 영주들의 처자를 인질로 삼아 에도에 거주하게 하고, 그 영주는 1년 단위로 에도와 자기 영지를 오가며 살게 했다.

이 때문에 막대한 비용이 들어 영주들의 재정은 궁핍해졌다.

이것이 3년 전인 분큐 2년에 거의 전폐에 가까운 형태가 되었다. 막부는 각 번의 영주들이 여기에 썼던 비용을 국방비용으로 돌리게 하려는 생각으로, 에도에 거주하는 영주들의 처자를 모조리 고향으로 돌려보냈다. 말하자면 인질을 놓아 주었다고 할 수 있다.

조슈 번의 막부에 대한 반항 행위도 영주의 정실과 아들 등이 에도를 떠나고 나서부터 노골적으로 표면화되었다. 만일 조슈의 영주가 에도에 처자를 거주시킨 채로 왔다면 그처럼 노골적인 반항 행위는 취하지 않았을 것이라는 게 막부 관료들의 견해였다.

"역시 이에야스님 이래의 법규를 폐지한 것이 잘못이었다. 참근 교체 제도의 폐지는 막부의 위력을 땅에 떨어지게 했으며, 여러 영주들을 교만하게 하여 막부를 경시하게 만들었다.”

그래서 조슈를 굴복시킨 여세를 몰아 이해 정월 14일, 원래대로 이 제도를 부활시킨다고 선포했다.

“사쓰마 번에서는 반대하고 있지요. 이제 와서 새삼스럽게 이에 야스공의 옛 풍습을 따라 영주들에게 막대한 비용을 쓰게 하여 그들의 실력을 상실케 하다니 언어도단입니다. 막부의 시책은 항상 도쿠가와 가문의 존속만을 생각하고 국방의 쇠퇴는 고려하지 않고 있습니다. 사카모토님, 이것을 어떻게 생각하십니까?”

료마는 묵묵히 사이고의 말을 들었다. 일이 재미있게 되었다고 생각했다. 아마도 사쓰마 번의 창끝은 조슈보다도 막부로 돌려지기 시작한 모양이다. 사이고는 다시 말을 이었다.

“더구나 막부는 조슈를 또다시 정벌한다고 합니다.”

막부가 재차 조슈 정벌의 계획을 짜고 있다는 소문은 료마도 들어서 알고 있다.

“그때 사쓰마 번에서는 어떻게 하시겠습니까?”

료마가 물었다.

사이고는 대답하지 않는다. 료마는 침묵하고 있는 사이고의 얼굴을 물끄러미 바라보았다.

생각하면 사쓰마는 조슈를 원수같이 알고 오늘날까지 지내왔다. 분큐 3년의 금문 사변, 겐지 원년의 하마구리 궁문의 변, 그리고 지난번의 조슈 정벌 등 잇달아 일어난 대사건의 가해자 역은 항상 사쓰마였고, 피해자 역은 언제나 조슈였다. 조슈는 완벽할 만큼 참패를 당했다.

“어떻게 하시겠소?”

료마는 정치가의 눈이 되어 있었다. 이 순간부터 료마의 가슴속에 그 어떤 색채를 띤 정열의 불꽃이 타올랐다. 그 정열은 배 미치광이 소리를 들어온 이제까지의 정열과는 전혀 다른 장소에 선 것 같았다.

"조슈는"

사이고는 대답을 회피했다.

"외면은 항복한 것 같지만 내면적으로는 꽤 대담하게 싸울 준비를 하고 있는 것 같더군요."

"아마 질 것입니다."

료마는 말했다. 아무리 조슈가 비밀히 싸울 준비를 갖추고 있어도 막부의 공격을 재차 당하면 진다는 뜻이다.

"그렇지만 필부라도 그 뜻을 뺏지 못한다는 말이 있습니다. 몇 번을 얻어맞아도 조슈인은 또다시 재기합니다. 모리 가문이 멸망한다 해도 한 사람의 조슈인이 살아 있는 한 그들은 몽둥이라도 들고 일어날 겁니다. 만일 전국시대인 옛날이었다면."

료마는 말했다.

"조슈인은 깨끗이 항복했을 겁니다. 영주의 가문만 무사하다면, 하고 그들은 곧 창을 거두었을 겁니다. 그러나 조슈인은, 아니, 비단 조슈뿐만 아니라 우리 지사들도 옛날 전국시대의 무사는 아니오. 전국시대의 무사에게는 일본의 장래를 생각한다는 마음이 없었던 거요. 그러나 지금의 우리들에게는 있소. 조슈인에게는 특히 농후하게 있습니다."

료마가 말하는 마음이란 사상이라든가 주의라는 뜻이다.

"전국시대의 무사에게는"

료마는 말했다.

"무사로서의 체면을 세우는 것과 스스로의 공명심밖에는 없었소. 그리고 쭈욱 내려와 도쿠가와 전성시대의 무사들은 주군과 번에 대한 충의뿐이었소."

"흐음……."

사이고는 눈을 크게 떴다. 이 료마라는 사내가 이토록 열변을 토할 줄은 몰랐다.

"그러나 지금은 다릅니다. 지사들은 그 신념에 목숨을 바칠 시대가 된 것입니다. 우리들 도사인을 보십시오. 일찍이 자기 번을 단념하고 자기들의 신념에 살기 위해 천하로 뛰쳐나왔소. 조슈인들도 마찬가지요. 그들의 머릿속에 모리 가문이란 없을 것입니다. 일본이라는 국가와 천황뿐일 것입니다. 지금 막부에서 그들을 다시 정벌한다고 칩시다. 과연, 모리 가문은 궤멸될지 모르지만 다수의 조슈인들은 사방으로 흩어져 끝까지 활약할 것입니다. 사쓰마는 그들마저 치겠다는 겁니까? 일본은 혼란의 도가니로 변하고 또 피와 흙탕의 국토가 될 것입니다."

사이고는 몹시 호의적인 눈빛으로 미소를 띠고 료마를 바라보며 생각했다.

'이 사내가 열변을 토하다니, 희한한 일이군.'

료마는 좀처럼 이렇게 공론을 하지 않는 성품이었으나 일단 말문이 열리면 참지 못하는 기질인 듯, 침을 튀기면서 지껄여 대며 정신없이 하오리의 끈을 풀기 시작했다.

버릇인 것이다. 그 끈에 달린 술을 질겅질겅 씹다가 흥분되자 그것을 빙빙 돌려 댔다.

그 바람에 술을 흠뻑 적시고 있는 침방울이 사이고의 얼굴에 튕겼다. 그러나 사이고는 그것을 닦지도 않고 흠흠 하며 듣고 있다.

"지금 천하는"

료마는 말했다.

"막부와 사쓰마와 조슈에 의해 셋으로 갈라져 있소. 다른 번들은 소리를 죽이고 구경하고 있을 뿐, 존재하지 않는 거나 매한가지요."

료마는 칼로 베듯 하는 분석법으로 잘라 말했다. 사이고는 놀랐다. 과연 말을 듣고 보니 그럴 듯하다고 생각했다. 예를 들어 가가 번은 1백만 석이라 해도 그 사상과 행동이 번정의 범위를 벗어나지 못했으며, 자기 번의 문제를 방치하고 일본의 문제에 참가하려고 하지 않는다. 이 역사의 긴장기에 무의미한 존재라고 료마는 말한다.

"그 셋 중에서 조슈만이 엎친데 덮친다는 격으로 형편없이 비참한 꼴을 당하고 있소. 금방 숨이 넘어갈 듯 길바닥에 피를 흘리며 쓰러져 있는 검객과 다를 바 없소. 그런데 그것을"

료마는 침 묻은 하오리 끈을 휙 돌리며 말했다.

"사쓰마는 막부와 짜고 몽둥이로 마구 두들겨 왔소."

"아니오."

"알고 있습니다. 말하자면 그렇다는 비유지요. 길바닥에 쓰러진 조슈인도 마냥 맞고만 있지는 않습니다. 빙 둘러싸고 보고 있는 일본인들 중에서 의분을 느끼고 뛰쳐나오는 각 번 낭사들의 도움을 빌려 죽을 힘을 다하여 다시 일어나 칼을 휘두르게 될 것입니다. 그들이 달려들고 사쓰마도 무사의 고집으로 같이 싸우게 될 텐데, 그것을 냉정한 눈으로 지켜보는 자가 있습니다."

"외국을 말하는 것이군요."

사이고는 진지하게 고개를 끄덕였다. 백 번 천 번 알고도 남는 공론이지만, 이 도사인의 입을 통해 사정을 들으니 이상하게도 문제가 열을 띠어 오는 것 같았다.

"삼자가 맞붙어 약화되기를 기다렸다가 외국인들은 일본을 송두리째 집어삼키려는 것입니다. 그렇게 되면 장군도 사쓰마도 조슈도 잡탕이 되어 외국인의 뱃속으로 들어갑니다. 그리고 결국 후세에 사쓰마와 조슈는 나라를 그르친 역적으로 취급받게 될 것입니다."

"그럼, 막부는?"

"막부는 도저히 어쩔 수가 없습니다. 소문에는 막부의 어느 고관이 프랑스로부터 막대한 돈과 총기를 빌려 그것으로 조슈를 칠 생각을 하고 있는 것 같습니다. 도쿠가와라는 한낱 장군의 가문을 존속시키기 위해 일본을 프랑스에 팔아넘기려는 것이오. 이래도 사쓰마는 막부와 손잡을 생각입니까?"

사이고는 침묵했다. 료마가 뜻밖에 정보를 잘 알고 있다는 점에 놀라고 있다.

료마의 특기라고 할 수 있다.

이 젊은이는 겁 없이 남의 집 객실에 들어가는 명인이다. 상대편 역시 이 젊은이에게 끌렸다. 끌려서 어떻게든지 이 젊은이를 키워 보고 싶은 생각으로, 알고 있는 한의 모든 것을 알려 주고 싶은 충동에 사로잡혔다.

막부 신하인 가쓰 가이슈도 그랬고, 오쿠보 이치오도 그랬다. 구마모토(態本)에 사는 유별난 합리주의자이며 정치 사상가인 요코이 쇼난도 그랬고, 에치젠 후쿠이 번의 큰대감 마쓰다이라 요시나가도 그랬다. 그들은 한결같이 "촉망되는 료마!"라고 하며 여러 가지 일을 가르쳤다. 료마에게는 그렇게 만드는 독특한 애교가 있었다. 아무리 과묵한 사내라도 사카모토 료마라는 방문객 앞에서는 정열적인 웅변가로 변한다는 말이 있다.

바꾸어 말하자면 료마는 비상한 취재 능력을 지니고 있었다고 할 수 있다. 그것이 특기였다. 자연히 그는 소위 지사들 중에서는 뛰어난 국제 외교통이었다.

작년말부터 금년 봄에 걸쳐 줄곧 오사카의 사쓰마 번저에 늘어붙어 있었다. 그동안 그는 탈번 낭인의 신분임에도 불구하고 막부의 오사카 성주대리의 저택에 유유히 출입하며 매일처럼 오쿠보 이치오와 만나고 있었다.

오쿠보는 가쓰 가이슈, 오구리 다다마사(小栗忠順), 구리모도 조운(栗本鋤雲) 등과 함께 막부의 신하들 중에서는 유능한 외국통이었다.

료마는 그곳에서 일본에 있어서의 외국 공사들의 동향과 의견, 속셈, 책모(策謀) 등을 충분히 알아냈던 것이다. 료마가 오사카에 머문 그 몇 달은 막부를 둘러싼 외국 정세의 취재가 목적이었다고 해도 과언이 아니다.

"프랑스와 막부가 야합(野合)하고 있다는 말은 사실입니까?"

사이고는 조심스럽게 료마를 보았다. 료마는 고개를 가로저으며 대답했다.

"아니, 잘 모르겠습니다."

그저 귓결에 들었을 뿐이라고 료마는 말하면서, 그러나 제1차 조슈 정벌 때는 막부의 금고에 군비가 없어 명령을 내리고도 그처럼 꾸물거리고 출진을 못했었다. 그런데 료마는 말한다.

"이번에 별안간, 그것도 대단한 기세로 재차 정벌을 외치기 시작했소. 이것은 어디에 돈줄을 잡은 증거이겠지요."

"흠!"

사이고는 안색이 변했다. 무리도 아니다. 막부의 권력이 쇠퇴한 유일한 이유는 돈이 없어 극단적인 궁핍 상태에 빠졌기 때문이었다. 만약 그런 막부에 돈줄이 생기기만 한다면 양식 육군과 해군을 정비하고 다시 각 번에 군림할 수가 있다. 사쓰마나 조슈 따위는 호랑이 앞의 토끼처럼 단번에 뭉개져 버릴 것은 분명한 사실이었다.

"프랑스에는 뜰롱이라는 군항이 있습니다. 그곳에는 제철소가 하나, 도크가 2개, 조선소가 3개나 있습니다. 막부는 프랑스 공사의 권유를 받아들여 그와 똑같은 규모의 군항을 요코스카에 만들기로 결정했는데 그 비용이 자그마치 2백 40만 달러랍니다. 그런 막대한 돈이 막부에 있을 리 없습니다. 프랑스에서 입체할 것이 틀림없습니다."

사이고는 넋을 잃고 듣고 있다.

여담이지만 료마의 말대로 그 무렵에도 막부는 대부분의 일본인이 알지 못하는 사이 갑자기 강대해지고 있었다.

가쓰 가이슈가 고베에서 부랑 낭인들을 양성하고 있다는 이유로 그의 정적에 의해 실각했으나, 그 실각과 동시에 그의 정적이 막부의 실권을 쥐게 되었다.

가쓰는 외국 소식에 통하고 있느니만큼, 유럽 열강들이 맹렬한 식민지 획득 정책을 펴고 있다는 것을 속속들이 알고 있다. 인도나 중국 국민이 외국 자본 때문에 거의 생피를 빨리고 있다시피 한 참상에 놓여 있다는 것도 알고 있으므로 막부 각료에 대해서도 이렇게 역설하고 있었다.

"특정한 외국과의 특정 관계를 맺지 말아라. 처음엔 좋은 조건을 제시하지만 머지않아 골속까지 파먹을 그들이다. 인도와 같은 꼴이 되고 만다."

그런데 이런 가쓰가 실각하고 그의 정적인 오가사와라 나가미치 (小笠原長行), 오구리 다다마사, 구리모도 조운 등이 실권을 쥐었다.

그들은 열광적이라고 할 만큼 막부 권리의 회복론자이며, 설사 특정의 외국과 밀약을 맺어서라도 막부의 경제력과 군사력을 강화시키고, 교토의 조정을 이에야스 시대의 위치로 떨어뜨리며 조슈와 사쓰마, 가능하면 에치젠과 도사 번까지 무력 토벌을 해 보려는 생각들이었다.

구리모도 조운은 막부가 배출한 최대의 영재(英才)였다. 막부 의관(醫官)의 아들로 태어나 하코다테(箱館)로 이주한 그는 어느 프랑스인에게 일본 말을 가르쳐 준 연분으로 친불파가 되었다. 뒤에 에도로 돌아와 군함 감독관과 외국 담당관으로서 활약했다.

그는 조슈 정벌의 전후부터 프랑스 공사 롯쉬와 몹시 친해져서, 당시 나폴레옹 3세의 프랑스 정부가 막부에 주는 특별 원조에 대한 예비 상담은 일체 그가 맡아서 했다.

그는 롯쉬에게 이런 말을 한 일이 있었다.

"조슈의 시모노세키를 4개국 함대가 포격해 준 것은 막부에 큰 도움이 되었다. 그것으로써 일본인은 외국이 무섭다는 것을 깊이 깨달았을 것이다. 뒷날 장군의 권위가 회복될 때까지 외국 육해군이 계속 주둔해 주기를 바란다."

막부의 입장에서는 열사(烈士)라 해도 좋다. 그리고 그보다 더한 열사가 그의 상사이자 동지이기도 한 오구리 다다마사였다.

오구리 가문은 미카와 이래의 장군 직속 무사였으며, 그의 조상인 마다이치 다다마사(又一忠政)라는 사람은 소년 시절부터 이에야스를 따라 싸움 때마다 첫 번째 돌격에 나서서 공을 세운 호걸이었다.

그의 12대 손자인 오구리가 정적인 가쓰의 실각과 동시에 군함 감독관에 발탁되었다. 가쓰는 유신 후 오구리를 이렇게 평했다.

"도쿠가와씨만을 외곬으로 떠받들고, 대국(大局)을 보는 안목은 없군. 그는 국가 본위의 인물이 아님."

오구리는 오구리대로 가쓰를 막부에 유해한 인간이라 하여 그를 암살하려는 직속 무사 하나를 은근히 선동하고 있었다.

가쓰와 오구리는 요컨대 세계관과 국가관의 차이로 원수 같은 사이가 되었으나, 어쨌든 오구리가 막부 말엽에 있어서 막부측의 최대의 걸물이었음은 부인할 수 없다.

료마는 가쓰나 그의 맹우 오쿠보 이치오를 통해, 아직 한 번도 본일이 없는 오구리라는 괴걸(怪傑)을 알고 있었으며, 그 오구리가 정권의 중추적 인물로 앉게 되었을 때 자기들의 근왕 운동이 어떻게 되느냐는 것도 소름끼치는 생각으로 상상할 수가 있었다.

오구리의 이야기를 좀더 계속하기로 한다. 왜냐하면 료마와 강력한 연결이 있다. 료마가 오구리 다다마사라는, 막부 신하치고는 분에 넘치는 걸물이 막부의 실력자가 되었다는 말을 오쿠보로부터 들었을 때, 료마와 막부 말기의 역사가 미묘하게 움직이기 시작하기 때문이다.

소년 시대의 오구리에게는 일화가 많다.

그 일례를 들면, 열네 살 때 그는 외가인 반슈(潘州) 하야시다(林田) 1만 석의 영주인 다데베 다쿠미노가미(建部內匠頭)의 에도 저택에 아버지를 대신하여 간 일이 있었다. 그때 그는 영주나 중신을 상대로 겁을 먹기는커녕 몹시 거만한 얼굴로 응답을 하였고, 더구나 담배까지 피우며 재떨이를 탁탁 치는 그 태도가 매우 의젓했다. 주위에 있던 사람들은 이 소년이 장래에 얼마만큼 큰 인물이 될것인가, 하고 모두 혀를 내둘렀다고 한다.

장성하여 승마, 검술이 뛰어났고, 막부 관리로 발탁되고부터는 상급 무사들의 무지나 나약함이 눈에 거슬려 자주 충돌을 한 점은 가쓰와 비슷하다.

오구리는 만엔(萬延) 원년 가쓰가 함장이었던 간린마루(咸臨丸)에 탑승하여 사절단의 일원으로 미국을 방문한 일이 있었다.

그때의 집정관 이이 나오스케가 오구리의 비범한 담력과 재치를 인정하여 특히 발탁했다는 평판이었다.

오구리라는 사내에게는 일종의 비장한 무엇이 있었다. 관리가 되고 나서부터는 거의 사생활을 내던지다시피 하며, 막부의 권한을 회복시키기 위한 지사라고 해도 과언이 아닐 만큼 힘을 기울였다. 그는 영주 제도 폐지마저도 생각하고 있었다.

일종의 혁명가이다. 그가 구상하는 혁명은 끝까지 교토 정권(천황)을 부정하고 장군 가문의 세습에 의한 에도 정권의 영속에 있었다. 다만 그것을 완전한 중앙 정권으로 만들기 위해 삼백 제후(三百諸侯)들이 할거하는 봉건 제도를 폐지하고 군현제(郡縣制)로 바꿀 정견(政見)을 갖고 있었으며, 그 새로운 제도에 반대할 사쓰마, 조슈, 도사를 위시하여 웅번(雄藩)들을 무력으로 토벌하고, 말하자면 장군 중심의 혁명을 일으키려 하고 있었다.

그러기 위해서는 돈이 필요했다. 무기도 필요했다. 병기 공장도, 제철소도 필요했으며 그 위에 강력한 정부군이 필요했다.

오구리가 가쓰의 실각 후 군함 감독관이 됨과 동시에 가쓰가 싫어했던 특정 외국(프랑스)과 손을 잡고, 프랑스 공사 롯쉬와 정식으로 요코스카 군항 건설과 기타의 결정을 한 것은 겐지 원년 11월이었다.

료마는 그 사실을 금년 2월, 오사카 성주대리의 저택에서 오쿠보 이치오에게 들었던 것이다.

"오구리는 하고 말 걸세."

가쓰파라고도 할 수 있는 오쿠보가 말했다.

"그러나 너무 하거든. 외국에서 돈과 무기를 빌려다가 조슈를 친다면, 역대의 집정관들이 고생한 보람이 없지 않은가? 오구리는 어쩌면 홋카이도를 담보로 내놓을지도 모르지. 그것으로 자꾸 무기를 사들이고 영주들을 토벌하여 막부를 강대하게 만들 걸세. 그러나 강대해졌을 때는 이미 일본은 외국인에게 반은 먹혀서 중국이나 인도의 전철을 밟게 될 테지."

료마는 자기의 생애에서 이처럼 놀라 본 일이 없었다.

료마는 지난 2월, 오쿠보와 만나기 전까지만 해도 오구리라는 막부 관리의 이름을 알지 못했다.

료마는 즉시 오쿠보의 방에 있는 무감(武監)을 뒤져보고 그가 2천5백 석의 녹을 받고 있다는 것을 알았다.

"그토록 대단한 인물입니까?"

오쿠보에게 묻자, 글쎄 에누리 없이 준걸(俊傑)이라 할 수 있지, 라고 했다.

"인망은 그다지 없으나 담력과 지략을 겸비한 점으로 보아 3백 년래의 인물이라고 할 수 있네. 전국시대에 태어났다면 일국일성(一國一城)으로는 부족할 정도지"라고, 이 온화한 반오구리파 관리는 말했다. '아마' 하고 오쿠보는 말했다.

"사쓰마, 조슈, 도사에 영웅호걸이 많이 있지만, 담력과 인망은 별도로 하고 오구리의 지략을 따를 자는 없을 걸세."

더구나 명문 출신이다. 앞으로 그 방자하고 거만한 성격이 화를 가져오지 않는 한 더욱더 출세하여 막부를 짊어질 사람이 될 것이다 라고 오쿠보는 말했다.

"그러나 오구리가 막부를 짊어지게 되면 일본은 망한다"라고도 했다. 료마는 어떤 영상을 머릿속에 그렸다.

일본 열도에 일본인들의 군상(群像)이 있다. 모조리 쇠사슬에 묶여 외국인들에게 채찍을 맞고 있었다. 그러나 오직 한 사람, 장군만이 금실로 수놓은 비단옷을 입고 있었고, 그의 옆에 대신(大臣)인 오구리가 쭈그리고 앉아 복잡한 표정으로 국민들을 바라보고 있다.

'곤란한 녀석이 출현했군.'

료마는, 그 사내가 용렬하다면 또 몰라도 그게 아닌 3백 년 이래의 영걸이라는 점에 그만 오싹 소름이 끼쳤다. 그 정도의 인물이라면 끝까지 소신을 관철시킬 것이다.

"오구리는 외국식의 재정 관리에도 능하다네. 거기다 미카와 무사(三河武士) 특유의 완고함도 지니고 있지. 직속 무사 8만 기 중에서 아직도 충의 일변도의 고풍적인 마음을 가진 자는 아마 오구리밖에 없을 걸세."

오쿠보가 말했다.

여담이지만, 뒷날 오구리는 도바 후시미에서 패하여 에도로 도망해 온 장군 요시노부의 옷자락을 잡고 끈질기게 항전을 강요했다.

"무기도 충분하고 병사도 충분합니다. 무엇 때문에 사쓰마 조슈 도사와 결전을 하지 않습니까?"

요시노부는 이미 항복한 뒤였기 때문에 마침내 오구리의 손을 뿌리치고 도망치듯 안으로 들어가 버렸다.

그때의 오구리의 작전 계획은 끝내 채택되지 않았으나, 만약 막부에서 본격적으로 그의 계획대로 밀고 나갔더라면 아마 관군은 풍비박산으로 분쇄되었을지도 모른다.

그 작전은 관군을 약 3만 명 가량으로 추산하고, 도카이도로 진군해 오면 하코네(箱根)의 관문을 열어 우선 에도로 유인해 놓는다. 관군이 모두 에도로 진입했을 때 즉시 하코네의 관문을 굳게 봉쇄하고 관군을 독 안에 든 쥐로 만들어 포위 공격한다. 한편에서는 압도적으로 우세한 막부 해군을 유효하게 사용하여 함대를 두 대로 나누어 한쪽은 스루가 만(駿河灣)으로 진입하여 도카이도를 차단하고, 나머지 함대는 에도 만(江戸灣)에 들어와 함포사격을 퍼붓는다는 것이었다.

　관군의 참모장격인 조슈인 오무라 마스지로(大村益次郎)는 뒷날 그 말을 듣자 "오구리의 안이 채택되었더라면 지금쯤 내 목은 없을 것이다" 하고 몸을 떨었다는 이야기가 남아 있다.

　말을 마치자 료마는 침묵했다.

　목이 타는지 술병을 들고 자작으로 두 잔, 석 잔, 연거푸 들이키더니 열 잔쯤 들고 나서 사이고에게 잔을 내밀었다.

　"아! 잊고 있었군. 어떻습니까, 한 잔."

　"아닙니다."

　사이고는 손을 저으며 말했다.

　"술을 못합니다."

　사쓰마인으로서는 보기 드물게 술을 마실 줄 몰랐다. 그보다도 하고 사이고는 말했다.

　"좀더 프랑스에 대한 이야기를 더 듣고 싶군요."

　"그래요?"

　료마는 불그레하게 볼을 물들였다. 술기가 오르는 모양이다.

　"사이고님, 나폴레옹을 좋아하시지요?"

　"예, 그 사람을 존경합니다."

　"그러니까, 현 프랑스 황제 나폴레옹 3세도 나폴레옹의 조카가 됩니다."

　"아하, 조카님이 되는군요."

　사이고는 경어를 썼다.

　료마는 내심 우스웠으나 사이고라는 인물의 매력은 그 독실함에 있다고도 생각했다.

　"그 나폴레옹 3세 또한 말할 수 없는 수단꾼으로서"

료마는 눈으로 보고 오기라도 한 듯이 말했다.

"영웅이라기보다 사업가라고 하는 게 좋을 것입니다. 어쨌든 프랑스 정계의 혼란을 틈타서 교묘한 수완으로 슬쩍 정권을 잡고 대통령이 되더니 다시금 황제 자리에 올랐습니다. 인물은 조그맣고 보잘 것 없으나 능숙하게 일을 계획하고 처리하는 모사꾼으로서 항상 가만히 있지 못하는 성미 같습니다. 타인의 싸움에까지 파고들어가서 해결시키는 묘한 사내지요."

"그렇습니까?"

"그는 남의 나라 내란에도 기회를 틈타서 군대를 내보냅니다. 여하튼 프랑스의 육군은 영국과 더불어 유럽에 있어서의 겐페이(源平)지요. 강합니다. 그 강한 군대를 밀고나가 남의 싸움에 비집고 들어갑니다. 이탈리아의 독립 운동 때도 대군을 이끌고 직접 출전하여 오스트리아군을 격파하였으며, 그 외에 폴란드나 루마니아, 그리고 멀리는 멕시코의 내란까지 참견하고 출병을 하고 있습니다. 지금 유럽의 정세는 이 사내 한 사람에게 우롱당하고 있는 형편입니다."

"그렇군요."

사이고는 순순히 고개를 끄덕이고 있으나 료마가 말하려는 바를 알고 있다. 그 나폴레옹 3세가 멀리 극동의 일본에까지 참견을 해왔다. 그러니 장차 크게 우려될 사태가 온다는 말일 것이다.

"지난해(겐지 원년) 3월, 일본에 부임한 프랑스 공사 롯쉬라는 자는 나폴레옹 3세의 총신이란 말입니다. 그런데 이 자가 또한 부지런하게 움직이는 모사꾼으로서, 북아프리카의 식민지 정복 때에 굉장한 수완을 발휘한 무서운 사내지요. 이 자가 막부와 결탄을 했으니 어찌 되겠소? 막부에 계속 돈과 무기를 원조하여 나중에는 일본을 마음대로 요리해 보겠다는 속셈이 뻔합니다. 조슈를 프랑스제 무기로 쓰러뜨리라고 부추기고 있습니다."

"그래서"
료마는 이야기를 계속했다.
"조슈 문제에 대해 사쓰마 번에도 생각이 있고 체면과 입장도 여러 가지로 얽혀 있겠지만, 모든 것을 참고 넘겨야 할 때가 왔다고 봅니다. 하지만……."
"하지만?"
사이고는 반문했다. 료마는 천연덕스럽게 말했다.
"하지만 사쓰마 번의 체면 같은 것은 짜부러져도 좋소! 체면은커녕 사쓰마 번 그 자체가 짜부러져도 상관없지."
"그래서야 곤란하지요."
사이고는 어이가 없었다. 사이고는 어디까지나 사쓰마주의였다. 사쓰마 번의 실력으로써 제후들을 교토로 모이게 하여 큰 번들의 합의에 의한 임시 정부를 만든다는 것이 사이고의 이상이었다. 그 이상에 방해가 되니까 조슈를 치는 것이다.
료마는 사이고의 이상을 잘 알고 있다.
"내 생각은 그렇지 않습니다."
료마는 말했다.
"그럼 어떤 포부를?"
사이고는 료마의 이상을 듣고 싶었다. 그러나 료마는 말하지 않았다. 만일 그것을 말한다면 지금 이런 시대의 이런 단계에서는 사이고조차도 료마를 위험한 사상가라고 간주할 것이 뻔했기 때문이다.
료마의 이상(理想)은 막부를 타도한다는 점에서는 사이고와 일치한다. 다음의 정체(正體)는 천황을 중심으로 한다는 점에서도 일치하고 있다.

그러나 사이고의 혁명상(革命像)은 천황을 중심으로 한 각 번의 영주들의 합의제(合議制)였다. 물론 그 제도 아래 사농공상(士農工商)의 계급이 있는 것이다.

료마는 다르다. 천황 아래 모든 계급을 없애 버리는 것이었다. 영주도 공경도 무사도 없애고 모든 일본인을 평등하게 한다는 것이었다. 이러한 사상은 가장 열렬한 근왕 지사들 사이에서도 십중팔구는 용납되지 않을 것이다. 왜냐하면 사이고는 유신 이후에도 무사의 폐지를 반대하는 사쓰마 사족단(士族團)에게 업혀 마침내 메이지 10년, 세이난 전쟁(西南戰爭)을 일으켜 불행한 죽음을 당하게까지 되었다.

료마는 싱글벙글 웃으며 대답하지 않았다. 말했다가는 사이고에게 위험시당할 것을 알고 있기 때문이다.

"사쓰마고 조슈고 가릴 것 없다는 것은, 지금의 일본은 구구하게 번의 입장 같은 것을 생각하고 있을 한가한 때가 아니라는 뜻입니다."

료마는 원만하게 말했다.

"결국은 양이(洋夷)에게 먹히고 맙니다. 지금 눈앞에 닥친 프랑스의 문제가 좋은 예가 아닙니까?"

"그렇군요, 잘 알겠습니다."

사이고는 고개를 끄덕였다. 고개를 끄덕이면서 그는 지금 교토에 와 있는 같은 동료이자 둘도 없는 동지인 오쿠보 도시미치하고도 조슈 문제에 관한 외교 방침을 재검토하려고 생각하였다.

료마는 기민한 사내이다.

이 이상, 이 문제를 다루지 말고 사이고의 생각에 맡기기로 했다.

"이야기가 바뀝니다만 사쓰마 번은 나를 위해 배를 사지 않을 것인지요?"

지난번의 그 문제를 꺼냈다.

며칠 뒤 료마가 있는 사쓰마 번저에 얼굴이 썩 잘 생긴 젊은 무사가 찾아왔다.

검은 비단 하오리를 입은 훤칠한 키의 젊은이가 상체를 꼿꼿이 세우고 천천히 문을 들어섰다.

몇 명의 같은 번 사람들을 거느리고 있었다. 모두 여장(旅裝) 차림이다.

젊은이는 문을 들어서자 곧장 모래 마당을 지나 전각이라 불리는 정자풍 건물 쪽으로 가는 것 같았다.

'아니 저 사람은……?'

료마는 생각했다. 료마는 이 젊은이와 엇갈리듯이 하여 모래 마당을 가로질러 가고 있었다.

'저 사람은 사쓰마 번에서 유명한 오쿠보 도시미치가 아닐까?'

그렇게 얼핏 생각했다.

콧날이 우뚝 서고 입매가 단정하여 표정이 어딘지 차갑다.

하급 무사 출신인데도 용모의 우아함은 영주의 도련님이라 해도 좋을 정도였다. 뿐만 아니라 두뇌의 날카로움이 얼굴에 드러나 있었다.

그 젊은이도 료마를 보자 '이 사람은 도사의 사카모토 료마가 아닐까?' 하고 생각했으나 오쿠보는 천성적으로 위엄이 갖추어진 사내라, 모르는 상대에게 경솔하게 목례를 하거나 하는 사람이 아니다.

료마 역시 무뚝뚝하기로 이름난 사내라 턱을 쳐들고 지나갔다.

잠시 뒤 오쿠보는 '전각'의 한 방에서 사이고와 마주 앉았다.

"조금 아까 마당에서 너절한 도라지 문복을 입은 낭인을 봤는데 그게 혹시 도사의 사카모토 료마가 아닌가?"

"이거 참 재밌는데."

사이고는 웃었다. 방금 료마도 그 비슷한 말을 했었다.

"영웅은 영웅을 안다고 했는데 료마도, 도시미치도, 어쩌면 영웅인지 모르겠는걸."

"쓸 만한 사내던가?"

"굵은 소나무인가 하면 가느다란 버들가지 같기도 하지. 담대심소(膽大心小), 옛날 영웅의 모습을 보는 것 같은데, 그만한 사내가 사쓰마 번에 있었으면 얼마나 좋을까 생각해. 그러나……."

사이고는 말을 잇는다.

"그 친구는 새로운 번을 하나 만들 작정이라고 하더군."

"새로운 번을 만든다고?"

오쿠보는 놀랐다. 마치 전국시대의 야무사(野武士) 같은 야망이 아닌가?

"바다의 번을 말일세. 우리 사쓰마 번더러 군함을 사서 그것을 빌려 달라는군. 임대료는 물겠다나."

"흠."

오쿠보는 반응을 나타내지 않았다. 사이고는 료마를 위해 번의 실력자인 오쿠보를 움직여야 되겠다는 생각으로 물었다.

"자네, 생각 있나?"

"료마의 배 말인가?"

"음."

"좋겠지. 자네가 료마를 신임하고 그 의견을 좋다고 생각한다면 나는 자네 생각을 따르겠네. 다만 돈이 문제지. 고향의 중신이나 재정 담당들이 뭐라고 할지 의문일세. 그들에겐 료마를 직접 가고시마로 초대해서 설득시키도록 하지."

"그거 참 좋은 생각이군."

사쓰마 행

료마는 수첩을 가지고 있다.

조그맣게 가로 묶은 책자인데 거기엔 난잡한 글씨가 빽빽이 적혀 있어 알아보기가 어렵다.

내용은 일기처럼 쓴 것도 있고 이따금 감상문도 있는 잡다한 것이다. 그리고 수첩의 앞뒤를 알 수가 없다. 즉, 어제는 앞에서부터 썼는가 하면 오늘은 뒤쪽에다 쓰고 있다. 이 젊은이의 성격이 나타나 있어 재미있다.

료마는 가고시마로 가기 위해 오사카 덴포 산 앞바다에서 사쓰마 번의 기선 고초마루(胡蝶丸)에 올랐다.

수첩에 의하면

4월 25일, 오사카 출발

5월 초하루, 가고시마 도착

이라고 기록되어 있다.

이 배에는 사쓰마 번의 중신 고마쓰 다데와키와 사이고가 동승해 있었다. 물론 무쓰 요노스케 등 료마의 동지들도 전원 그 배에 타고 있었다. 아니, 타고 있는 것이 아니라 배를 운전하고 있었다.

—사쓰마인들에게 너희들의 기술을 과시해라!

료마는 승선하자마자 일동을 갑판부, 조선부(操船部), 기관부의 세 부서로 나누고 그 자신은 지휘자로서 이따금 함교(艦橋)에 나와 지휘를 했다.

"이거, 참 고맙소. 좋은 공부가 되겠소이다."

아직 배에 숙달되지 않은 사쓰마 번의 사관들은 몹시 기뻐했다. 아무튼 료마 등의 기술은 일본 제일의 해군통인 가쓰 가이슈로부터 배운 솜씨인 것이다.

"사카모토님은 훌륭한 분이다. 검술은 에도의 지바 도장에서 닦았고, 배는 가쓰 선생에게 직접 배웠으니 어느 것이나 일본 제일 이지."

사쓰마인들은 말했다. 실제는 대단한 항해 기술도 아니었으나 가쓰 가이슈라는 이름으로 료마는 덕을 보고 있다.

마스트에는 동그라미 속에 열십자를 그린 선기(船旗)가 펄럭이고 있었다.

어느 날 그것을 쳐다보며 료마는 말했다.

"사이고님."

사쓰마 번도 많이 변했군요, 우리 타향인들을 번내에 들여놓다니 하고 약간 비꼬는 투로 말했다.

예부터 사쓰마 번은 일종의 비밀 국가여서 타고장 사람은 일체 발을 들여놓게 하지 않았다. 에도 초기, 막부의 세력이 왕성했을 때에도 막부의 첩자들 중 사쓰마 번에 잠입할 수 있었던 자는 하나도 없었다.

쫓겨나든가, 아니면 관문에서 붙잡혀 은밀히 살해당하든가 했다. 그러므로 에도에서는 한번 가서 돌아오지 않는 것을 사쓰마 차사(薩摩差使)라고 말했을 정도였다.

그랬던 사쓰마 번이 료마를 향해 문을 열려는 것이다. 료마는 한편 이상한 생각이 들었으며, 또 한편으로는 이 번이 얼마나 자기의 계획에 매력을 느끼고 있는가를 알 수 있었다.

게이오(慶應) 원년 5월 초하루, 료마가 탄 사쓰마 번선 고초마루는 가고시마 만으로 들어가 그 깊숙이 있는 긴코 만(錦江灣)으로 미끄러지듯 들어갔다.

"어디다 닻을 내릴까요?"

함교에 선 료마는 사쓰마 번사에게 물었다.

"저쪽에."

사쓰마인은 육지를 가리켰다. 그가 가리키는 곳에 시가지가 있고 약간 높은 곳에 성산(城山)이 보였다.

"저기 성산이 보이지요? 그 성산을 보면서 똑바로 동쪽으로 접근하면 수심이 열 두 길쯤 됩니다. 그곳이 좋겠지요."

료마는 돛을 내리게 하여 기관 운전으로 바꾸고 속도를 늦추어 긴코 만으로 깊숙이 들어갔다.

우현(右舷) 쪽에 사쿠라지마(櫻島)가 우뚝 솟아, 활짝 개인 5월 하늘에 아름다운 붉은 연기를 뿜어 올리고 있었다.

'드디어 왔구나.'

료마는 감동을 누를 수가 없었다. 전국시대 이래로 엄중한 비밀 국가의 울타리를 지켜오고 있던 이 사쓰마 번에 과연 타향인이 몇이나 발을 들여놓을 수 있을까.

'라이산요(賴山陽)는 시인으로서 초청받았던 일이 있다. 다카야마 히코구로는 끝내 들어가지 못했으며, 히라노 구니오미는 수도자로 변장하여 가까스로 들어갔다. 이렇게 당당하게 온 것은 내가 처음 이 아닌가.'

그렇게 생각하였다.

'이것은 오토메 누님에게 편지로 당장 알려야겠는걸.'

고츠키 강(甲突川) 어구에 포대(砲臺)가 보인다.

그리고 벤텐스(辨天洲)에도 포대가 보이는데 푸른 포신을 바다로 삐죽이 내밀고 있었다. 재작년 7월, 영국 함대 7척과 포전을 겪은 포대들이다. 료마는 고베에 있을 때 이 해륙전을 연구하여 일종의 권위자가 되어 있었다. 그러니만큼 함교에서 보이는 그 포대의 하나하나가 오랜만에 만나는 친구를 대하듯 친밀한 느낌이 들었다.

영국 함대의 기함(旗艦) 유리어스 호는 벤텐 포대의 나리다 히코주로(成田彦十郞)가 발사한 29파운드짜리 포탄을 맞고 포문을 파괴당했다. 그때 파괴된 포 속에서 포탄이 떼굴떼굴 굴러나와 갑판 위에서 폭발하는 바람에 함장 조스린 대령과 부장 윌모트 소령이 전사하고, 포원 20여 명이 사상했다. 그리고 또다시 날아온 포탄이 이 기함의 뱃전을 관통하는 바람에 크게 구멍이 뚫려 완전히 전투 불능이 되었다.

기온스(祇園洲) 포대와 싸우고 있던 레이즈 포이즈 호는 풍랑에 밀려 얕은 여울로 올라오는 바람에 좌초하여 요함(僚艦) 두 척에 끌려갔으며, 포탄 세 발을 맞은 요함 가이가스 호는 겨우 자력으로 운항할 수 있었으나 전투에 참가할 수는 없게 되었다. 이 전투에서 영국측은 합계 63명의 사상자를 내는 인명 피해를 입었으나, 사쓰마측은 전사 1명, 부상 7명이었고 다만 함포 사격으로 인해 시가지

5백 호가 불탔다.

료마는 가쓰 가이슈에게서 들은 적이 있다.

"영국의 동양함대가 일본의 한 후국(侯國)과 싸워서 패했다는 보도가 런던 타임즈에 실렸는데, 이것이 영국 정부에 굉장한 충격을 준 모양이야."

영국 의회에서는 책임자인 쿠퍼 제독을 비난하는 의원도 있었으며, 이 전투를 계기로 해서 영국 외교의 방침은 "차라리 사쓰마와 손을 잡으라"는 방향으로 바뀌었다.

료마가 가고시마 항으로 입항할 때까지 사쓰마에 관한 여담을 하겠다.

전국시대 많은 외국 선교사가 일본에 와서 가지각색의 일본관(日本觀)을 그 소속 교회와 고국에 전했다. 그런 서한을 근거로 해서 《일본서교사(日本西敎史)》라는 책이 파리에서 간행되었다. 저자는 장 클라세라는 신부로 간행 연도는 1715년, 즉 도쿠가와 중엽이었다.

이 《일본서교사》가 막부 말기에 이르기까지 유럽에서 참고로 한 일본 지식의 원천이었다.

그 책 속의 내용 중 일부이다.

"일본인의 장기는 무술이다. 남자가 열두 살이 되면 칼을 차는데, 잠자리에 들기 전에는 허리에서 풀지 않는다. 무기는 검, 단검, 소총, 활이다. 검은 지극히 잘 벼리어져 있어 그 예리함은 유럽의 검을 두 동강 낸다 해도 칼날에 이가 빠지지 않을 정도이다. 그들의 기질은 명예를 존중하며 남에게 멸시받는 것을 가장 싫어한다. 대부분의 일본인은 자유분방하며 전투에 인내력이 강하다. 그들의 얼굴은 올리브빛인데 중국인들은 일본인을 백인이라고 부른다. 정

신이 활발하고 민첩하며 근면하고 더구나 모든 고난을 능히 견뎌
내는 기질이 있다."

그 위에 지식욕이 왕성하며 이해력이 풍부하다는 등 칭찬을 했다.

그들의 일본관은 그들의 견문 범위로 봐서 규슈, 특히 사쓰마인을
내용으로 하고 있다.

《일본서교사》가 어느 정도 유럽에서 읽혔는지는 별도로 하더라도
막부 말기에 있어 유럽의 열강국들이 일본과 접촉했을 때 다소의 예
비지식이 됐음을 짐작할 수 있다.

또한 이런 이야기도 있다. 장군 요시무네의 시대에 통신사로서 일
본에 왔던 조선의 사절 신 유한(申維翰)이 쓰시마 번(對馬藩)의 통
역 아메노모리 도고로(雨森東五郎)에게 물었다.

"일본의 풍습은 예부터 생명을 가볍게 알고, 노하면 반드시 자기
손으로 목을 찌르고 배를 가르므로 형법이 필요 없다고 하는데 사
실이오?"

신 유한이 질문한 내용은 조선뿐 아니라 아마 중국에서도 일반적
으로 그렇게 인식되었던 것이리라.

이 질문에 대해 아메노모리는 이렇게 대답했다.

"아니오. 생명을 아끼고 죽음을 싫어하는 것은 인지상정인데 일
본인이라고 예외일 수는 없소. 다만 사쓰마만은 좀 다르오. 일을
당하면 즉각 죽음으로 해결하고 있소. 대죄를 범한 자에게는 위에
서 단 한마디, 너는 죽을죄를 지었다, 집에 돌아가서 죽어라! 하
는 것으로 일은 끝나는 것이오. 그자는 집에 돌아가서 자살하고
마니까요. 절대로 행방을 감추거나 도망하지 않을뿐더러 관에서도
이것을 믿어 의심치 않소. 일본인이 생명을 가볍게 여긴다는 말은
아마 사쓰마의 풍속을 근거로 해서 나온 말일 것이오."

사쓰마인은 그런 의미에서 개국 이전의 일본인의 원형이 되었고,

개국 후에도 영국과의 싸움에서 그 평판을 입증하고 있다.

일본인들 사이에서도 라이산요의 노래에 있는 "옷자락은 정강이에 이르고 소매는 팔꿈치에 이른다. 허리에 찬 예리한 칼은 쇠붙이도 자른다. 사람이 닿으면 사람을 베고, 말이 닿으면 말을 벤다. 열여덟에 맹세를 맺는 건아(健兒)의 고장"이라는 시구처럼 이 지방의 기풍은 일종의 두려움으로 알려져 있다.

―아니, 전원 입국은 곤란합니다.

하고 사쓰마의 관리로부터 거절당했기 때문에 료마는 하는 수 없이 동지 일동을 고초마루의 선실에 머물도록 하고 자기만 사이고 등 사쓰마인의 안내를 받아 상륙했다.

료마는 가고시마의 성 아래 거리를 걸어갔다.

눈에 띄는 것마다 모두 진기했다.

'마치 외국에 온 것 같군.'

그런 생각이 들었다. 집들의 모양도 어딘가 다르다. 길을 가는 무사들의 풍속도 달라 앞머리를 넓게 깎고 상투는 작았으며, 하카마는 짧고 대소도는 거의 허리선과 직각으로 꽂혀 있다.

'무사들이 굉장히 뻐기고 있군.'

이런 느낌이 들었다. 사이고 등의 일행이 길을 걷자 반대쪽에서 오던 상인, 농군 등이 황급히 추녀 밑으로 길을 비키고 허리를 굽히며 그들이 지나가기를 기다렸다. 도사에서는 무사들 간의 차별, 말하자면 상급 무사와 향사의 차별은 엄격하지만 향사와 서민들 간에는 이렇게 큰 거리감이 없이 지냈으며, 도사에서는 상인들에게서 이런 대우를 받은 일이 없었다.

'이런 곳에 상인이나 농군으로 태어났다간 큰 고통이겠군!'

도중, 사이고는 료마를 선반(旋盤) 공장과 유리 공장에 안내해 주었다. 선반 기계는 료마도 나가사키에서 본 일이 있었으나 사쓰마에서 그것을 보게 될 줄은 생각지 못했던 만큼 무척 경탄했다.

"선군(나리아키라)의 유업이십니다."

사이고가 설명했다. 나리아키라는 이 선반으로 소총이나 대포를 만들려고 했으나 뜻밖에 일찍 별세했기 때문에 지금은 먼지를 뒤집어쓰고 있다. 사이고의 설명으로는 지금의 번주 시마쓰 히사미쓰는 보수적이라 나리아키라 공의 선진 정신은 빛을 잃었다고 한다.

그러나 료마는 그렇게 생각하지 않았다. 사이고는 히사미쓰를 싫어하기 때문에 그렇게 말하지만 히사미쓰에게는 히사미쓰대로의 장점이 있다.

예를 들어 영국과의 싸움 직후 곧 영국 대리공사 존 닐과 손을 잡고, 사신으로 하여금 다음과 같이 말하게 했다.

─당신들 영국인은 이제 사쓰마 사람들의 강함을 알겠지만 우리들 역시 영국 문명의 무서움을 알았소. 그래서 우리 사쓰마 번을 영국만큼 발전시키기 위해 유학생을 보내고 싶은데 받아 주겠소?

영국측은 쾌히 승낙하였고, 사쓰마 번에서는 15명의 수재를 선발하여 막부 모르게 지난 정월 열하룻날 은밀히 가고시마에서 떠나보냈다. 이것을 귀가 빠른 료마는 이미 상세히 알고 있었다.

뿐만 아니라 사쓰마 번에서는 막부의 법을 어기고 몰래 영국에 방적 공장 시설 일절을 주문하고 있는 것도 료마는 알고 있었다. 영국은 바야흐로 일본 정부의 눈을 속이고 일본 안의 반독립국(半獨立國)인 사쓰마 후국(薩摩侯國)과 손을 잡으려 하고 있다. 적어도 료마의 눈에는 그렇게 보였다.

'사쓰마는 놀라운 기세로 성장하고 있다. 앞으로 2, 3년만 있으면 막부와 대립할 수 있는 강대국이 될 것이다.'

료마는 이렇게 내다보고 있다. 도사나 조슈는 몇 년 뒤에는 사쓰마 번의 발밑에도 따라붙지 못할 것이다.

'이 사쓰마와 조슈를 손잡게 한다면……'

이런 생각이 료마의 가슴에 환히 떠오른 것은 바로 이때였다.

첫날은 사이고의 집에서 유숙했다. 그의 집은 고츠키 강 북쪽에 자리잡은 가지야 거리(加治屋町) 모퉁이에 있었다.

"잠시 거리를 구경하고 오겠소."

료마는 사이고의 집에 들어가자 저녁 준비가 될 때까지 밖으로 나왔다. 료마는 처음 가는 곳에서는 반드시 거리를 돌아다니지 않고는 배기지 못하는 버릇이 있었다. 료마는 사이고 집의 늙은 하인에게 안내를 받았다.

가지야 거리는 가고시마 성 아래 거리에 있는 무사 주택가로서 호수는 75호였다. 그중에 '게다젠(下駄善)'이라는 상가가 하나 끼어 있는 것을 알았다. 상가는 그 집뿐이고 나머지 74호는 모두 무사의 주택인데, 녹봉은 얼마 안 되는 것 같았다.

그 거리에 고양이똥이라는 이름의 골목이 있다. 그 골목을 지나 고츠키 강쪽으로 걸어가자 둑 옆에 그 오쿠보 도시미치의 집이 있었다.

"아아, 오쿠보의 집이 여기로군."

늙은 하인은 고개를 끄덕이며, 사이고 나리와는 죽마고우로서 형제 이상으로 친한 사이십니다 라고 말했다.

늙은 하인의 말에 의하면 오쿠보는 17, 8세 때 집안이 가난하여 끼니를 굶는 날도 있었는데, 그런 날은 말없이 사이고의 집에 찾아와서 묵묵히 상머리에 앉았다고 한다. 사이고의 집도 형제가 많아 풍족하지 못했으므로 그런 때는 모두 밥을 조금씩 덜어 오쿠보의 몫을 만들어 주었다고 한다.

'그런 사이였구나.'

이것은 사이고와 오쿠보를 상대할 때의 좋은 참고가 되었다. 사이고와 오쿠보는 동지 이상의 사이로, 호흡만으로도 서로의 기분을 알 수 있을 정도였다.

고양이똥 골목의 북쪽 모퉁이 집까지 오자 늙은 하인이 말했다.

"이 댁도 사이고님 댁과 친척이십니다."

오야마 히코하치(大山彦八)라고 하며, 그 아들인 야스케(彌助)는 지금 교토 번저에 근무하고 있는 중이라고 한다. 이 야스케가 뒷날 원수(元帥) 오야마 이와오(大山巖)가 될 줄은 료마 역시 꿈에도 알지 못했다.

거기서부터 대여섯 집 가면 도고 기치에몬(東鄕吉右衞門)의 집이 있다. 료마가 지나가려는데 마침 감색 바탕에 흰 무늬의 윗도리에 두꺼운 무명 하카마를 입은, 18, 9세쯤 된 자그마한 젊은이가 문을 열고 나와 료마에게 가볍게 절을 하고 지나갔다. 무사 주택 거리다운 미풍으로서 남의 집에 온 손님에게도 공손히 허리를 굽힌다.

뒷날 노일전쟁(露日戰爭) 때 연합함대의 사령장관이 된 이 헤이하치로(平八郎)라는 젊은이는 "예전에 집 근처에서 사카모토 료마 같은 사람과 만난 적이 있다"고 사람들에게 말하고, 일본 해군의 대선배였던 료마와 한마디라도 이야기를 해 보았더라면, 하고 몹시 아쉬워했다.

료마의 가고시마 체재 목적은 사쓰마 번에 해군열을 불어넣으려는 것으로, 그 때문에 번의 요로가 움직이게 되어 양식 육군보다 양식 해군으로써 입번(入藩)의 기초를 삼으려는 기운이 태동하기 시작했다. 번에서는 겐지 원년에 이미 발족한 번의 서양 기술학교를 료마가 온 다음해에 해군국으로 바꾸어 포술(砲術), 조함(操艦), 천문(天文), 지리, 수학, 물리, 분석, 기계, 조선 등을 가르쳤다.

이 해군국에 헤이하치로도 입학했던 것으로 보아 료마하고 전혀 인연이 없었던 것은 아닌 것 같다.

얼마 뒤 료마는 사이고의 집으로 돌아왔다.

사이고의 집은 료마가 속으로 놀랄 만큼 형편없이 누추했다.

'이것이 세상에서 유명한 사이고의 집이란 말인가?'

더구나 형제들이 많았으며 도대체 자기를 어디다 재우려는 것인지 걱정이 될 정도로 집이 협소했다.

그런데 날이 저물자 사이고 집안의 사람들은 료마에게 방을 내주기 위해 어디론가 모두 없어져 버렸다.

"모두 어디로 가셨습니까?"

의아한 얼굴로 료마가 묻자, 사이고는 시치미를 떼며 부인에게 물었다.

"어디로들 갔지?"

부인은 재치 있는 농담할 줄 모르는 사람인 듯

"제각기 이웃집에 자러 갔어요."

웃지도 않고 대답했다.

"아아."

료마도 반가운 표정을 지었다. 솔직히 말해준 것이 감사한 것이 아니라 집이 갑자기 넓어진 것이 반가웠던 것이다.

저녁 식사 때 술을 조금 마셨으나 사이고가 밥만 먹고 있기 때문에 한 홉쯤 마시고 잔을 엎었다.

"좀더 드시지요" 하고 사이고 부인은 권하지도 않았다. 이 무뚝뚝한 도사의 손님을 과히 환영하지 않았는지도 모른다.

"자아, 오늘은 오랜만에 육지에서 자는 잠이니 일찍 잡시다."

사이고는 먼 뱃길에 지쳤는지 저녁상을 물리자 벌써 잠이 오는 모양이었다. 그보다도 가정에 있는 사이고는 마치 자기 있을 자리가 없기나 한 사람 같아 '이 사람이 조슈 정벌의 총독 참모로서 천하를 뒤흔들었던 인물인가?' 의심스러울 정도로 활기가 없었다.

료마의 이부자리는 옆방에 마련되어 있었다.

"그럼"

료마는 일어나다가 갑자기 생각난 듯이 말했다.

"귀번과 조슈가 연합하면 천하를 움직일 수 있다는 건, 더 이상 말하지 않겠소. 물론 생각하고 계시겠지요."

"그런데 조슈 쪽은 어떨까요?"

사이고는 료마에게 베개를 건네주며 물었다.

"이쪽에서 좋다고 해도 조슈 쪽에서 승낙하지 않겠지요. 아무튼 우리를 사쓰마 적(賊)이라고 욕하는 자들이니까."

"그렇지요."

료마는 베개를 받으며 말했다.

"조슈인은 다루기 힘듭니다. 그러나 마침 내 동향인 중에 나카오카 신타로라는 자가 있는데 지금 조슈에서 그곳 유지들의 신망이 두텁습니다. 내가 사쓰마를 대리하고 신타로가 조슈를 대리하여 서로 손을 잡고 일을 추진시킨다면 안 될 것도 없다고 봅니다."

료마는 이렇게 말하고 침실로 들어가 옷을 훌렁훌렁 벗어 던지고 이불 속으로 들어갔다.

옆방에서 사이고 부부의 이야기 소리가 들려 왔다. 부인이 자꾸만 넋두리를 하는 모양이었다.

"집이 헐어서 비가 새니 어떻게 해요."

사이고는 언제까지나 침묵하고 있다.

료마는 어쩐지 웃음이 나와서 이불 속에서 혼자 웃었다.

비가 샌다는 이야기는 '난슈 백화(南洲百話)'라는 사이고의 일화를 수록한 책에도 나와 있다.

그 문장을 그대로 옮겨 보면 이러하다.

"도사의 사카모토 료마가 가고시마에 와서 옹(翁)을 방문하여 하룻밤 묵을 때 밤중에 옹은 부인과 잠자리에서 이야기를 나누었다. 아무 생각 없이 듣고 있노라니 부인이 '우리 집은 지붕이 썩어 비가 새니 곤란합니다. 손님이 계실 때 비라도 새면 면목이 없으니 빨리 좀 고쳐 주세요' 하자, 옹은 '지금은 일본 전체에 비가 새고 있소. 우리 집 수리 따위를 하고 있을 겨를이 없소' 하고 대답했다."

료마는 그러한 사이고에게 몹시 감탄했다, 는 뜻이 덧붙여져 있다.

사이고는 자기 전에 료마로부터 들은 "사쓰마와 조슈의 일을 고려해 보라"는 말이 머리에 가득 차 있는데, 모처럼 오랜만에 돌아온 남편에게 부인이 집안의 구질구질한 사정 이야기를 하는 바람에 화가 나 짜증을 부릴 수도 없고 해서 이치에도 맞지 않는 말로써 부인의 입을 막았던 것이리라.

"돈이 어디 있소?"

"일본 전체에 비가 새고 있는데 우리 집뿐인가."

료마가 과연 사이고가 그렇게 답변하는 것을 들었는지 어떤지 그것은 모른다.

여하튼 사이고가 못마땅한 듯 침묵하고 있는 것이 료마에게는 우스웠던 것이다.

이튿날 아침, 사이고는 성에 들어가야 하므로 일찍 일어났다. 밖을 보니 아직 해도 돋지 않았다.

"손님은 푹 주무시게 깨우지 마시오."

사이고가 부인에게 말하려는데 뒷마당에서 두레박 소리가 들려왔다. 사이고가 놀라서 마루로 나가 보니 료마가 우물가에서 한참 몸을 씻고 있는 중이었다.

'괴상한 사람이군. 어젯밤 목욕탕에 들어가라니까 싫다고 하더니.'

사이고는 생각했다. 하긴 료마가 싫다하는 것은 머리 빗는 것과 목욕하는 것이었으리라. 그래도 이틀에 한 번은 우물가에서 물을 뒤집어쓰는 버릇이 있었으므로 아주 불결하다고는 할 수 없다.

잠시 뒤 료마는 훈도시 바람의 벌거숭이 모습으로 몸을 닦으며 오다가 마루에 서 있는 사이고를 보자 마치 짖어 대듯이 말했다.

"사쓰마 조슈 연합에 대해 생각해 보셨소?"

이 말에는 사이고도 질리고 말았다.

"쭉 생각해 보았지요. 그러나 오늘 성에 들어가서는 아무에게도 의논하지 않겠소."

이런 복잡한 문제를 섣불리 어리석은 자들에게 의논했다가는 오히려 일이 복잡하게 뒤틀릴 가능성이 있다는 것이다. 사이고가 말하는 어리석은 자란 이 경우 시마쓰 히사미쓰도 포함되어 있는 것 같았다.

"오쿠보가 돌아오는 대로 곧 진행시키겠소."

사이고는 덧붙여 말했다. 오쿠보는 히사미쓰에게 신임을 받고 있으니까 그를 통해서 히사미쓰를 설득시킬 작정이었다.

"그렇다면 내가"

료마는 성급하게 말했다.

"일을 진행시켜도 좋다, 이 말씀입니까?"

"예."

사이고는 고개를 끄덕이며 인사를 했다.

얼마 뒤 사이고는 등성하기 위해 집을 나섰고, 료마도 사이고의 늙은 하인을 따라 집을 나섰다. 오늘부터 숙소가 바뀌는 것이다.

　그날부터 료마는 중신 고마쓰 다데와키의 저택에서 숙식하게 되었다.
　여기서 그는 쉴 새 없이 찾아드는 번의 요로에 있는 사람과 유지들을 만나 그가 사쓰마에 들어온 최대 목적인 해군 회사 설립에 대한 것을 설득했다.
　"평상시에는 장사를 하는 겁니다."
　이 말은 원래 무역에 열심인 사쓰마 번의 관리에게 몹시 매력적이었다.
　"나가사키에 근거지를 두고 내국(內國) 무역에서는 나가사키와 오사카를 왕래하는 것이며, 밀무역에 있어서는 나가사키와 상해를 왕복합니다. 왕복하는 것만으로도 막대한 이익이 되는 것입니다."
　"만일 막부에 들킨다면?"
　사쓰마 관리는 참고삼아 물었다.
　그 당시의 무역이라는 것은 변칙적인 것으로서, 막부는 구미 열강들과 통상 조약을 맺고 요코하마(橫濱) 등 일부의 개항지에서 무역을 시작하고 있었다. 그러나 그것은 어디까지나 막부의 무역이었을 뿐 각 번에는 일절 무역을 금지하고 있었다. 즉 무역의 단 맛을 각 영주에게는 나누어 주지 않았다.
　그 때문에 속수무책인 각 번에서는 몹시 분개하여 '살찌는 것은 막부뿐이 아닌가?' 하고 막부의 개항 정책을 비난하였다.
　—그래서 우리는 양이(攘夷)다!
　그리고 이렇게 불만을 토로하고 있는 것이 양이 문제의 한 내정 (內情)이기도 했다. 양이라는 것은 이제 초기의 단순한 외국인 혐오로부터 차츰 복잡해져, 그러한 막부의 무역 독점 태도에 대한 반감,

막부를 쓰러뜨리려는 구실로서의 양이로 발전하였으며 소위 경제적, 정치적 의미까지 띠게 되었다.

예를 들면 현재 분쟁중인 효고(兵庫) 개항 문제만 해도 그렇다. 여러 외국에서는 효고의 개항을 막부에 강요하고 있었으며 막부도 그들의 청을 받아들이려 하고 있으나, 교토 조정에서 완강히 반대하고 있기 때문에 막부는 중간에 끼어 차일피일 연기하고 있다.

교토 조정의 반대 이유는 이렇다.

"효고는 요코하마와 달리 교토와 가깝다. 이처럼 가까운 항구에 외국의 야만인들을 들여놓게 되면 조정의 신성함이 더럽혀질 뿐 아니라 야만인들이 나쁜 마음을 먹게 될 경우 교토는 간단히 함락되고 만다."

그래서 공경들은 진정으로 이것을 주장하고 맹렬히 반대하고 나섰다.

그 공경들의 배후에 사쓰마 번이 있다. 즉 사쓰마 번이 무지한 공경들을 설득하여 반대하게 만들고 있는 것이다. 사이고는 교토나 오사카에 있을 때 조슈 문제를 처리하는 한편 이 개항반대에 특별 조치를 강구하였으며, 지금 오쿠보가 교토에 체류하고 있는 목적의 하나도 교토 조정을 더욱 부추겨서 반대 방향으로 결속시키기 위해서였다.

만일 효고가 개항되는 날에는 막부는 더욱 더 무역으로 재정이 살찌게 되고 그 정권이 강화되어, 마침내는 타도하기 어렵게 되리란 것이 사쓰마 번의 저의(底意)이다.

이것은 사쓰마 번뿐만 아니다. 막부지지 번에서까지 막부의 효고 개항에는 냉담했다.

과장해서 말하자면 천하의 사농공상이 모조리 반대하고 있었다. 개항으로 인해 물가가 몹시 뛰어올라 서민의 생활이 개항 전과는 비교도 안 될 만큼 어려워져 있다. 이익은 막부만 보는 셈이므로 천하의 인심은 자연 반막적(反幕的)이 되었다.

"아니, 막부에게 들킨다 하더라도 귀번에 폐는 끼치지 않습니다. 왜냐하면 낭인 회사니까 말입니다."

료마는 설득했다.

앞길의 정조가 좋다는 것은 바로 이것을 두고 하는 말일 것이다. 마침 사쓰마 번의 해운국이 나가사키에서 기선을 한 척 사들이게 되어 있었는데, 이미 '가이몬마루(海門丸)'라는 배 이름까지 붙어 있었다.

"그것을 제게 주시지 않으시렵니까?"

료마는 고마쓰 저택으로 자기를 찾아온 번의 고관에게 말했다.

"아니, 그것은 연습선으로 예정하고 있으므로 그렇게 할 수는 없습니다. 그러나 지금 프러시아의 조루티라는 상인으로부터도 우리 번에 선박을 팔겠다는 교섭이 와 있습니다."

"허어, 그게 기선입니까?"

"아니죠, 유감스럽게도 범선입니다."

"범선이라도 좋소이다."

료마는 익살맞게 사쓰마 사투리로 말했다.

"욕심은 부릴 수 없습니다. 우선 범선으로 벌어서 증기선을 사도록 하지요."

"와일 웨프 호라고 하는 중고선입니다."

"중고선이라도 상관없습니다."

배값은 7천8백 냥으로, 지금 나카사키 항내에 들어와 있다는 것이다. 료마는 아이처럼 손뼉치며 좋아했다.

"이제야 이야기가 결정됐군!"

중신 고마쓰 다데와키도 기뻐하며, 그 다음날 번의 재무 담당자들을 설득하여 료마와 그 고베학교의 동지 전원의 경비는 사쓰마 번의 경비로써 충당하게 되었다.

고마쓰는 성에서 물러나와 말했다.

"사카모토님, 여러분의 수당에 관해서인데"

"예."

"한 사람당 한 달에 두 냥 두 푼(二兩二分)으로 결정했습니다."

"허어, 석 냥 두 푼(三兩二分)이라고요? 이거 참 고마운 일인데요."

또다시 천진스럽게 손뼉을 치는 바람에 고마쓰 다데와키도 차마 아닙니다, 두 냥 두 푼입니다 라고 고쳐 말할 수가 없어, 그렇습니다, 석 냥 두 푼입니다 하고 고개를 끄덕이고는

'그 정도는 어떻게 되겠지.'

혼자 체념했다.

"그런데 사카모토님, 나는 가이몬마루를 매입하는 일 때문에 며칠 내로 나가사키로 갑니다. 그때 함께 가서서 필요한 가옥 구입 같은 것을 결정합시다."

"좋습니다."

료마는 그길로 바닷가로 나가 작은 배를 타고, 계류 중인 고초마루를 찾아가 동지들에게 교섭의 결과를 알렸다.

"한 달에 석 냥 두 푼이라니 너무 적습니다."

최연소자인 무쓰 요노스케가 불평을 했다.

"기슈 번에서 에도나 나가사키로 번 유학생을 보낼 때 얼마를 주는지 아십니까? 여덟 냥이란 말입니다."

"부족한 것은 벌면 돼."

료마는 무서운 표정으로 말했다.

"하녀의 봉급은 1년에 석 냥이야. 그래도 죽지 않아."

"하녀와 비교할 건 없잖습니까."

무쓰가 귀여운 얼굴로 뽀루퉁하자, 옆에서 듣고 있던 스가노 가쿠베에(管野覺兵衛)가 불쑥 말했다.

"나가사키에서 유명한 마루야마(丸山)의 유곽에서는 두 푼(二分)만 내면 안주 세 가지에 술은 마음대로 마실 수 있고 유녀(遊女)들이 버선과 훈도시까지 빨아 준다더라. 우리들에게 석 냥 두 푼의 용돈은 과분할 정도다."

료마는 곧 배에서 내려 고마쓰 저택으로 돌아갔다.

그는 갑자기 바빠졌다.

고마쓰 저택에 있을 무렵, 재미있는 이야기가 있다.

'낭인 구경'이라는 것이 사쓰마 번의 젊은 무사들 사이에 유행했다.

낭인이란 료마를 가리키는 것이다.

사쓰마 영내에는 물론 낭인이라는 무사가 없다. 에도나 오사카 같은 큰 도시에서는 낭인이 살 수 있고 또 발을 붙일 수도 있어 신기한 존재도 아니었다.

그러나 본래 어느 번이든, 원칙적으로 영내에 낭인이라는 존재는 없다. 더구나 사쓰마 번의 경우는 타국인 입국 금제(禁制)의 번이라 낭인의 모습이란 찾아볼 수조차 없었던 것이다.

그런데 최근에 와서 사쿠라다 문(櫻田門) 밖의 난(亂)에서 있었던 미도 낭사(水戶浪士)라든가, 교토나 셋쓰에서 빈번히 발생하는 피비린내 나는 사건에서 자주 낭인, 낭사라는 말이 쓰인다.

멀리 떨어져 있는 사쓰마의 젊은 무사들은 그것에 괴상한 호기심을 가지고 있었다.

'낭인이란 어떻게 생긴 사람들일까?'

어쩌면 낭인을 인간이 아닌 다른 생물로 공상하고 있었는지도 모른다.

그만큼 사쓰마는 폐쇄적(閉鎖的)이고 중앙에서 멀리 떨어져 있다. 오락도 별로 없을 것이다.

"고마쓰님 댁에 낭인이 와 있대."

이런 소문이 쫙 퍼졌다.

젊은 무사들이 서로 권해가며 "보러 가자" 하고 매일같이 몰려든다.

그들은 고마쓰 저택의 하인에게 묻는다.

"낭인은 있나?"

"있소!"

고마쓰 댁의 하인은 마치 흥행장의 문지기나 되는 것처럼 대답하고 자랑스럽게 모두를 마당으로 들여놓는다.

그 사람들이 마당으로 들어와서 서로 밀치고 웅성대며 료마를 멀리서 둘러싸고 구경하는 것이다.

이러는 데는 료마도 딱 질색이었다.

'촌놈들 같으니라고.'

자기 꼴은 생각지도 않고 화가 났다.

'도사도 도깨비 나라라 불릴 만큼 시골이지만, 그래도 여기보다는 훨씬 낫다. 이처럼 사람이 사람 구경하러 오는 일은 없으니까.'

사쓰마를 좋아하는 료마도 이 점만은 질색이었다. 사쓰마란, 믿어지지 않을 정도의 미개성(未開性)과 깜짝 놀랄 정도의 근대성(近代性)을 함께 지닌 번이라고 생각했다.

어느 날 료마가 바둑을 두고 있었다.

"낭인이 바둑을 둔다."

마침 료마를 보러 왔던 젊은 무사들은 이것을 보자 손뼉치며 좋아했다. 문 밖으로 동료를 부르러 나가는 녀석들까지 있다.

료마는 그들의 등쌀에 더 이상 배겨 날 수가 없어 버럭 소리를 질렀다.

"여보게들! 조용히들 못할까! 낭인도 바둑을 둔다, 그것이 어쨌단 말인가?"

"아! 낭인이 성났다."

그것이 또 재미있는 듯 어깨를 서로 밀치며 도사 사투리까지 흉내내며 좋아들 했다.

료마도 이것만은 어떻게 할 수가 없었다.

지은이
시바 료타로(司馬遼太郎)

그린이
전성보(全聖輔)

옮긴이
박재희 창춘사도대학일문학전공 김문운 니혼대학일문학전공
김영수 와세다대학일문학전공 문호 게이오대학일문학전공
유정 조지대학일문학전공 추영현 서울대학교사회학전공
허문순 경남대학불교학전공 김인영 숙명여대미술학전공

료마가 간다 5
지은이 시바 료타로/책임편집 박재희 추영현 김인영
1판 1쇄/1979. 12. 1
2판 1쇄/2005. 8. 8
3판 1쇄/2011. 12. 1
3판 6쇄/2023. 3. 1
발행인 고윤주/발행처 동서문화사
창업 1956. 12. 12. 등록 16-3799
서울 중구 마른내로 144(쌍림동)
☎ 546-0331ⓒ (FAX) 545-0331
www.dongsuhbook.com

＊
＊
사업자등록번호 211-87-75330
ISBN 978-89-497-0719-8 04830
ISBN 978-89-497-0714-3 (전8권)